D1920506

EDVARD HOEM

DER HEUMACHER

EDVARD HOEM

DER HEUMACHER

Roman

Aus dem Norwegischen
von Antje Subey-Cramer

Urachhaus

Wenn im vorliegenden Buch ethnische Bezeichnungen oder Hautfarbenbezeichnungen wie »Indianer« oder »Rothaut« vorkommen, ist das allein der Tatsache geschuldet, dass sie in einem historischen Roman aus der Perspektive der vor 150 Jahren lebenden Figuren verwendet werden. Sie stellen keine Wertung dar und enthalten keinen abfälligen Unterton.

Die Originalausgabe erschien erstmals 2014 unter dem Titel
Slåttekar i himmelen im Forlaget Oktober AS, Oslo.
Die Veröffentlichung in deutscher Sprache
wurde mit Oslo Literary Agency vereinbart.

NORLA
Die Übersetzung dieses Buches wurde von NORLA –
Norwegian Literature Abroad finanziell gefördert.

auch als eBook erhältlich

Erschienen 2024 im Verlag Urachhaus
www.urachhaus.de

ISBN 978-3-8251-5370-0

© 2024 Verlag Freies Geistesleben & Urachhaus GmbH, Stuttgart
© 2014 Forlaget Oktober AS, Oslo
© Umschlagfoto: Skoglund, Gösta (1904–1987) / Bohusläns museum
Gestaltung und Satz: Klaus H. Pfeiffer
Gesamtherstellung: CPI books GmbH, Leck

FSC www.fsc.org MIX Papier | Fördert gute Waldnutzung FSC® C083411

Klimaschutz-Beitrag CO₂-Zertifikate

Der Wendepunkt

1

Der Heumacher hieß Knut Hansen Nesje, doch die Leute nannten ihn nur Nesje, und der Grund und Boden, den er am Hang oberhalb der Kleinstadt Molde gepachtet hatte, nannten sie das Nesje-Stück. Nesje war mein Urgroßvater. Viel wurde über ihn in meiner Kindheit erzählt – von meinem Großvater Edvard Hoem und von meinem Vater, Knut.

Doch obwohl ich die wichtigen Jahreszahlen seines Lebens kenne und ebenso einzelne Zeugnisse darüber, wie er lebte, war das nicht genug, als ich über ihn schreiben wollte. Ich musste ihn herbeidichten, aus Luft und aus dem Nichts, aus dem Licht über Molde und Rekneslia, aus dem Wind, der meine Haare zaust, und aus dem Regen, der auf Felder und Menschen fiel – zu seiner wie zu meiner Zeit.

Am 17. Juni 1874 wachte er früher als gewöhnlich auf – in dem Haus am Rand des Himmels, das er gebaut hatte. Die Taschenuhr, die auf einem Stuhl neben dem Bett lag, zeigte fünf Uhr. Sein Herz schlug unregelmäßig, wie immer, wenn er zu wenig geschlafen hatte, und wie immer bei diesen Gelegenheiten dachte er, dass mancherlei Bekümmernisse unsere Seele beschweren, die wir nicht verstehen.

Er lag eine Weile ruhig da, bevor ihm einfiel, dass er Geburtstag hatte und sechsunddreißig Jahre alt wurde. Zwei Jahre waren vergangen, seit seine Frau Guri gestorben war. Zum ersten Mal spürte er, dass die Zeit den Schmerz und das Gefühl des Verlusts gelindert hatte.

Er schwang die Beine über die Bettkante, stieg die steile Treppe vom Dachboden herunter und ging hinaus auf die Rückseite des Hauses, um Wasser zu lassen. Der Sommermorgen erwachte langsam – und mit ihm der Geruch von Blumen und dampfender Erde. Weiter oben am Hang hörte er Vogelgesang – zuerst eine Singdrossel, dann einen Chor aus Staren, Buchfinken und Fitissen.

Er ging wieder hinein und trank aus einer Schöpfkelle, die im Quellwasserbottich stand, bis sein Durst gelöscht war. Dann zog er eine Lodenhose an, die früher einmal fein gewesen war, ein Leinenhemd, eine Weste und ein Halstuch. Das Fenster stand offen. In einem Nest unter dem Dachvorsprung war ein Starenpaar damit beschäftigt, eine Kinderschar großzufüttern. Er schmierte sich einen Brotkanten und trank einen Becher Milch dazu. Alltags kochte er sich keinen Kaffee, doch sollte ihm später am Tag von Claus Gørvells Mägden eine Tasse Kaffee angeboten werden, würde er nicht ablehnen. In seiner Jugend hatte er sich zu seinen Geburtstagen einen Schnaps genehmigt, aber seit er mit dem Jungen alleine war, hatte er davon abgelassen. Ein Kleinbauer und Pächter hat keine Zeit für Zechgelage und Müßiggang. Der Sommertag auf dem Gørvell-Hof war lang und arbeitsreich, und wenn die Heuernte dort vorbei war, musste er sechs Pflichttage auf Gut Reknes mähen, denn von Reknes hatte er Land gepachtet. Abgesehen von der Arbeit auf dem Feld setzte Nesje an der Hobelbank oder in der Schmiede Gerätschaften instand und versorgte die dänischen Arbeitspferde, an denen Claus Gørvell so hing. In der Heuernte schritt er in der Gruppe der fünf Schnitter, die in einer Reihe hintereinander mähten, stets ganz vorne. Er war es, der die Geschwindigkeit vorgab. Die Arbeit auf dem Gørvell-Hof brachte es mit sich, dass er das Heu auf seinem eigenen Stück Land in den Nächten ernten musste – während der Heuernte im Sommer blieben ihm meist nicht mehr als drei, vier Stunden Schlaf. Im Winter war er für Gørvell im Wald. Er arbeitete für einen halben Taler am Tag – oder, wie man nun sagte, für sechzig Schillinge. Das war weniger als der Tageslohn eines Tagelöhners. Aber Nesje wurde das ganze Jahr über auf dem Gørvell-Hof beschäftigt. Im Frühling und im Sommer verging jede freie Stunde damit, die 160 Ar, die er in Rekneslia gepachtet hatte, zu roden, einzusäen und zu ernten. Hundert Ar hatte er innerhalb von zehn Jahren unter den Pflug genommen, sechzig Ar verblieben ihm noch, bis er fertig war. Er hatte das Land nur mit Spaten und Hacke urbar gemacht; lediglich für das Pflügen hatte er sich ein Pferd geliehen. An seinem vierzigsten Geburtstag sollte der Grund und Boden, über den er verfügte, als Wiese und Ackerland bereitliegen. So war sein Plan, und bisher war er diesem Plan bis zum letzten Punkt und Komma gefolgt.

2

Bevor Nesje aus dem Haus ging, rief er seinen vierzehnjährigen Sohn Hans, um ihn zu wecken. Hans war in diesem Sommer Laufjunge im Krämerladen der Gørvell-Familie. Vom Dachboden kam keine Antwort. Nesje griff nach der Axt und stieß mit deren Nacken gegen die Deckenbalken, bis der Junge die Treppe heruntergepoltert kam.

»Hör auf, ich bin wach!«, sagte Hans. Er schöpfte Wasser in eine Schüssel und sprang zur Tür hinaus, um den Schlaf aus den Augen zu waschen. Als er wieder hereinkam, begann er, die Kleider anzuziehen, die auf einem Stuhl lagen. Und da fiel es ihm ein.

»Ich gratuliere zum Geburtstag, Vater.«

»Danke.«

Nesje sah seinen Sohn an. Er war groß – in den letzten Jahren war er ziemlich in die Höhe geschossen. Er hatte Locken, die er jeden Morgen mit Wasser zu glätten versuchte. Seine Gesichtszüge waren sanft, beinahe weich, und seine Hände und Nägel pflegte er gut, wie so viele andere aus der Nesje-Familie. Im nächsten Frühjahr sollte Hans konfirmiert werden. Kinder werden uns nur geliehen, sagen manche, doch Nesje hatte die Hoffnung, dass der Junge in der Nähe bleiben würde, wenn er erwachsen war. Es gab ja nur sie beide. Aber wer weiß schon, was die Zukunft bringt? Viele machten sich derzeit auf den Weg über den Atlantik nach Amerika, ohne sich darum zu kümmern, dass die Eltern in Kummer und Armut zurückblieben.

Nesjes Stimme klang etwas belegt, als er sagte, der Junge solle sich gut betragen – wie er es bisher stets getan hatte. Der Junge warf ihm einen Blick zu und sagte versöhnlich: »Das werde ich, Vater.«

Nesje nahm seinen Wetzstein an sich, der auf dem Tisch lag, und ein Messer mit Messerscheide, das er an seinem Gürtel befestigte. Dann ging er die Steintreppe hinunter und hielt vor dem Haus einen Augenblick inne. Die Berge auf der anderen Seite des Moldefjords boten im Morgendunst einen einzigartigen Anblick. Die Aussicht auf die Gebirgskette war ein wichtiger Grund dafür gewesen, sich so weit oben am Hang anzusiedeln. Einige dieser Berge ragten direkt aus dem Fjord empor, andere lagen etwas weiter landeinwärts, doch von hier aus gesehen schienen sie wie eine zusammenhängende Gipfelkette – mit mehr als siebzig Bergspitzen. Auf den meisten lag noch Schnee. Der Fjord lag blank und still da; in der Morgenstunde sah es aus, als trieben die Schären und Inseln da draußen auf dem Wasser.

Nesje lief rasch die Hügel hinunter und blieb erst stehen, als er auf der Anhöhe von Rekneshaugen angekommen war. Dort verweilte er einen Augenblick und sann über sein Alter nach. Erwachsen bin ich jetzt wohl, dachte er, aber noch nicht alt. Er ließ seinen Blick über die Landschaft schweifen. Hier lebte er, und hier würde er immer leben. Er war ein hagerer Mann – mit einem Vollbart und Haaren, die sich kräuselten, wenn die Arbeit ihm den Schweiß auf die Stirn trieb. Beim Mähen trug er stets einen Hut, um sein Gesicht vor zu starkem Sonnenbrand zu schützen, die Unterarme und Hände wurden trotzdem dunkelbraun – daran konnte ein Arbeiter nichts ändern.

Unter ihm lag die kleine Stadt Molde, die dort um das Gut Reknes und das Landgut auf der anderen Seite des Flusses, Moldegaard, entstanden war. Häuserreihen säumten die beiden Seiten des alten Fahrweges zwischen Moldegaard und dem Reknes Hospital, und jedes Jahr kamen neue Gebäude hinzu.

Nesje ging den Pfad rechterhand des großen Gartens mit Namen *Humlehaven* hinab. Hier, nahe der Stadtgrenze, in einem Gebiet, das noch der Gemeinde Bolsøy zugehörte, gab es keine Häuser, sondern nur Wiesen und Felder. Der Abhang war eingezäunt, damit keine Weidetiere hineingelangen konnten, und es waren viele hundert Pflanzenarten angepflanzt, die im Frühjahr in ihrer schönsten Blüte standen. Der Garten wurde *Humlehaven*, Hopfengarten, genannt, weil Generalauditor Koren, der einst Eigentümer des großen Gutshofs Reknes gewesen war, hier Hopfen zum Bierbrauen angebaut hatte. Nun gehörte *Humlehaven* der Familie Dahl. Nicolay Dahls Kapitäne, die mit ihren Schuten viele Meere besegelten, hatten den Auftrag, Samen, Wurzeln und Stecklinge aller exotischen Blumen, Sträucher und Bäume nach Hause mitzubringen, die sie finden konnten, um festzustellen, ob diese in Molde gediehen. Mit seiner Blütenpracht war *Humlehaven* ein Wunderwerk 62 Grad nördlicher Breite. Weit oben am Hang stand das Lusthaus der Familie Dahl mit Erkern und Säulen. Der Hang unterhalb des Lusthauses war bedeckt mit exotischen Blumen. Entlang des Zaunes blühten Rosenbüsche, Klematis und Geißblatt und über allem rauschten die Baumkronen von Lärchen und Pinien.

Nesje sog den Blütenduft ein, als er vorbeiging. Der Lauf des Lebens ist der Lauf der Jahreszeiten, dachte er.

Er erreichte die Eschenallee, die Claus Gørvell ein paar Jahre zuvor gepflanzt hatte, nachdem er die Birkenallee abgeholzt hatte, die dort seit Generalauditor Korens Zeit gestanden hatte. Die Eschen waren gerade einmal mannshoch, trotzdem nannten die Leute die unfertige Allee die Gørvell-Allee.

3

Als Nesje den Hofplatz von Gørvell erreichte, sah er auf dem Anlegesteg unten am Meer eine Frau stehen. Sie war nicht mehr blutjung, vielleicht Anfang dreißig, und trug ein schwarzes Kopftuch und einen Reisesack aus grauem Leinen. Über dem Rock hatte sie eine weiße Schürze umgebunden, als solle sie auf einer Hochzeit servieren.

Da kein anderer zu sehen war, fand er, er müsse hinuntergehen und mit ihr sprechen. Sie stand da und folgte mit den Augen einem Punkt draußen auf dem Meer, doch als er sich näherte, warf sie ihm einen Blick zu.

»Siehst du den Seelachs?«, rief sie ihm zu.

Ein Schwarm von Seelachsen schwamm direkt an den Anlegern vorbei fjordeinwärts. Die Oberfläche war unruhig, das Wasser brodelte, der Schwarm bewegte sich rasch. Einige Möwen folgten ihm, und das eine oder andere Mal tauchte eine ins Meer hinab, um zu sehen, ob sie nicht einen Seelachs erwischen konnte.

»Hättest du eine Angelschnur und ein Boot zur Hand, könnten wir hinausrudern und den Schwarm fangen!«, sagte sie.

Nesje fiel ein, dass im Bootshaus ein Fischernetz lag.

»Dann komm mit!«, rief er. Gørvells Vierriemer lag vertäut da – Nesje deutete darauf, es gab keine Zeit für viele Worte.

»Zieh das Boot an Land!«, sagte er. Er riss die Tür zum Bootshaus auf. Das Netz lag in einer Kiste. Er nahm sein Halstuch ab, zog seine feine Weste aus und griff nach dem Netz. Als er herauskam, lag das Boot bereits am Anleger. Sie nahm die Schürze ab, rollte sie zusammen, steckte sie in den Sack und warf ihn unter die Traufe des Bootshauses. Aus dem Augenwinkel sah er, dass sie ein wenig hinkte. Sie machte das Boot los. Er sprang als Erster hinein und hielt es am Kai fest, damit sie nachkommen konnte. Sie rissen die Riemen heraus und ruderten hastig drauflos. Die See glitzerte, und sie war ebenso eifrig wie er. Es dauerte nicht lang, dann befanden sie sich auf der Höhe des brodelnden Schwarms.

»Nun hast du sie!«, rief sie. Er erhob sich und warf das Netz, so weit er konnte. Es fiel mitten auf den Schwarm, und sie ruderte so schnell sie konnte Richtung Ufer. Der Fisch ging direkt ins Netz, der Zug war gewaltig. Er holte das Netz ein, es waren mindestens zwanzig Fische darin. Als Netz und Fische sicher im Boot waren, saß sie da, steuerte gegen und lachte.

Auch sein Mund verzog sich zu einem Lächeln.

Er pulte die Fische aus dem Netz, machte bei jedem einen Kiemenschnitt und brach ihnen das Genick. Sie ruderten zurück, und sie lachte immer noch.

»Im Grunde genommen ist das mein Fisch«, sagte sie.

»Woher kommst du?«, fragte er, »und wie bist du hierhergekommen?«

»Mein Bruder, Ola, hat mich hergefahren.«

Sie zeigte hinaus auf den Fjord. Weit draußen konnte er einen großen Vierriemer sehen. Das war ein gewöhnlicher Bootstyp in den äußeren, am Meer gelegenen Bezirken – größer als ein normaler Vierriemer, weil er sowohl zum Fischen als auch zum Transportieren verwendet wurde, dennoch sollte er für einen einzelnen Mann leicht zu rudern sein. In dem großen Vierriemer draußen auf dem Moldefjord erblickte er undeutlich einen Mann, der damit beschäftigt war, das Segel zu setzen. Das Segel öffnete sich, und nun kam dem Mann der Landwind zu Hilfe, sodass es rasch über den Fjord ging.

»Und warum hat er dich hierhergefahren?«, fragte Nesje.

»Er wollte mich wohl nicht mehr länger zu Hause haben! Ich heiße Serianna. Und du?«

Sie streckte ihm die Hand entgegen. Die war überraschend klein, aber eindeutig eine Hand, die gewohnt war anzupacken.

»Sie nennen mich Nesje«, erwiderte er.

»Dann werde ich dich auch Nesje nennen.« Sie holte den Sack, den sie beim Bootshaus versteckt hatte. Die Schürze band sie sich nicht wieder um. Offenbar war sie auf der Suche nach einer Anstellung, er glaubte jedoch nicht, dass sie Erfolg haben würde.

»Du hättest am Ding- und Wechseltag kommen sollen«, sagte er. »Ich glaube, Gørvell hat jetzt alle Bediensteten, die er braucht.«

»Ich habe gedacht, ich rauche mit Gørvell zusammen eine Pfeife«, sagte die Frau. »Dann versteht er wohl, dass er mich braucht! – Hast du vielleicht Tabak, du?«

Sie holte die Riemen ein, holte eine Pfeife aus ihrem Rock hervor und steckte sie sich in den Mund.

Nesje verstummte für einen Augenblick. Er hatte davon gehört, dass es Frauen gab, die rauchten, hatte es aber nie mit eigenen Augen gesehen. Dann riss er sich zusammen.

»Es ist viele Jahre her, seit ich Tabak geraucht habe«, erwiderte er. »Aber du kannst in Gørvells Krämerladen gehen, wenn sie aufmachen, dort haben sie Tabak.«

Er ruderte zur Anlegestelle, und sie sprang an Land. Er reichte ihr die Kiste mit dem Fisch und entwirrte das Netz, bevor er das Boot vertäute.

»Nimm den Fisch mit«, sagte sie.

»Ich gebe ihn in der Küche ab«, entgegnete Nesje. »Es war Gørvells Boot und Gørvells Netz.«

»Aber wir haben den Fang gemacht«, sagte sie. »Wo finde ich ihn, Gørvell?«

»Gørvell ist bestimmt noch nicht aufgestanden, und ich weiß auch nicht, ob er Zeit hat, mit dir zu sprechen«, antwortete Nesje.

Sie schickte sich an, zum Haus hinaufzugehen. Er bat sie, bei der Gesindestube zu warten, denn nun musste er zuerst mit dem Fisch zum Kücheneingang.

Nesje hatte sich geirrt. Claus Gørvell schlief nicht mehr. Er stand auf der Vordertreppe und blinzelte zum Himmel hinauf.

»Was ist das für eine, die du da gefunden hast, Nesje?«, fragte er.

»Sie stand auf deinem Anleger«, antwortete Nesje. »Heute kannst du Seelachs zu Mittag essen, wenn du willst. Wir haben einen Schwarm Seelachse gesehen und eine ganze Menge gefangen.«

»Nimm den Fisch mit nach Hause, Nesje. Schaff ihn fort, bevor meine Mutter ihn sieht«, sagte Gørvell mit einem Lachen.

Doch das war kein Scherz. Die Mutter von Claus Gørvell, Frau Anne Margrete Gørvell, war siebzig Jahre alt, führte den Haushalt ihres unverheirateten Sohnes aber mit fester Hand. Nesje sah sie selten, denn sie trat nur auf den Hofplatz hinaus, wenn sie einen guten Grund dafür hatte, und er selbst war fast nie drinnen. Doch im Lauf des Jahres, während er seinen Tätigkeiten auf dem Gørvell-Hof nachging, erhaschte er von Zeit zu Zeit durch die Fenster einen Blick auf sie.

Er wollte noch etwas sagen, aber Gørvell bedeutete ihm mit einer Handbewegung, dass die Sache beschlossen war. Nun kam er die Treppe herunter.

»Du suchst wohl eine Anstellung«, sagte Claus Gørvell zu Serianna und streckte ihr seine Hand entgegen. »Du siehst aus, als seist du das Arbeiten gewohnt. Aber ich weiß noch nicht, ob Sina hierbleibt. Wenn Sina bleibt, Anna dagegen fortgeht, brauchen wir ein Hausmädchen – draußen haben wir genug Leute.«

Er redete, als sei sie bei allen und jedem auf dem Gørvell-Hof eingeführt und vorgestellt.

»Am liebsten würde ich draußen arbeiten«, sagte Serianna.

»Wir brauchen gerade ein Hausmädchen«, antwortete Gørvell. »Du könntest auf dem Moldegaard anfragen.«

Nesje kam ein Gedanke.

»Vielleicht bleibt Sina, wenn sie Hausmädchen werden kann. Dann kann die Neue hier Sinas Platz einnehmen!«

»Ja?«, fragte Gørvell verwundert.

»Das war nur ein Vorschlag«, sagte Nesje.

Gørvell musterte die fremde Frau nachdenklich.

»Du hast bestimmt ein oder zwei Kinder?«, fragte er.

»Ich hatte eine Tochter«, antwortete Serianna.

»Wo ist sie jetzt?«, fragte Gørvell.

»Im Himmel«, erwiderte Serianna.

»Ja«, sagte Gørvell. »Dahin geht ja all unser Sehnen!«

Na, allerdings hast du auch viel Freude am Irdischen, du, Gørvell, dachte Nesje bei sich.

Gørvell wandte sich an Nesje. »Du wirst Serianna einweisen. Ich glaube, Sina ist gerade dabei, im Küchenhaus anzufeuern. Vor der Heuernte muss eine Menge gebacken werden.«

»Die Kunst beherrsche ich«, sagte Serianna.

»Du wirst dich mit vierzehn Speziestalern im Jahr zufriedengeben – wie die anderen.«

»Samt Kost.«

»Ja, samt Kost«, sagte Gørvell.

»Hast du Tabak?«, fragte sie. »Bestimmt hast du Tabak, wenn du in deinem Krämerladen Pfeifen verkaufst?«

»Ja!«, sagte Gørvell verwundert. Er ging hinein, um seinen Tabaksbeutel zu holen, und reichte ihr mit den Fingern ein Bäuschchen. Sie hatte Streichhölzer dabei, und dann stand sie wahrhaftig da, zündete sich die Pfeife an und paffte drauflos! Gørvell sah sie an. Dann lachte er und ging hinein, um genauso schnell wieder herauszukommen.

»Wir sollten ein paar Fuhren Torf stechen, bevor die Heuernte beginnt«, sagte er, an Nesje gewandt. »Könntest du für den Rest der Woche hinauf ins Torfmoor gehen?«

»Aber was ist mit der Heuernte und den Arbeitsgeräten?«

»Wir fangen erst in vierzehn Tagen an.«

»Ich müsste einen Jungen dabeihaben, der den Torf mit der Schiebkarre zum Trockenplatz fahren kann.«

»Ich werde irgendjemanden hochschicken«, sagte Gørvell.

»Wie viel Torf soll ich stechen?«

»So viel, dass der Schober da oben gefüllt ist.«

»Ja, da werde ich die Woche brauchen. In dem Schober dort steht wohl ein Torfspaten, oder?«

»Bestimmt. Und nimm den Fisch mit«, sagte Gørvell, drehte sich auf dem Absatz um und ging davon.

Nesje stieg hinauf Richtung Rekneshaugen. Frau Louise Dahl stand mit Ole Gjelden im *Humlehaven*. Sie war sechzig Jahre alt und zweifellos von der alten Schule, wie man so sagt. Aber sie hielt sich nicht für zu gut, Nesje zu grüßen. Ole Gjelden fuhr fort umzugraben und schenkte dem Heumacher von Rekneslia keine Beachtung.

»Was tragen Sie denn da, Nesje?«, fragte Louise Dahl im wohlgesetzten Dänisch.

»Es kam ein Schwarm Seelachse vorbei!«, antwortete er. »Und da bin ich mit einem Netz rausgefahren.«

»Würden Sie an mich verkaufen, Nesje?«

Hier hatte es keinen Zweck, es kompliziert zu machen.

»Wie viel benötigen die Gnädige?«, fragte Nesje. Wenn es notwendig war, konnte er auch *gebildet* sprechen.

»Alles, was Sie haben!«, erwiderte Frau Dahl. *»Mein Sohn Sebastian kommt heute aus Kristiania. Er ist nun examinierter philologischer Kandidat – mit vierundzwanzig Jahren.«*

»Dass Bastian Dahl eine seltene Begabung ist, ist weithin bekannt«, bemerkte Nesje.

Einige Jahre zuvor hatte Bastian Dahl die Abiturprüfung auf der *Lærd- og Realskole* in Molde abgelegt – mit Bestnote. Es gab nur wenige, die nicht davon wussten.

Nesje hatte sich auf die Fischmahlzeit gefreut, doch nun verkaufte er den Fisch an Frau Dahl. Er ging zu seinem Haus in Rekneslia, trat ein, trank Wasser und holte sich ein derberes Hemd. Man brauchte nicht mit dem besten Hemd in die Berge zu gehen. Doch dass er das feine Hemd angezogen hatte, als er morgens in die Stadt gegangen war, das bereute er nicht.

Dreißig Schillinge sollte er sich bei Louise Dahl abholen, wenn er das nächste Mal am Humlehaven vorbeikam. Auf diese Weise hatte ihm die kurze Fahrt mit dem Boot genauso viel eingebracht wie ein halbes Tagewerk!

4

Der Weg zum Torfmoor dauerte weniger als eine halbe Stunde. Es war ein heißer Sommertag, und Nesje war nassgeschwitzt, als er ankam. Er hängte das Hemd an einen Nagel an die Scheunenwand und ging mit nacktem Oberkörper und mit dem Torfspaten in der Hand zum Torfgraben. Dort riss er das Heidekraut aus und entfernte die oberste Lage mit Humus. Nun kam die fette und glänzende Torferde zum Vorschein – jahrtausendealte Reste von Laub und Bodensatz. Er arbeitete ein paar Stunden, ohne eine Pause einzulegen, und rechnete damit, gegen vier nach Hause gehen zu können, um seinem Jungen etwas zu essen zu machen.

Als er den Geruch von Tabak wahrnahm, sah er schließlich doch von seiner Arbeit auf. Serianna stand neben der Scheune und beobachtete ihn. Dann kam sie herüber – dorthin, wo er im Torfgraben stand; die Erdschicht reichte ihm bis zum Bauch.

»Gørvell hat gesagt, ich solle hierherkommen und dir helfen.«

»Solltest du nicht beim Backen dabei sein?«

»Im Küchenhaus waren sie genug. Wo ist die Schiebkarre?«

»In der Scheune.«

Sie holte die Schiebkarre und eine Mistgabel und begann, die Torfsoden, die er an den Rand gelegt hatte, auf die Karre zu laden. Dann schob sie die Fuhre an einen trockenen Platz ein Stück entfernt und stapelte die Torfsoden so, dass die Sonne sie trocknen konnte. Sie machte das nicht zum ersten Mal, das konnte er sehen. Es gab nur zwei Arten, es zu tun: Man konnte entweder vier Torfstücke aufrecht zu einer Pyramide zusammenstellen, oder man konnte sie zu einem Viereck legen – erst zwei in Richtung Nord-Süd, dann zwei in Richtung Ost-West, und so immer abwechselnd, damit Luft und Wind herankamen. Sie konnte beides und wandte bald die eine, bald die andere Art an, sicher der Abwechslung wegen.

Sie arbeiteten bis weit in den Vormittag hinein. Er stach Torf, und sie belud damit große Fuhren, bevor sie sich die Schiebkarre griff und zwischen den Torfhaufen hindurchfuhr. Er versuchte, sich auf seine Arbeit zu konzentrieren und nicht zu ihr hinzusehen, doch das machte die Sache nur noch schlimmer, denn nun begann er, ihr rasche Blicke zuzuwerfen, wenn er glaubte, sie bemerke es nicht, und es wurde nicht leichter, als sie die Jacke ablegte und im Unterhemd und mit nackten Armen umherlief.

Etwas weiter entfernt befand sich ein Bach. Sie holte aus ihrem Sack einen kleinen Kessel hervor, sammelte ein paar Zweige und Reisig zusammen und bereitete am Bach alles für ein kleines Feuer vor. Dazu legte sie einige Steine kreisförmig aneinander, sodass sie eine Feuerstelle bildeten. Dann zündete sie das Holz an und füllte den Kessel mit Wasser.

Wollte sie Kaffee kochen? Er beugte sich über den Bach und wusch sich, bevor er sein Hemd überzog. Nun begann es, nach Kaffee zu duften. Es dauerte nur wenige Minuten, bevor das Wasser im Kessel kochte. Sie hatte zwei gedrechselte Holztassen dabei und schenkte ihnen Kaffee ein. Nesje trank seinen Kaffee in kleinen, behutsamen Schlucken. Dann aß er den Brotkanten, den er mitgebracht hatte. Der Bach gluckerte.

»Du willst vielleicht wissen, wie es hier aussieht«, sagte er und stand auf.

»Wie es hier aussieht?«, fragte sie.

»Hinter der Scheune ist ein schöner grasbewachsener Platz«, sagte er und zeigte ihn ihr.

»Ja, hier könnte man sich sofort hinlegen!«, erwiderte Serianna.

»Dann schläft man ein, und was getan werden muss, wird nicht getan«, sagte er und ging mit großen Schritten zurück zum Torfgraben. Sie griff nach der Schiebkarre und folgte ihm.

Sie arbeiteten wieder, aber die Stimmung zwischen ihnen hatte sich verändert. Das, was sich zwischen ihnen entwickelte, war zart und verletzlich. Ihre Augen hatten einen anderen Glanz bekommen. Sie erzählte von ihren Geschwistern. Sie waren zu sechst – drei Schwestern und drei Brüder. Er seinerseits erzählte von seiner Verwandtschaft und seinem Heimatort – dass er der Jüngste von zehn Geschwistern sei und dass sein Vater starb, als er erst ein Jahr alt war.

Schließlich erstarb das Gespräch, und beide sahen einander an.

Er musste sich abwenden und sich auf seine Arbeit konzentrieren. Nie zuvor hatte er innerhalb einer Stunde so viel Torf gestochen, und nie hatte sie sich wohl flinker bewegt. Sie sah ihn an, mit offenem Blick – als ob sie darauf wartete, dass er innehielt und mit ihr sprach, doch er machte weiter. Er wollte sich nicht in etwas hineinstürzen, für das er nicht geradestehen konnte, dachte er. Aber was dachte sie?

Serianna erzählte von ihrer jüngsten Schwester, Gjertine. Sie machte sich Sorgen um sie. Gjertine hatte sich den sogenannten Bibeltreuen im Ort angeschlossen, die in ihren eigenen Häusern Erbauungsstunden abhielten und nicht in die Kirche zu Vaagø gingen, um dort den Pastor zu hören. So hatten sie es seit der Zeit des Laienpredigers Hans Nielsen Hauge* getan, doch nun, fünfzig, sechzig

---

* Hans Nielsen Hauge (1771–1824) war die zentrale Figur einer norwegischen Erweckungsbewegung, die zwischen 1796 und 1804 entstand.

Jahre später, wurde die Verkündigung von Leuten betrieben, deren Sicht auf das Leben dunkler war als die von Hauge. Sie waren der Meinung, die Pastoren nähmen es zu leicht mit der Abkehr von den weltlichen Gelüsten, die notwendig sei, damit der Mensch Gnade bei Gott finden könne.

»Ich bin zu den Bibeltreuen gegangen, als ich großen Kummer hatte«, sagte Serianna, »aber ich habe es nicht besonders lang durchgehalten.«

»Warum nicht?«

»Einer von ihnen deutete an, Gott habe mir die Tochter genommen, weil ich mein Herz nicht gebeugt hätte – da hatte ich genug.«

»Manchen geht es am besten, wenn sie der Last anderer noch Steine hinzufügen«, sagte er.

»Ich kann an solch einen hartherzigen Gott nicht glauben.«

»Wie alt warst du, als du deine Tochter bekommen hast?«

»Vierundzwanzig.«

»Und der Kindsvater?«

»Er wollte mich nicht heiraten.«

»Warum nicht?«

»Er war erst siebzehn.«

Nesje spürte, dass er ihr zu nahetrat, doch er wollte alles wissen.

»Wie alt ist deine Schwester?«

»Gjertine wird kurz nach Neujahr sechzehn. Sie wird im Herbst konfirmiert.«

»In diesem Alter geschieht viel mit den Jugendlichen«, sagte er und dachte an seinen eigenen Sohn.

5

Nesje und Serianna arbeiteten die Woche über im Torfmoor. Sie waren allein dort oben in den Bergen, selten kamen Leute vorbei. Und niemand konnte etwas für das, was geschah. Eines Nachmittags, als sie fertig waren und sich im Bach gewaschen hatten, um nach Hause zu gehen, sagte er: »Wir können uns wohl eine Weile hinter die Scheune setzen.«

Und das taten sie.

»Ich glaube fast, ich ruhe mich fünf Minuten aus«, sagte er und legte sich hin.

»Ich merke, dass ich heute Morgen früh aufgestanden bin«, sagte sie und legte sich neben ihn. »Aber was, wenn ich einschlafe?«

Er schob sich näher an sie heran. »Da besteht wohl keine Gefahr.«

»Was tust du da?«, sagte sie. »Legst du deine Hand auf meine Schulter?«

»Und ich streichele dich«, fragte er. Er begann, einen Knopf an ihrem Mieder aufzuknöpfen.

»Du hast es aber eilig!«, sagte sie.

»Wir haben ja auch nicht den ganzen Tag Zeit«, erwiderte er.

Sie meinte, er solle nichts überstürzen, doch gleich darauf hörte er ihr wunderbares Lachen. Dann wurde sie still, atmete aber schwer. Sie roch nach Tabak und einem Hauch Schweiß. Er dachte an Ruderschläge und an Wellen, die ans Ufer schlagen. Er dachte an den Schwarm Seelachse und an das schaukelnde Boot.

Als er zu sich kam, lag sie da und sah ihn an.

»Du bist schon so einer, du«, sagte sie.

»Das konnte heute nicht anders sein.«

»Was ist da über uns gekommen?«

»Die Sehnsucht der Erwachsenen nach Liebe«, antwortete er.

»Ach, war es das!«, erwiderte sie.

6

Es war bereits spät am Samstag, als Nesje sagte, nun sei es genug. Mit dem, was er gestochen und sie zum Trocknen aufgestellt hatte, würde die Torfscheune mehr als gut gefüllt sein. Wenn die Heuernte abgeschlossen war, wäre der Torf getrocknet. Vielleicht durften sie dann wieder zusammenarbeiten? Er dankte ihr, und sie lächelte. Dann gingen sie zusammen ins Tal hinab. Doch als sie an seinem Haus vorbeikamen, bat er sie nicht hinein. Sein Sohn war dort, vielleicht war es klüger zu warten.

»Du musst mit ihm darüber sprechen«, sagte sie.

Ja, er würde nicht drumherum kommen.

An diesem Abend sagte Nesje zu seinem Sohn, er habe eine Frau getroffen, die er lieber hätte als alle anderen.

Der Sohn sagte: »Du darfst Mutter nicht vergessen.«

»Ich werde Mutter nie vergessen«, antwortete Nesje mit belegter Stimme.

»Man kann wohl nicht an zwei Frauen gleichzeitig denken«, sagte Hans.

»Die eine ist auf der Erde, die andere im Himmel«, erwiderte Nesje leichthin. »Ich bin sechsunddreißig Jahre alt und kann nicht den Rest meines Lebens allein bleiben.«

»Nein, es ist vielleicht ganz gut, dass du jemanden bei dir hast, wenn ich fortgehe«, meinte der Junge.

»Wohin willst du gehen?«

»Ich wollte tun, was du mir gesagt hast.«

»Was war das denn? Ich habe so viel gesagt!«

»Du hast gesagt, du wollest Hans Olsen von *Trolla Brug* schreiben.«

Ja, das hatte er gesagt. Seit Nesje einmal auf einem Missionstreffen in Molde Hans Olsen begegnet war, dem Direktor von *Trolla Brug*, hatte er eine Vertretung für das Werk inne. Hans Olsen, der *Trolla*

Brug gegründet hatte, hatte Nesje auf dieser Versammlung herausgepickt und ihn gefragt, ob er für sie Öfen verkaufen wollte. Während Guri noch lebte, war er auch ziemlich viel umhergereist, um Leute dazu zu bewegen, Öfen und Herde zu bestellen. Doch als er mit dem Jungen allein blieb, musste er das Ganze auf Eis legen. Die Niederlassung war zwar nicht abgewickelt, ruhte aber derzeit. Nesje war sich auch nicht sicher, wie es zukünftig weitergehen würde. *Trolla Brug* hatte zwei Jahre zuvor mit *Throndhjems mekaniske Verksted* fusioniert. Hans Olsen war nun Direktor beider Werke. Alles, was Nesje wusste, war, dass die Ofenfabrik weiterbetrieben werden sollte wie vorher.

»Du sollst Trolla Brug in Trondheim schreiben und fragen, ob sie ab dem Sommer Arbeit für mich haben!«, sagte Hans.

»Du musst zuerst konfirmiert werden«, erwiderte Nesje. »Und bis das geschehen kann, ist es noch fast ein Jahr hin!«

»Ich werde in der Tischlerwerkstatt von Onkel Hans in Kringstadhagen arbeiten, bis ich konfirmiert bin. Und dann ist es am besten, wenn ich auch da wohne, hat Onkel Hans gesagt.«

»Warum wirst du nicht dort wohnen, wo du zu Hause bist?«

»Ich rechne damit, dass die Neue einziehen wird.«

»Davon war nicht die Rede«, sagte Nesje.

»Das wird schon noch auf den Tisch kommen!«, entgegnete der Sohn.

Nesje spürte, wie sich sein Sohn zurückzog. Warum hatte er nicht ein wenig damit gewartet, von Serianna zu erzählen? Vielleicht hätte es sich dann besser gefügt? Mit weicher Stimme sagte er: »Sollte ich dich auf diese Art verlieren?«

»Du verlierst mich nicht«, antwortete der Sohn. »Onkel Hans ist trotz allem mein Pate und mein Onkel. In einem knappen Jahr werde ich konfirmiert, und dann gehe ich fort.«

Nesje sagte nichts mehr. Als Hans zu Bett gegangen war, übermannte ihn die Verzweiflung. Er lag in der Dunkelheit da und grübelte mit offenen Augen.

Die Heuernte verging wie im Flug, und Nesje und Serianna konnten sich nicht jeden Abend treffen.

An dem Tag, an dem sie glaubten fertig zu werden, wartete sie morgens auf ihn, als er den Pfad herunterkam.

»Da gibt es etwas, was ich dir erzählen muss«, sagte sie.

»Ich weiß, was es ist«, antwortete er.

»Denk darüber nach. Aber wenn du willst, kann ich für dich kochen und dir dein Bett wärmen.«

»Ich muss darüber nachdenken.«

»Nimm dir die Zeit, die du brauchst.«

Auf dem Gørvell-Hof waren die meisten Mägde und Knechte in der Gesindestube versammelt, wo sie *lefse*, dünne Fladen aus Kartoffelmehl, mit Butter bestrichen und warme Milch tranken.

»Heute müssen wir fertig werden«, riefen sie einander zu.

Es war wie in all den Jahren zuvor. Gørvell würde im Laufe des Tages zu ihnen herauskommen und fragen: »Schaffen wir das?«

»Ja!«, würden sie antworten.

Denn sie mussten es schaffen.

Bald gingen die beiden ersten Heumacher zum Schleifstein hinter dem Vorratshaus. Der eine drehte die Kurbel, während der andere schliff. Der Schleifstein drehte sich schlingernd, und sie kippten Wasser darauf, sodass die Schneide scharf wurde.

Wie soll das alles werden?, fragte sich Nesje.

Als die beiden ersten Heumacher die Sense geschliffen hatten, waren die nächsten dran. Sie brauchten nicht lange und warteten, bis alle fertig waren. Dann griffen fünf Kerle nach den Sensen, und fünf Heumägde holten die Rechen. Gemeinsam gingen sie zu den Wiesen hinunter ans Ufer – die Mäher mit ihren Langsensen in der Hand. Dort angekommen, drehten sie die Sense um, sodass der Sensenstiel auf der Erde stand und das Sensenblatt von ihren Schultern nach vorne zeigte. Und dann strichen sie mit dem Wetzstein, den sie in einem kleinen Behälter aus ausgehöhltem Holz, der zwischen ihnen stand, angefeuchtet hatten, über die Schneide des Sensenblattes. Ein helles, scharfes Geräusch ertönte, bisweilen im Takt, dann wieder nicht – ein letztes Mal in diesem Sommer.

Mein eigenes Kind, dachte Nesje. Aber was wird mit Hans? Muss ich ihn verlieren, um sie zu bekommen? Das ist ein hoher Preis.

Die fünf Mäher stellten sich in einer Reihe auf, so wie sie es die letzten drei Wochen gemacht hatten – einer immer etwas versetzt hinter dem anderen.

Der erste Mäher, Nesje, ging zuvorderst in der Reihe. Er schwang die Sense in weitem Bogen, und so folgte einer nach dem anderen, das letzte Wiesenstück, das bis zum Ufer des Fjords reichte, hinab. Nesje sah, dass sie fertig werden würden, solange die Sonne noch hoch am Himmel stand. Sie würden es auch noch schaffen, die Wiesenränder zu mähen und zwischen den großen Bäumen Richtung *Reknes Hospital* – was sie immer bis zum Schluss übrigließen.

Das Gras legte sich in langen Schwaden auf den Boden. Zwei der Heumägde waren Hausmädchen, aber in der Heuernte mussten alle mithelfen. Die Mädchen rechten das Gras nicht zusammen, sondern rupften es auseinander und breiteten es aus. Das Heu sollte nicht in Klumpen und Büscheln auf dem Boden liegen, sondern eine dünne Schicht bilden, damit die Sonne es trocknen konnte. Herrschten Wärme und Wind, konnte das Heu noch am selben Abend eingefahren werden.

Während er die Sense schwang, ging Serianna direkt hinter ihm in der Reihe. Sie trug ein langes Hemdkleid aus einem karierten Stoff und ein weißes Tuch um den Kopf. Beim Ausbreiten des Heus schonte sie sich nicht, nein, das war sicher und gewiss. Es war kaum eine Stunde vergangen, da riss sie so heftig am Rechen, dass zwei Zinken abbrachen. Nesje rief einen Jungen, der am Zaun herumlungerte, und brachte ihn dazu, mit dem kaputten Rechen zum Tischler zu laufen und einen Rechen zu holen, der heil war. Serianna sagte, er wüsste sich immer zu helfen.

Ja, das tat er. Der Sommer, den sie gemeinsam verbracht hatten, zog vor seinem inneren Auge vorüber. Während der gemeinsamen Frühstücke in der Gesindestube hatte er ihr von seinem Leben erzählt. Und sie hatte ihm, mit leiser Stimme, von dem Kind erzählt, das sie verloren hatte, und er hatte ihr sein Mitgefühl gezeigt.

Ich muss um sie freien, bevor jemand anderes es tut, dachte er. Dann kam Claus Gørvell und sagte, was er immer zu sagen pflegte, wenn sich die Heuernte dem Ende zuneigte: »Schaffen wir das?«

»Ja«, antwortete er, Nesje, dann, »wir schaffen das.«

»Wann seid ihr mit dem Mähen fertig?«

»In ein paar Stunden.«

»Dann also Erntegrütze heute Abend?«, fragte Gørvell.

»Ja, um acht«, entgegnete Nesje. »Die Heuarbeiter brauchen Zeit, sich frischzumachen.«

»Sollen wir die Wagen gegen sechs hinunterfahren?«

Ja, so sollte es sein.

Als also alles gemäht war, bis an die Umzäunung heran, und die Männer dastanden, sich auf ihre Sensen stützten, durchatmeten und aussahen, als könnten sie nicht richtig glauben, dass sie fertig waren, und die Mädchen den letzten Schnitt ausbreiteten, sodass alles trocknen konnte, da sahen sie, wie sich auf der anderen Seite des Zaunes vier Elende vom *Reknes Hospital für arme Leprakranke* sich näherten, um auf Abstand ein paar Worte zu wechseln – zwei Männer und zwei Frauen. Die Männer hatten keine Finger, und die Gesichter der Frauen waren große offene Wunden. Sie kamen nicht nah heran, doch sie wussten, in diesem Jahr wie in jedem Jahr, dass nun das Letzte getan war. Die Heuernte auf dem Gørvell-Hof war zu Ende.

»Glück und Segen für die Heuernte!«, riefen die Unglücklichen im Chor. »Glück und Segen!«

»Ja, habt Dank, nun ist die Heuernte für dieses Jahr zu Ende!«

Es war erst fünf Uhr – in einer Stunde sollten die Heuwagen kommen. Die fünf Männer hängten die Sensen in einen Baum, während die Heumägde das letzte Gras ausbreiteten. Und dann, als das getan war, standen sie da, und Nesje holte seine Uhr hervor. Es gab nicht viele, die eine Uhr hatten.

»Nun ist es gleich sechs«, verkündete er. Kurz darauf hörten sie oben von den Hofgebäuden Wagengerassel. Es waren zwei Pferdefuhrwerke – der Fuhrknecht kam mit dem einen und – wahrhaftig, es war Gørvell selbst, der das andere lenkte! Gørvell trug ein weißes Hemd, doch Jacke und Halstuch hatte er abgelegt – er wusste, dass es schweißtreibend werden würde. Vor dem Zaun fuhren sie einen Bogen, und dann begannen die Männer, mit den Heugabeln aufzuladen.

»Nein, nun will ich Heu treten«, erklärte Claus Gørvell. Sie mussten ihm auf den Heuwagen hinaufhelfen – er war trotz allem kein junger Spund mehr, stand er nicht kurz vor seinem fünfzigsten Geburtstag? Doch er trat so fest zu, dass es taugte.

Es fiel leichter, mit ihm zu scherzen, wenn er sich verhielt, als sei er einer von ihnen. So eifrig trat Gørvell das Heu an den Rändern herunter, dass man glauben konnte, es würde nie gut genug sein. Einer der Mäher war sich nicht zu schade, eine Heuladung hoch in die Luft zu werfen, die Gørvell direkt auf den Kopf fiel. Doch dieser lachte nur, und alle lachten mit, als er seinen Kopf aus dem Heu herausstreckte.

7

Es war immer noch eine Stunde hin, bis die Grütze fertig war. Einer der Männer sagte: »Nun wollen wir uns waschen!«

Er machte eine Bewegung mit dem Kopf, und dann gingen sie hinunter zum Reknesstrand – zum Wäldchen direkt am Fjord, wo sie nicht so leicht von den Leuten gesehen werden konnten, die auf dem Weg vorüberfuhren. Sie streiften sich rasch die Kleider ab und standen splitternackt da. Die Frauen waren nicht mitgekommen, und niemand hatte eine Badehose. Dann sprangen sie ins Wasser, mit Geschrei und Gejohle, alles in allem fünf Kerle. Kurze Zeit später kam der Fuhrknecht, er trug eine Art Hose, und sie feixten.

Der Sommer war so schön gewesen, dass der Schnee auf den Gipfeln auf der anderen Seite des Fjords beinahe verschwunden war. Doch wirklich warm war das Wasser nicht – ob wohl das Gletscherwasser den Fjord abkühlte?

Neben Nesje konnte nur noch ein weiterer Mann schwimmen. Sie schwammen ein Stück hinaus, während die anderen in der Nähe des Ufers herumplantschten. Und nun, man glaubte es kaum, kam Claus Gørvell angefahren – er hatte das Karriol angespannt. Er zog die Zügel an und ließ das Pferd grasen, während er zum Ufer hinunterlief und sich die Kleider abstreifte! Dieser dünne Mann – seine Haut war so weiß, dass man kaum glauben konnte, er habe jemals die Sonne gesehen. Sie konnten nicht umhin, einen Blick auf seine Ausrüstung zu werfen – Junge! – und unterhielten sich darüber: Er, Gørvell, war bestückt wie ein Häuptling; es sei wohl doch etwas Wahres dran, dass er von einem finnischen Häuptlingsgeschlecht abstammte. Warum war er Junggeselle, warum hatte er nie eine Frau gefunden? Und schwimmen konnte er, wie ein Seehund. Sie standen da und sahen ihm zu. Er schwamm unglaublich weit hinaus – wollte er ganz bis nach Reknesholmen? Alle wussten, dass Gørvell neulich einen Rechtsstreit verloren hatte. Er hatte alle Molde-Inseln an *Moldegaarden*, den Moldehof, verloren, geblieben war ihm nur noch Reknesholmen. Bestimmt wollte er zeigen, dass diese Insel auf jeden Fall ihm gehörte!

Doch es war weit bis dorthin. Hatte er den Verstand verloren, warum kehrte er nicht um?

»Du solltest das Boot rausholen, Lars!«, rief einer der Männer dem Fuhrknecht zu. »Nun schwimmt Gørvell wirklich zu weit raus!«

Da drehte Gørvell um und näherte sich mit kräftigen Schwimmzügen. Als er aus dem Wasser stieg und sich mit einem großen Handtuch abtrocknete, sahen sie, dass sein Gemächt zu einem Nichts geschrumpft war.

8

Da läutete die Glocke auf dem Vorratshaus des Gørvell-Hofes, und die Männer riefen einander zu: »Hör doch, Junge, die Glocke! Nun steht die Grütze bald auf dem Tisch!«

»Beeilt euch, Männer«, sagte Gørvell im reinsten Dialekt. Wenn er in guter Stimmung war, redete er wie die gewöhnlichen Leute, als sei es nichts.

O ja, es war an der Zeit, sich wieder seine Siebensachen anzuziehen, die Sonne stand weit im Westen. Als sie auf dem Hofplatz ankamen, warteten die Frauen schon auf sie, viele von ihnen im Sonntagsrock. Serianna hatte sich die weiße Schürze umgebunden. Sie warf Nesje einen Blick zu, kam aber nicht zu ihm. Gørvell dagegen ging zu Nesje und sagte etwas auf Finnisch. Das verstand der erste Mäher zwar nicht, um ein Wort Gottes handelte es sich dabei aber kaum.

»Perkelää! Du musst dich bald entscheiden, Mann!«, sagte Gørvell. Dann ging er zu Serianna und sagte etwas zu ihr, und sie folgte Gørvell zur Treppe und hinein ins Haus. Die anderen blieben stehen und stießen einander an, denn niemand wollte als Erster gehen. Doch dann ging der Fuhrknecht Lars hinein und danach Nesje.

Nesje war gespannt, ob die alte Frau hereinkommen und sie wenigstens begrüßen, wenn auch nicht gemeinsam mit ihnen essen würde. Doch sie zeigte sich überhaupt nicht. Drinnen in der Stube stand die Köchin bereit, ebenso zwei Dienstmädchen. Fuhrknecht

Lars rief, nun solle ein Tischgebet gesungen werden, und begann mit *Der Tisch ist schon bereitet*. Nicht alle sangen mit, auch Gørvell nicht, aber er akzeptierte, dass es so sein sollte. Dann kam die Grütze auf den Tisch. Als sie die Teller ein erstes Mal leer gegessen hatten und darauf warteten, dass mehr hereingetragen wurde, erhob sich Gørvell und hielt eine Rede. Er dankte den Heuarbeitern, dass das Heu eingefahren war. Genau genommen lägen noch ein paar Fuder draußen, aber so sei es eben mit der Arbeit des Bauern, ganz fertig sei man nie. Ganz besonders wolle er dem ersten Mäher, Nesje, danken – für seinen Einsatz, denn Nesje sei nun seit dreizehn Jahren erster Mäher. Es führte kein Weg drumherum, als Gørvell fragte, ob Nesje ein paar Worte an die Heuarbeiter richten wolle. Alle wussten, was es galt – nun sollte er sagen, wie es weitergehen würde.

Nesje stand auf. Er sagte, er habe in letzter Zeit viel an seinen Vater gedacht. Nicht, dass er sich an seinen Vater erinnern könne – er starb, als er selbst ein Jahr alt war. Doch der Vater habe ihm ein Wort hinterlassen, das ihn seine Mutter gelehrt habe, als er groß genug war, um es zu verstehen: nämlich, was ein Mann zu einer Frau sagen sollte, wenn er auf Freiersfüßen ging.

Nun verstummte das Gespräch in Gørvells Stube.

Nesje verwendete feinste Schriftsprache, als er sagte: »So frage ich dich, Serianna Eriksdatter: Willst du die Freude meiner Jugend und der Trost meines Alters werden?«

Es wurde so still in Gørvells Haus, wie es noch nie zuvor gewesen war. Seriannas Gesicht wechselte die Farbe. Dann strich sie mit ihrer Hand die weiße Schürze glatt und sagte Ja.

Da brach ein Spektakel los, dass schier das Dach abhob. Sie schrien und lachten und riefen durcheinander. Gørvell rief lauter als alle anderen. Er war es auch, der die Frage stellte, und jäh wurde es wieder still: »Wann kommt das Kind, Serianna?«

»Nach Weihnachten«, antwortete Serianna. »Aber noch vor Ostern«, setzte sie hinzu. Und dann begann das Spektakel von Neuem.

Eine ruhelose Familie

1

Als die Herbstabende dunkel wurden, brachte Hans seine Sachen zu seinem Onkel nach Kringstadhagen, und Serianna zog in Rekneslia ein. Doch als aus Frænen die Nachricht kam, dass ihr jüngster Bruder, Botolv, der erst achtzehn Jahre alt war, an einer Lungenentzündung erkrankt war, kehrte sie zu ihren Eltern nach Hause zurück.

Da wurde es einsam um Nesje. An dem einen oder anderen Abend schaute Hans herein, wollte aber nicht übernachten.

»Ich will nicht in zwei Betten schlafen«, sagte er.

»Was machst du den halben Tag lang?«, fragte Nesje seinen Sohn. »Sind dir die Nachmittage nicht lang?«

»Ich bin in der Tischlerei. Und wir fischen. Er hat ja ein Boot, der Onkel Hans.«

»Ich hätte es gerne gehabt, dass du mich nicht so plötzlich verlässt.«

»Ich habe dich nicht verlassen – ich wohne bei meinem Onkel«, erwiderte Hans. »Darüber brauchen wir also nicht mehr zu reden. Aber ich war heute früh auf dem Postamt, und sie haben mich gebeten, dir zu sagen, dass ein Brief für dich angekommen ist.«

»Ich habe ihn heute Nachmittag abgeholt«, sagte Nesje. »Aber ich habe ihn noch nicht geöffnet. Ich fürchte, es gibt schlechte Neuigkeiten über ihren Bruder.«

»Ich kann hierbleiben, bis du ihn gelesen hast.«

Nesje riss den Brief auf. Aus irgendeinem Grund zitterte seine Hand ein wenig.

Der Brief war von Serianna. Sie erzählte, dass Botolv gestorben war, und Nesje dachte, wie schnell alles ging. Sie wollte, dass er zur Beerdigung kam. Als er das Hans erzählte, sagte der: »Du musst hinfahren, Vater.«

»Aber wer soll die Kühe füttern? Und wer soll sie melken?«

»Das werde ich übernehmen! Onkel Hans hilft mir.«

»Aber dann musst du hier schlafen!«

»Ich schlafe hier! Sieh zu, dass du fortkommst!«

Gørvell lieh Nesje ein Boot, mit dem er zu Serianna ruderte, denn nun hatte es geschneit und über das Gebirge war kein Fortkommen. Er ruderte vier Stunden lang in Wind und Regen und wurde bis auf die Haut nass. Fröstelnd ging er den Weg vom Ufer hinauf zu dem Hof, wo Serianna sich aufhielt – wie sie es ihm erklärt hatte. Es war dunkel, aber gegen den Unwetterhimmel zeichneten sich die Hofgebäude ab. Es gab zwei Vorratshäuser, ein Küchenhaus und eine Scheune. *Bortegarden* wurde der Hof genannt.

Er ging zur Tür und klopfte an. Niemand antwortete. Er hob die Klinke an und trat ins Haus. Sie saßen um einen Tisch – eine vormals achtköpfige Familie, die nun zu siebt war. Die Eltern waren leicht zu erkennen. Er begrüßte sie als Erste, Ingeborg und Erik, nannte seinen Namen und nickte ihnen zu, wie es Brauch war. Sie waren alt, das sah er nun. Aber sie führten den Hof, obwohl der älteste Sohn Ola die ganze Arbeit machte.

Serianna schien sich über sein Kommen zu freuen. Sie erhob sich und sagte: »Da bist du ja!«

Er umarmte sie nicht – zuerst musste er die anderen begrüßen.

»Bist du Ola?«, fragte er den dunkelhaarigen Mann am Tischende.

»Sie sagen so«, erwiderte Ola und ergriff seine Hand.

Ola war dreißig, das wusste Nesje, hatte aber noch keine Frau. Ola hatte den Ruf, ein Großmaul zu sein, doch sein Gesicht verriet, dass in dem kräftigen Körper eine empfindsame Seele wohnte. Der Bruder Erik, den sie den »Möbelschreiner« nannten, weil er in einem Winter nahe Molde eine Schreinerlehre absolviert hatte, war ebenfalls nicht verheiratet. Das musste der sein, der am anderen Ende des Tisches saß, sodass Nesje einmal um den Tisch herumgehen musste. Und wer war wer bei den Schwestern? Ane-Martha und Gjertine waren neunzehn und fünfzehn Jahre alt. Die mit dem stechenden Blick – das war zweifellos Gjertine. Deshalb begrüßte er zuerst die andere.

»Du bist bestimmt Ane-Martha!«

Woher wusste er das alles? Er merkte sich Dinge gut, das war es. Serianna hatten ihm von allen erzählt, doch nun war sie einfach nur schweigsam und froh.

Er wurde gebeten, sich an den Tisch zu setzen, aber er war nass wie ein Hund. Er wolle sich ans Feuer setzen, bis er trocken sei, sagte er. Sie machten Milch für ihn warm und boten ihm Grütze an. Er war nach der langen Fahrt hungrig.

Ane-Martha war freundlich, aber was war Gjertine für ein Mensch? Sie verließ den Tisch, baute sich vor ihm auf und sah ihn an, während er versuchte, warm zu werden. Sie war groß und dünn, aber – wie man so sagte – gut gebaut. Und sie war geradeheraus, dachte er. Die obersten Knöpfe an ihrem Kleid waren geöffnet, sodass man die weißen Brüste sehen konnte, wenn sie sich vornüberbeugte.

Plötzlich lachte sie. Er fragte, ob sie über ihn lache? Nein, das tue sie nicht. Doch dann lachte sie noch mehr und sagte, sie habe nicht erwartet, dass er so alt sei! Schließlich fiel ihr ein, dass die Leiche ihres Bruders in der Stube lag, und sie brach in Tränen aus, weil sie gelacht hatte, obwohl der Tod zu Gast war. Kurze Zeit später war sie verschwunden – als könne sie sich unsichtbar machen. Dann kam sie genauso plötzlich wieder herein, mit einem Buch in der Hand, in das sie sich vertiefte: *Über die Verhältnisse in Amerika.* So heiße das Buch, erzählte sie Nesje, als er danach fragte. Bald darauf erhob sie sich wieder und starrte ihn an, doch als Serianna sie bat, damit aufzuhören, fragte sie: »Wie sieht es mit deinem christlichen Glauben aus, Nesje?«

»Kannst du die Leute nicht in Ruhe lassen, Gjertine?«, fragte Serianna.

»Glaubst du an den gekreuzigten und wiederauferstandenen Jesus Christus? Ja oder nein?«, fragte Gjertine Nesje.

»Nein, jetzt ist aber Schluss! Irgendetwas muss wohl auch Nesje für sich behalten dürfen!«, rief Serianna.

»Ich habe meinen Kinderglauben, und der reicht mir!«, erwiderte Nesje.

Gjertine lief wieder aus dem Zimmer. Etwas später saß sie da und las, konnte sich aber nicht konzentrieren. Sie hatte Botolv vorgelesen, bis er in den letzten Dämmerzustand hineinglitt. Wie solle es nun mit ihnen weitergehen, frage sie sich? Könne man sicher sein, dass nicht noch mehr sterben würden?

»Hör auf, Gjertine!«, sagten die anderen.

Dieser Menschenschlag hier war ganz anders als er selbst, dachte Nesje. Sie trugen eine Unruhe in sich, die er nun auch an Serianna wahrnahm. Sollten sie ihre Unruhe nicht lieber bei der Arbeit aufbrauchen, um Frieden zu haben, wenn sie sich ausruhten? Alle standen sofort wieder auf, sobald sie sich hingesetzt hatten. Sie gingen durch die eine Tür hinaus und kamen zur anderen wieder herein. Sie fragten ihn erneut nach Dingen, die er ihnen schon erzählt hatte, als hätten sie nicht zugehört. In ihrer großen Trauer fühlten sie sich beengt und bekamen fast keine Luft. Der alte Erik konnte nicht mehr gut sehen, und ganz klar im Kopf war er bestimmt auch nicht mehr.

»Wer ist da zu uns gekommen?«, fragte er. »Ist das der Häusler aus Rekneslia, der dich besuchen kommt, Serianna?«

»Er heißt Knut Hansen Nesje und kommt von Nesjestranda!«, erwiderte Serianna.

»Ein großer, schöner Mann!«, sagte die alte Ingeborg.

»Er muss Serianna heiraten, mir ist aufgefallen, dass sie schwanger ist«, sagte Erik Olsen. Dann verschwand er jedoch wieder in seiner eigenen Gedankenwelt. Er trauerte wohl über seinen jüngsten Sohn, der nicht mehr da war.

Nesje verstand nicht, wo hier noch ein Platz für ihn sein sollte, sowohl am Tisch als auch im Bett. Ola wohnte mit Möbelschreiner Erik im Altenteilerhaus, und die Schwestern schliefen auf dem Dachboden. Warum waren sie noch alle zu Hause? War es nicht an der Zeit, dass Erik und Ane-Martha sich aufmachten und fortkamen – hinaus in die Welt? Und dann Gjertine, die dem Pastor Widerworte gegeben hatte, sodass sie den ersten Platz vor dem Altar verlor!

Serianna hatte davon erzählt, und nun waren alle in der Familie stolz auf das, was Gjertine getan hatte. Und was genau hatte sie getan? Ja, das sollte er nun hören! Sie hatte den Bibeltreuen gesagt, sie werde den Pastor zur Vernunft bringen, und diese waren der Ansicht, das sei eine große Tat. Gjertine war fjordeinwärts zur Konfirmandenstunde im Pastorenhaus gerudert, und dort sagte sie, während die anderen Konfirmanden zuhörten, die Lehre des Pastors sei nicht recht.

Es gab einen Aufstand. Der Pastor schickte die anderen Konfirmanden nach Hause, um Gjertine zurechtzuweisen. Als sie nicht nachgab, sagte der Pastor, sie könne nicht zuvorderst am Altar stehen, so wie er es beabsichtigt hatte, wenn sie ihre Worte nicht zurücknehme.

Gjertine wollte nichts zurücknehmen. Der Pastor kam, um mit ihren Eltern zu sprechen. Diese baten sie, vernünftig zu sein, doch Gjertine lenkte nicht ein. Und nun sollte Nesje hören, was dann geschah: Mitten im Verhandeln hörten sie einen Aufschrei von Ola, der hinter der Scheune stand und eine Sense wetzte. Er hatte sich geschnitten, und aus dem Handgelenk quoll das Blut. Die Magd, Ane, kam mit einem Tuch angelaufen und wickelte es um das Handgelenk, doch das Blut kam nicht zum Stillstand. Gjertine bat alle zu gehen; sie werde die Blutung stillen. Sie kenne eine Formel, die sie von den Bibeltreuen gelernt habe – als Dank dafür, dass sie den Pastor zurechtgewiesen habe.

Verwirrt zogen sich alle zurück, auch der Pastor. Gjertine murmelte die besagten Worte, und das Blut hörte auf zu fließen.

»Dem Pastor verschlug es die Sprache«, sagte ihre Mutter stolz.

»Ja, du sagst es«, pflichtete der alte Vater bei. »Dem Pastor verschlug es die Sprache, und dann ging er!«

Gjertine musste zwar als Nummer neun vor dem Altar stehen, aber wenigstens wurde sie konfirmiert.

»Welche Worte waren das?«, fragte Nesje. »Was für einen Spruch hast du aufgesagt, um das Blut zu stillen?«

»Einen Spruch? Das sind Worte, die Wunder wirken.«

»Aber was waren das für Worte?«

»Das kann ich nicht sagen, denn dann verlieren sie ihre Kraft«, erwiderte Gjertine.

»Ist das Schwarze Kunst oder christlicher Glaube?«, fragte Nesje. Er hatte nicht vor, sich von diesem Mädchen um den Finger wickeln zu lassen.

»Der Name dessen, der am Kreuze hing, kommt darin vor!«, entgegnete Gjertine. »Ich glaube also, der Teufel hat sich ferngehalten. Aber es sind machtvolle Worte – das hat auch der Pastor begriffen. Er hat es nicht gewagt, mich nicht zu konfirmieren!«

Wofür sollte das alles gut sein?, fragte sich Nesje. Es kümmerte niemanden, dass Gjertine ihren ersten Platz verloren hatte.

»Die Gjertine, die wird auf jeden Fall heiraten«, meinte ihr Bruder Ola.

»Du hast deine Sache als Nummer neun gut gemacht!«, sagte die Mutter. »Du hast von allen am besten geantwortet! Darüber wird noch lange geredet werden, wie du dem Pastor Bescheid gegeben hast!«

Nesje wollte dem Gespräch eine andere Richtung geben. Kurz nach Neujahr sollte derselbe Pastor Serianna und ihn trauen! Das hatte die Familie hier beschlossen, und nun sollten sie aufgeboten werden. Nesje sagte, es sei an der Zeit, nach vorne zu schauen und dafür zu arbeiten, dass im Lande Norwegen alles seinen richtigen Weg gehe. Und dafür müssten sie wohl zusammenarbeiten, die Pastoren und die Bauern? Er glaube, für das Vaterland brächen jetzt bessere Zeiten an – mit mehr Arbeit für die jungen Leute, mit Straßenbau und Eisenbahnen, sagte er. Nach allem, was man wusste, könne nun eine Zeit des Aufschwungs anbrechen, sagte er.

»In Norwegen wird es nur immer schlimmer werden«, meinte Gjertine. »Wer auf der Suche nach einer besseren Zukunft ist, muss so schnell wie möglich fort von hier! – Hast du von Lars gehört, Lars Stavig?«, fragte sie Nesje.

Und nun begannen sie alle durcheinander von einem Mann zu erzählen, der Lars Stavig hieß und auf der anderen Seite des Fjords wohnte. Er war ein Verwandter der alten Ingeborg und wusste, wo es langging. Lars Stavig hatte herausgefunden, dass das Vaterland keine bleibende Statt war. Er hatte miterlebt, wie seine Mutter einen jüngeren Mann geheiratet hatte, und als die Mutter starb, heiratete dieser Mann eine jüngere Frau, sodass Lars die Verantwortung für Altenteiler bekam, die beinahe sein Alter hatten und mit denen er nicht verwandt war – lediglich durch mehrere jüngere Geschwister.

Das wollte er nicht! Es war nicht richtig, dass er alte Leute durchfüttern sollte, die ihn nichts angingen! Er, Lars Stavig, wollte mit seiner Familie nach Amerika. Er musste nur noch das Geld für die Fahrkarten verdienen, dann wollte er fort.

»Wenn manche fortgehen, wird es für uns, die wir hierbleiben, besser«, sagte Ola.

Wie er das sagen könne? Brauchte das Land nicht jede arbeitende Hand?, fragte Nesje.

»Mutter Norwegen schafft es nicht, alle ihre Kinder zu ernähren«, entgegnete Ola. »Also müssen einige von ihnen hinaus in die Welt. Dass sich jeder und jede hier auf dem Hof nun Arbeit suchen muss, ist jedenfalls sicher und gewiss. Der Bortehof kann uns nicht alle ernähren!«

Es zeigte sich, dass Ane-Martha im Herbst zu Hause gewesen war, kurz nach Weihnachten aber einen Dienst antreten sollte. Auch Gjertine musste sich eine Stellung suchen. Und dann war da noch der Bruder, Erik. Für ihn gab es im Ort nun viel Arbeit. Es sollte eine Schule gebaut werden, und für den einen oder anderen fertigte er Möbel. Sobald der Schnee geschmolzen war, sollten die Eltern ins Altenteilerhaus umziehen. Ola wollte von der Hypothekenbank fünfhundert Kronen leihen, um eine neue Stube ans Haus anzubauen. Die Küche, in der sie saßen, würde mit einer Holzwand in der Mitte geteilt werden, und über der neuen Stube sollte es einen Dachboden geben, mit einem Schlafzimmer. Dort sollte Erik wohnen – mit einer halben Küche, mit einer Stube und einem Schlafzimmer für sich allein.

»Das muss wohl alles einmal zurückbezahlt werden«, sagte Nesje.

Die anderen hörten auf zu essen – aus Angst, Ola könnte wütend werden. Die Kartoffeln wurden kalt, und der Hering lag unberührt da. Ola griff nach seiner Gabel und sagte, es sei in Ordnung, wenn Leute ihre eigenen Ansichten hätten, er werde sich aber so einrichten, wie er es sich vorgestellt habe. Er habe auch daran gedacht, sich einen neuen Holzherd anzuschaffen. Man sollte nicht an dem sparen, was es brauchte, um sich gemütlich einzurichten. Wie sollte man es draußen in jeglichem Wetter aushalten, wenn man es sich nicht warm machen konnte, sobald man nach Hause kam? Wie sollte er eine Frau finden, wenn er nur einen alten Feuerhaken über einer offenen Feuerstelle hatte? Konnte Nesje ihm sagen, wie viel ein Herd kostete?

Serianna hatte ihnen also erzählt, dass er als Vertreter für *Trolla Brug* arbeitete. Er begriff, dass er Ola auf eine andere Art nehmen musste.

»Du solltest dir das Modell TMV Nr. 217 anschaffen«, sagte Nesje. »Oder Nr. 208. Letzteres ist etwas geräumiger – für große Holzscheite.«

»Dann wird es die 208«, sagte Ola. »Wie viel kostet der?«

»Für zehn Speziestaler steht der Herd bei dir«, erwiderte Nesje. »Oder vierzig Kronen, wie es jetzt heißt. Und da berechne ich keine Provision.«

Serianna verriet mit einem Zucken der Mundwinkel, dass sie anderer Meinung war, doch sie sagte nichts. Ola ergriff Nesjes Hand und sagte, das sei ein Handel. Für diese Antwort wolle er eine Kuh zur Hochzeit schlachten – daran solle es nicht mangeln. Denn nun müssten sie heiraten, bevor das Kind käme, sagte Ola, Serianna platze ja beinahe.

Dann gingen sie zu Bett, löschten das Licht, und Nesje durfte seine Arme um Serianna legen.

2

AM NÄCHSTEN TAG trafen nach und nach die Nachbarn ein. Während die Leute schweigend im Kreis saßen, wurde der Sarg von Botolv ein letztes Mal geöffnet. Einer nach dem anderen stand auf und stellte sich an den Sarg, um Abschied zu nehmen. Dann fuhren sie den Sarg mit Pferd und Wagen zum Kirchhof. Dort läuteten für ihn die Glocken, doch es kam kein Pastor, um ihn zu beerdigen: Das musste warten, bis außer Botolv noch weitere dazukamen, die drei Schaufeln Erde benötigten. Zu dem Zeitpunkt war das Grab schon längst wieder zugeschaufelt – von den Dorfbewohnern, die sich dem Zug angeschlossen hatten.

Nesje hatte erwartet, dass Gjertine vor lauter Tränen und Trauer aufgelöst sein würde, doch er hatte sich geirrt. Sie war es, die umherging und für die anderen tröstende Worte fand, wenn der Kummer sie zu überwältigen drohte. Sie streichelte ihre Mutter, sie streichelte

Ola, als die Verzweiflung ihn überkam. Serianna trauerte auch, doch sie trug ein Kind in ihrem Leib, für das sie sorgen musste. Alles schien leichter zu werden, als Botolv endlich unter die Erde gekommen war.

Es waren noch drei Wochen bis Weihnachten.

Nesje kehrte heim nach Rekneslia, und Hans kam und blieb bei ihm. Er sprach mit dem Schneider Johansen und bestellte sich einen neuen Anzug. Er durfte in drei Raten bezahlen – ein Versprechen, das er würde halten können. Der Anzug kostete vierzig Kronen. Zwei Tage vor Weihnachten holte er ihn ab, und an Heiligabend trug er ihn zum ersten Mal. Hans und er gingen zusammen zur Kirche nach Molde. Sie gehörten zum Kirchspiel Bolsøy, doch die Kirche von Bolsøy lag draußen auf der Insel Bolsøya, und dorthin gelangte man nicht, wenn man kein Boot zur Verfügung hatte.

Nesje hatte im Herbst ein Kalb geschlachtet und eingesalzen. Sie aßen nur sehr selten Fleisch, aber an diesem heiligen Weihnachtsabend gab es Kalbsbraten. Nesje las das Weihnachtsevangelium aus der alten Bibel, die er von seiner Mutter bekommen hatte – so, wie er es immer tat, aber sie sangen nicht. Dann kehrte Nesje zu Serianna zurück.

Nesje und Serianna hielten am 3. Januar 1875 Hochzeit auf dem Bortehof. Nesje fühlte sich jung und hübsch in seinem neuen Anzug. Die Braut war im siebten Monat schwanger. Ola führte nun den Hof, und er sparte nicht an den Hochzeitskosten. Das Bier hatte er in großen Tonnen gebraut, die im Küchenhaus standen und abkühlten. Einen Ochsen hatte er geschlachtet, das gab mehr her als eine Kuh, denn an Essen sollte es nicht mangeln. Spielleute aus drei Ortschaften waren eingeladen. Die Gäste strömten herbei, bis man sich in kaum einem Raum mehr umdrehen konnte. Keines der neun Geschwister von Nesje sah sich genötigt zu kommen, nicht einmal der Bruder Hans, und damit wollte auch sein Sohn Hans nicht kommen.

»Ich passe nicht zu Leuten, die ich nicht kenne«, sagte Hans zu seinem Vater.

»Es ist zu weit, um im Winter nach Frænen zu fahren«, sagten alle seine Geschwister. »Wir werden sie kennenlernen, wenn sie nach Rekneslia kommt!«

Nesje war enttäuscht, erwiderte aber nichts mehr. Er tanzte den Brauttanz mit Serianna, doch wenn er versuchte, sie herumzuschwingen, konnte sie sich kaum rühren. Er hätte es gerne gesehen, wenn die Hochzeit etwas enthaltsamer gewesen wäre, aber so war es hier wohl Brauch.

Ein Mann stand draußen auf der Treppe und versuchte, einen klaren Kopf zu bekommen. Als ein anderer Mann herauskam, fragte der erste: »Siehst du den Mond, du? Da, hinter den Bergen? Gerade ist er wie ein Fohlen gesprungen!«

»Und nun springe ich!«, rief der Möbelschreiner Erik. Und dann sprang er in die Luft, stieß seinen Kopf aber am Vordach und stürzte zu Boden. Dort blieb er liegen, bis sie ihm kaltes Wasser ins Gesicht schütteten, um ihn wieder zum Leben zu erwecken.

3

Am nächsten Tag wollten sie vom Bortehof abreisen. Weil die Schwangerschaft schon so weit fortgeschritten war, konnte Serianna nicht mehr Boot fahren. Stattdessen wollten sie Pferd und Schlitten nehmen, denn es hatte gefroren. Ola ruderte das Gørvell-Boot zurück nach Molde, während Nesje seine Braut mit Olas Pferd und Schlitten nach Hause brachte. Als sie in die Stadt hineinfuhren, sahen sie Ola draußen bei Reknesholmen im Boot, und als sie die Anlegestelle erreichten, war er an Land gegangen und wartete auf sie.

In Rekneslia empfing sie Hans. Doch kaum waren sie angekommen, suchte er nach seiner Jacke.

»Kannst du nicht hier mit uns zusammen wohnen bleiben?«, fragte Serianna. »Ich werde versuchen, wie eine Mutter für dich zu sein.«

»Das hast du schön gesagt«, erwiderte Hans, »aber ich hatte einmal eine Mutter und kann keine neue bekommen.«

»Du könntest es mich versuchen lassen.«

»Wann kommt mein Bruder zur Welt?«

»Woher weißt du, dass es ein Bruder ist?«

»Das sehe ich an deiner Figur«, entgegnete der Junge.

»Wo hast du das denn her, du Aufschneider?«

»Von meiner Großmutter. Sie war Hebamme und hat mehr als tausend Kindern geholfen, auf die Welt zu kommen.«

»Die Nesje-Leute sind wohl klüger als andere«, meinte Serianna. Darauf sagte Hans nichts mehr.

Doch als die Geburt näher rückte und Hans auf Kurzbesuch war, war er es, den Serianna zur Hebamme schickte.

Die Hebamme kam und erteilte Hans Aufträge: Er musste Holz und heißes Wasser holen, denn Nesje musste auch an diesem Tag auf dem Gørvell-Hof seine Arbeit tun.

Am 7. März, noch bevor der Frost aus der Erde war, bekam Serianna einen Jungen, der vom ersten Moment an einen scharfen Blick und einen Hitzkopf hatte. Nesje meinte, Hans sei als Kind ganz anders gewesen.

Der Schnee lag in Rekneslia meterhoch, und die frischgebackene Mutter konnte nirgendwohin. Sie wollte, dass Nesje einige Tage zu Hause bliebe, aber es gab niemand anderen auf dem Gørvell-Hof, der die Kühe füttern konnte. Serianna fragte: »Kann meine Schwester Gjertine kommen und bei mir bleiben?«

»Ich habe nichts, womit ich sie bezahlen könnte«, antwortete Nesje.

»Sie soll nichts anderes als die Kost bekommen.«

Gjertine hatte noch keine Anstellung. Es hatte sich anscheinend herumgesprochen, wie kompliziert sie war, und die Leute scheuten wohl davor zurück, sich einen Prediger ins Haus zu holen. Einen Prediger im Rock! Doch Nesje sagte, Gjertine dürfe kommen, wenn Serianna es so wolle.

Fünf Tage später stieg Gjertine die Hügel zu ihrem Haus herauf. Ola hatte sie mit dem Boot hergefahren. Seit Neuestem fuhr auch ein Dampfschiff, doch auf diese Weise sparten sie ein paar Schillinge, meinte Gjertine. Aus vielem, was sie sagte, hörten sie Ola heraus, doch zugleich war da auch all das andere, ihr ganz eigene.

Sie hatte einen Holzkoffer dabei, den ihr Schreinerbruder Erik für sie getischlert hatte. Den Koffer stellte sie zum Auspacken auf den Stubentisch, als schien es sie nicht zu genieren, dass Nesje die zwei Unterhosen, zwei Baumwollhemden und das Paar feine Schuhe sah, die sie darin hatte. Nichts in der Welt schien Gjertine zu genieren. Sie sah sich um.

»Wer hat das hier gebaut?«, fragte sie. »Zwei Zimmer und alles – auch wenn das Haus nicht groß ist.«

Nesje störte sich nicht an der Frage. »Ja, was glaubst du?«

»Warst du das, Knut?«, fragte Gjertine ihren Schwager.

Das gefiel Serianna nicht.

»Du wirst ihn Nesje nennen, so wie wir anderen es auch tun!«

»Aber ist er nicht auf den Namen Knut getauft?«

»Hier im Haus heißt er Nesje!«, erwiderte Serianna.

»Warst du das also, Nesje?«

»Es gab hier niemand anderen, soweit ich weiß«, antwortete Nesje.

»Aber dieses feine Leistenwerk?«

Ja, das hatte er selbst gehobelt.

Aber hatte er so viel feines Werkzeug?

O nein, das war während der Zeit, als er auf dem Hof Kvam gearbeitet hatte. Dort gab es eine Tischlerwerkstatt mit Kantenhobeln,

Doppelhobeln, Nuthobeln, Federhobeln, Falzhobeln und Raubänken aller Art.

Und wie hing das nun alles zusammen?

Tja, meinte Nesje, das hinge so zusammen, dass er davon geträumt habe, sein eigenes Haus zu bauen – so wie sein Bruder Hans in Kringstadhagen.

»Und als klar war, dass Guri Tronsdotter ein Kind erwartete«, sagte Nesje, »musste es schnell gehen.«

»Also kam Hans wohl, bevor ihr heiraten konntet?«, fragte die scharfsinnige Gjertine.

Darauf wollte Nesje nicht antworten.

»Ich habe drei Jahre gebraucht, um dieses Haus zu bauen, und in der Zwischenzeit musste jeder für sich wohnen. Hans und seine Mutter wohnten in Bjørset, und ich blieb in Kvam, während ich das Haus zeichnete. Es sollte kein großes Haus sein, aber wir wollten zwei Räume, eine Kammer und die Küche im Erdgeschoss, und drei Bodenkammern im ersten Stock. Anfangs hatten wir weder Holz, um daraus ein Haus zu bauen, noch ein Grundstück, auf dem wir es errichten konnten. Ich musste dafür sorgen, dass Guri den Mut nicht sinken ließ. Deshalb habe ich einen Plan einschließlich aller Maße gezeichnet, der zeigte, wie ich es haben wollte, außen und innen, sobald wir es uns leisten konnten zu bauen. Ich habe sämtliche Leisten gehobelt, bevor das Haus überhaupt stand.«

Und dann sei er zum Amtmann Leth gegangen, erzählte Nesje, dem Besitzer des Guts Reknes, und habe ihn gefragt, ob er in Rekneslia ein Haus bauen und den Grund und Boden dafür pachten dürfe. Sechzehn Dekar* hatte er ausgerechnet. Zu dieser Zeit stand dort ein Kiefernwald, und aus dem Holz wollte er das Haus bauen.

Leth sagte: »In Ordnung, Mann, das darfst du, aber du kannst es nicht kaufen, es bleibt beim Pachten!«

---

* Entspricht 1,6 Hektar.

Er sah, wie der Bericht Eindruck auf Gjertine machte, ja, es schien, als sei sie Feuer und Flamme – jedenfalls mehr als Serianna, als er ihr das Gleiche erzählt hatte. Serianna war wortkarger als ihre Schwester, was aber nicht bedeuten musste, dass sie einen geringeren Verstand hatte. Wie auch immer: Erst hatte er die großen Kiefern in Rekneslia gefällt, und das geschah in dem Sommer, als Hans ein Jahr alt war. Als es im Herbst anfing zu schneien, legte er das gefällte Holz auf einen Schlitten und fuhr es in mehreren Runden zum Sägewerk nach Årø. Er sägte Bretter und Balken und Dachsparren zu, und dann ging es wieder zurück – mit allem, was er zugesägt hatte. Vorher hatte er ausgerechnet, was es brauchte, um dieses Haus zu errichten. Und als er gut ein halbes Jahr später mit dem Bauen fertig war, war kaum ein Bretterstumpf übriggeblieben.

Er erzähle das nicht, um sich wichtig zu machen, fügte Nesje hinzu, sondern um zu zeigen, wie wichtig es sei, langfristig zu planen. Zwei Sommer lang hatte er an seinem eigenen Heim gearbeitet, während sein Sohn Hans noch klein war.

»Und deine erste Frau lebte da noch?«

»Ja, das war, als Guri noch lebte.«

»Sie war bestimmt froh, als das Haus endlich stand«, sagte Gjertine.

»Ja, das versteht sich, dass sie froh war.«

»Sie konnte sich sehr glücklich schätzen, einen Mann wie dich zu haben!«

»Nun ja, darüber können andere urteilen.«

»Und nun kann sich Serianna glücklich schätzen! Nicht wahr, Serianna?«

Serianna antwortete nicht. Wie immer machte sie sich ihre eigenen Gedanken. Doch schließlich gelang es ihr nicht mehr, ihre Irritation für sich zu behalten.

»Muss denn immer alles ausgesprochen werden?«, sagte sie nach einer Weile. »Was das Zusammensein unter Menschen schwierig macht, ist, dass es nichts gibt, worüber nicht gesprochen wird! Die

Leute tragen ihr Herz auf der Zunge und breiten all ihre Gedanken aus. Sie möchten alles sagen dürfen, was ihnen gerade in den Sinn kommt. Könnte man zwischendurch nicht auch einmal das eine oder andere für sich behalten?«

»Nein, jetzt verstehe ich dich aber nicht!«, sagte Gjertine zu ihrer Schwester. »Bei allem, was wir tun, sollen wir offen und ehrlich sein.«

»Was steht in der Bibel?«, fragte Serianna.

Darauf wusste Gjertine keine Antwort.

»Dort steht: *Eure Rede aber sei: Ja, ja; nein, nein*«, entgegnete Serianna. »Wollt ihr nun zu Abend essen? Ja oder nein!«

Tja, was sollten sie darauf antworten?

»Wenn du etwas isst, werde ich auch einen Bissen zu mir nehmen«, sagte Nesje zu Serianna.

»Ja, ich muss gestehen, dass ich einen Bärenhunger habe. – Wo soll ich schlafen?«, fragte Gjertine und sah sich um.

»In der Dachkammer«, sagte Serianna.

»Aber soll ich nicht den Kleinen nehmen, wenn er aufwacht?«

»Du sollst Nesje etwas zu essen machen! Nur eines zählt: Dass Nesje den Schlaf bekommt, den er braucht. Kannst du deine Sachen wegräumen, damit ich das Essen auf den Tisch stellen kann?«

Im selben Augenblick wachte der Junge auf.

»Der Frieden und der Segen Gottes sei über diesem Haus«, sagte Gjertine. Sie warf ihre Kleider in den Koffer. Dann nahm sie den Neugeborenen auf den Arm, während sich Serianna dem Ofen zuwandte, um die Abendgrütze zu kochen.

Nesje musste zugeben: Gjertine hatte etwas Herzensgutes an sich. Sie war ohne Hintergedanken. Sie saß mit dem Kleinen da, während Serianna den Tisch deckte, und dann aßen sie. Nesje fragte, ob es etwas Neues aus Frænen gäbe.

Ja, die Brüder hatten nun die Küche mit einer Holzwand geteilt – so, wie sie es vorgehabt hatten. Ola bekam den Teil, wo der neue Holzofen stehen sollte, und Erik musste mit der alten Feuerstelle vorliebnehmen. Zum Sommer hin wollten sie eine neue Stube mit Dachboden anbauen und das Haus um mehr als zehn Ellen verlängern.

Dies war seit fast hundert Jahren der Plan, seit der erste Teil des Hauses fertiggestellt worden war. Um es zu einem *vollwertigen* Bauernhaus zu machen, wie sie es nannten, musste sich an jeder Seite eine Stube befinden. Bislang hatte es nur eine Stube gegeben. Aber nicht einmal Gjertine war sich sicher, ob es eine gute Lösung sei, dass die zwei Brüder zusammenwohnten und den Hof zusammen bewirtschafteten. Solange beide Junggesellen waren, mochte es angehen, aber was, wenn eine Frau ins Haus kam – oder zwei?

Oh, was wusste Gjertine schon davon, wie das Leben auf einem Hof aussah, auf dem sich zwei Frauen ständig über den Weg liefen! Doch sie verstand mehr, als ihr Alter vermuten ließ. Es war das Wissen, das sie aus Büchern hatte – Bücher aus der Bibliothek Pastor Josef Jervells, die dann zur Volksbibliothek Frænen wurde.

Nesje saß da, in seine eigenen Gedanken versunken, während sich die beiden Schwestern nach der kleinen Streiterei wieder versöhnten. Sie redeten über alles, was sich in der Welt zutrug, und nicht zuletzt auf der anderen Seite des Meeres.

Nesje mochte dieses Gespräch nicht, aber er wurde nicht böse, denn dadurch gewannen seine eigenen Gedanken an Klarheit. Ihm ging darüber endgültig auf, dass er nirgendwo anders hingehen würde. Hier hatte er seine Zelte aufgestellt, wie es hieß, und hier sollte er bleiben.

»Denn ich habe mein Kanaan gefunden!«, meinte er.

Gjertine sah ihn an, und dann begannen sie zu lachen.

»Ich kann nicht sehen, dass hier Milch und Honig fließen!«

»Dann fehlt dir der Blick dafür«, parierte ihr Schwager.

»O Jesus, öffne mir die Augen, auf dass ich sehe, wie reich ich bin«, sang Gjertine. Das Lied stammte von einer Frau, Lina Sandell aus Schweden, und irgendein Prediger hatte Gjertine dieses Lied gelehrt.

Sie sang es jeden Abend. Die Melodie war berückend, das musste Nesje eingestehen. Doch seine Augen waren schon seit Langem offen, sie mussten nicht ein weiteres Mal geöffnet werden.

»Hier habe ich den Schweiß meiner Jugend gelassen«, erklärte Nesje, »und hier werde ich meinen letzten Seufzer tun!«

Er bemerkte, dass Serianna sich jäh erhob und begann, den Tisch abzudecken.

»Kannst du nicht mehr Holz hereinholen?«, fragte sie ziemlich scharf. »Das Feuer im Ofen geht bald aus!«

»Sollen wir nicht auch bald schlafen gehen – wie das Feuer?«, fragte er seine Frau. »Ich muss in sechs Stunden aufstehen.«

»Dann musst du zumindest dafür sorgen, dass Holz im Haus ist!«, erwiderte Serianna. Nesje fand sie eigensinnig, widersprach aber nicht.

»Ich habe nicht den Glauben daran verloren, dass das Leben hier einmal gut werden wird«, sagte er zu Gjertine, als er vom Tisch aufstand. »Ich glaube daran, dass ich meinen Lohn erhalten werde, wenn ich bis zum Letzten treu bin. Mein Hof, wie ich dieses kleine Gehöft und das Stück Land hier nenne, wird eines Tages mir gehören.«

»Gott bewahre deinen Eingang und deinen Ausgang«, antwortete Gjertine, und dann eilte sie die Treppe hoch, um sich auf dem Dachboden über der Küche einzurichten.

Hans kam häufiger zu Besuch, nachdem der Bruder zur Welt gekommen war. Vielleicht war er auch neugierig auf Gjertine, die nur ein Jahr älter war als er. Das Gespräch zwischen den beiden verlief nicht ohne Schwierigkeiten, jedenfalls wenn andere Menschen zugegen waren. Sie fragten, ob sie nicht einen kleinen Gang in die Stadt machen könnten? Oder ob sie nicht zu Hause bleiben und auf den Jungen aufpassen könnten, während Serianna einen Spaziergang machte? War das nicht der Grund, warum Gjertine gekommen war?

Doch nun zeigte sich, dass Serianna nirgendwohin gehen wollte – ganz gleich, wie viele sich anboten, auf den Jungen aufzupassen.

»Ich fühle mich noch nicht gesund genug, um mich unter Leuten zu zeigen!«, sagte sie.

»Was sagst du da? Er ist doch schon drei Wochen alt!«

Nein, Serianna wollte nirgends hin.

War sie menschenscheu geworden?

Nein, sie hatte Todesangst, dass dem Jungen etwas geschehen könne. Hätte sie mit ihrem Mann darüber gesprochen, wäre alles leichter gewesen, doch ihm wollte sie sich am allerwenigsten anvertrauen.

Wenn Gjertine sie fragte, warum sie nicht mit ihrem Mann über das sprach, was sie bedrückte, antwortete Serianna, er habe auch so schon mehr als genug um die Ohren.

Da sagte Gjertine: »So sollte es zwischen Eheleuten nicht sein!«

»Und das willst ausgerechnet du mir erzählen!«, erwiderte Serianna. »Werd erst einmal trocken hinter den Ohren, bevor du andere darüber belehrst, wie sie leben sollen!«

Sie hatte bereits ein Kind verloren, deshalb war die Angst so groß. Wenn er nachts aufwachte, durfte ihn die Schwester nicht nehmen. Serianna bekam zu wenig Schlaf und wurde reizbar. Gjertine durfte die Hausarbeit machen – den Jungen behielt Serianna bei sich.

4

EINES TAGES im Frühling kam Hans, als Gjertine nicht zu Hause war. Sie war mit der Milch in die Stadt gegangen. Es war am Nachmittag, Nesje war noch nicht von der Arbeit zurück. Hans stand am Küchenfenster und sah hinaus auf den Fjord, der immer noch wintergrau dalag, obwohl der Schnee langsam taute. Er wusste nicht, ob er auf seinen Vater warten oder sich wieder anziehen und fortgehen sollte.

Serianna war mehr als wortkarg, und auch ihm fiel nichts ein, was er hätte sagen können.

Es ist scheußlich, wie lange der Schnee dieses Jahr hier liegen bleibt, dachte er. Unten in der Stadt war der Schnee verschwunden, und bald würde es grün werden, aber um das Haus in Rekneslia türmten sich noch die Schneewehen.

Da hörte er, wie ein Truhendeckel mit Wucht zugeworfen wurde und die Wasserkelle die Wand traf, dass es knallte. Er drehte sich um und sah in das Gesicht seiner Stiefmutter, zerfurcht vor lauter Schlafmangel.

»Du räumst auf«, sagte er und hob die Kelle auf.

»Etwas ist über mich gekommen!«, sagte sie.

»Und was ist über dich gekommen?«

»Dass ich in einem Käfig gefangen bin. Ich bin seit einem Monat nicht draußen vor der Tür gewesen.«

»Ich habe viele Male gesagt, dass ich auf meinen Bruder aufpassen kann. Und Gjertine ist hier, damit du ein bisschen Zeit für dich hast. Aber ich sehe nie, dass du dir etwas überziehst, um an die frische Luft zu gehen.«

»Ich halte diesen langen Winter nicht aus«, rief Serianna. »Warum wird es hier oben nie Frühling? Und warum kommt dein Vater nicht endlich?«

»Er ist unten am Hang.«

»Und warum widersprichst du mir die ganze Zeit?«, brauste sie auf. Kurz darauf sackte sie am Tisch zusammen.

»Ich bin kein guter Mensch«, sagte sie. »Wo bleibt Gjertine denn nur?«

»Du bist nicht anders als andere«, erwiderte Hans.

»Ich bin ein unruhiger Geist, ich werde zum Menschenfeind, wenn ich nicht an die frische Luft komme.«

»Mach jetzt einen Spaziergang. Vielleicht schläft er, bis du wiederkommst?«

Sie riss sich zusammen und sah ein, wie töricht es war, dass sie nicht wagte, ihr Kind aus den Augen zu lassen. Sie suchte nach ihren Schuhen, die sie einige Wochen lang nicht an den Füßen gehabt hatte. Als sie sie gefunden hatte, stellte sie fest, dass sie gewichst werden mussten.

Also begann sie, die Schuhe einzufetten, statt irgendwohin zu gehen. Aber auf diese Weise war wenigstens ihr Schuhwerk in Ordnung, wenn sich das nächste Mal eine Gelegenheit bot, an die frische Luft zu gehen.

»Dein Vater ist so empfindlich«, meinte sie, während sie ihre Schuhe einfettete. »Alles geht ihm sehr nahe, die kleinsten Dinge.«

»An was denkst du?«

»Ich habe vorgeschlagen, dass wir vielleicht woanders hinziehen könnten – jetzt, wo wir zu mehreren sind. Doch das ist ihm nahegegangen – er will hier nicht weg. Ich habe ihm gesagt, er könne sich auf die Stelle bewerben, die neulich in der Zeitung ausgeschrieben wurde – als Pächter auf Gørvells Hof in Nordland. Ich wüsste niemanden, der besser dafür geeignet wäre als er. Das war als Kompliment gemeint, aber er war verletzt. Er hat mich gefragt, was mit dem Haus und Grund hier passieren solle – dafür habe er seine besten Jahre geopfert.«

»So ist er, mein Vater!«

»Der Kleine wird unglücklich werden, weil ich unglücklich bin«, sagte sie.

»Es ist nicht ungewöhnlich, dass Frauen nach einer Geburt schwermütig sind«, erwiderte Hans.

»Was weißt du denn darüber, du Bengel?«

»Das hat Großmutter immer gesagt. Sie hat tausend Kindern auf die Welt geholfen.«

»Das habe ich jetzt so oft gehört, dass ich es gerne vergessen würde.«

»Du hast eben noch nicht ins Leben zurückgefunden«, sagte Hans.

»Woher nimmst du all die schwierigen Redewendungen?«

»Die kommen mit dem Wind«, sagte der Junge.

In diesem Augenblick kam Nesje herein.

»Kannst du das Fenster zumachen?«, fragte er, während er sich aus den nassen Kleidern schälte. »Ich musste im Regen weiterarbeiten. Holst du Holz herein, Hans?«

Serianna schloss das Fenster, und Hans ging hinaus, um Holz zu holen.

»Geh hinaus in den Frühling!«, sagte Nesje.

»Ich habe niemanden, zu dem ich gehen könnte«, erwiderte sie.

»Du schuldest den Nachbarn, dass du sie besuchst.«

»Sie hätten mir im Kindbett Essen bringen können«, sagte sie. »In anderen Gegenden macht man das so. Aber gut – ich gehe jetzt. Dann werden wir ja sehen, ob sie mich empfangen!«

Sie holte einen Schal und eine Wolljacke, und endlich war sie fort. Nesje sah, dass sie eine Weile vor dem Sættem-Haus stand, bevor sie anklopfte und eintrat. Vielleicht war das Schlimmste vorüber?

Bald darauf kam Gjertine den Hang herauf, die Wangen gerötet und frisch. Sie freute sich, als sie Hans sah, und schlug die Hände zusammen, als sie hörte, dass ihre Schwester endlich einen Spaziergang machte.

»Jetzt sehen wir, dass Gott Gebete erhört!«, sagte sie. »Ich habe nicht mehr geglaubt, dass sie noch einmal die Türschwelle überschreiten würde!«

Seit der Geburt war ein Monat vergangen, als sich Serianna endlich Schuhe anzog und hinausging. Nun konnte sie sehen, dass der Frühling Einzug hielt.

Als sie zurückkehrte, war sie eine andere Frau. Sie war bei der Nachbarin gewesen und anschließend auf dem Gørvell-Anleger. Sie hatte den Geruch von Regen und Erde eingesogen und die nackten Felder gesehen.

Sie war wie verwandelt. Das Gesicht leuchtete.

»Das sind nette Leute, die Leute von Sættem«, sagte sie. »Sie sind zwar reichlich fromm, aber sie kümmern sich um ihre Nachbarn. Dies hier hat Julia für unseren Kleinen gestrickt.« Sie zeigte eine kleine weiße Mütze vor.

Es war, als würde sich die Stimmung im ganzen Haus aufhellen.

Hans sagte: »Bastian hat die ganze Zeit über geschlafen.«

»Wie nennst du ihn?«

»Wenn ich an ihn denke, nenne ich ihn Bastian.«

»Entscheidest *du* jetzt, wie er heißen wird?«

»Nein, nein – das habe ich nur aus Spaß gesagt.«

»Man soll nicht mit allem seinen Scherz treiben.«

Gjertine klatschte in die Hände. »Ich werde ihn jetzt wickeln!«, sagte sie.

Serianna hatte noch nicht einmal ihre Jacke ausgezogen. Nun lachte sie plötzlich – das erste Mal nach langer Zeit.

»Bastian?«

»An was hattest du gedacht?«, fragte Hans.

»Ich hatte mir überlegt, ihn auf den Namen Georg taufen zu lassen.«

»Sollte nicht auch der Vater in dieser Frage ein Wörtchen mitzureden haben?«, ließ sich Nesje hören, der bislang in Gedanken versunken dagesessen hatte. »Bastian und Georg – woher habt ihr das?«

»Hast du Hunger, Bastian Georg?«, fragte Gjertine. Der Junge suchte nach ihrer Brust. Sie machte ihn sauber und gab ihn ihrer Schwester, die sich setzte, um ihn zu stillen.

Hans sagte: »Dann geh ich jetzt!« Aber er sagte es mit einem breiten Lächeln.

»Gib deinem Bruder keinen Namen, bevor die Sache entschieden ist!«, sagte sein Vater.

»Wann kommst du das nächste Mal, Hans?«, fragte Gjertine.

»Wenn ich ein Anliegen habe«, antwortete Hans.

»Am Sonntag findet im Sættem-Haus ein Missionstreffen statt. Da werde ich hingehen. Sie berichten von Afrika. Kinder und Erwachsene sind willkommen.«

»Ich bin weder erwachsen noch Kind.«

»Und Grünschnäbel.«

»Wir werden am Sonntag sehen«, erwiderte Hans. Er besuchte in diesem Frühjahr die Konfirmandenstunde, wollte aber nicht darüber reden. Er meinte, dort würde nichts Neues erzählt. Zudem lag es ihm nicht, Choralstrophen auswendig zu lernen.

Nun zog er seine Schuhe an und ging dorthin, wo er wohnte.

»Nichts Neues! Ist es nicht das alte Evangelium, das er lernen soll?!«

Nesje holte ein Buch hervor, das er in der Bibliothek in Kvam geliehen hatte. Es dauerte jedoch nicht lange, bis ihm die Augen zufielen.

»Ich bin jung, ich brauche viel Schlaf«, sagte Gjertine und kletterte die Treppe zum Dachboden hinauf. Doch der Lichtschein, der durch die Ritzen der Bodenbretter fiel, verriet, dass sie Licht brennen hatte. Bestimmt las sie noch.

»Dass sie nur das Bettzeug nicht in Brand setzt«, meinte Nesje. Darauf antwortete Serianna nicht. Sie hatte ihre Schweigsamkeit noch nicht ganz abgelegt.

»Bastian Georg«, sagte er.

»Das hört sich gar nicht so dumm an«, ließ sich Serianna vernehmen.

»Nein, eigentlich kann es so sein«, erwiderte Nesje.

»Ja, dann wird es so sein.«

»So wird es sein.«

»Du wirst in diesem Winter wohl nicht mehr in den Wald gehen?«, fragte sie, als sie endlich im Bett lagen. Sie kroch nah an ihn heran.

Er legte seinen Arm um sie.

»Nein, jetzt noch nicht«, sagte sie und drehte sich weg.

»Im Wald ist bald kein Durchkommen mehr«, berichtete er.

»Dann kannst du wohl ein paar Tage durchatmen?«

»Nein, danach muss ich für Gørvell Mist fahren.«

Noch eine Woche lang arbeitete Nesje im Wald. Die Tage waren lang und der Schnee nass und schwer. Die Schneedecke reichte ihm bis zum Knie, und er wurde bis auf die Haut durchnässt. Die Pferde waren widerwillig, weil das Vorwärtskommen so mühsam war. An manchen Stellen sanken sie bis zum Bauch in den Schnee ein und brauchten alle ihre Kräfte, um wieder hochzukommen und weiterzugehen und festen Boden für ihre Hufe zu finden.

Es wurde Sonntag. Gjertine wollte zum Treffen im Sættem-Haus, und tatsächlich kam Hans mit. Er fühlte sich dort nicht wohl, saß da und wand sich, während die anderen sangen und beteten. Am schlimmsten war es, als Gjertine das Wort ergriff und erzählte, wer sie war, wie sie den Weg dorthin gefunden hatte und wie schwierig sie es empfand, herauszufinden, was Gott mit ihrem Leben vorhatte. Nach diesen Winterwochen in Rekneslia habe sie begriffen, dass Gott ihre Geduld auf die Probe stellen wolle.

»Alle Dinge dienen zum Besten dem, der Gott liebt«, sagte Gjertine.

Die anderen seufzten und meinten, so sei es, genau so.

»Wie steht es mit dir und Gott?«, fragte Gjertine Hans, als die Versammlung zu Ende war und sie draußen waren.

»Nun werde ich in die Welt hinausreisen«, antwortete Hans, »und dann werden wir sehen, ob er mir hilft. Denn ich habe gehört, dass Gott dem hilft, der sich selbst hilft.«

»Ich wünschte, ich könnte mit dir nach Trondheim gehen!«, sagte Gjertine. »Wir könnten zusammen dort sein, du und ich!«

»Wie würde das aussehen?«, entgegnete Hans.

»Wer fragt danach, was die Leute sagen? Du könntest vorgehen, und ich käme hinterher, sobald ich kann. Denn in diesem Sommer muss ich Ola helfen. Ich wünschte, er würde bald eine Frau finden. Dann könnte ich zu dir kommen.«

»Du kommst doch wohl nicht zu mir!«

»Ich will fort und mich in der Welt umsehen. Und wenn du in Trondheim bist, kenne ich dort zumindest einen Menschen.«

»Was würden wir dann tun?«

»Ich weiß nicht. Kannst du deine Arme um mich legen, Hans?«

»Willst du das?«

»Ich bin kein Kind mehr. Und du auch nicht.«

»Woher weißt du das?«

»Ich merke es, wenn du mich ansiehst.«

»Ich sehe dich doch wohl nicht an!«

»Ich sehe, dass du in Gedanken bei mir bist, obwohl du mich nicht ansiehst.«

Er legte seine Arme um sie.

»Das ist sehr schön«, sagte sie und lehnte ihren Kopf an seine Brust.

»Soll ich dich jetzt loslassen?«

»Nein, halte mich noch fester!«

»Du bist so dünn.«

»Fester! – Du bist auch sehr dünn. Wie wird es mit uns weitergehen?«

»Was meinst du damit?«

»Ich will nicht so werden wie meine Schwester. Ihr Leben ist so freudlos.«

»Das wird vorübergehen, wenn der Sommer kommt«, meinte Hans.

»Und wann wird es Sommer? Es ist hier immer noch so kalt.«

»Mir wird wärmer, wenn ich dich umarme.«

»Findest du auch, dass es schön ist?«

»Ja«, sagte Hans.

»Aber nun musst du mich vielleicht loslassen.«

»Noch ein kleines bisschen, dann lasse ich dich los.«

Der Frühlingshimmel über ihnen leuchtete wunderschön. Dann ließ er sie los, und sie gingen den Hang nach Rekneslia hinauf.

»Bleibst du heute Abend hier?«

»Nein, ich bringe dich nur nach Hause.«

»Kannst du nicht bis morgen bleiben?«

»Nein, mir geht es am besten, wenn ich dort bin, wo ich wirklich wohne. Außerdem muss ich im Katechismus lesen. Der Pastor sagt, dass ich viel zu wenig weiß. Er meinte, ich müsse mich zusammenreißen – weil ich *unecht* sei.«

»Was will er damit sagen?«

»Dass Mutter und Vater noch nicht verheiratet waren, als ich auf die Welt gekommen bin.«

»Und deshalb wirst *du* getadelt?«

»Deshalb gehe ich jetzt nach Hause.«

»Dir geht es am besten, wenn du dort bist, wo ich bin!«, sagte Gjertine.

»Ich habe versprochen, zu Onkel Hans nach Kringstadhagen zurückzukehren.«

Da ging sie hinein. Er blieb stehen und sah ihr hinterher, bis sie die Tür hinter sich schloss. Es tat ihr weh, ihn so zu sehen – er fühlte sich, als sei er aus seinem eigenen Heim vertrieben.

»Aber nun hat er mich«, dachte sie. »Und bald ist er ein erwachsener Mann. Keiner soll wissen, was eben geschehen ist.«

Sie musste so tun, als sei nichts.

»Friede sei mit euch und guten Abend!«, sagte Gjertine und nahm das Tuch ab. »Gibt es etwas Neues hier im Haus?«

»Der Junge soll Bastian Georg heißen«, sagte Nesje. »Er soll bald getauft werden, in der Kirche zu Bolsøy. Willst du Patin sein, Gjertine?«

»Und ob ich will!«

5

Als der Mai kam, fuhren sie mit Gørvells Ruderboot hinaus zur Kirche nach Bolsøy, Serianna, Gjertine und Nesjes Bruder. Doch die Freude war getrübt, weil Hans nicht mitgekommen war. Nesje litt sehr darunter, dass sein ältester Sohn bei Bastian Georgs Taufe nicht dabei sein wollte.

Später kam die Wahrheit ans Licht. Der Pastor, der Bastian Georg taufen sollte, hatte gesagt, Hans müsse ein Jahr warten, bis er zur Konfirmation zugelassen werde. Er kenne sich in der Bibel nicht gut genug aus, und etwas anderes käme noch hinzu: Er sei *unecht.* Wenn er nicht genug Wissen darüber erwarb, was die Schrift lehrte, konnte es ihm ebenso schlimm ergehen wie seinen Eltern. Auch er konnte des *außerehelichen Beischlafs* schuldig werden, wenn er sein Vaterunser nicht beherrschte.

So war es der Brauch. Hans bekam den Status *unecht*, als er am 9. September 1860 ins Ministerialbuch von Bolsøy eingetragen wurde, und obwohl seine Eltern geheiratet hatten, blieb er, auch als er sich dem Konfirmationsalter näherte, unecht.

Es war Gjertines letzter Tag in Rekneslia. Sie wusste nichts von Hans' Unglück. Es machte sie traurig, dass er nicht kommen und ihr Auf Wiedersehen sagen wollte.

Sie musste jetzt nach Hause und ihrer Mutter helfen, denn ihr Vater war krank geworden. Der alte Erik Olsen auf dem Bortehof war bettlägerig geworden und würde wohl kaum wieder aufstehen. Seine Adern waren verkalkt, sie wussten nicht, ob er den Sommer überleben würde. Gjertine sollte Patin des kleinen Jungen werden, dann aber nach Hause kommen.

Es schien, als könne Serianna gut damit leben, dass Gjertine nun ihrer Wege ging. Zu oft verlief das Gespräch zwischen Nesje und Gjertine in einer Weise, dass Serianna sich in ihrer eigenen Küche wie ein Eindringling fühlte. So konnte es nicht weitergehen. Es war seltsam, wie gut Gjertine und Nesje miteinander auskamen, obwohl sie doch in so vielem anderer Meinung waren.

Nesje tat, wie es die Tradition der Namensgebung vorsah: Die Kinder wurden mit Vornamen, Vatersnamen und Adressennamen in das Kirchenbuch eingetragen. Der Adressenname war der Hof, auf dem sie lebten. Wenn jemand wie Nesje ein seltenes Mal seinen Namen schrieb, dann schrieb er Knud Hansen Reknæs, obwohl ihn alle Nesje nannten.

Damit bekam der Junge bei der Taufe in der Kirche zu Bolsøy den Namen Bastian Georg Knudsen Reknæs.

Gjertine wird erwachsen

1

Sommer und Herbst folgten. Gjertine hatte geweint, als sie sich in Rekneslia verabschiedete. Hans sollte noch ein weiteres Jahr bei seinem Onkel in Kringstadhagen wohnen und arbeiten.

Als Nesje zu Ohren kam, dass Hans zunächst nicht zur Konfirmation zugelassen wurde, entfuhr ihm unglücklicherweise, sein Sohn habe sich unklug verhalten, als er den Katechismus vernachlässigt und es unterlassen habe, Choralstrophen auswendig zu lernen. Denn in ihrer Familie seien die meisten kluge Köpfe – er wolle nur seinen eigenen Vater nennen, dem seinerzeit beim Kommiss attestiert worden sei, für den Dienst *ungewöhnlich gut geeignet* zu sein. Von da an war Hans, zum großen Kummer seines Vaters, ein seltener Gast in Rekneslia.

Gjertine verbrachte den Sommer zu Hause auf dem Bortehof. Sie hätte nun eine Stellung antreten sollen, kam aber nirgendwohin, denn Ola wollte sie nicht freigeben. Der Vater brauchte Unterstützung bei den kleinsten Dingen. Die Mutter war keine große Hilfe mehr, also war es Gjertine, die ihn pflegen musste – ihn, der nur noch dalag, ohne etwas zu sagen, ohne Anzeichen, irgendjemanden zu erkennen, obwohl er erst zweiundsechzig Jahre alt war.

Eine innere Unruhe erfasste Gjertine, trotzdem versuchte sie, im Alltäglichen aufzugehen. Wenn man sie fragte, ob sie nicht fortgehen und sich eine Stellung suchen wolle, antwortete sie, sie warte auf ein Zeichen. Doch worauf sie tatsächlich wartete, war, dass der Vater aus diesem Leben entlassen würde, denn er war wie ein Toter unter den Lebenden.

Und sie hatte sich nicht verändert. Ständig war ihr zu warm, und sie musste sich das Mieder aufknöpfen, um atmen zu können.

»Ich bekomme keine Luft!«, sagte sie zu ihrer Mutter.

»Zieh wenigstens ein Hemd drunter«, antwortete die Mutter, »es könnten Leute vorbeikommen!«

»Dann schwitze ich mich tot!«

Es war nichts zu machen.

2

DER FRÜHLING WAR GEKOMMEN, als Lars Stavig, seine Frau Maren und ihre drei Söhne im Jahr 1876 den Staub der alten Heimat von ihren Füßen schüttelten.

In Bud gingen sie an Bord eines Dampfschiffes. Von dort fuhren sie zuerst in die entgegengesetzte Richtung, nach Kristiansund, wo sie ein englisches Dampfschiff bestiegen, das sie zuerst nach Bergen brachte und danach nach Hull, bevor sie in Liverpool wiederum an Bord eines weiteren Schiffes gingen und die lange Reise nach Halifax antraten. Von dort machten sie sich auf den weiten Weg nach Minnesota.

3

DER PATE HANS HANSEN KRINGSTADHAGEN richtete Hans' Konfirmation aus und gab dem Jungen Geld für einen Anzug. Hans Knudtsen wurde am 23. April 1876 in der Kirche zu Molde konfirmiert. Er stand als Letzter in der Reihe der Jungen. Es gab einige arme Jungen und einige »unechte« Konfirmanden.

Mehr als ein Jahr war vergangen, seit Gjertine ihn das letzte Mal gesehen hatte, doch sie hatte ihn nicht vergessen. Durch die Briefe von Serianna erfuhr sie, dass er am Tag nach der Konfirmation mit dem Dampfschiff nach Trondheim gefahren war, um Volontär bei *Trolla Brug* zu werden, und dass er nun seine Stelle in der Ofenfabrik angetreten und in einem kleinen Zimmer in Lade untergekommen war.

Er rechne nicht damit, im ersten Jahr nach Hause zu kommen, sagte Serianna, er müsse arbeiten, bevor er es verdiene, freizubekommen.

Gjertine war voller Unruhe. Sie wollte nach Trondheim reisen und mit ihm zusammen sein! Sie hatte das Gefühl, schier zu vergehen, bis sie endlich von Serianna seine Adresse bekam und ihm einen langen Brief schrieb. Gjertine hatte genug Bücher gelesen, um zu wissen, wie man sich ausdrückte, wenn man sich verliebt hatte.

Herrgott, wie lange es dauerte, bis er antwortete.

Sie ging im Altenteilerhaus des Bortehofs aus und ein. Sie warf sich einen Schal um die Schultern und umwanderte die Hügel des Dorfes in ihren selbstgefertigten Schuhen. Schließlich saß sie auf einer Anhöhe und lauschte dem Ruf des Kuckucks im Tal und dem Gesang des Buchfinks im Gebüsch.

Auf den anderen Höfen lebten Menschen, mit denen sie hätte reden können, doch worüber sie hätte reden wollen, ging diese nichts an. Sie hatten ihre Gedanken woanders als sie, die auf der Suche nach dem Sinn des Lebens war.

»Der Sinn des Lebens«, sagten sie. »Ist das nicht, dass wir es leben sollen? Und wenn wir es gelebt haben, so gut wir können, dann sterben wir. Und es kommen neue Menschen nach uns, und die leben ihr Leben, so gut sie können, bevor sie ebenfalls sterben. Und so muss es sein, sonst würde die Erde angefüllt sein mit Alten und Uralten und verlebten Greisen, und neue Menschen hätten keine Möglichkeit, sich zu ernähren und zu bekleiden. Was für eine Welt würde das sein!« Und dann redeten sie weiter – darüber, wie viele Kälber sie aufziehen und wie viele Kühe sie füttern könnten, wenn sie noch ein Wiesenstück urbar machen würden, und ob es ein guter Sommer werden würde, weil es doch im Winter so viel Schnee gegeben hatte, oder ob im Gegenteil so viel Schnee gefallen war, weil es im Jahr zuvor so viele Vogelbeeren gegeben hatte.

Jeden Sonntag ging Gjertine zu den Bibeltreuen, aber es tat ihr nicht mehr so gut wie früher, seit sie das Missionstreffen im Sættem-Haus in Rekneslia besucht hatte.

»Du bist uns so fremd geworden«, sagten sie zu ihr. »Bist du auch dort in Molde mit aufgeknöpftem Mieder umhergegangen? Was ist mit dir geschehen, als du dort in der Stadt warst? Wer hat deine Gedanken so verwirrt – doch wohl kein Mann?«

»Wir müssen Missionare in die Heidenländer schicken«, sagte Gjertine zu ihnen.

»Die Heidenländer!«, erwiderten die Bibeltreuen. »Es gibt noch so viele hier bei uns, die nicht bekehrt sind!«

»Du sollst nicht wegen mir zu Hause bleiben!«, sagte die alte Ingeborg, als es auf Sankthans* zuging. »Ich werde mir ein Mädchen nehmen, das mir helfen kann, Vater zu pflegen. Du musst jetzt dringend unter Leute kommen. Ich muss hier allein mit meinem Kummer und meiner Trauer leben und ohne auch nur einen Rest vom Lied meiner Jugend, das mir früher so viel Trost gespendet hat.«

---

* Johannistag

Gjertine war ihrer Mutter dankbar. Nicht jeder hätte gesehen, wie wichtig es für ein junges Mädchen war, hinauszukommen.

»Was ist aus dem Lied deiner Jugend geworden, Mutter?«, fragte Gjertine. »Ich kann mich tatsächlich nicht daran erinnern, dass du gesungen hast.«

»Als du zur Welt gekommen bist, war ich so alt, dass das Lied meiner Jugend bereits verstummt war«, antwortete Ingeborg. »Das Lied meiner Jugend ist in Stavika zurückgeblieben – auf der anderen Seite des Fjords, wo ich als junges Mädchen umhergesprungen bin. Aber ich habe einmal genauso viel gesungen, wie du es tust, wenn du durch den Wald läufst.«

Gjertine erwiderte: »Ich habe gehört, dass Lars Stavig das Lied deiner Jugend da draußen in Stavika zwischen den Ufersteinen gefunden und dass er es eingepackt und nach Amerika mitgenommen hat. Es sollte mich nicht wundern, wenn die Norweger dort dem Lied deiner Jugend lauschen, sobald es dunkel ist und der Präriewind weht.«

»Lars Stavigs Mutter war meine Freundin, und es geschah nicht selten, dass sie Lieder von mir lernte und sie nachsang. Deshalb brauchte Lars Stavig nicht ein einziges Lied einzupacken. Er trägt mein Lied im Herzen.«

»Kannst du nicht für mich singen, Mutter? Nur ein einziges Mal?«

»O nein, meine Stimme ist so brüchig und so alt. Sie soll keine Schande bringen über das Lied meiner Jugend. Mein Lieblingslied war ein Weihnachtslied, *Et lidet barn saa lysteligt*, hieß es.«

»Bitte, Mutter.«

Und plötzlich hörte Gjertine ihre Mutter singen, leise, beinahe tonlos:

»*Von einer Jungfrau geboren*
Ein kleines Kind, auserkoren.
Hat man solches je vernommen?
Eine neue Zeit ist kommen!«

»Sei so lieb, sing weiter! Dann kann ich das Lied lernen!«, sagte Gjertine.

»Willst du heute nicht zu den Bibeltreuen?«, fragte Ingeborg ihre Tochter. »Die Zeit wird knapp!«

»Ich glaube, ich bin heute nicht in der richtigen Gemütsverfassung. Und dann kann ich meinem Heiland nicht gegenübertreten.«

»Gibt es einen anderen Mann, an den du denkst, meine Tochter?«, fragte Ingeborg. »Ist es der in Trondheim, dem du schreibst?«

»So ist es wohl, Mama«, antwortete Gjertine.

»Kann er nicht kommen und dich besuchen, wenn es Sommer wird?«

»Er schreibt, dass er in diesem Sommer nicht kommen kann, weil er im ersten Jahr nicht freibekommt. Vielleicht im nächsten Sommer, aber, Gott vergebe mir – wie ich mich nach ihm sehne.«

In diesem Augenblick kam Ola herein.

»Wie viel kostet eine Reise mit dem Dampfschiff von Bud nach Trondheim?«, fragte Ingeborg ihn. »Doch wohl nicht mehr als einen Taler?«

»Ich meine, zweieinhalb«, erwiderte Ola. »Oder vier Kronen und sechsundsechzig Øre, wie es nun heißt. Wer will denn nach Trondheim?«

»Gjertine vielleicht – wenn du und ich für eine Fahrkarte zusammenlegen«, sagte die alte Ingeborg.

»Ist es der Nesje-Junge, der besucht werden soll?«, fragte Ola. »Ich kann nicht umhin zu sehen, von wem du Briefe bekommst, wenn ich die Briefe von der Poststelle hole.«

»Ich habe nicht um Geld für eine Fahrkarte gebeten!«, rief Gjertine.

»Aber es wäre gut für dich, nach Trondheim zu kommen«, sagte die alte Ingeborg zu ihrer Tochter. »Dann könntest du Frieden erlangen und wieder nach Hause zurückkehren. Ich selbst bin in diesem Leben nicht weiter als bis nach Kristiansund gekommen!«

»Was hast du in Kristiansund gemacht?«

»Der Onkel deines Vaters war dort Geigenbauer, und einmal sind wir dorthin gereist, um ihn zu besuchen.«

»Es gibt viele, die noch nicht einmal so weit gekommen sind«, sagte Ola. »Ich selbst bin nur bis nach Setnesmoen gekommen. Und ich denke, ich werde wohl auch nie weiter kommen.«

»*Dein Schicksal ist noch nicht offenbart*«, sagte Ingeborg.

»Wenn ich irgendwohin reise, dann nach Amerika«, murmelte Gjertine.

»Genau das befürchte ich«, erwiderte ihre Mutter, »dass du solche Gedanken in dir trägst. Würdest du nach Trondheim fahren, gäbe es vielleicht die Hoffnung, dass der junge Nesje dich zurückhält.«

»Lasst uns einmal darüber schlafen«, sagte der Bruder.

Am nächsten Tag ging Gjertine zu ihrem Bruder und lieh sich zwei Kronen von ihm. Von ihrer Mutter bekam sie drei Kronen, und schließlich legte sie noch hinzu, was sie angespart hatte. Damit hatte sie das Geld für die Fahrkarte zusammen.

Sie musste warten, bis es Frühling wurde und warm, dann brauchte sie keine Kabine. Sie pflegte ihren Vater den ganzen Frühling hindurch, doch schließlich kam ein Mädchen ins Haus, das sich um den kranken Erik kümmerte, der nicht mehr wahrnahm, wer seine Lippen benetzte. Gjertine sollte nun stattdessen Ola bei der Arbeit auf dem Feld helfen. Je länger und heller die Tage wurden, desto eifriger schrieb sie Briefe. Doch als der nächste Brief aus Trondheim kam, weinte sie.

»Warum weinst du, wenn du einen Brief von deinem Liebsten bekommst?«, fragte Ola.

»Er ist nicht mein Liebster!«, erwiderte Gjertine und weinte.

»Weinst du deshalb?«

»Ich weine, weil er nicht will, dass ich ihn besuche!«

»Dann fährst du trotzdem!«, entschied Ola.

4

Bevor Gjertine von Ola nach Bud gefahren wurde, um von dort das Dampfschiff nach Trondheim zu nehmen, bekam sie von ihrer Mutter, die damit rechnete, dass diese Reise das eine oder das andere nach sich ziehen konnte, alle nur erdenklichen Ratschläge.

»Knöpf dein Mieder zu, wenn du in eine solch große Stadt kommst«, sagte die Mutter.

»Ich versuche es«, antwortete Gjertine.

»Wenn dieser Junggeselle seine Arme um dich legen will, darfst du ihm das vielleicht erlauben«, sagte die alte Ingeborg.

»Ich weiß nicht, was er will«, sagte Gjertine.

»Aber wenn er dich umarmt und du ihn, darfst du ihm nicht erlauben, dein Mieder wieder aufzuknöpfen!«

»Hör auf, Mutter!«

»Denn sind die Kerle erst einmal derart erhitzt, können sie nicht mehr an sich halten!«, fuhr Ingeborg fort. »Und dann müssen wir Frauenzimmer sie bremsen.«

Gjertine war so aufgewühlt, dass sie nicht schlafen konnte, obwohl die Reise länger als zwölf Stunden dauerte. Sie saß mit ihrem mitgebrachten Essen im Salon, denn man sollte nicht mehr Geld ausgeben, als notwendig war.

Als die große Stadt jäh vor ihr auftauchte, war sie so aufgeregt, dass sie kaum Luft bekam. Es war Hochsommer, und der Hafen lag ruhig da. Es verwirrte sie, dass Hans nicht am Kai stand, so, wie sie es verabredet hatten. Vielleicht war er mit seiner Arbeit noch nicht fertig, denn das Dampfschiff war etwas früher angekommen und er durfte seine Arbeit nicht verlassen.

Es verging eine Weile, bis sie wusste, was sie tun sollte. Sie hatte nie zuvor eine solche Stadt gesehen. Verglichen damit war Molde lediglich eine Ansammlung von Häusern, aber ihr war nicht bange. Ihr machte es nichts aus, sich zu *Trolla Brugs* Ofenverkauf in der *Nordre gate* durchzufragen, doch Hans Knudtsen war dort nicht. Der Verkäufer, der ihr das mitteilte, war neugieriger als ihr lieb war.

»Sind Sie wirklich seine Cousine?«, fragte er.

»Ja, das bin ich«, sagte Gjertine.

Sie waren aneinander vorbeigelaufen. Hans kam zurück – wie er sich im Laufe eines Jahres verändert hatte! Kräftiger war er geworden, beinahe wie ein erwachsener Mann. Er nahm ihre Hand, umarmte sie aber nicht. Er roch so seltsam – bestimmt hatte er etwas in seinen Haaren; die lagen so glatt an, als seien sie am Kopf festgeklebt. Trotzdem war sie so glücklich, dass sie anfing zu zittern. Konnten sie nun gehen und allein sein? Er sagte, er müsse zurück zur Arbeit, und bat sie, bis sechs Uhr zu warten, wenn der Laden schloss.

Sie saß auf einer Bank im Park bei der Frauenkirche, als er zu ihr kam. Ihr war die Zeit lang geworden. Er wirkte unruhig – so, als könne jederzeit etwas Schlimmes geschehen. Hans war ihr fremd und schien gar nicht er selbst, obgleich erst gut ein Jahr vergangen war, seit sie einander das letzte Mal gesehen hatten. Auf eine Art schien er erwachsener geworden zu sein, und seine Stimme hatte einen fremden Einschlag bekommen – er redete so wie die anderen in dieser Stadt. Er wollte nicht, dass man bemerkte, dass er aus einer Kleinstadt weiter südlich stammte. Er hatte sich entschieden, einer von ihnen zu werden, das verstand sie nun, und er brauchte sie nicht. Im selben Augenblick, in dem er sich setzte, wusste sie, dass sie einen Fehler gemacht hatte. Sie hätte ihm Zeit geben müssen, dann wäre alles anders geworden. Sie hatte etwas beschleunigt, was noch nicht reif gewesen war.

»Gut, dass du gekommen bist«, sagte er.

»Das war nun nicht gerade das, was du geschrieben hast«, antwortete sie.

»Ich wollte dich nicht ermutigen«, erwiderte er, »denn ich konnte dich nicht aufnehmen.«

Doch nun nahm er sie trotzdem auf. Sie gingen zu seiner Unterkunft in Lade, und sie sah all die kleinen Häuser dort. Er hatte ein Zimmer und teilte sich das Klo im Hinterhof mit einigen anderen. Dort roch es nicht gut, und die Fliegen summten. Das würde sich wohl geben, wenn die Wärme nachließ und der Regen kam, dachte sie.

Und das Zimmer? Es war ein sehr einfaches Zimmer. Hans hatte ein Bett und einen Tisch und einen Brotkanten und einen Käse in einem Schrank. Sie saß auf dem Bett, während sie versuchten, sich zu unterhalten. Irgendwo unter der Decke summten ein paar Fliegen, sonst war es still.

Es war warm.

»Soll ich nicht meinen Mantel ausziehen?«, fragte Gjertine.

Ja, das sollte sie natürlich. Sie zog den Mantel aus und legte ihn neben sich auf das Bett.

»Vielleicht hast du Lust, mich zu umarmen«, sagte sie.

»Ich habe Lust, aber ich kann nicht«, erwiderte er.

»Warum kannst du nicht?«

»Ich darf nichts beginnen, wofür ich nicht einstehen kann«, antwortete er.

»Wofür kannst du nicht einstehen?«

»Ich kann nicht für mehr Menschen Verantwortung übernehmen als nur für mich. Ich muss mich hocharbeiten. Ich muss ihr Vertrauen gewinnen. Ich darf mich nicht durch Frauen aufhalten lassen.«

»Aufhalten lassen? Was soll das bedeuten?«

»Das hat mein Chef gesagt. Ich bin als Laufjunge hierhergekommen. In zwei Jahren bin ich Verkäufer. Und dann kann ich Leiter einer Abteilung werden, für Kronenöfen zum Beispiel.«

»Kronenöfen?«

»Das ist eine Abteilung für sich.«

Er nahm sie mit in ein Café (und zahlte den Dorsch, den sie aßen), aber trotzdem gelang es ihnen nicht, miteinander ins Gespräch zu kommen. Sie erzählte, was sie erlebt hatte, seitdem sie einander zuletzt begegnet waren, doch im Grunde genommen war es ihm gleichgültig. Zudem wusste er das meiste bereits durch die Briefe des Vaters, woran er sie ständig erinnerte. Neuigkeiten aus Molde interessierten ihn nicht.

»Dort passiert nichts«, sagte er.

Was sollte sie darauf antworten?

Sie sah seine Einsamkeit, und obwohl es nicht ausgesprochen wurde, spürte sie, dass er große Angst hatte. Sie wusste längst, dass die Reise umsonst gewesen war. Er wollte ein Trondheim-Mädel haben, wie man so sagte, damit er in die richtigen Verbindungen hineingelangte, in die richtigen Kreise, damit er einer von ihnen werden und seinen eigenen Hintergrund unsichtbar machen konnte. Nun ja, er taute ein bisschen auf, als er sich entschloss, ein Glas Bier zu trinken. Er fragte nicht, ob sie auch eines wollte, deshalb trank sie nur Wasser. Er erzählte von seinen Plänen, die mindestens die nächsten zehn Jahre einschlossen. Er wollte Geld ansparen, damit er eines schönen Tages sein eigenes Heim kaufen konnte. Bevor er nicht fest im Sattel saß, konnte er sich nicht binden.

Sie erwiderte, das seien gute Gedanken, und er war dankbar dafür, dass sie alle seine Pläne unterstützte.

Er habe vielleicht nicht so viele andere, die er fragen konnte?

O doch, sie dürfe nicht glauben, er habe keine Kameraden! Viele von ihnen arbeiteten in der Ofengießerei, und mit ihnen sei er häufig zusammen.

Was unternahmen sie dann?

Nun ja, sie liefen umher, spazierten und promenierten.

Warfen sie nicht auch den Mädchen Blicke nach?

Ja, das konnte schon passieren!

Aber es gab keine Bestimmte, an die er dachte?

Nein, nein, er hatte ja schon gesagt, dass er auf sich aufpassen müsse. Wenn er sich jetzt Frau und Kinder zulegte, käme er nie voran.

Als das gesagt war, zog er eine Taschenuhr hervor und meinte, er müsse ins Bett. Wo wollte sie eigentlich schlafen?

Konnte sie nicht bei ihm schlafen?

»Wir können Rücken an Rücken liegen oder Kopf an Fuß«, sagte sie.

Er erwiderte, das sei ein gefährliches Wagnis, trotzdem schien ihm dieser Gedanke nicht mehr völlig abwegig. Dann gingen sie zusammen den Weg zurück, und ihr Herz schlug ungestüm. Sie zog weder den Rock aus noch die Bluse. Sie legte sich an die Wand und machte sich dünn, damit Platz für sie beide wäre. Er legte sich auch hin und hatte seine Oberbekleidung abgelegt. Es dauerte nicht lange, bis sie spürte, wie er ihr über den Rücken strich, dann über die Hüften, und wie er versuchte, ihre Brüste zu berühren. Sie lag steif da, wie ein Stock. Als sich seine Hand schließlich unter ihren Rock schob, bremste sie ihn.

»Nicht unter den Rock«, sagte sie.

»Warum nicht?«, fragte er.

»Du darfst nichts tun, was dich bindet!«, antwortete sie.

»Nein, das ist richtig«, erwiderte er, machte aber trotzdem weiter. Nun presste er sich an sie, doch sie hatte keine Angst, dass es schiefgehen könnte. Er rieb sich an ihr, und dann war es vorüber. Sie spürte, wie sie hinten am Rücken nass wurde. Aber was änderte das? Gleich darauf schlief er ein. Doch sie lag wach, während der Morgen graute, und schlief immer noch nicht, als er gegen sieben ging. Bevor er eilig das Haus verließ, bat er sie, zum Geschäft zu kommen und sich zu verabschieden.

»Du wirst in meinen Gedanken und Gebeten bleiben«, sagte sie. »Du brauchst nie denken, dass du alleine bist.«

»Ich danke dir«, sagte er unglücklich, als sei ihm in den Sinn gekommen, einen großen Fehler zu begehen. Dann ging er.

Kurz darauf stand sie auf. Sie konnte nicht in seinem Zimmer bleiben.

An diesem Vormittag wanderte sie im Hafen umher und durch die Straßen. Es dauerte noch viele Stunden, bis das Schiff Richtung Süden kommen würde. Sie betrachtete die Menschen. Es gab große Unterschiede zwischen ihnen, aber es schien ihr, als ob sie alle, arm oder reich, mit dem Dasein vollkommen zufrieden waren. Bevor das Dampfschiff anlegte und sie an Bord ging, hatte sie sich entschieden. Sie würde nie mehr hierher zurückkehren. Diese Stadt war nicht ihre Stadt. Es war die Stadt, in der ihre Träume geplatzt waren. Sie wusste ebenso wenig wie zuvor, was Gott mit ihrem Leben vorhatte. Erst als sie an Bord gegangen war, bereute sie es, dass sie sich nicht verabschiedet hatte. Würde er ihr irgendwann einmal schreiben, und wollte sie, dass er schrieb?

Einer Eingebung folgend, lief sie die Laufplanke hinunter. Den Koffer ließ sie an Bord zurück. Irgendjemand rief ihr hinterher, doch sie rannte um ihr Leben zu dem Geschäft, wo er war, und rief, sie käme, sich zu verabschieden. Und sie sah, wie er sich über sie wunderte. Vielleicht schämte er sich sogar für sie?

»Auf Wiedersehen, Hans, lebe wohl! *Wen Gott will bewahren, der trotzt allen Gefahren!*«

Er nahm ihre Hand, als wollte er sie zurückhalten, doch sie entzog sie ihm und lief zum Dampfschiff zurück. Zum zweiten Mal ertönte die Glocke, aber die Kirchenuhr der Frauenkirche, zeigte an, dass ihr immer noch ein paar Minuten Zeit blieb. Schließlich saß sie in der zweiten Klasse, draußen an Deck, während die *Ole Bull* ihre Fahrt entlang der Küste Richtung Süden aufnahm. Vier Männer saßen neben ihr und spielten Karten. Sie lachten und machten Lärm.

»Du guckst uns wohl zu«, sagten sie. »Wen von uns magst du am liebsten? Wir spielen nämlich um dich. Wir haben eine Kabine, wir alle zusammen. Du brauchst heute Nacht nicht draußen zu sitzen.«

Ihr war es vollkommen egal, was sie sagten oder dachten. Langsam begann ihr aufzugehen, dass nicht alle Träume in Erfüllung gehen können.

5

Der Sommer 1876 verging, bevor Nesje sich auch nur einmal umdrehen konnte. An seinen Pflichttagen mähte er beim Amtmann Leth auf Gut Reknes, bevor er mit der Heuernte auf dem Gørvell-Hof begann. Wenn abends die Dämmerung einsetzte, mähte er sein abschüssiges Wiesenstück und brachte das Heu ein, nachdem er es auf dem Boden getrocknet hatte.

Serianna war wieder schwanger und war nur auf den Hängen unterwegs, wenn sie musste. Nesje fand sie launisch. An dem einen Tag lächelte sie ihn an, am nächsten Tag schien es, als trage sie sieben Winter und sieben Katastrophen in sich. Damit musste er leben. Sie war seine treue Frau, sie hatte sich entschieden, das Leben mit ihm zu teilen, sein Bett zu machen und ihm das Essen vorzusetzen. Dafür sollte er dankbar sein. Aber sie war so ungeduldig, und manchmal sprach sie auf eine Art, die er nicht mochte.

»Kann das Kind nicht bald kommen!«, sagte sie. »Ich halte es nicht mehr aus, es umherzutragen!«

Erst zu den sogenannten Frostnächten Mitte Oktober würde es so weit sein. Sie war unruhig und hatte Angst.

»Kannst du mir einen Gefallen tun?«, fragte sie. »Ich möchte, dass Gjertine wiederkommt.«

Nesje schickte mit dem Dampfschiff eine Nachricht, und vier Tage später war Gjertine wieder im Haus. Sie hatte sich seit dem letzten Mal verändert – ihr Mund hatte einen erwachsenen Zug bekommen.

»Brauchen wir eigentlich eine Hebamme?«, fragte Gjertine. »Ist das nicht teuer und zudem unnötig?«

Nesje war empört. Seine Mutter hatte viele Jahre lang gegen die ungelernten Geburtshelferinnen angekämpft, die den Hebammen sowohl ihre Einkünfte als auch ihre Verantwortung wegnahmen. Aber er blieb ruhig, als er erzählte, dass er Sohn einer Hebamme sei, die tausend Kindern auf die Welt geholfen habe. Und nicht nur das: Sie habe Prozesse gegen Geburtshelferinnen angestrengt, die gesetzeswidrig Geburten begleitet hätten.

Gjertine sagte: »Dann machen wir es so, wie du willst.«

Ja, das hätte auch gerade noch gefehlt!

Nesje schickte nach der Hebamme. Das Kind war groß und lag falsch herum. Die Geburt dauerte den ganzen Tag und bis weit in den Abend hinein. Serianna riss und der Blutverlust war groß. Die Hebamme wickelte das Kind in eine Decke, nachdem sie es gewaschen hatte, und gab es Nesje. Gjertine lief mit heißem Wasser hin und her. Serianna sagte: »Nun verblute ich.«

Sie sahen einander an. Seriannas Zustand war gefährlich.

Gjertine warf ihrem Schwager einen Blick zu und sagte: »Du weißt, dass ich Blut stillen kann. Willst du, dass ich es versuche?«

»Es kann wohl nicht schlimmer werden, als es ist!«, antwortete Nesje.

»Dann müssen die anderen rausgehen!«

»Rausgehen?«

»Ja, für eine kurze Zeit!«

Die verschreckte junge Hebamme tat, was Gjertine sagte. Aber Nesje meinte: »Ich verlasse meine Frau nicht, wenn es so um sie steht.«

»Dann darfst du niemals irgendjemandem erzählen, was du gehört hast!«, sagte Gjertine.

»Gott im Himmel sei mein Zeuge, dass ich schweigen werde!«, erwiderte Nesje.

Sie wandte ihren Blick nicht von ihm ab, während sie eine Hand auf die Stirn ihrer Schwester legte und wieder und wieder die gleiche kurze Formel murmelte. Nesje hörte Gjertines Gemurmel dort, wo er stand, und konnte die Worte gerade so vernehmen: *»Jesus ging durch Jordans Flut – still das Blut, still das Blut!«*

Nach einer Weile tröpfelte das Blut nur noch. Die Hebamme kam wieder herein und stellte fest, dass ein Wunder geschehen sein musste.

»Wir haben eine starke Natur«, sagte Gjertine. »Und meine Schwester ist die stärkste von uns allen.«

Dann begann die Hebamme zu nähen, und Serianna schlief ein, nachdem sie dem großen Jungen die Brust gegeben hatte. Als sich die Dunkelheit herabsenkte, zündete Nesje eine Lampe an. Gjertine deckte den Tisch, und als sie gegessen hatte, verabschiedete sich die Hebamme. Nesje hatte Bastian Georg auf dem Schoß, aber der Junge war unruhig und musste schließlich schreiend ins Bett auf dem Dachboden getragen werden.

Nesje aß nachdenklich, räusperte sich einige Male und versuchte wortlos und auf vielerlei Weise zu zeigen, wie dankbar er war. Aus den Gesten und Mienen konnte Gjertine mehr als deutlich herauslesen, dass er der Meinung war, das Ganze sei ihr Verdienst – deshalb sagte sie, ohne gefragt worden zu sein, dass es Gott war, der Blut stillen konnte, nicht sie. – Darauf antwortete er nichts.

Serianna musste über eine Woche lang das Bett hüten, aber das machte nichts, denn Gjertine übernahm die Aufgaben im Haus. Sie kümmerte sich um Bastian Georg, der anderthalb Jahre alt war und einige Unruhe mit sich brachte, und sie wickelte das neue, grobschlächtige Kind, als hätte sie nie etwas anderes getan.

Nesje sagte: »Was soll ich tun?«

»Bald ist Wochenende«, antwortete Gjertine.

»Ja – und?«

»Du könntest zum Abendmahl gehen.«

Er sah sie an. »Was würde das bedeuten?«

»Dass du deinem Schöpfer dafür dankst, dass er seine Hand über dir gehalten hat!«

»Ich weiß nicht, ob ich in der richtigen Verfassung dafür bin«, sagte Nesje. »Ich will nicht schuldig werden am Leib und am Blut des Herrn.«*

---

* Vgl. 1. Korinther 11,27.

»Er ist es, der gibt, und du empfängst«, erwiderte Gjertine.

Als der Sonntag kam, ging Nesje zur Kirche in Molde und hörte einen Mann mit Namen Laurentius Borchsenius Fredrik Fabritius das Gotteswort verkündigen. Bestimmt war er ein Mensch, doch für Nesje schien er von einem anderen Planeten zu kommen – so, wie er dastand, mit Perücke und Talar, und mitleidig über die Gemeinde blickte. Nesje saß auf einer der Bänke weit hinten, wo die anderen Armen saßen. Er hatte keine eigene Kirchenbank wie die gesetzten Molde-Bürger. Er war nicht einmal Mitglied dieser Gemeinde, denn er wohnte in der Gemeinde Bolsøy. Er saß da und blickte zu dem großen Altargemälde hoch, auf dem Engel hinab- und emporstiegen. Dann ließ er seinen Blick über die Bankreihen schweifen, bevor er ihn wieder auf die Rücken und Nacken derjenigen heftete, die ihre eigenen Bänke hatten – wie die Familien Dahl und Leth, die Familie Møller vom Moldegaard und die Geschwister von Claus Gørvell.

Nesje wusste nicht, ob Marie und Adam Gørvell bemerkten, dass er dort saß. Vielleicht erkannten sie ihn nicht in seinem Sonntagsstaat. Da war er sozusagen niemand. Nur wenn er mit einer Sense umherging, war er jemand. Dann war er der Heumacher, der erste Mäher, und vor diesem Mann hatten alle Respekt. Er musste achtgeben, wegen seiner führenden Stellung innerhalb der Mäher nicht hochmütig zu werden.

»Bedenke, Mensch, dass du zu Staub wirst!«, sagte er zu sich selbst, ohne zu ahnen, woher er die Worte hatte.

Er senkte seinen Kopf während des Eingangsgebetes und betete für die Seinen, während der Choral gesungen wurde. Was habe ich geleistet, dass Gott in seiner Gnade so für mich sorgt?, dachte er. Er wusste, dass er bei seiner Arbeit gegenüber jedermann gerecht war, aber das reichte doch wohl nicht? Hatte er seines Schöpfers gedacht während der anstrengenden Arbeitsjahre, die nun hinter ihm lagen? Nein, er musste es zugeben: Inmitten seines geschäftigen Lebens waren zwischen den Augenblicken, in denen er seinem Herrgott einen Gedanken geopfert hatte, oft drei, manchmal sogar vier Tage vergangen. Hatte er wenigstens jeden Abend, wenn er ins Bett ging, sein Vaterunser gebetet? Oh nein – wollte er ehrlich sein (und das musste er im Angesicht Gottes), war es an der Zeit zu bekennen, dass er zu oft einschlief, sobald er seinen Kopf auf das Kissen legte, und mehr als einmal war er mitten im Gebet eingeschlafen! Vielleicht, weil er fand, dass die letzten Bitten schwierig zu beten waren?

Unser täglich Brot gib uns heute, das war eine einfache Bitte, aber *Vergib uns unsere Schuld, wie auch wir vergeben unseren Schuldigern?* Das war viel schwieriger. Gab es jemanden, der ihm etwas schuldig war? Kein Geld, das jedenfalls nicht.

Aber hier, vor Gottes Angesicht, musste er einräumen, dass seiner Ansicht nach Claus Gørvell, der mit dem Amtmann Leth so gut bekannt war, ein gutes Wort für seinen ersten Mäher einlegen könnte, damit er, der erste Mäher, einmal einen Eigentumsvertrag über die sechzehn Dekar Grund und Boden erhielt, die er bald vollständig urbar gemacht hatte. Nesje wollte Gott sagen, dass er deshalb keinen Groll gegen Gørvell hegte und es letzten Endes in Seiner und nicht in Gørvells Hand lag, ob er, Nesje, irgendwann in der Zukunft ein selbstständiger Bauer sein würde.

Dann ging er nach vorne, um das Abendmahl zu empfangen. Bei der vierten oder fünften Runde trat er vor, in seinem Sonntagsstaat, den Hut ließ er in der Bank zurück. Er kniete am Altarring, wo Borchsenius in seiner bestimmten Art stand und austeilte.

»*Christi Leib, für dich gegeben*«, sagte Borchsenius, »*Christi Leib, für dich gegeben.*«

Ein ums andere Mal wiederholte er die Worte, in einem weichen, schmachtenden Tonfall. Nesjes Herz klopfte schneller und schneller in seiner Brust, je näher der Pastor kam. Dann empfing er das Brot aus der Hand Borchsenius'. In seinem Mund wurde es immer größer, doch schließlich bekam er es herunter. Er war sich nicht sicher, ob er ein würdiger Abendmahlsgast war, doch er versuchte an diesem

Sonntag, sein Herz in aufrichtigem Gebet und Dank zum Herrn zu erheben, deshalb wagte er zu hoffen, dass Gott der Herr ihn in seiner Gnade anblicken werde.

Seine Hand mit dem kleinen Abendmahlskelch zitterte, als er dort kniete und Borchsenius den Wein einschenkte.

»Christi Blut, für dich vergossen.«

Nesje bekam einen Hustenanfall. Kaum mehr als die Hälfte landete dort, wo es hinsollte. Wein spritzte auf sein weißes Hemd. Es war, als habe ihm eine mächtige Hand einen Schubs gegeben. Beinahe wäre er gestürzt, doch er hielt sich am Geländer rund um den Altar fest, kam auf die Beine und schwankte durch den Chorraum zu seinem Platz. Lachte da nicht jemand? Dann besann er sich. Ja, es war einer der Zechkumpane aus seiner Jugend, der sich nicht von seinem sündigen Leben abgewandt hatte – einer, der getrunken hatte, was er nur in sich hineinschütten konnte, und schließlich nichts anderes mehr war als ein zittriger Kerl in Lumpen. Trotzdem saß er da und lachte – über Nesje, der seit fünfzehn Jahren von früh bis spät auf seinem Grund und Boden in Rekneslia gearbeitet hatte!

Nesje duckte sich auf seinem Platz und sah in eine andere Richtung, während sich der Gottesdienst dem Ende zuneigte und mit neun dünnen Glockenschlägen seinen Abschluss fand. Er sprang auf, als der neunte Schlag erklang, griff seinen Hut und verließ die Kirche rasch. Er hatte keine Lust, mit irgendjemandem zu sprechen, schon gar nicht mit alten Zechkumpanen. Er ging nach Hause zu seiner Familie nach Rekneslia. Bastian Georg streckte seine Arme nach ihm aus, und er nahm den Jungen auf den Schoß. Serianna ging vor die Tür, um frische Luft zu schnappen – zum ersten Mal nach der schweren Geburt. Sofort fragte Gjertine Nesje: »Hat es dir gutgetan?«

»Ja«, antwortete er, »noch nie hat es mir so gutgetan wie jetzt. Aber ich verstehe nicht …«

»Was verstehst du nicht?«

»Plötzlich habe ich einen Hustenanfall bekommen«, sagte er, »dabei ist Wein auf mein Hemd gespritzt.«

»Das kann doch wohl jedem passieren!«, sagte Gjertine.

»Das schon, aber es macht einen nicht gerade froh, Jesu Blut zu vergeuden.«

»Du solltest eher daran denken, dass er sein Blut *für dich* vergeudet hat«, erwiderte Gjertine.

»Ja …«

»Nicht du bist die Hauptperson im Erlösungsdrama«, sagte Gjertine.

Nein, das hatte er auch ganz und gar nicht im Sinn gehabt!

»Er ist es, der für dich am Kreuz gestorben ist.«

»Ja.«

»Und der von den Toten auferstanden ist, so wie du auferstehen wirst am Jüngsten Tag!«, sagte Gjertine, und sie sagte es, als sei nichts auf der Welt einfacher als genau das.

»Es gibt da etwas, um das ich dich bitten muss«, sagte er.

»Sprich es aus.«

»Es ist nicht nötig, Serianna gegenüber zu erwähnen, dass ich heute zum Abendmahl gegangen bin.«

»Es wird an den Tag kommen, sobald du bereit dafür bist, Jesu Namen zu bekennen«, entschied Gjertine, und er war ihr aufrichtig dankbar. Er war nicht bereit für all die schwierigen Fragen, die Serianna möglicherweise stellen würde.

Gjertine blieb drei weitere Wochen bei ihnen, obgleich Serianna meinte, sie sei nun wieder auf den Beinen und könne allein klarkommen. Bastian Georg schlief die Nächte durch, ebenso der Kleine. Gjertine dagegen war der Ansicht, Serianna müsse liegen bleiben, bis die Kinder wach würden, und da sei es wichtig, dass für Nesje gut gesorgt würde, denn er müsse früh aufstehen und habe einen langen Arbeitstag. Serianna sagte, Nesje könne selbst für sein Essen sorgen – das habe er doch auch gekonnt, bevor Gjertine ins Haus gekommen sei, und Nesje pflichtete ihr bei. Er fand es überflüssig, dass Gjertine in aller Frühe aufstand, doch sie tat es, noch während es dunkel war, um ihm sein Essen hinzustellen.

Er musste einräumen, dass ihm die Fürsorge guttat. Gjertine wärmte Milch für ihn auf, sodass er den Brotkanten in die Milch stippen konnte, wenn dieser zuweilen etwas trocken war – seine Zähne waren nicht allzu gut. Frisches Brot musste er jedoch nie lange entbehren – Gjertine rührte im Handumdrehen einen Hefeteig zusammen, und schon breitete sich der Duft von frischgebackenem Brot im Haus aus. Abends schnitt sie das frische Brot für ihn auf, obgleich er der Meinung war, sie sollten zuerst dem alten Brot den Garaus machen.

»Nein«, sagte Gjertine, »altes Brot ist altes Brot. Und du, der du uns alle ernährst, sollst gutes Brot essen.«

Sie erwies ihm eine Ehrerbietung, die er so nicht kannte. Auch Serianna war sich wohl bewusst, wer der Herr im Haus war, doch Gjertines Fürsorge war so resolut, dass sie Nesje beinahe ein wenig beschämte. Wenn er irgendwo saß und in irgendeinem Buch blätterte, kam Gjertine zu ihm, lehnte sich an seinen Rücken und fragte ihn darüber aus, was er las. Andere Male konnte sie dasitzen und ihn ansehen, tief in Gedanken versunken. Worüber dachte sie nach? Er hatte erwartet, dass sie seine Gedanken jeden Tag auf geistliche Fragen richten würde, doch da hatte er sich in ihr geirrt. Sie sprach nur ein stilles Tischgebet und prüfte ihren Schwager nicht mehr auf Herz und Nieren.

Es war seltsam, was da geschah. Er hatte damit gerechnet, dass ihre Gegenwart ihn belasten würde, aber allein durch ihr Wesen brachte sie ihn auf andere Gedanken. Sie lief mit der Milch in die Stadt zu den festen Kunden, sodass er sich diesen Weg sparte, wenn er hundemüde vom Gørvell-Hof zurückkehrte. Und dann hätte man doch annehmen können, dass sie jungen Leuten hinterhersah, um nicht zu sagen: jungen Männern, die umherliefen oder irgendwo herumlungerten! Das wäre doch nicht weiter merkwürdig gewesen. Nach allem, was Nesje wusste, hatten junge Männer jungen Frauen und junge Frauen jungen Männern hinterhergesehen, seit die Welt erschaffen worden war – weiter gab es dazu nichts zu sagen. Vielleicht war sie an jungen Männern nicht interessiert? Natürlich war sie das! Aber sie wolle sich nicht wegwerfen, antwortete sie, als er sie geradeheraus fragte, ob ihr da unten in Molde nicht ein paar hübsche Jungs über den Weg gelaufen seien. Das könne schon sein, doch sie wolle warten, sagte sie, die bald achtzehn Jahre alt werden sollte.

Dann kam ein Brief von Hans, in dem er erzählte, dass Gjertine zu Besuch gewesen war. Sie habe sicher erzählt, wie es ihm ginge, schrieb Hans. Hans wusste aus den Briefen seines Vaters, dass Gjertine in Rekneslia war. Gjertine jedoch hatte kein Wort darüber fallen lassen, dass sie in Trondheim gewesen war. Weder Ola noch sonst jemand aus der Familie hatte etwas von dieser Reise erzählt.

Nesje saß da und sah sie an, während sie den Ofen saubermachte. Serianna lag im Bett mit dem Jungen, der schließlich den Namen Eilert bekommen sollte. Bastian Georg zog und zerrte an seinem Vater, um ihn zu irgendeinem Spiel zu überreden. Nesje dachte: Sie kann ein Geheimnis für sich behalten – was es auch sein mag. Und auch er trug ein Geheimnis mit sich: Er wusste, wie man Blut stillte. Doch was sollte er mit diesem Geheimnis anfangen? Er hatte geschworen zu schweigen.

6

GJERTINE VERLIESS SIE ENDE NOVEMBER, als in Bud Hochzeit gefeiert werden sollte. Es war Ane-Martha, die Schwester von Gjertine und Serianna, die heiraten sollte – den Witwer Andreas Vestad, der fünfzehn Jahre älter war als sie. Von Ane-Marthas Eltern konnte keiner dabei sein. Der alte Erik Olsen lag im Sterben.

Er starb am 9. Dezember 1876, und bevor er heimgerufen wurde, wie die Bibeltreuen es nannten, wachte Gjertine an seinem Bett, Nacht für Nacht. Schließlich brach sein Blick, und Gjertine schloss ihm behutsam die Augen.

Sie weckte die Mutter, die das Pendel der Schlaguhr im Altenteilerhaus anhielt. So wurde es gemacht, wenn der Tod Einzug hielt. Dann zündeten sie ein Licht an, obwohl es Nacht war, und Gjertine setzte sich hin und schrieb einen Brief an Serianna, damit diese erfuhr, dass der Vater tot war.

Die Leute aus Rekneslia kamen nicht zur Beerdigung, denn dichter Schneefall und Verwehungen versperrten die Wege, und das Schneegestöber auf dem Fjord sorgte dafür, dass nicht einmal das Dampfschiff nach Trondheim ablegen konnte.

Der alte Erik Olsen auf dem Bortehof war verwelkt wie eine Blume im Herbstwind, sagte Nesje, wenn er erzählte, dass sein Schwiegervater gestorben war. Serianna bemerkte lediglich *so ist es*, als sie den Brief mit der Todesnachricht erhielt. Doch auch sie hielt das Pendel der Uhr an, die sich in der Stube Richtung Westen befand.

Es war Winter, und es schneite in Molde und in Frænen, es schneite über allen Gipfeln. Es schneite auf das Grab von Erik Olsen, das der Möbelschreiner Erik und Ola vom Bortehof ausgehoben hatten, was sie viel Mühe gekostet hatte, weil der Boden so tief gefroren war – das Grab, das die Nachbarn wieder zuwarfen und das bald mit Schnee bedeckt war.

Aber vielleicht war die Trauer für andere nicht so groß wie für seine Frau, Ingeborg, die nicht begriff, warum sie in dieser Welt allein sein sollte. Wenngleich: Völlig allein konnte sie nicht behaupten zu sein, solange sie Gjertine bei sich hatte.

7

Nesje arbeitete für Gørvell im Wald, als die Nachricht kam, dass auf dem Bortehof die Nachlassteilung stattfinden sollte, zu der er hinmusste. Und er hatte noch etwas anderes zu erledigen: Der neue Holzherd, den er für Ola bestellt hatte, war gekommen und wartete darauf, bei der Dampfschiffspedition in Molde abgeholt zu werden. Der Ofenkauf war zwei Jahre lang ausgesetzt worden, weil Ola so viele Ausgaben bewältigen musste, doch als der alte Erik starb und die Nachlassteilung bevorstand, konnte es nicht mehr warten.

Es war nicht so leicht fortzukommen. Serianna blieb mit den Haustieren und zwei kleinen Kindern allein. Doch was getan werden musste, musste getan werden, und Olaus Sættem übernahm für die Tage, die Nesje fort war, das Melken.

Nesje trug die Kisten mit den Ofenteilen eine nach der anderen an Bord des Dampfschiffes, das nach Frænen und Bud fuhr. Dann ging er selbst an Bord, in die zweite Klasse. Ola holte ihn mit Pferd und Wagen vom Dampfschiffkai in Aurekleiva ab. Zum Bortehof war es eine Viertelmeile. Als sie ankamen, mussten die Kisten zunächst in die Scheune gebracht werden, denn nun sollte erst die Nachlassteilung stattfinden.

Ola sollte den Kredit bei der Hypothekenbank auf tausend Kronen erhöhen, wie die neue Währung nun hieß – das entsprach zweihundertfünfzig Speziestalern. Mit diesem Geld sollte er seine Geschwister auszahlen. Die zwei Brüder sollten je eine Hälfte des Hofes bewirtschaften und konnten deshalb keine der Gerätschaften und Werkzeuge entbehren. Die drei Schwestern, die laut Gesetz die Hälfte dessen erben sollten, was die Brüder bekamen, sollten in bar ausbezahlt werden.

All dies hatten die Brüder untereinander ausgemacht, bevor die Nachlassteilung stattfand, und Lensmann Hans Stabo Hagerup, der höchstselbst zugegen war, stimmte zu.

Der Wert des Bortehofs wurde auf sechshundert Speziestaler angesetzt, zusätzlich zur Regelung des Altenteils, das die Witwe Ingeborg erhalten sollte. Das war gut das Doppelte dessen, was Ola als Kredit aufgenommen hatte, sodass die Bank mithin den halben Hof besaß.

Ola bekam den Hof mit allem, was dazugehörte, die Kühe *Hjertros, Fløtros, Lykkenkomme, Sommerros, Drivlin, Buskjenne* und eine Färse mit Namen *Advent.* Ferner zwei namenlose Ochsen, vierundzwanzig Schafe, einen Topf im Stall, einen alten Kupferkessel, einen Schleifstein, ein zweijähriges Pferd, zwei Stuten, einen Wagen, ein Getreidesieb, sieben Schlitten, einen Heuschlitten, zwei Dutzend Bretter, eine Maschinenbank, ein Molkefass – alles mit einem bestimmten Wert angesetzt. Des Weiteren gab es zwei Säschalen, einen Hut und einen Südwester, diverse Kleidungsstücke, zwölf Heringsnetze, drei Holzkisten zum Verwahren von Lebensmitteln, siebzehn hölzerne Schalen für Dickmilch, zwei Waffeleisen, ein kleines Fass, vier kleine Holzeimer, Backbretter, Harken, Bratpfannen, ein Eisengestell für das Kochen über offenem Feuer, vier eiserne Gefäße, einen Haken, neun Sensen, ein Sieb, einen Kescher, zwei Pflüge, acht Kuhketten und einen großen Vierriemer mit Segel, fünf Speziestaler wert. Außerdem gab es einen Zweiriemer, ein Viertel eines Vierriemers mit Bootshaus und Ausrüstung, zwei Bänke, zwei Spinnräder, zwei Bettstellen auf dem Dachboden, einen Degen (drei Schillinge wert), drei Paar Teetassen (was das auch immer zu bedeuten hatte), einen Webstuhl, drei Nudelhölzer oder Teigrollen, vier Paar Handkarden, einige Daunen, eine Schlaguhr, ein Tablett (also einen kleinen Tisch), einen Klapptisch, drei Bänke, einen Spiegel, einen Teetisch, zwei Stühle, zwei Hocker, einen Brotkorb, ein Butterfass, einen Trinkbecher, Schuhmacherwerkzeug, einen Anteil an einer Dreschmaschine, ein Gefährt, die eine Hälfte eines Wurfnetzes und ein Achtel eines Heringsnetzes, mit Ausrüstung ein Wert von sechzig Speziestalern. Die Schwestern sollten je fünfzig Speziestaler bekommen, und das war mehr als alte Tische und Bänke, meinte Ola.

Die anderen Geschwister saßen da und konnten nicht Nein sagen.

Gjertine brach jäh in Tränen aus, obwohl sie schon siebzehn Jahre alt war und zu den Erwachsenen gezählt werden musste. Die anderen beherrschten ihre Gefühle besser, obwohl kein Zweifel daran bestand, warum Gjertine weinte. Das alte Leben auf dem Bortehof war vorbei. Ein neues Zeitalter begann.

Doch bevor der Beginn des neuen Zeitalters erklärt werden konnte, musste der neue Holzherd an seinen Platz. Um die Wahrheit zu sagen: Der Herd hatte Ola mehr gekostet, als er sich leisten konnte. Er hatte sich von der Hypothekenbank weitere fünfhundert Kronen geliehen, um seine Schwestern auszahlen zu können, und von diesen fünfhundert Kronen bezahlte er auch den Holzofen.

Gjertine saß da mit der Anleitung, wie der Holzofen zusammengebaut werden sollte, denn sie beherrschte die Kunst des Lesens am besten, und dann bauten sie den Holzofen zusammen, fügten die Platten so aneinander, dass sie passten, schraubten Schrauben und Knäufe fest und hängten die Tür für den Backofen ein. Halleluja – was für ein Leben!

»Wer hätte gedacht, dass diese beiden so gute Freunde werden würden?«, sagte Ola, der bemerkt hatte, wie sich sein Schwager und Gjertine über die Begegnung freuten.

»Wir haben ein gemeinsames Geheimnis«, erwiderte Gjertine.

Anschließend feuerte Ola mit Birkenholz an, sodass der Herd rot glühte. Die Schwestern backten Weizenbrot, und währenddessen sangen sie. Sie legten die Brote in den Backofen, und dann aßen sie alle die wunderbarste Mahlzeit seit der Hochzeit von Serianna und Nesje.

Der Schwager aus Rekneslia wurde mit warmen Worten bedacht, und als der Abend schon fortgeschritten war, gab es einen Schnaps. Sogar Gjertine gönnte Nesje den Schnaps. Er musste sich stärken, bevor er nach Hause fuhr.

Unruhe unter dem Himmel

1

Der Winter wurde lang, und mit ihm kam viel Schnee. Und als der März zu Ende ging, lag er immer noch.

Nesje stapfte schwer durch den Schnee, den sich schlängelnden Pfad am Zaun des Hopfengartens hinab. Der Garten war gesperrt. Alle Kräuter waren unter der Decke aus Schnee versteckt, und auch die Zweige der Bäume waren vollkommen weiß. War es nicht seltsam, dachte Nesje, dass sie in nicht allzu langer Zeit Blätter bekommen würden und die Kräuter Blüten? Das war die Ordnung der Natur – man konnte auch gerne sagen das Wunder der Natur, denn ein Wunder war es, und wer in direktem Kontakt zu diesem Wunder lebte, das war der Bauer, ob sein Hof nun klein war oder groß.

Die Menschen mühten sich ihr Lebtag lang – jedenfalls die, die nichts geerbt hatten von ihren Vorfahren und durch eigene Anstrengung hochkommen mussten, sei es durch Arbeit oder Betrügerei.

Es gibt große Unterschiede zwischen den Leuten, dachte Nesje – nur am Ende sind wir gleich. Und selbst wenn unser Mühen vergeblich ist, fahren wir trotzdem damit fort.

Er sah, wie ein alter Mann, der bei der Dahl-Familie in Lohn und Brot stand, den Schnee vom Dach des Lusthauses schaufelte. Warum tat er das? Konnte er nicht ein paar Tage warten, bis milderes Wetter und Regen einsetzten und der Schnee verschwand, ohne dass man ihn wegräumen musste? Nein, Nesje wusste: So war es eben nicht. Der Alte musste sich nützlich machen, denn sonst verdiente er es nicht, durchgefüttert zu werden. Er verrichtete eine unnütze Arbeit, bekam dafür jedoch einen Brotkanten.

Schließlich verging auch dieser Frühling, so schnell wie alle anderen Frühlinge, seit Nesje in Rekneslia angefangen hatte. Auf dem Gørvell-Hof starb die mächtige Hausherrin Anne Margrete Gørvell, und in den darauffolgenden Wochen lag eine merkwürdige Stimmung auf dem Gesinde. Wer sollte nun für Claus Gørvell das Haus führen?

Nesje spürte in diesem Frühjahr zum ersten Mal eine Steifheit in den Gelenken, und er fühlte sich matt. Mit einem Kleinkind im Haus gab es viele durchwachte Nächte. Bald konnte er den einen Tag nicht mehr vom anderen unterscheiden. Als es auf die Heuernte zuging, war er so müde, dass er morgens vom Hof taumelte. Doch er würde seine gute Laune schon wiedererlangen, wenn er erst einmal mit dem Heuen in Gang gekommen war, glaubte er. Er konnte noch viele Jahre so weitermachen! Aber warum kam Claus Gørvell nicht und gab Bescheid, wann die Heuernte beginnen sollte?

Nesje begann unruhig zu werden. Wenn er es recht bedachte, hatte er den guten Claus Gørvell seit vierzehn Tagen nicht zu Gesicht bekommen.

Eine Woche vor der Heuernte sagte er sich, dass er nicht länger warten könne. Er zog sich ein feines Hemd an, das beste, das er besaß, und nahm sein Arbeitshemd mit. Als er auf dem Gørvell-Hof ankam, ging er bedächtigen Schritts zur Tür und klopfte an. Das Dienstmädchen Sina öffnete ihm. Ihr Gesicht war ernst.

Nein, er könne nicht mit Claus Gørvell sprechen. – Er, Gørvell, fühle sich nicht gut, sagte Sina. Er hüte schon seit vielen Tagen das Bett. Aber natürlich würde er bald wieder auf den Beinen sein, etwas anderes könne sich keiner vorstellen. Der Gørvell-Hof ohne Claus Gørvell wäre wie eine leere Schale, sagte Sina.

Was machte sie da für einen Wirbel? War er wirklich so krank? Wie sollten sie das regeln? Sollte er, der erste Mäher, nun wegen der Heuernte Bescheid geben? Dann musste er doch wohl zumindest mit Gørvell sprechen, um zu hören, was er meinte! Doch Sina wollte ihn auf keinen Fall hereinlassen.

Eine Unruhe erfasste Nesje. Und dann geschah noch etwas. Die beiden Geschwister von Claus Gørvell fuhren auf den Hof, Adam und Marie Gørvell. Sie gingen direkt an Nesje vorbei ins Haus hinein und grüßten kaum. Sie schlossen die Tür hinter sich, als wollten sie damit deutlich machen, dass Nesje nach Hause gehen solle.

Nesje ging zum Geräteschuppen und sah sich die Sensen an. Doch nun wurde nach ihm gerufen. Sina stand draußen auf der Treppe, ruderte mit den Armen und sagte, er müsse sofort kommen, denn nun habe Gørvell nach seinem ersten Mäher gefragt.

Nesje behagte es nicht, aus seinem würdevollen Gang herausgerissen zu werden. Und er würde nicht überstürzt in ein Haus hineinlaufen, in dem Krankheit herrschte. Er betrat den Flur, zögerte und überlegte, ob er sich die Schuhe ausziehen sollte oder nicht.

Doch Sina flüsterte: »Komm, komm!«

Sie ging vor ihm hinein und deutete auf das Bett, in dem Claus Gørvell lag.

Adam und Marie Gørvell standen weiter hinten am Fenster und ließen es sich nicht anmerken, dass Nesje hereinkam.

Claus Gørvell war nicht wiederzuerkennen. Sein Gesicht war zu einer schiefen Grimasse verzerrt, und wenn er einatmete, gab es ein gurgelndes Geräusch.

Er war leichenblass, und ebenso bleich war die Hand, die er unter der Decke hervorstreckte. Nesje tat der Mann leid. Mit all seinen Seiten war Claus Gørvell ein Mensch, der es verdiente, dass es ihm gutging. Doch was konnte er, Nesje, tun? Es stand für ihn außer Frage, dass er derjenige war, der die Dinge in die Hand nehmen musste, solange Claus Gørvell krank war. Er musste nur wissen, wann die

Heuernte stattfinden sollte. Er wollte sich um alles kümmern, wenn er nur erfuhr, an welchem Tag sie beginnen sollten.

Claus Gørvell war so schwach, dass er kaum sprechen konnte. Er antwortete nicht auf die Frage, wann die Heuernte beginnen sollte. Und er antwortete nicht auf die Frage, wie es ihm ging.

Nesje wurde klar, dass es ernst war. Die Angst schnitt ihm ins Herz, sodass es heftig und unregelmäßig schlug. Konnte es tatsächlich sein, dass die Sache hier nicht gut ausging? Wie sollte dann alles werden?

Claus Gørvell winkte Nesje näher heran. Er, der immer so schlagfertig und munter gewesen war, konnte nur leise sprechen. Er sagte, Nesje sei für den Gørvell-Hof ein guter Mann gewesen, und dafür wolle er danken. Er hoffe, Nesje werde weitermachen wie bisher, falls er, Gørvell, selbst zu krank werde, um den Hof zu führen.

»Es versteht sich von selbst, dass wir anderen alles am Laufen halten, bis du wieder gesund bist«, sagte Nesje. »Mach dir keine Sorgen – wir werden auch dieses Jahr das Heu einbringen.«

Doch Claus Gørvell wollte nicht mehr darüber sprechen. Nesje fühlte in diesem Augenblick seine eigene Ergriffenheit und sagte, die Jahre auf dem Gørvell-Hof seien gute Jahre in seinem Leben gewesen. Er kam erst wieder zur Besinnung, als er tief verzweifelt draußen vor dem Haus stand.

Serianna wollte zuerst nicht glauben, dass es so schlecht um Gørvell stand, wie er befürchtete.

Zwei Wochen später verließ Claus Gørvell diese Welt, und seine irdische Hülle – wie Nesje sie nach einer Redensart, die er einmal in einem Buch gelesen hatte, nannte – wurde auf dem Friedhof beigesetzt. Da war die Heuernte in vollem Gang, doch Adam Gørvell gab dem Gesinde frei, damit sie Claus zum Grab begleiten konnten. Es war ein heißer Julitag, aber Nesje spürte einen eisigen Wind durch sein Herz und Gemüt ziehen. Niemals zuvor hatte er sich so unsicher gefühlt. Niemals zuvor hatte er so viele Münder zu stopfen gehabt. Sollte er geradeheraus fragen, was Adam Gørvell nun vorhatte? Nein, dafür war die Zeit noch nicht reif, dass er auf diese Weise Unruhe verbreitete. Er musste warten, bis Adam Gørvell selbst kam, um mit ihm zu sprechen.

Der Gedanke streifte ihn, dass er vielleicht gefragt werden würde, ob er als Pächter übernehmen wolle? Was sollte er in diesem Fall antworten? Würde er dann Zeit haben, sich um seinen eigenen kleinen Hof zu kümmern? Das war nicht sicher. Das Schwierigste an der Sache war, dass er diese Dinge nicht mit Serianna zu besprechen wagte. Er fürchtete, sie würde darauf bestehen, dass er sein Interesse für den Posten des Pächters anmeldete, doch sich auf diese Weise hervorzutun, das lag Nesje nicht – schon der Gedanke daran erfüllte ihn mit Scham. Weitermachen wie bisher, die Arbeit zu Ende bringen – das war seine Aufgabe. Das Heu ernten, damit das Vieh im Winter etwas zu fressen hatte.

Als das Heu eingebracht war, stand die Getreideernte an. Alles war zeitig in diesem Jahr, in dem Claus Gørvell starb, bevor er den Ertrag dessen sehen konnte, was auf sein Geheiß gesät und geerntet worden war.

Die Arbeit änderte sich nicht, als Adam Fredrik Gørvell übernahm. Adam Gørvell sollte den Hof nicht selbst führen, so wie Claus Gørvell es getan hatte. Er brauchte einen Pächter. Nesje hätte Pächter sein können, das hätte sein Leben verändert, aber er wurde nicht gefragt. Er solle weitermachen wie bisher, hatte Adam Gørvell gesagt. Als die Kartoffeln geerntet waren, wurde ein anderer als Pächter eingesetzt – er, den die Leute aus Molde »Lars-mit-Gørvell« nannten, weil er Fuhrknecht gewesen war, bevor er Pächter wurde. Und jemand, der Pächter auf dem Gørvell-Hof war, brauchte keinen anderen Namen – er gehörte dorthin, mit Haut und Haaren. Die Stimmung zwischen dem ersten Mäher und Adam Gørvell (um nicht zu sprechen von der Stimmung zwischen Nesje und dem neuen Pächter) war nicht so, wie sie zu Claus Gørvells Zeit gewesen war. Nichtsdestotrotz sollte Nesje noch für weitere fünfundzwanzig Jahre auf dem Gørvell-Hof bleiben.

2

Und so ist das Leben unter den Menschenkindern: Während der eine sechs Fuß unter die Erde gelegt wird, steht der andere im Schein der Sommersonne und darf die edelsten Früchte schmecken, die diese Erde ihren Bürgern bietet – die Früchte der Liebe, die (zumindest zu Beginn) so gut schmecken.

Das waren Nesjes Gedanken, als Serianna gegen Ende des Winters erzählte, sie habe einen Brief mit wichtigen Neuigkeiten vom Bortehof erhalten. Zum ersten Mal seit dem Fortgang von Claus Gørvell erlaubte sich Nesje ein stilles Lachen. Serianna erzählte ihm alles, was geschehen war. Keine andere als Gjertine war es, die ihr geschrieben hatte, und da konnte man verstehen, dass es lustig wurde.

Ola hatte festgestellt, dass auf einem Hof im Malmedal drei Schwestern wohnten. Es waren hübsche Mädchen, alle drei, und er stellte sich vor, dass er die nehmen würde, die er bekäme, ob es nun die eine oder die andere wäre, und sollte er der Wahrheit ins Gesicht sehen, würde es die Älteste werden, denn er rechnete damit, dass der Vater der Mädchen die Älteste zuerst loswerden wollte.

Als es also Samstagabend wurde, hatte er, Ola, im Küchenhaus einen riesigen Kessel Wasser heiß gemacht. Bevor er das heiße Wasser in einen Zuber schüttete, verlangte er, Gjertine solle kommen und mit Birkenreisig, das er für diesen Zweck vorbereitet hatte, seine Haut traktieren, um sie sauber zu bekommen. So stand es im Brief.

Gjertine schrieb, sie habe ihren Bruder derart geschlagen und geprügelt, dass er zum Schluss ausgesehen habe wie ein frisch abgebrühtes Schwein. Nach dem Bad bedeckte er mit der Hand seine Scham, stieg aus dem Zuber und rieb sich mit wohlriechendem Öl ein, das er auf dem Jahrmarkt im Romsdal gekauft hatte, als er zum Exerzieren in Setnesmoen war (wo er beinahe einen Mann getötet hatte, der versucht hatte, seinen Mundvorrat zu stehlen). Dieses Öl benutzte Ola nur ein oder zwei Mal im Jahr, meist zu Weihnachten und vor Sankthans. Doch dies musste ein Tag im Mai gewesen sein, weshalb alle begriffen, wie ernst es war.

Rot wie ein abgebrühtes Schwein zog sich Ola Unterwäsche an, und als er sich eine Weile ausgeruht hatte, zog er seinen Konfirmationsanzug über, und der war keine Spur zu klein, denn Ola war bereits voll ausgewachsen, mit schmaler Taille und breiter Brust, als er konfirmiert wurde.

Dann setzte er sich ins Karriol, vor das er eines seiner Militärpferde gespannt hatte, und fuhr nach Malmedal.

Er hielt bei dem Hof an, wo die drei Schwestern wohnten, und klopfte nicht einmal an die Tür, sondern ging geradewegs hinein. Sie wunderten sich – sowohl der Bauer als auch dessen Frau und die drei Töchter, doch was konnten sie anderes tun, als ebenfalls einen guten Abend zu wünschen, als Ola dies tat? Sie waren gerade im Begriff gewesen, sich zum Essen an den Tisch zu setzen, und da blieb nichts anderes übrig, als auch dem Gast etwas anzubieten. Also setzte sich Ola an den Tisch und griff tüchtig zu, sodass alle drei Schwestern vor Verwunderung lachen mussten. Das Ende vom Lied war, dass ihre Mutter in die Speisekammer gehen musste, um ein weiteres Brot zu holen, denn das, was sie bereits aufgeschnitten hatte, war verschwunden, bevor sie die Hälfte der Mahlzeit hinter sich hatten.

Als sie fertig gegessen hatten, war es an der Zeit herauszufinden, welches Anliegen den Mann hergeführt hatte. Der Bauer wartete lange darauf, dass Ola sein Anliegen selbst darlegen würde, aber schließlich fragte er geradeheraus, warum der Besitzer des Bortehofs gekommen war. Ola sah den Mann verwundert an und sagte, er habe geglaubt, der Bauer hätte das schon längst verstanden – er, der drei Töchter habe. Diese klaren Worte bedurften keiner weiteren Erklärung, jedoch wusste der Bauer immer noch nicht, welche der drei Ola haben wollte.

»Die schönste«, sagte Ola.

Ja, das war nur zu verständlich, aber welche war seiner Meinung nach die schönste?

Nun war den Mädchen das Lachen vergangen – einem Kerl mit solch einem Selbstbewusstsein waren sie noch nie begegnet. Er kam vom Bortehof, so viel wussten sie, und das war einmal ein guter Hof gewesen, hatten sie gehört, doch nun lagen die Dinge gewiss etwas anders, wenn er, Ola, sich den Hof mit seinem Bruder teilte?

Der Vater schimpfte mit den Töchtern und sagte, sie sollten nicht so hochmütig sein. Wenn sie nicht ernsthaft sein, sondern nur dummes Zeug reden wollten, würde er sie bitten hinauszugehen, damit er die Sache bis zum Schluss erörtern könne. Denn nun habe er sie lange genug durchgefüttert. Die Älteste von ihnen war Ende zwanzig und hatte lange kein Angebot mehr bekommen, von keinem Mann.

Nein, die Mädchen wollten sich nicht fortschicken lassen, denn so, wie die Sache nun stand, wollten sie gerne ein Wort mitsprechen, und wen von ihnen Ola am schönsten fand, wollten sie auch gerne erfahren. Da sagte Ola, seiner Meinung nach sei die Jüngste am schönsten, doch sicher könne er sich da nicht sein, denn sie säßen dort wie versteinert, sagte er, keine habe sich gerührt, seit er das Haus betreten habe und sie sich an den Tisch gesetzt hätten. Ola wolle gerne sehen, wie sie sich ausnähmen, wenn sie tanzten, sagte er.

Sich ausnähmen! Er sah aus wie jemand, der sich ausnahm! Doch der Vater der Mädchen fand den Vorschlag nicht schlecht, denn es konnte geschehen, dass Eheleute einander müde wurden, sagte er, und das resultiere gerne daraus, dass sie nicht gesehen hätten, wie sie sich in allen möglichen Situationen ausnähmen, zum Beispiel beim Tanzen.

»Denn wenn du beim Hochzeitstanz denkst, deine Frau sieht aus wie eine Vogelscheuche im Mondschein«, sagte der lebenskluge Malmedal-Bauer, »dann ist es zu spät umzukehren! Wer kann ein ganzes Leben lang mit einer Frau zusammenleben, die sich beim Tanz nicht anmutig bewegt?«

Nun holte der Mann seine Geige und begann zu spielen, und die Töchter mussten bitteschön tanzen, ob sie wollten oder nicht. Und da geschah etwas Merkwürdiges: Nun wollte keine von ihnen als diejenige gelten, die am schlechtesten tanzen konnte, und deshalb durfte Ola sie herumschwingen, eine nach der anderen, so lange er nur wollte, und das tat er gründlich. Er tanzte auch mit ihrer Mutter, die von diesem Freier derart begeistert war, dass sie sagte, er dürfe das Haus nicht verlassen, bis er nicht mindestens eine ihrer Töchter mitnähme - wenn ein Kerl wie er nicht sogar gleich zwei oder drei haben wolle.

Ola fiel die Jüngste auf. Sie begann, einen seltsamen Tanz zu tanzen, während sie die ganze Zeit ihren Blick fest auf ihn, Ola, gerichtet hielt. Ola konnte nicht umhin zu bemerken, wie selig und süß sie lächelte, während sie scheinbar von jemand anderem fortgeführt wurde: Bis zur Tür tanzte sie, und dort stand sie und winkte zum Abschied, bevor sie tanzend zurückkehrte und sich auf Olas Knie setzte. Da riefen die zwei Schwestern, nun sei es aber gut! So dürfe sie sich nicht aufführen! Sie sei eine Schande für die Familie, wenn sie sich derart anbiete!

Doch ihr Vater brachte sie zum Schweigen. Von der Mutter, die wissen wollte, wie sich Ola im Zustand der Trunkenheit benahm, wurden die Mädchen angewiesen, Schnaps zu bringen. Das war ein wagemutiges Experiment, denn es war allgemein bekannt, dass er bei der Soldatenausbildung beinahe einen Mann umgebracht hatte, und da war er noch nicht einmal betrunken gewesen. Ola trank, der Mann im Haus spielte Geige und die Mädchen tanzten wie nur was. Doch dann setzte Ola jäh sein Schnapsglas ab und sagte, nun wolle er eine Entscheidung haben. Wer von ihnen wage es, mit ihm mitzukommen?

Die beiden ältesten Mädchen lachten und meinten, so schnell könne es ja wohl nicht gehen. Sie meinten, da gäbe es noch einiges mehr, was verhandelt werden müsse.

»Ich will nicht von hier fortgehen, ohne hinausgetragen zu werden!«, rief die Jüngste von ihnen, Sara. Deutlicher konnte es nicht gesagt werden, und vielleicht hatte Ola die ganze Zeit schon an sie gedacht.

Jedenfalls sagte er: »Dann trage ich dich hinaus!«

Damit warf er sie sich über die Schulter und ging zur Tür. Darüber lachten sie sehr – sie glaubten nicht daran, dass er mit ihr fortgehen würde. Während er sein Pferd losmachte, hielt er das Mädchen wie in einem Schraubstock fest. Sara tat so, als beiße und kneife sie ihn, doch Ola kümmerte sich nicht darum. Als er mit ihr vom Hof fuhr, weinte sie ein Pfützchen Tränen und jammerte ein paarmal, aber kaum waren sie außer Sichtweite, da begann sie, seine Locken zu liebkosen, und dann dauerte es nicht mehr lange, bis sie an seinem Hals hing und Gott dafür dankte, dass er nicht mit einer ihrer Schwestern fortfuhr.

So hatte es Ola Gjertine erzählt, und Gjertine glaubte alles, was er sagte. Nicht so Serianna. Doch Nesje meinte, im Großen und Ganzen habe es sich bestimmt so zugetragen, wie Ola es erzählt habe.

3

Als Ola und Sara am Bortehof ankamen, wurde die Geschichte etwas geradegerückt, denn nun bekam Gjertine zu sehen, wie das Ganze tatsächlich war. Sie feuerte den Holzherd an, sodass es in der Küche heiß wurde wie in einem Gluthaufen. Dann wurden alle möglichen leckeren Gerichte aufgetischt, bevor Ola Sara das Bett auf dem Dachboden des Vorratshauses zeigte, wo sie allein schlafen sollte – wenn nicht bis zur Hochzeit, dann aber in jedem Fall, bis sie aufgeboten wurden. Denn Ola war niemand, der über die Frauen herfiel, sobald er mit ihnen allein war – er wollte wie ein Christenmensch leben und Sara achten und ehren, sowohl bevor als auch nachdem sie seine Frau geworden war.

So verging die Zeit. Sara verließ den Hof kaum und wurde heimisch. Vier Wochen später fand die Hochzeit statt, und wiederum zwei Monate danach konnten alle sehen, dass Sara schwanger war.

Dass Ola ein verheirateter Mann war, kam für Möbelschreiner Erik sehr plötzlich. Er musste sich selbst nach einer Frau umgucken. 1878 heiratete Erik Anne Jørgensdotter Mittet. Gegen Ende desselben Jahres starb die alte Ingeborg, und die Geschwister vom Bortehof waren elternlos. Es stand ihnen frei, zu tun, was sie wollten, und zu gehen, wohin sie wollten.

Nun geschahen die Dinge in rascher Folge. Mit zwei Frauen, die sich ein Haus teilen sollten, wurde es zu eng auf dem Bortehof. Anne Jørgensdotter brachte immer deutlicher zum Ausdruck, ihr eigenes Heim haben zu wollen, vor allem, da ihr Mann doch Schreiner war. Bauholz konnten sie sich in dem Ort besorgen, aus dem sie kam, denn dort gab es viel Wald. Also begannen Erik und Anne, ihr eigenes Haus und einen neuen Hofplatz zu planen, auf dem Teil des Hofes, der ein Stück entfernt lag und ihnen gehören sollte. Damit blieb Ola allein auf dem Kredit über tausend Kronen bei der Hypothekenbank sitzen. Er plackte sich ab, für die Zinsen und den Abschlag aufzukommen. Die Verwandtschaft in Rekneslia wusste davon. Sara schickte Serianna einen Brief, in dem sie berichtete, wie schwer es für sie geworden war. Nun durfte das Herbstfischen kein Fehlschlag werden. Ola wollte mit seinem großen Vierriemer hinausfahren und Erik mitnehmen. Sollte auch das nicht erfolgreich sein, musste er im Winter in Bjørnsund in der Fischannahmestelle arbeiten – dort mussten doch wohl ein paar Kronen zu verdienen sein!

Tja, das war ja alles gut und schön, nur – warum erzählten sie das den Leuten in Rekneslia? Die hatten mehr als genug mit sich selbst zu tun.

Eines Oktoberabends, es war das Jahr 1878, stand Nesje draußen vor seinem Haus und sah hinaus auf den Fjord. Ein großer Sternenhimmel wölbte sich über ihm und rief Gedanken und Sehnsüchte in ihm wach. Er mochte es, unter dem Sternenhimmel zu stehen. Von seinem Platz aus, den er von diesem Augenblick an *Kringsjå* nannte, Rundumblick, hatte er eine freie Sicht auf die Welt, die seine war. Den Namen *Kringsjå* hatte er in einer Zeitung gefunden. Er konnte nicht glauben, dass dieser Name zu einem anderen Ort besser passen konnte als zu diesem Platz, denn von hier konnte man bis hinunter nach Molde sehen; man sah den Fjord, und man sah die herrliche Gebirgskette auf der anderen Seite. Molde war keine Weltstadt, doch mit all ihren Institutionen war die Stadt eine kleine Welt für sich. Viele Fenster waren erleuchtet. Er wusste auch um die regelrechte Lichterflut, die das Reknes-Hospital umgab, doch genau dieses Gebäude wurde vom Rekneshügel verdeckt. Stattdessen konnte er das Amtskrankenhaus sehen, ebenso das Licht von Simonsens Hotel und den Lichtschein von Moldegaard, wo ebenfalls viele Lampen brannten.

Nesje stand eine Weile da und dachte daran, wer er war und welchen Sinn das Ganze hatte, ja, wofür das Ganze gut war – dass die Menschen sich abmühten, dass sie in einer unendlichen Folge lebten und starben, Generation auf Generation, Geschlecht auf Geschlecht. Wenn man mittendrin stand, vergaß man häufig, sich diese Fragen zu stellen – da lebte man nur mit dem einen vor Augen: etwas zu haben, das einen am nächsten Tag ernähren konnte. Nur sehr selten hatte ein Mann wie Nesje wirklich frei, doch im Gegenzug stellten sich dann häufig viele merkwürdige Gedanken ein. Natürlich glaubte er, dass der Herrgott eine Absicht mit allem hatte, doch diese Absicht konnte er nicht immer aus eigener Kraft erkennen. Es ließ sich nicht vermeiden: Das Geistige kam zu kurz, wenn er hier mit Serianna allein war.

Während er draußen stand, kam Serianna und stellte sich neben ihn. Also waren die Jungen eingeschlafen, er begriff jedoch nicht sofort, dass sie ihm auch noch etwas anderes zu erzählen hatte. Da legte sie seine Hand auf ihren Bauch, und er verstand. Nicht ein Wort wurde zwischen ihnen gewechselt, das war auch nicht nötig. Er verstand mehr als gut, was sie ihm sagen wollte: Ihr drittes Kind war auf dem Weg, und für ihn, der auch noch Hans hatte, war es das vierte.

4

Im selben Sommer erfuhr Gjertine, dass ein junger Sattler mit Namen Ole auf den Hof Slutås in Frænen auf der anderen Seite des Fjords gekommen war – aus dem Ottatal, das in Kristians Amt lag und nun Oppland heißt. Ane, die Schwester des Sattlers, war Magd bei Ola auf dem Bortehof, wo Gjertine immer noch wohnte. Es war weithin bekannt, wie kompliziert Gjertine war, deshalb war es nicht einfach für sie, eine Stelle zu bekommen, und bislang hatte Ola sie auch noch gut gebrauchen können. Von Ane erfuhr Gjertine, was Ole, der Sattler, für ein Mann war. Sie hatte ihn einmal in der Kirche zu Vaagø gesehen; sie wusste also, dass er hübsch war.

Der Sattler, der sich Ole Aas nannte, seit er nach Slutås gekommen war, war zwanzig Jahre alt. Aber das, was Gjertine über ihn zu Ohren kam, freute sie nicht. Er besuchte die Höfe am Fjord, um den Bauern zu zeigen, dass er sein Fach beherrschte – er fertigte Geschirre und Sättel für sie an. Für die vornehme Gesellschaft hob er gerne hervor, dass er auch Möbel polsterte und tapezierte. Denn das war nun die letzte Mode – für diejenigen, die Geld hatten. Ole, der Sattler, hatte gelernt, wie man aus der Haut von Färsen Goldleder für Stühle und Wandtapeten herstellte, und er hatte die Werkzeuge, die man dafür benötigte. Er besaß Zieheisen, Prägeeisen, Kugelstift, Punziereisen und Malerpinsel.

Doch es war teuer, Goldleder herzustellen, auch wenn das Färsenleder nicht allzu kostbar war. Ane nahm deshalb an, dass es sich in der Gegend nur der Lensmann und der Pastor leisten konnten, Ole mit der Verschönerung ihrer Stuben zu beauftragen.

Zu Anes Verwunderung wurde das von Gjertine kommentiert. Sie schäumte und zürnte und meinte, er solle bei seinem Leisten bleiben und sich zum Sattlerhandwerk halten, statt sich mit neumodischer Ziererei zu befassen.

Doch schon bald sollte Ane viel dramatischere Dinge über ihren Bruder zu erzählen haben. Da der Weg zurück nach Slutås oft zu weit war, musste Ole dort, wo er arbeitete, übernachten. Dadurch kam er mit den Dienstmädchen und Mägden ins Gespräch, die ihn wegen seines hübschen Äußeren fragten, ob er vielleicht auch bis Samstag bleiben würde.

Und Gjertine schimpfte und schäumte. Doch Ane konnte ihr berichten, dass Ole, der Sattler, ihr erzählt hatte, dass in den Ortschaften auf der anderen Seite des Fjords die sogenannte *Nachtfreierei* praktiziert wurde. Die Mädchen dort hatten am Samstagabend frei und durften Männer zu Besuch haben.

»Für was, in aller Welt, sollte das gut sein?«, fragte Gjertine und entrüstete sich ein weiteres Mal.

Also erzählte Ane, dass Ole auf einem wohlhabenden Hof ein Geschirr anfertigte, und dort wirtschaftete Jenny, während ihr Vater etwas in Trondheim zu erledigen hatte. Jenny tat anfangs so, als wolle sie keinen Männerbesuch haben, sagte Ane, aber damit wollte sie nur die anderen täuschen. Sobald die anderen Männer aufgegeben hatten, ging sie zu Ole, der auf dem Dachboden des Vorratshauses schlief, und unterwies ihn, was er zu tun hatte.

»Und was war es, was er da gelernt hat?«, fragte Gjertine wütend.

Na ja, Ole hatte gelernt, wie Jenny es haben wollte!

»Es haben wollte! *Was* haben wollte?!«

»Wie Jenny es haben wollte, wenn sie zusammenkamen.«

»Zusammenkamen?! Sie sind doch noch nicht einmal verlobt!«, rief Gjertine.

»Mehr weiß ich darüber nicht!«, rief Ane, ebenso laut.

»Aber wie ging es dann weiter?«

»Willst du es wissen, oder willst du es nicht wissen?«, rief Ane.

Gjertine wollte jedenfalls keine halben Sachen hören.

Ole musste Jenny versprechen, nie mit leeren Händen zu ihr zu kommen, sondern wie alle anderen immer einen Schluck Schnaps dabeizuhaben. Nicht, dass die Mädchen tranken – sie nahmen vielleicht einen kleinen Schluck, um in Stimmung zu kommen, aber es war Brauch, dass die Männer ein bisschen Schnaps dabeihatten, den sie bei den jungen Frauen ablieferten, sobald sie es die Leiter heraufgeschafft hatten und durchs Fenster zu den Mädchen hineingeklettert waren. Dann waren es die Mädchen, die das Fest lenkten, damit die Männer nicht betrunken und voll und unbrauchbar wurden, wie Ane es nannte – sowohl fürs Gespräch als auch für die Liebeskunst.

»Mir wird übel«, sagte Gjertine.

Jenny sei nicht unglücklich gewesen bei Ole auf dem Dachboden des Vorratshauses, meinte Ane, und deshalb sei er am nächsten Samstag zu ihr gekommen, denn Jennys Vater war immer noch auf dem Dampfboot unterwegs nach Trondheim. Doch am dritten Wochenende war der Vater von Jenny wieder zurück. Ole, der Sattler, war in Bud gewesen, um Schnaps zu kaufen. Er hatte eine alte falbe Mähre und einen Einspänner, mit dem er herumfuhr.

»Ich wünschte, die Mähre bräche sich den Hals, damit er nie dort ankommt, wo er hinwill!«, sagte Gjertine.

Als der Vater von Jenny das Schrappen der Leiter an der Wand hörte (Ole war zu selbstsicher geworden und damit unvorsichtig, sagte Ane), fuhr er im Bett hoch und hinein in seine Hose, während er fluchte und schwor, diesem Treiben ein Ende zu bereiten. Indem er durch die Türen stürmte, griff er im Laufen nach seiner Donnerbüchse. Draußen auf dem Hofplatz sah er Ole weit oben auf der Leiter.

Er feuerte in die Luft, und das genügte. Ole sprang von der Leiter hinunter und lief zum Hof, wo er Pferd und Wagen stehen hatte, und versteckte sich in der Scheune im Heu.

»Ich wünschte, er hätte eine Ladung in seinen Hintern gekriegt, so wie er sich aufgeführt hat!«, sagte Gjertine.

Seitdem besuche Ole den Hof, auf dem Jenny wohne, nicht mehr – weder als Sattler noch als Nachtfreier, erzählte Ane. Den Rest der Geschichte kannte Gjertine bereits. Gegen Ende des Winters bekam Jenny Besuch vom Sohn des Lensmanns, der anständig um sie freite, und als es Sommer wurde, war Jenny die Frau des Lensmann-Sohnes, der sich ein eigenes Haus gebaut hatte und beizeiten das Amt des Lensmanns von seinem Vater übernehmen sollte. Jenny regierte im Lensmannshaus, wo es Lampen im Garten gab, die während einer Gesellschaft angezündet wurden, und einen Affen, der im Gehrock umherlief und Zigarren anbot.

Und wie ging es mit Ole weiter?

Tja, er hatte einen so guten Unterricht erhalten, dass er mit seinen Künsten nicht aufhören konnte, obwohl der Weg zu Jenny versperrt war. Bei Nacht und Nebel ging er zu den anderen Mädchen – Dienstmädchen und Mägden –, und die jungen Frauen wetteiferten darum, ihn hereinzulassen, da er nicht nur geschickt war, sondern auch gut aussah, und es gereichte ihm auch nicht zum Nachteil, dass die von Jenny erlernten Liebeskünste unglaublich gut waren. Ole machte sich mit seinen Erkenntnissen auch auf den Weg zum nächsten Hof, und dort endete es damit, dass die Magd, die ihn hereinließ, schwanger wurde und ein kleines Mädchen zur Welt brachte, das den Namen Olava bekam.

»Die arme Kleine kann jedenfalls nichts für die Schweinereien der Eltern«, sagte Gjertine.

Gjertine war blutjung, als die kleine Tochter von Ole, Olava, in der Kirche zu Vaagø getauft wurde. Das war der Moment, als sie sah, wie hübsch er war. Sie fand, er hätte sich für zu gut halten sollen, einen

Bankert zu zeugen. Aber sie nahm wahr, dass der Sattler mutig genug war, sich zur Vaterschaft zu bekennen und aufzustehen, als der Pastor die Eltern und Paten bat, sich zu erheben.

Trotzdem war sie empört, als Ane nach einem Besuch bei ihren Eltern fragte, ob Gjertine nicht einmal dorthin mitkommen wolle? War Ane derart von Sinnen, dass sie sich einbildete, sie, Gjertine, könne sich vorstellen, *auch nur einen Fuß* dorthin zu setzen, wo der Sattler Ole wohnte?

5

IM SOMMER 1879 kam die einzige Tochter von Nesje und Serianna zur Welt. Sie bekam den Namen Ingeborg Kristine nach den Müttern von Serianna und Nesje.

Ingeborg Kristine schrie bis Mitternacht und schlief bis weit in den Tag hinein. Nesje lief umher wie betäubt. Um drei Uhr morgens begannen die Vögel in Rekneslia zu singen. Um fünf Uhr war er auf, um sich auf das Tagewerk vorzubereiten. Wenn es auf sechs Uhr zuging, machte er sich auf den Weg zu Adam Gjørvells Hof, um Sensen zu schleifen. Der Tageslohn betrug zwei Kronen, das war ebenso viel, wie er vorher bekommen hatte, aber die Zeiten waren schlecht, deshalb musste er sich selbst verköstigen. Bevor er sich morgens davonschlich, steckte er seinen Kopf durch die Tür, um einen Blick auf die kleinen Körper zu erhaschen. Wie sollte er es schaffen, sie großzufüttern? Und dann, nach einem langen Tag auf der Wiese, kam er die Hügel beinahe hochgekrochen.

Einmal kehrte er gerade rechtzeitig zurück, um zu sehen, dass Bastian Georg dabei war, einen Ochsen zu ärgern, der von einer der Almen in der Nähe gekommen und auf ihren Hof eingedrungen war. Der Junge hätte zu Tode getrampelt werden können, wäre nicht Nesje genau in diesem Augenblick gekommen, doch Nesje kam dem Ochsen zuvor, griff den Jungen am Hosenbund, riss in hoch in seine Arme, und der Ochse raste weiter, bis er gegen die Steinmauer unterhalb des Hauses stieß.

Als Serianna aus dem Haus trat und den Ochsen sah, wie er halb bewusstlos davontaumelte, verstand sie, was geschehen war.

»Ich bin es, die die ganze Zeit auf den Jungen aufpasst«, sagte sie, »aber nun warst du es, der Engelwacht gehalten hat.«

Darauf hatte er keine Antwort. Er setzte sich, zog seine Stiefel aus und wartete geduldig, während sie für ihn das Essen auf den Tisch stellte.

6

Ola, der Bauer auf dem Bortehof, wollte einen Sattel haben, auf dem er zur Kirche reiten konnte – er war trotz allem Erbbauer, und seine Frau Sara widersprach ihm wie gewöhnlich nicht. Ola bat Ane, die Magd, ihrem Bruder die Nachricht zukommen zu lassen, er müsse einen prächtigen Sattel anfertigen, denn Ola liebte es zu reiten, während die anderen Bauern mehr und mehr fuhren, mit Karriols und allen Arten von Einspännern und Wagen.

Ane machte sich Sorgen, was passieren könne, wenn Gjertine ihren Bruder zu Gesicht bekäme, und sie überlegte, ob sie mit dem Bortehofbauern darüber sprechen sollte, aber sie tat es doch nicht – aus Angst, er würde wegen eines solchen Unsinns wütend werden und sie vom Hof jagen.

Also kam der Sattler Ole Aas zum Bortehof, und es war niemand anderes als Gjertine, die ihm die Tür öffnete.

Anfangs war ihr nicht bewusst, wer da vor ihr stand, doch es vergingen nicht viele Sekunden, bevor sie es begriff. Und hätte sie es nicht vorher verstanden, wäre es ihr spätestens in dem Moment klargeworden, als der Sattler, der einen solchen Schlag bei den Frauen hatte, ziemlich unverblümt Gjertines Äußeres kommentierte. Sie erstarrte und wurde wütend, und er begriff, dass er zu weit gegangen war. Deshalb legte er seine Hand auf ihre Schulter, um sich zu entschuldigen, was zur Folge hatte, dass sie ihn ohrfeigte und rief, er solle seine Finger bei sich behalten.

Gjertine hatte ihm nur eine Ohrfeige geben wollen, doch weil er seinen Kopf so rasch zur Seite drehte, wurde stattdessen ein blaues Auge daraus.

Solch einer Frau war Ole, der Sattler, noch nie zuvor begegnet. Auch Gjertine selbst erschrak und ließ einen Schrei hören, der dazu führte, dass Ola hinzukam und wissen wollte, was los war. Der Sattler antwortete, er habe Pech gehabt und sich mit einem Riemen selbst am Kopf verletzt, als er das Boot am Ufer festmachen wollte.

Nun ja, diese Geschichte nahm ihm der Bortehofbauer nicht ab – er konnte sehen, dass es sich um keine Verletzung handelte, die durch einen Riemen hätte entstehen können. Gjertine war normalerweise ein Mensch, der die Wahrheit ans Licht bringen wollte, egal, welche Konsequenzen das nach sich zog, aber dieses eine Mal verstand sie, dass es besser war, den Mund zu halten.

Ola befahl seiner Schwester, dem Fremden zu helfen und dessen Auge mit Borwasser und einem sauberen Lappen zu behandeln, damit es sich nicht entzündete und der Sattler krepierte. Denn dann würde es auch dieses Mal keinen Prachtsattel für den Bortehof-Bauern geben, sagte Ola, der sich immer häufiger selbst als »Bortehof-Bauern« bezeichnete.

Nie war die Wahrscheinlichkeit wohl geringer gewesen, dass ein junger Mann aufgrund einer Ohrfeige krepieren sollte, doch nun wurde Gjertines Stimme weich.

»Das werde ich tun, Ola«, woraufhin sie die Tür weit öffnete, sodass der Fremde mit seinem Reisegepäck, dem Werkzeugkasten und dem Sattelbaum hereinkommen konnte.

Gjertine bat den Sattler zu sich in die Küche, ließ ihn sich auf die Bank setzen, während sie unter einem Wasserkessel anfeuerte und Borwasser holte. Und dann wusch sie das blaue Auge und versorgte es so geschickt, als ginge ein Engel durchs Zimmer. Sie und der Sattler wechselten kein Wort. Ane kam herein, um sich dem Bruder um den Hals zu werfen, begnügte sich dann aber mit einem behutsamen »Willkommen, lieber Bruder!«, als sie die Stimmung wahrnahm. Danach sollte ihm der Dachboden des Vorratshauses gezeigt werden, wo er schlafen sollte, bis der Prachtsattel fertig war, und auch das solle Gjertine übernehmen, sagte Ola, während Ane sich um das Essen kümmerte.

Der Sattler Ole brachte seine Sachen mit hoch auf den Dachboden, und Gjertine trug die Leinenwäsche und zog das Ausziehbett auseinander, das dort stand. Der Sattler saß auf einem Stuhl direkt daneben und sah zu, wie sie alles herrichtete. Weil das Bett an drei Seiten an der Wand stand (größer war der Dachboden nicht), musste sich Gjertine strecken und das Laken zwischen Strohmatratze und Bettkasten feststecken. Da lag also Gjertine auf dem Bauch und stopfte das Laken fest. Sie erreichte nur knapp die Bettkante an der Wand, und ihr Hinterteil bewegte sich auf und ab.

Der Sattler konnte nicht an sich halten. Er beugte sich vor und strich über ihren herrlichen Hintern. Er dachte wohl, das sei es wert, ein weiteres blaues Auge zu riskieren, wenn er nur einmal diese Freude haben könne. Doch dieses Mal passierte nichts. Gjertine drehte sich nicht um, sie fuhr fort, das Bett zu machen, und sagte nur mit ihrer weichsten Stimme, er solle das sein lassen. Und tatsächlich zog er seine Hand weg.

Als sie sich aufrichtete, sagte sie, sie glaube im Grunde, es sei Gottes Wille, dass sie einander bekommen sollten. Das habe sie schon gedacht, seit Ane zum ersten Mal über ihren Bruder gesprochen habe. Doch dann sei herausgekommen, wie er mit Frauen umging, und damit sei der Gedanke für sie unmöglich geworden.

Nun war der Sattler an der Reihe zu fragen, ob man sich nicht dem Willen des Herrn fügen solle, sofern es einem möglich sei? Nichts auf der Welt sei wohl so schlimm, dass es nicht wieder in Ordnung gebracht werden könne, indem ein Mensch den Löffel in die andere Hand nahm?

Gjertine konnte nicht leugnen, dass sie ihn schrecklich gern hatte. Sei die Ohrfeige heftig gewesen, dann nur deshalb, weil sie den Gedanken nicht ertrage, dass er in die Betten anderer Frauen kriechen würde, sobald er mit dem Sattel für Ola fertig sei. Bei diesem Gedanken sei sie kurz davor, sich zu übergeben.

Der Sattler brachte sie dazu, sich auf die Bettkante zu setzen, und zum ersten Mal redeten sie miteinander – so, wie Menschen miteinander reden sollen, wenn große und lang anhaltende Konsequenzen sich ankündigen, ohne dass diejenigen, die es betrifft, daran irgendetwas ändern können. Ole war bereit, jedes nur erdenkliche Opfer auf sich zu nehmen, wenn sie nur zu einer Art Verständigung kommen könnten. Doch sie schüttelte den Kopf und sah zu Boden. Etwas unendlich Trauriges war über sie gekommen, denn es war ihr unmöglich zu glauben, dass er sich bessern könne. Er habe sie nicht nur tief enttäuscht mit seiner schamlosen Jagd auf Frauen – er habe sie auch für den Rest ihres Lebens unglücklich gemacht, weil sie nicht glaube, dass er ein neues Kapitel in seiner Lebensgeschichte aufschlagen könne.

»Ich fühle, dass ich heute ans Ziel gekommen bin«, sagte Ole, der Sattler, »ich bin dreiundzwanzig Jahre alt und habe vor fünf Jahren mein erstes Kind bekommen. Nun ist es an der Zeit, auszuziehen und sich ein eigenes Heim zu verschaffen. Was forderst du von mir, schöne Gjertine?«, fragte er sie in seinem klingenden Dialekt. »Ich glaube nicht, dass es dir gelingt, etwas zu finden, was ich nicht erbringen kann!«

Sie sprach unendlich langsam, als sie ihm erklärte, seine ganze Sinnessart müsse neu werden, er müsse umkehren und seinen alten Gelüsten abschwören. Sie stelle die Bedingung, dass er sich mindestens zwei Jahre lang von allen Frauen fernhalte, damit sie glauben könne, dass es ihm möglich sei, ein treuer Ehemann zu sein. Wenn er das zwei Jahre lang durchhalte, dürfe er zurückkommen und um ihre Hand anhalten, und gab es dann nichts an seinem Lebenswandel auszusetzen, könne er damit rechnen, dass sie Ja sage.

Ole, der Sattler, erwiderte, diese Bedingungen seien so leicht zu erfüllen wie nur was, da er doch wisse, welch himmlisches Glück den Standhaften erwarte. Aber der alte Adam in ihm habe sich noch nicht zur Ruhe gelegt – er dürfe vielleicht ab und an zu ihr kommen, wenn er allen anderen Frauen entsage und es zudem doch der Wille des Herrn sei, dass sie einander haben sollten?

Doch Gjertine konnte nicht mit einem Mann ins Bett gehen, bevor der Pastor der Ehe den Segen gegeben hatte. Zwei Jahre sei eine passende Zeit. Die lesekundige Gjertine hatte irgendwo aufgeschnappt, dass nach zwei Jahren alle Fasern eines menschlichen Körpers ausgetauscht worden seien, sodass der Körper durch und durch neu sei. Den alten Körper des Sattlers Ole, den all die leichtsinnigen Frauen liebkost hatten, gäbe es dann nicht mehr.

Ole sagte, er werde auf ihre Bedingungen eingehen und dass zwei Jahre schnell vorbeigingen.

In der Küche hatte Ane schon längst das Essen auf den Tisch gestellt. Sie hatte Hafergrütze gekocht und geräuchertes Fleisch aufgeschnitten, und da saß Ola, der sein noch neues eheliches Glück genoss, mit seiner Sara, und sie wunderten sich alle, warum Gjertine und der Sattler nicht wieder vom Dachboden herunterkamen. Sara, Jahrgang 1850 und selbst noch jung, hatte das eine oder andere über Anes Bruder gehört, aber so durchtrieben war er doch wohl nicht, dass er während der Mittagszeit über Gjertine herfiel?

Ola konnte die Gedanken seiner Frau lesen und begann zu lachen.

»Na, so schlimm kann es doch trotz allem nicht sein!«, sagte Ola und konnte es nicht lassen, noch hinzuzufügen, er halte seine Schwester nicht für ein solch leichtes Mädchen. Doch sollte er sich irren und sie habe nachgegeben, gäbe es jedenfalls hier auf dem Hof ein hungriges Maul weniger zu füttern, denn dann solle der Sattler, wenn er mit dem Prachtsattel fertig sei, Gjertine mitnehmen und nach Hause zurückkehren.

Sie gingen hinaus auf die Treppe, um zu hören, ob vom Dachboden des Vorratshauses etwas zu vernehmen sei. Und da kamen die zwei Turteltauben, beide ungewöhnlich still, setzten sich an den Tisch, und Gjertine wisperte ein Tischgebet.

Was war geschehen? Sie konnten den Blick nicht voneinander lösen, wechselten aber kein Wort miteinander. Es entstand eine merkwürdige Stimmung, die die ganze Zeit über anhielt, während Ola versuchte, dem Sattler zu erklären, welche Art von Sattel er sich vorstellte. Aber der Sattler hörte nicht zu, er befand sich auf einem anderen Stern. Schließlich stand Ola auf und machte klar, dass er seine Zeit nicht mit Fabulieren und Dechiffrieren verbringen wolle, wenn die Leute sowieso nicht aufpassten.

Gjertine begriff, dass es an der Zeit war zu erklären, was gerade geschehen war – zur großen Verwunderung aller, nicht zuletzt Anes. Gjertine erklärte, sie würden zwei Jahre warten, und wenn es dem Sattler gelänge, während dieser Zeit ein redliches Junggesellenleben zu führen, solle er als Dank Gjertines Hand und Herz erhalten.

»Wie gut, dass es mir in den Sinn gekommen ist, diesen Prachtsattel haben zu wollen!«, sagte Ola, »denn sonst wäre das nicht passiert!«

Dann fügte er hinzu, er verstehe nicht, warum man mit etwas warten solle, wenn es doch schon abgemacht und beschlossen sei. Sara pflichtete ihrem Mann bei – mit der Bemerkung, vieles sei auch einfach so »vergnüglich«, wenn man zu zweit sei, und niemand war im Zweifel, woran sie hierbei dachte. Doch als ihr einfiel, die Leute könnten sie für schamlos halten, präzisierte sie, es sei zum Beispiel viel schöner, zu zweit Kaffee zu trinken oder in die Berge zu gehen und jemanden an der Hand halten zu können. Ola lachte über seine Frau, bis er Schluckauf bekam.

In diesem Augenblick hätte Gjertine das Geheimnis erzählen können, das in ihrem Herzen emporgewachsen war, als Ole ihr über den Hintern strich – dass dies der Mann war, mit dem sie nach Amerika gehen konnte. Doch sie, die sonst so freimütig war, bekam nicht über die Lippen, worüber sie schon viele Jahre lang nachgedacht hatte. Deshalb lächelte sie nur, als der Sattler sagte, er wolle die zwei Jahre dafür verwenden, das Haus in Slutås instand zu setzen.

Während die Frauen den Tisch abräumten, unternahm Ola auf seine bedächtige Art ein weiteres Mal den Versuch auszuführen, wie er sich den neuen Prachtsattel vorstellte oder vielmehr den Sattel für den Kirchgang und andere festliche Gelegenheiten, etwas, womit er sich viele Jahre lang beschäftigt hatte. Es war in diesem Landstrich schon längst aus der Mode, zur Kirche zu reiten. Man ging zu Fuß oder man ruderte, und das tat man selbst dort, wo die Entfernung zur Kirche größer war als vom Bortehof, an dessen Hausecke der Kirchweg entlangführte und aus dessen Küchenfenster man die Kirche sehen konnte. Im Winter, wenn der Boden vereist war, konnte man sich im Schlitten vorwärtsbewegen. Doch im Sommer war der Weg an vielen Stellen so durchweicht und miserabel, dass es schwierig war, mit dem Wagen voranzukommen. Aber Ola wollte reiten, ganz gleich, was die anderen taten.

Er hatte die Haut des Ochsen, den er ein Jahr zuvor geschlachtet hatte, gereinigt. Er hatte diese Haut hundertmal in kaltem Wasser gespült und danach dreißigmal in heißem Wasser, bis sich die Haare langsam lösten, sodass sie die Haut von beiden Seiten reinigen konnten. Weil sie die sogenannte Rot- oder Lohgerberei betrieben, war bereits ein Jahr vergangen, seitdem Ola begonnen hatte, an einen neuen Kirchensattel zu denken. Denn für dieses Vorhaben hatte er lange Wege auf sich genommen und Eichenlohe beschafft, die für die Beste gehalten wurde, obwohl in diesem Landstrich der Eichenwald längst abgeholzt worden war, sodass sich die meisten mit Birken- oder Weidenrinde begnügen mussten. Für Ola aber war nur das Beste gut genug. Im Innersten des Romsdals gab es einen Bauern, der sich bereit erklärte, Ola Eichenrinde zu besorgen, wenn Ola nur dafür bezahlen wolle, und Ola segelte dorthin und bezahlte, was die Eichenrinde kostete, ohne dass irgendjemand die Summe erfuhr, nicht einmal Sara.

Wollte man Tierhaut gerben (entweder um Oberleder für Schuhe oder Sohlen oder – wie in diesem Fall – einen Kirchensattel herzustellen), legte man die Haut in einen Fluss, bis sie so aufgeweicht war, dass man die Haare mit einem Holzmesser oder einem Holzspatel entfernen konnte. Die Rinde wurde mit einem Holzhammer oder mit einem Dreschflegel zerkleinert und in einen Bottich mit Wasser gelegt, damit der Gerbstoff austreten konnte. Ola und sein Bruder waren sich einig, dass dies eine schöne Arbeit war, obwohl der Geruch, der aus dem Bottich hochstieg, einen ab und zu die Nase zuhalten ließ.

Dann lag die Haut wochenlang in der Lohe, bis sich nur noch in der Mitte eine dünne und ungegerbte Schicht befand, denn solch ein Leder hatte den Vorteil, dass es ganz steif wurde und zudem so dicht, dass Wind und Wasser nicht eindringen konnten. Und das war wichtig für einen Kirchensattel, der auf dem Pferderücken liegen bleiben würde, während der Gottesdienst im Gange war und bis der Eigentümer das *Sakrament des Heiligen Abendmahls* empfangen hatte. Vielleicht kam ja ein Regenschauer, bevor der Pastor Christi Leib und Blut austeilen konnte. Der Haken an dem Ganzen war, dass ein solches rotgegerbtes Leder leichter Risse bekam und immer wieder eingefettet werden musste, doch Ola meinte, darauf könne er ja achten. Ola liebte Pferde, er hatte zwar nicht mehr als zwei, aber diese Pferde versorgte er dafür so gut, dass sie glänzten, und da musste er sich doch wohl auch mit einer gewissen Umsicht um ihre Ausrüstung kümmern?

Ola hatte in der Vorweihnachtszeit dagesessen und behutsam, oh, so behutsam die Ochsenhaut gereinigt, bevor er die Unterhaut entfernte – mit einem breiten Messer, das er in seiner Jugend geschmiedet hatte. Dann war es endlich so weit, dass er das Leder einfetten und zusammenrollen konnte; den Winter hindurch entrollte er es jedoch immer wieder und begutachtete es, fettete es nochmals ein, bis im Frühsommer die Zeit gekommen war, den Sattler zu rufen, so, wie es nun schließlich geschehen war.

Man könnte viel darüber erzählen, wie Ola das Zubehör präsentierte, das er für seinen Kirchensattel besorgt hatte, denn es sollte ja auch nicht alles selbstgemacht werden. Er hatte ein Stück Goldleder gekauft, womit der Sattel ausgeschmückt werden sollte, was Ole, der Sattler, wiederum völlig überflüssig fand. *Er* meinte, das goldene Leder würde zu großer Nässe ausgesetzt. Und dann war da noch ein weißgegerbtes Ziegenleder, das nach Olas Vorstellung für die Ränder des Ochsenleders verwendet werden sollte, damit das Ganze so weich wurde, dass auch Sara sorgenfrei auf diesem Sattel sitzen konnte. Wie lange, glaubte er, würde das Leder weiß bleiben?

Der Sattler deutete vorsichtig an, Sara könne vielleicht einen eigenen Sattel bekommen, vielleicht einen Damensattel, aber davon wollte sie nichts wissen – eine so feine Dame sei sie nicht, und auf dem Pferderücken gefiele es ihr am besten, wenn sie auf Olas Sattelknopf säße, sagte sie.

Hier fuhr man am besten, wenn man sich nach den häuslichen Regeln richtete, dachte der Sattler. Er blieb gut zwei Wochen auf dem Bortehof und fertigte den einzigartigen Kirchensattel an. Er widersprach dem Hausherrn nicht, versuchte aber, es trotzdem so hinzukriegen, dass er sich zu dem Resultat bekennen konnte. Und bereits jetzt sei angemerkt: Über diesen Sattel sollte noch viele Jahre später geredet werden.

Er begann mit dem Nähen. Im Stillen dachte er, Kuhleder, das mindestens genauso fest war wir Ochsenleder, hätte es ebenso gut getan. Aber warum sich streiten über etwas, das bereits beschlossene Sache war? Er fertigte einen Saumrand, indem er mit dem Nahtroller an der Lederkante entlangfuhr, dann bohrte er mit einer Ahle Löcher und nähte zwei Lederstücke zusammen, die er ausgeschnitten hatte – als Boden für diesen Prachtsattel. Schließlich legte er die Lederteile um ein Stück Eichenholz, sozusagen das Skelett des Sattels, und drückte die Ränder mit einem Rillenholz zusammen. So nahm der ungewöhnliche Kirchensattel zwischen seinen Händen Form an. Es dauerte vierzehn Tage, bis er die Ränder festhämmern konnte und kleine Rahmen an diesem Sattel angefertigt hatte, auf dem Ola sitzen sollte, wenn er zur Kirche ritt.

In diesen Tagen bekamen Gjertine und der Sattler viel Zeit, um miteinander zu sprechen und sich kennenzulernen, doch sie hielten Abstand und versuchten nicht, einander zu nah zu kommen.

Als der Sattel fertig war und sogar das Ziegenleder seinen Platz gefunden hatte, blieb Ola nur zu bekennen, dass er sich mit diesem Sattel gerne zeigen würde. Und was war mit dem Goldleder? Ja, das hatte der Sattler zusammen mit ein paar Schnallen und Riemen aufgenäht, sodass es bei besonders festlichen Gelegenheiten und gutem Wetter auf den Sattel aufgespannt werden konnte wie eine Mütze.

»Für meinen Teil kann die Hochzeit nun kommen«, sagte Ola, »denn jetzt habe ich einen Sattel, auf dem ich zur Kirche reiten kann.«

»Aber die Braut geht zu Fuß«, sagte Gjertine.

Der Sattler und seine Braut

1

In dem darauffolgenden Winter machte sich der Sattler Ole Aas von Slutås über das her, was noch übrig war vom Fichtenwald auf dem Hofplatz, den seine Eltern gekauft hatten, als sie aus dem Ottatal nach Frænen gekommen waren. Er fällte Dutzend um Dutzend, als wäre es nie genug, und fuhr das Holz zum Sägewerk Tornes, als das Frühjahr kam. So eifrig war er damit beschäftigt, alles vorzubereiten, dass er seinen eigentlichen Beruf vernachlässigte, aber es waren ohnehin schlechte Zeiten, und kaum einer wollte neue Sättel und Geschirre haben. Die meisten versuchten, das Alte zu flicken.

Ole, der Sattler, sägte Bauholz für das Gebälk, für Bodenbalken, Dachsparren und Bretter für die Verkleidung. Und dann begann er, ein Altenteilerhaus zu errichten, in dem die Eltern im Alter wohnen konnten, denn er hatte verstanden, dass Gjertine Luft zum Atmen brauchte. Und seine Eltern bekreuzigten sich und verstanden nicht, dass so viele Häuser notwendig waren – sie konnten doch wohl eine Stube in dem Haus bekommen, das bereits dastand? Doch der Sattler sagte, er wolle mindestens acht Kinder haben und brauche für alle miteinander Platz.

Als er mit dem Altenteilerhaus fertig war, war es bereits Sommer, der Sommer im Jahre des Herrn 1880, und eine unerwartete Nachricht erreichte sie: Sein Bruder, der sich Hans Aas nannte und ein Jahr jünger war, hatte gutes Geld verdient, nachdem er sich ein paar Jahre zuvor in Ålesund niedergelassen hatte. Dort konnten sie geschickte junge Männer aus dem Oppland gut gebrauchen, die Trockenmauern und Häuser bauen konnten, und Hans Aas konnte beides. Doch dann befiel ihn eine Unruhe, die weder durch Rauchen noch durch Geigenmusik gestillt werden konnte, und auch nicht durch Gesang und Bibellesen. Nichts anderes konnte helfen als eine Reise ins Ungewisse, und so hatte Hans Aas, der seine Eltern als kleiner Junge zu Fuß vom Ottadal an die Romsdalsküste begleitet hatte, den Staub des Vaterlandes von seinen Füßen geschüttelt. Er hatte das Dampfschiff nach Hull genommen und den Zug nach Liverpool, bevor er an Bord des Amerikaschiffes ging mit Kurs auf Quebec. Sein Ziel war eine kleine Stadt in Minnesota, die Hancock hieß, wo ein Bekannter von ihm lebte. Er kam nicht einmal nach Hause, um sich von seinen Eltern zu verabschieden, und das nahmen sie sehr schwer.

Ole, der Sattler, verstand nicht, wofür eine solche Irrsinnsfahrt gut sein sollte. Doch nun waren zwei Jahre vergangen, seit er und Gjertine einander die großen Versprechen des Lebens gegeben hatten, und der Sattler musste an sich selbst denken und an das, was nun anstand.

Wie oft war er in diesen zwei Jahren zu Hause in Slutås umhergegangen und hatte innerlich gebrannt, wenn es Samstagabend wurde! Er wagte es nicht, den Hof zu verlassen, weil er Angst hatte, der alte Adam würde die Oberhand gewinnen. Er trank auch keinen Schnaps mehr. Er ging nur auf und ab und vor und zurück und besah sich alles, was er geschafft hatte. Er war ein Mann im besten Alter, aber der Kraftakt hatte an ihm gezehrt. Außerdem konnte er nicht umhin, sich Sorgen um die Zukunft zu machen, denn in diesen Zeiten hatten Leute kein Geld für neues Reit- oder Zaumzeug. Warum kam Gjertine nicht zu ihm? Sie hätte ihm Trost geben und sehen können, wie schön er alles vorbereitet hatte. Doch dies hier war die große Prüfung, und sie durften nicht dadurch alles zunichte machen, dass sie an einem derart abgelegenen Ort zusammenkamen – alle wussten, dass es in diesem Fall selbst für Gjertine schwer werden könnte, auf dem rechten Weg zu bleiben.

2

Im Herbst 1880 begann Möbelschreiner Erik damit, auf dem Teil des Bortehofs eine Grundmauer für ein Haus zu errichten, der nach der Nachlassteilung sein Eigentum geworden war und der in schriftlichen Dokumenten den Namen *Bakken*, Hügel, oder auch *Ytrehoemsbakken* erhalten hatte. In Planung war kein Schloss, sondern ein Haus mit anderthalb Etagen, sodass es auch Schlafräume auf dem Dachboden gab, in denen man allerdings nicht überall aufrecht stehen konnte.

Das Bauholz war mithilfe von Wind und Wellen aus Mittet hertransportiert worden, wo Anne herkam – im Innersten des Romsdalsgebirges und ganz am Ende des Romsdalsfjords. Es waren Ola und sein großer Vierriemer, die das Bauholz holten, und das auf eine Art und Weise, über die die Leute am Fjord noch lange Zeit sprachen. Wohl gab es Frachtschuten, die Holzlasten an Bord hätten nehmen können, doch das wäre teuer geworden, und er, Ola, nahm nichts für seine Mühe, obwohl ihn die Expedition eine knappe Woche seiner kostbaren Zeit kostete. Wie immer nutzte er den Landwind, um morgens aus dem langen Fjord herauszukommen, und dann musste er ein paar Stunden warten, bis im Laufe des Nachmittags der Seewind kam. Die Fahrt führte nordwärts durch den Julsund und entlang der Innenseite der Insel, die Aukra heißt, bevor sie die Stämme mühsam in den Frænfjord verschifften. Schließlich gingen sie in Ytre Hoem an Land. Dies alles geschah irgendwann im Herbst. Erst als der Schnee kam, brachten sie das Bauholz auf einem Schlitten hinauf zu dem Platz, wo Möbelschreiner Erik sein neues Heim bauen sollte. Zwei Jahre brauchte Erik, bis die Wände errichtet waren und das Dach draufkam.

Es soll gesagt werden, dass der Möbelschreiner sich nicht schonte – er arbeitete von früh bis spät. Die Wände in der feinen Stube wurden mit Brettern vertäfelt, die er selbst zugehobelt hatte – mit Zierrand, Nut und Feder. Die Fensterleisten erhielten besondere Profile. Es brauchte nicht verheimlicht werden, dass es ein Schreiner war, der hier wohnen sollte. Ebenso drechselte Erik die Stäbe für das Geländer der Innentreppe auf seiner Drehbank, die er unter einem kleinen Dach auf dem Hofplatz aufgestellt hatte. Die Drehbank wurde von Eriks eigener Muskelkraft angetrieben: Während man arbeitete, musste man ein Pedal beziehungsweise eine Feder treten, die sich auf und ab bewegte, sodass das Werkstück, das an der Drehachse befestigt war, sich rundherum drehte und man das Stemmeisen dagegenhalten und das gewünschte Profil drechseln konnte.

Erik arbeitete Tag und Nacht, während aufkommender Argwohn sein Gemüt verdunkelte. Konnte Anne keine Kinder bekommen? Zwei Jahre lang waren sie nun zusammen, und Erik hatte seine ehelichen Pflichten nicht versäumt, aber es sah nicht so aus, als würde sich ein Nachkomme ankündigen. Jedes Mal, wenn ein Lächeln Annes Gesicht erhellte, dachte er, sie habe ihm vielleicht ein Geheimnis zu erzählen. Doch jedes Mal wurde er wieder enttäuscht, und als er mit ihr darüber sprach, weinte sie. Sie nahm alle Schuld auf sich, ohne dass sie wussten, ob der Mangel bei ihm oder ihr lag. Er begriff, dass man die Natur nicht zwingen kann, und sagte, man könne auch ohne Kinder ein menschenwürdiges Leben führen. Er ging so weit anzudeuten, es sei vielleicht des Herrn Wille, dass die zwei Teile des Bortehofs, die sie voneinander geschieden hatten, wieder zusammenkommen und in der Zukunft von einem von Olas Söhnen bewirtschaftet werden sollten. Aber Ola habe nur einen

Sohn, erwiderte Anne, und es sei auch nicht sicher, ob dieser Sohn geeignet sei. Sie fand, er benahm sich seltsam, obwohl er erst zwei Jahre alt war.

Aus Gründen, die niemand erklären konnte, stärkte es die Freundschaft zwischen den Brüdern nicht, dass Möbelschreiner Erik sich ein eigenes Heim baute. Ola blieb auf allen Ausgaben sitzen, die der Anbau am Bortehof mit sich geführt hatte, und da war es kein Trost, dass Sara und er mehr Platz hatten als vorher. Für Ola lief nicht alles rund. Man konnte eher sagen, dass ihn das Pech verfolgte, wo er ging und stand. Sowohl Sara als auch er selbst machten sich Sorgen, weil sich zeigte, dass ihr Ältester, Bastian Elisæus, der 1879 zur Welt gekommen war, geistig beeinträchtigt war. Es war Sara, die als Erste bemerkte, dass er nicht wie andere Kinder war, und lange fürchtete sie sich davor, es Ola gegenüber anzusprechen. Doch eines Tages, als Ola den Jungen züchtigen wollte, weil dieser einen Eimer mit Milch umgestoßen hatte, der vor der Tür auf dem Tritt stand, musste Sara ihn beschwichtigen. Und dann sprach sie unumwunden aus, wie es war: »Sei nicht so hart zu ihm, er ist nicht ganz wie die anderen.«

Ola blieb eine Weile stehen und sah seinen kleinen Sohn an, der hinter der Katze herlief und nicht verstand, warum er Prügel verdiente, und Ola sah auf einmal, dass Sara recht hatte.

»Glaubst du, er lernt irgendwann lesen und schreiben?«, fragte Ola.

»Ich weiß es nicht, Ola.«

»Glaubst du, er wird imstande sein, sich selbst zu versorgen?«

»Ich weiß es nicht.«

»Es ist wohl nicht anzunehmen, dass er uns die Bürde abnehmen wird, wenn wir eines Tages nicht mehr können«, sagte Ola.

»Ich weiß es nicht, ich weiß es nicht«, erwiderte Sara verzweifelt.

»Vielleicht müssen wir ihn versorgen, solange sich Leben in uns regt?«, fragte Ola. Dann ging er hinunter zu seinem Acker, um Unkraut zu jäten. Doch an diesem Tag geschah etwas mit Ola. Es war, als würde er bei allem, was er tat, an Fahrt verlieren. Er sah, wie das neue Haus des Bruders in die Höhe wuchs, und es machte ihn nicht froh.

3

Das vierte Kind von Nesje und Serianna kam am dreiundvierzigsten Geburtstag des Vaters in Rekneslia zur Welt, am 17. Juni 1881, und erhielt den Namen Anton Edvard. Als der Junge im Arm seiner Mutter lag, sagte Serianna zu Nesje: »Alles hat seine Zeit, und meine Zeit, Kinder zu gebären, ist nun vorbei.«

Er wusste, was sie meinte, und widersprach ihr nicht. Er fand, er sei zu jung, um mit dem aufzuhören, was Frauen und Männern in jungen Jahren so viel Freude bringt, doch wenn es so sein sollte, dann war es so. Serianna lag im Bett und blickte ihn ruhig an.

Er räusperte sich und sagte: »Du hast mir vier Kinder geschenkt. Das ist weit mehr, als ich verdient habe.«

Da lächelte sie.

Nesjes Schwester, Karen, ging im Haus in Rekneslia umher und versorgte den Haushalt, während Serianna mit dem neugeborenen Jungen im Bett lag. Zwar herrschte keine drückende Wärme, aber die Häkelgardinen waren vorgezogen, um die Wöchnerin vor zu starkem Sonnenlicht zu schützen. Nesje kam mit keiner Arbeit richtig in Gang, weil er die ganze Zeit das Gefühl hatte, behilflich sein zu müssen.

Nach einer Weile kam ihm jedoch der Gedanke, die Frauen würden auch ohne ihn fertig werden. Bald war Mittsommer, und er wartete auf Nachricht von Adam Gørvell, wann die Heuernte beginnen sollte. Da der Tag schon weit fortgeschritten war, konnte er doch wohl dem Gørvell-Hof einen Besuch abstatten, sehen, ob Adam Gørvell dort war, und ein Wort mit ihm wechseln? Ja, aber seiner Schwester fiel ein, er könne die kleine Kristine mitnehmen, die der Meinung war, das Neugeborene wecke weit mehr Interesse, als ihr lieb war.

Er ließ die Kleine auf seinen Schultern sitzen, als er hinunter Richtung Stadt ging. Er kam am *Humlehaven* vorbei, wo große Veränderungen vor sich gingen. Das Lusthaus, das neben dem Pfad direkt am Zaun gestanden hatte, war ganz nach oben auf den Hügel versetzt worden, und im Garten waren Tischler damit beschäftigt, eine Schweizervilla zu bauen. Das Rohgerüst war fertig, nun sollte das Haus verkleidet werden, und dann kam wohl der Dachschiefer an seinen Platz. Was für ein Anblick für die vornehme Gesellschaft, die im Sommer zu Besuch kam – eine Schweizervilla inmitten eines großen Blumengartens, zwischen großen Bäumen mit rauschenden Kronen!

Es sah nicht so aus, als mangelte es Peter Dahl, der der Besitzer des Anwesens war, an Geld, auch wenn nichts mehr übrig war von der großen Segelschutenflotte, die sein Vater seinerzeit besessen hatte. Peter Dahl war ein charmanter Mann, aber würde er etwas erreichen – er, der sich die meiste Zeit damit beschäftigte, wie er nach außen hin wirkte? Nun ja, er besaß die Brauerei, die er zusammen mit seinem Schwager, Herlof Dahl, betrieb, und wer Bier braut, kann wohl immer damit rechnen, einen Käufer zu finden.

Auf dem Gørvell-Hof schien die Pest gewütet zu haben, so still war es überall. Doch Nesje fühlte sich dort wie zu Hause und betrat beherzt den Hofplatz. An einer Wand des Vorratshauses hingen die Sensen in Reih und Glied. Er ging hinüber und befühlte die Klingen, um herauszufinden, in welchem Zustand sie waren, nun, wo er schon einmal hier war – ob sie Rost angesetzt hatten und wie viel nötig war, um sie zu schleifen. An alles musste er beizeiten denken, er fühlte, dass er dafür die Verantwortung trug.

Immer noch war kein Mensch zu sehen. Es sah aus, als hätten sich alle vom Hof gemacht, wie es hieß. Ihm fiel ein, dass es Samstagnachmittag war und sich Adam Gørvell wahrscheinlich freigenommen hatte, um jemanden vom selben Schlag und Stand zu besuchen, vielleicht Owren, vielleicht Leth, vielleicht die Dahl-Leute, obgleich sie nicht immer auf gutem Fuß miteinander standen. Nesje wanderte umher und spekulierte wie irgendein beliebiger Sonntagsbauer. Er brauchte nicht neidisch zu sein, nur weil er nicht zu den Bessergestellten gehörte. Er war zufrieden damit, der zu sein, der er war. Dies war der zwanzigste Sommer, in dem er auf dem Gørvell-Hof Heu machen sollte – ein kleines Jubiläum. Obwohl er nun schneller erschöpft war als damals, als er begann, freute er sich auch dieses Jahr darauf, mit der Heuernte in Gang zu kommen. Er war trotz allem der erste Mäher, und vor der Verantwortung durfte ein erwachsener Mann nicht fortlaufen.

Vor seinen Füßen stolperte die Kleine vorwärts, und ihm kam in den Sinn, dass es eine gute Idee gewesen war, wenigstens ein Mal auf sein eigenes Kind aufzupassen. Gewiss liebte er auch seine beiden kleinen Jungen, doch wenn er ehrlich war, freute er sich vor allem über das Mädchen. Vielleicht war es so, dass sich Männer meist an ihre Töchter banden, insbesondere wenn sie, wie er, nur eine Tochter hatten. Wie würde es dieser Tochter ergehen, wenn sie heranwuchs? Würde sie sich irgendwo in der Nähe von Molde niederlassen oder würde sie fortgehen? Ihm fiel das Sprichwort ein: Kinder sind uns nur geliehen. Wie glücklich konnte er doch sein, dass er hier mit seinem Mädchen umherwandern durfte! Serianna hatte ihn unlängst mit einem Sohn gesegnet – in solchen Stunden waren sowohl er selbst als auch die Kleinen im Weg. Die Jungen hatte Karen unter irgendeinem Vorwand mit in den Wald genommen, doch er selbst suchte nicht die Ruhe des Waldes. Hatte er nichts Bestimmtes vor, zog es ihn hierher, an diesen Ort, um auf dem Gørvell-Hof nach dem Rechten zu sehen.

Nun hörte er es im Stall poltern, und kurz darauf kam der Pächter, Lars-mit-Gørvell, mit dem braunen Hengst heraus, vollständig aufgesattelt mit Prachtsattel, und führte ihn zum Karriol, das frisch gemalt und glänzend auf der ansteigenden Auffahrt zur Scheune stand. Gleich darauf kam Adam Gørvell aus dem Haus und wartete ungeduldig, während Lars anspannte, damit der Patron losfahren konnte. Erst jetzt wurde Adam Gørvell darauf aufmerksam, dass ein Stück entfernt sein erster Mäher stand; es war bestimmt die tiefstehende Nachmittagssonne, die Schuld daran war, dass sein Blick erst jetzt auf Nesje fiel. Doch nun rief er seinen ersten Mäher, und Nesje nahm sein Mädchen auf den Arm, damit sie nicht ihre Schuhe schmutzig machte und dem Pferd vor die Hufe lief. Außerdem bekam Adam Gørvell so die Gelegenheit, Nesjes kleines Mädchen zu sehen, auf das er stolz war, ein Mädchen, das im Januar zwei Jahre alt geworden war. Es war schon sehr weit, dieses Mädchen, es konnte sagen, wie es hieß, und als Adam Gørvell sie danach fragte, war sie nicht im Mindesten schüchtern und antwortete: »Tine!«

Adam Gørvell hatte es eilig und wollte fort, aber nicht, bevor er in einer Tasche ein kleines Zuckerstück für Klein-Kristine gefunden hatte. Der Vater wollte, dass sich das Mädchen bedankte, doch Adam Gørvell hatte bereits das Karriol bestiegen. Er saß da, die Zügel in der Hand und wirkte ein wenig ungeduldig, als er noch einmal mit seinem ersten Mäher sprach: Ob Nesje irgendetwas auf dem Herzen habe, da er an diesem Samstagnachmittag hierhergekommen sei?

Nein, er habe sich nur gefragt, wann die Heuernte beginnen sollte, antwortete Nesje.

Adam Gørvell erwiderte, sie würden Montag in vierzehn Tagen beginnen.

Ja, genau, das habe er sich ungefähr gedacht, sagte Nesje.

»Du bist viele Jahre bei uns gewesen, Nesje«, sagte Adam Gørvell. »Wie viele waren es noch gleich?«, wollte er wissen.

Dies sei der zwanzigste Sommer, sagte Nesje. Ansonsten habe er aber nur einen kleinen Spaziergang mit seinem Mädchen gemacht – seine Frau habe an diesem Vormittag ein Kind zur Welt gebracht, und die Mutter und das Neugeborene bräuchten Ruhe.

Was erzählte er da? Er sei wieder Vater geworden? Nein, nun müsse er, Adam Gørvell, aber wirklich gratulieren! Und tatsächlich sprang der Mann wieder vom Wagen herunter, trat auf Nesje zu und drückte ihm die Hand. Und als sei das nicht genug, gab er seinem treuen Diener eine Krone! Nicht alle Vornehmen hätten sich die Mühe gemacht, das wollte Nesje danach nur gesagt haben. Nun wollte Adam Gørvell wissen, ob er noch mehr Kinder habe und wie viele Kinder es seien, als würde ihm zum ersten Mal in den Sinn kommen, dass Nesje neben seiner Arbeit auch ein Familienleben hatte. Nesje erzählte, dass der Junge, der an diesem Tag geboren worden war, das fünfte Kind war, wenn er Hans aus der ersten Ehe mitrechnete.

Das war eine ganze Schar. Doch nicht das war es, was den Tag denkwürdig machte. Es waren die Worte, die Adam Gørvell sagte – die sollte Nesje nicht vergessen, solange er lebte.

»Unglaublich, dass du zwanzig Jahre lang bei uns Heu gemacht hast!«

»Die Jahre sind schnell vergangen«, hatte Nesje geantwortet.

Nun war er also dreiundvierzig, und damit waren die besten Jahre vorbei. Kein Arbeitgeber würde sich mit ihm befassen, wenn es ihm, Nesje, einfiele, sich zu bewerben. Als er sechsunddreißig war, war das anders gewesen – da war er ein Mann mit Lebenserfahrung, und in gewisser Weise hatte er die besten Jahre noch vor sich. Nun ging es bergab, daran ging kein Weg vorbei.

Mit einem Satz war Adam Gørvell wieder auf dem Sitz des Karriols. Dass dieser Mann über fünfzig war, war ihm nicht anzumerken. Adam Gørvell zog sich die schwarzen Fahrhandschuhe über und fuhr zwischen dem Vorratshaus und der Scheune vom Hof, sodass der Sandstaub wie eine Wolke hinter ihm stand.

Nesje ging die Hänge hinauf und betrat sein eigenes Haus, das schlafende Mädchen auf seinen Schultern. Seine Schwester Karen war zu sich nach Hause gegangen, nachdem sie die Jungen ins Bett gebracht hatte. Serianna hatte gesagt, sie brauche sie nicht mehr, und nun musste er sich selbst um das Abendessen kümmern. Doch als Mutter und Kind eingeschlafen waren, setzte sich Nesje hin, um einen Brief an Hans in Trondheim zu schreiben.

Wenn er einen Brief von Hans bekam, las er ihn immer Serianna vor, deren Gesichtszüge, je nachdem, Zustimmung oder Uneinigkeit ausdrückten. Sie fand häufig, dass Hans verwegene Pläne hatte. Hans rechnete damit, in ein oder zwei Jahren als Geschäftsführer eingesetzt zu werden, doch sollte es tatsächlich so kommen, könne er sich nicht die Zeit nehmen, seinen Vater zu Hause in Molde zu besuchen. Er hatte drei Geschwister bekommen, die er bisher noch nicht gesehen hatte, aber er fragte auch nicht viel nach ihnen.

Es schmerzte Nesje, dass Hans seiner nächsten Familie so gleichgültig gegenüberstand. Ihm, Hans, hätte gerne einfallen dürfen, dass man sich seine Verwandten nicht aussucht – nicht so wie seine Freunde, nein, nicht einmal wie eine Ehefrau. Es ist dein eigenes Fleisch und Blut, du bist einer von ihnen und gehörst dazu, gleichgültig, wie weit du fortgehst. Doch das Einzige, was Hans wissen wollte, war, ob es seinem Vater gutging oder ob er spürte, wie das Alter ihn beschwerte. Es war, als habe der Junge ein schlechtes Gewissen, weil er seinen Vater verlassen hatte. Nesje fand es merkwürdig, dass sich der Junge ausdrückte, als sei sein Vater ein alter Mann, doch es ist nicht leicht, einen erwachsenen Sohn zurechtzuweisen. Deshalb schrieb Nesje ein paar Zeilen zu jedem einzelnen seiner Kinder, über Bastian Georg, der nun sechs Jahre alt war, über Eilert, der beinahe fünf war, und über die Schwester und den kleinen Bruder. Er hätte ein Bild von ihnen schicken sollen, doch es kostete Geld, sich fotografieren zu lassen, das musste also bis zum nächsten Frühjahr warten, wenn Anton Edvard so alt geworden war, dass man seine Gesichtszüge erkennen konnte.

4

NEUN TAGE SPÄTER, am 26. Juni 1881, sollte auf dem Bortehof Hochzeit gefeiert werden. Serianna und Nesje konnten nicht dabei sein – mit einem Neugeborenen kann man nicht auf eine Hochzeit gehen. Wenigstens kam Serianna aber im Laufe des Tages auf die Beine.

Für Gjertine und Ole, den Sattler, war die Probezeit vorbei. Nun sei es genug, meinte der Sattler, obwohl bis zu den vollen zwei Jahren ein paar Wochen fehlten.

Ola sparte auch dieses Mal an nichts, denn nun sollte die letzte seiner Schwestern das Haus verlassen. Er schlachtete das Mastkalb, wie es schon in der Bibel steht, damit es eine treffliche Hochzeit wurde (obwohl man sagen muss, er hätte lieber ein paar Kronen für die Hypothekenbank zur Seite legen sollen). Dann bestellte er die beiden Söhne und die beiden Töchter von Guri, der Quacksalberin und Geigenspielerin, von Lauvås auf der anderen Seite der Berge ein, denn die spielten auf Geigen und Mandolinen, die einen wie die anderen, und Musik musste sein – auf einem Hof, der einmal ein großer Hof gewesen war.

Dann kamen sie von weit und noch weiter her: die Slutås-Leute, die, weil sie Zugezogene waren, nur aus einer kleinen Gruppe bestanden, die Leute aus Stavika, die ebenfalls nicht besonders zahlreich erscheinen konnten, nachdem Lars Stavig nach Amerika gegangen und seine Kinder mitgenommen hatte. Man musste mit den Nachbarn aus Hoem auffüllen, um den Hochzeitszug zu vergrößern.

Schließlich war der Hochzeitstag da. Der Bräutigam kam mit seinen Eltern von der anderen Seite des Fjords angerudert. In der kleinen Kiste, die seine Mutter dabeihatte, lag ein wertvolles Dokument. Es war ein Brief aus Amerika vom tatkräftigen Bruder des Sattlers, Hans Aas. Der Brief war am Tag vor Oles und Gjertines Hochzeit angekommen.

Gjertine war jemand, der alles so haben wollte, wie sie es verlangte, und Ole, der Sattler, widersprach ihr nie, deshalb konnte sie mit ihm zusammenleben. Gjertine hatte Glück: In dieser Zeit gab es nicht viele Männer, die die Führung einer Frau hingenommen hätten, doch für Ole war das in Ordnung.

Andere werden entgegnen, der Sattler sei derjenige, der Glück hatte, und dass er selbst es auch wusste. Jedenfalls musste er eine Frau haben, die es ertrug, dass er aus einem früheren Abenteuer ein uneheliches Kind hatte, und Gjertine ertrug es – mehr als das: Sie nahm Olava mit Freuden zu sich.

Es war eine Freudenhochzeit und eine Sommerhochzeit, die da gefeiert wurde, in der Zeit, in der die Nächte taghell sind, und Gjertine war eine heitere und schöne Braut. Darüber, dass das Fest an einem sonnigen Sonntag stattfand, kann also kein Zweifel bestehen – oder gab es neben dem Sonnenschein auch ein paar Regentropfen, die die Brautkrone benetzten, wie zum Beweis, dass es eine glückliche Ehe werden würde?

Dann wanderten sie los, die Brautleute (denn Gjertine wollte selbst gehen, auf ihren eigenen Füßen), vom Bortehof geradewegs bis vor den Altar in der Kirche zu Vaagø. Sie gingen den alten Karrenweg hinter dem Bortehof hinab, auf dem immer noch Rundhölzer lagen, quer darübergelegt, aus der Zeit, bevor die Höfe Wagen mit Rädern bekamen und man dort mit Schlitten fuhr. Sie gingen den alten Kirchweg bis hinunter ans Ufer. Dort zog Gjertine ihre Schuhe aus, und die Strümpfe gleich mit, und dann schritt sie dort, wo ihr die Flut bis zur Mitte der Wade reichte, barfuß über den lehmigen Grund, bevor sie auf der anderen Seite wieder ans Ufer stieg.

Ein neuer Pastor war gekommen, und vor den Augen dieses Pastors und vor Gottes Angesicht gaben Gjertine und der Sattler einander das Jawort. Es gab keinen Grund, diesen Anlass nicht zu bejubeln, und Gjertine, die in ihrer frühen Jugend so ernsthaft gewesen war, hatte nun eingesehen, dass echte menschliche Freude für Gott nicht anstößig ist. Sie schwang sogar das Tanzbein, als die Kinder von Guri aus Lauvås aufspielten. Der kleine Bastian vom Bortehof, der Sohn von Ola und Sara, ging in seinem neu genähten Festanzug umher und sagte nicht viel, doch wenn die Musik spielte, tanzte er.

Auch auf dieser Hochzeit war Amerika *das* Gesprächsthema. Und das Fest ging erst zu Ende, als Gjertine mit geradem Rücken auf einem Stuhl stand (der Brautschleier reichte dabei bis zum Boden) und den Brief vorlas, den der Schwager Hans Aas geschickt hatte, aus Hancock, Minnesota. In dem Brief erzählte er, er habe sofort nach der Ankunft Arbeit gefunden und dass er sich nun umsehen und herausfinden wolle, wo er sich niederlasse. Er meinte, alle, die ihr Vertrauen in die Zukunft setzten und sich nach einem besseren Leben sehnten, müssten es ihm gleichtun, und hielt fest, dass seine Eltern, die erst in den Fünfzigern waren, herüberkommen mussten. Er würde sich um sie kümmern und sie versorgen, *wenn der Abend des Lebens käme,* wie er schrieb.

Und seine Eltern, Sivert und Ingeborg, sahen einander an und waren nicht wenig stolz auf diesen tüchtigen Sohn, und sie wussten beide, dass sie dorthin reisen mussten, wenn sie ihren Sohn noch einmal wiedersehen wollten, denn in die alte Heimat würde er nicht zurückkehren.

Hier hätte diese Geschichte gut enden können, alles hätte in die richtige Richtung gezeigt. Doch eines muss noch erwähnt werden, obwohl es niemanden etwas anging: Es gehört dazu, damit die Geschichte vollendet ist. Als der Lärm verstummt und die Hochzeitsgesellschaft zur Ruhe gegangen war, konnte Ola nicht schlafen. Nun, da er seine Pflicht gegenüber seinen Geschwistern getan und seine jüngste Schwester gut verheiratet hatte, suchten ihn viele Gedanken heim. Künftig musste er nur noch an sich und die Seinen denken. Er wälzte sich aus dem Bett. Nach all den Schnäpsen, die er während des Hochzeitsessens getrunken hatte, wollte er seinen Durst mit Milch löschen, und wenn er schon aufgestanden war, konnte er auch gleich

Wasser lassen. Nun schliefen sie wohl alle, die Eltern des Bräutigams oben im Altenteilerhaus wie auch das Brautpaar auf dem Dachboden des Vorratshauses.

Ola trat auf die Außentreppe und sah hinaus auf den Fjord. Es war so hell, dass man in einem Buch hätte lesen können, wenn man gewollt hätte. Da hörte er auf einmal laute Freudenrufe von oben aus dem Vorratshaus, dass es durch Mark und Bein ging. Es war unverkennbar Gjertine, die da rief – schwindelig vor Wonne und Glück.

Ola dachte: So ist es, wenn Frauen zu streng mit sich selbst sind. Wenn der Damm erst gebrochen ist, kommt die große Flut. Er ging zu Sara hinein, die davon aufgewacht war, dass er nicht mehr da war. Ola sagte, die Brautleute müssten vom Hof, sobald der Morgen käme. Wenn Leute das Glück nicht mit Maß verwalteten, müssten sie nach Hause auf ihren Berghof, wo sie so viel rufen und schreien könnten, wie sie wollten.

5

Zwei Tage nach der Hochzeit von Gjertine und dem Sattler begann die Heuernte auf dem Gørvell-Hof.

Nesje fühlte sich erschöpft, als er am ersten Tag nach Hause kam. Er setzte sich draußen vor das Haus, und Serianna brachte ihm das Essen. Hering und Kartoffeln und kalte Milch – Nahrung für einen Arbeiter. Er betrachtete sein Lebenswerk. Zwölf Dekar hatte er nun urbar gemacht, und er hatte Haus und Scheune gebaut – mitten auf dem Grund, den er gepachtet hatte. Das gesamte Gras, das unterhalb des Hauses wuchs, musste er mit einer Heugabel einbringen, doch an das Stück, das oberhalb des Hauses lag, kam er noch schlechter heran. Den Kuhdung musste er auf seinem Rücken in einem Holzbottich dorthin tragen. Das war eine unangenehme Arbeit. Sein Hof war zu klein, als dass er ein Zugtier hätte ernähren können. Aber anderswo hatten sie nun überall Zugtiere und Maschinen. Es war nicht leicht, Unterstützung zu bekommen, wenn man nach der alten Methode wirtschaftete und selbst sein eigenes Pferd sein musste. Vielleicht würde sein Hof zu klein sein für die, die nach ihm kamen? Würden seine Kinder das Ackerland verschmähen, weil es zu kärglich war?

Er dachte an den kleinen Jungen in der Wiege, der ihm so ähnlich war und gleichzeitig so fremd. Vielleicht war es dieser Junge, der den kleinen Hofplatz übernehmen und zu einem richtigen Hof ausweiten sollte, wenn er mehr Grund und Boden an die Hand bekäme? Die beiden anderen waren zu nah an seinem eigenen Alter. Serianna und er mussten diesen Boden bearbeiten, solange ihre Kräfte reichten, denn der Boden konnte nicht zwei Familien ernähren. Bastian und Eilert mussten fortgehen, um für ihren Lebensunterhalt zu sorgen, und möglicherweise auch Klein-Kristine. Aber er hier, der Jüngste, Anton Edvard – vielleicht konnte *er* Serianna und Nesje einen würdigen Lebensabend bescheren?

Er ging ins Haus, trat an die Wiege und betrachtete einmal mehr den Jungen, und wieder erschien er ihm fern. Und es durchfuhr ihn der Gedanke, dass auch dieser Junge nicht in Rekneslia bleiben würde. Was, wenn nun alle Kinder fortgingen und er mit Serianna allein bliebe, wenn sie alt waren?

Nein, er war erschöpft und sah deshalb schwarz. Eines schönen Tages würde er diesen Grund und Boden kaufen können, und wurde er zu klein, würde er ein Stück dazukaufen. Es ergab Sinn, dass seine Nachkommen ihm nachfolgten – auf denselben steilen Pfaden, unter den Kiefern, die die Außeneinfriedung umsäumten und turmhoch geworden waren, seitdem er das erste Mal seine Füße nach Rekneslia gesetzt hatte.

Einen weiteren Sommer trug er das Heu ins Haus, die steilen Hänge hinauf zur Scheune, und warf es hinein, Fuder um Fuder. In diesem Sommer bekam er nicht viel Hilfe von Serianna, sie hatte genug mit den Kindern zu tun. Drei Kinder sprangen nun um sie her, und das vierte lag in der Wiege.

Nesje schnitt das Getreide mit der Sichel, und in diesem Herbst war die Ernte gut. Vier Tonnen Gerste bekam er und zehn Tonnen Hafer.* Schließlich grub er die Kartoffeln aus, das waren vier Tonnen, und erntete Steckrübe und Kohlrabi, das ergab zwei Tonnen. Erst als die Ernte im Haus war, nahm er eines Sonntags seinen jüngsten Sohn auf den Rücken und ging mit Serianna und den drei anderen Kindern hinunter zum Gørvell-Anleger. Nesjes Bruder Hans und seine Frau kamen aus Kringstadhagen hergerudert, und zusammen machten sie sich auf den Weg zur Kirche nach Bolsøy, wo der Pastor am Sonntag, den 16. Oktober 1881, Anton Edvard Knudsen Nesje taufte.

6

Die Freuden der Ehe, die Gjertine fühlte, nachdem sie Ole, den Sattler, geheiratet hatte, waren nicht vorbei, als sie zu seinem Hof zurückkehrten. Gjertine strich mit den Händen außen und innen über die frisch gemalten Wände und holte Tischdecken und Wandteppiche aus den großen Reisesäcken, die sie dabeihatte.

Doch alles hatte gekostet, und nun kamen Zeiten, in denen der Sattler von früh bis spät fort war. Oft kehrte er in den Nächten nicht nach Hause zurück, weil er zu weit weg war, und seine Arbeit verlangte häufig, dass er sich mindestens eine Woche dort aufhielt. Er musste sich anstrengen, um all das zu bezahlen, was er gekauft hatte, während er auf die Braut gewartet hatte – er schuldete dem Kaufmann

* Eine Tonne mit Getreide entsprach ca. 140 Litern.

in Tornes das Geld für Ocker und Leinöl. Ebenso hatte er noch nicht alles bezahlt, was er an Bauholz im Sägewerk Tornes gesägt hatte. Der Sattler hatte über seine Verhältnisse gelebt, er war so sehr damit beschäftigt gewesen, bis zu Gjertines Ankunft alles schön herzurichten, dass er nun, als sie endlich da war, unterwegs sein musste.

In den ersten Jahren in Slutås störte sie das nicht. Im Sommer 1882 bekam sie einen Sohn, den sie Sivert nannten – nach Oles Vater. Wenn Gjertine wach war, konnte sie ihren Blick nicht von ihm wenden. Die Großmutter des Jungen, die gedacht hatte, sie könne sich an ihrem Lebensabend an Enkelkindern erfreuen, musste nun erleben, dass man sie fernhielt. Die Schwiegertochter regierte, als gehöre der Hof ihr.

Dann kam ein Brief von Olas Bruder, Hans Sivertson Aas, der sich in Hancock in Minnesota niedergelassen hatte und erneut schrieb, dass die alten Eltern zu ihm kommen sollten – er werde besser für sie sorgen, als es irgendjemand im armen Norwegen tun könne.

Was sollten sie tun? In diesem Sommer verließen Markus Hustad aus Hustad und Ole, Sivert und Hans Løset aus Frænen die Heimat mit Kurs auf South-Dakota. Es war Lars Stavig, der seinem Bruder geschrieben und von der Unmenge unberührten Landes in Day County erzählt hatte, wo er sich nach sechs Jahren in Minnesota mit seiner Familie niederlassen wollte. Das löste einen kleinen Auswanderer-Strom aus dem Romsdal aus.

Eines Tages, als Ole nicht zu Hause war, fragten Oles Eltern Gjertine, was sie darüber dächte. Gjertine konnte sich nicht verstellen und sagte, es sei das Beste, wenn sie gingen, denn Slutås könne kaum mehr als eine Familie ernähren. Das war an und für sich richtig, doch für Oles Eltern waren das keine erfreulichen Neuigkeiten. Sie deuteten es so, dass die Schwiegertochter sie loswerden wollte. Und obwohl sie es unerträglich fanden, von einem Hof vertrieben zu werden, den sie – urkundlich bestätigt – gekauft hatten: Im Sommer 1882, kurz nachdem Klein-Sivert zur Welt gekommen war, brachen Sivert Aas und Ingeborg nach Hancock, Minnesota, auf. Von dort sollten sie im Frühjahr darauf in die Prärie von Dakota reisen.

Ohne sie wurde es einsam. Die Herbstabende waren dunkel und lang.

»An was denkst du, Gjertine?«, fragte der Sattler, als er endlich nach Hause gekommen war, um das Wochenende zu begehen. »Es ist, als wärest du eine Fremde in deinem eigenen Heim!«

Da drehte sich Gjertine zu ihrem Mann um, und ihre Augen füllten sich mit Tränen.

»Du musst Nachsicht mit mir haben, Ole«, sagte sie, »ich bin so dankbar für alles, so froh über das, was du zustande gebracht hast, aber sollte ich wirklich hier stranden?«

»Die Zeit wird dir zu Hilfe kommen, sodass du dich schließlich zurechtfinden wirst«, erwiderte der Sattler, doch auch er war nicht besonders glücklich.

Gjertine suchte die anderen Bibeltreuen in der Siedlung auf. Der Ort, wo sie ihre Versammlungen abhielten, war ein ganzes Stück entfernt. Das machte ihr nichts aus. Etwas anderes war schlimmer: Sie hatten eine Diskussion darüber begonnen, ob es nach Gottes Wort richtig sei, kleine Kinder zu taufen. So etwas habe es bei Paulus und den anderen Aposteln nicht gegeben. In dem Herbst, in dem Gjertine nach Slutås kam, beschlossen sie, dass alle erneut getauft werden müssten. Der Winter war bereits weit fortgeschritten, als sich eine Gruppe Frauen und Männer aus leinenen Bettlaken weiße Gewänder nähte. Angetan mit diesen Gewändern wurden sie von ihrem Leiter in den Fluss Tornes getaucht, bevor sie wieder ans Ufer steigen durften.

Ab da wurde Gjertine nicht mehr gesehen.

Zwei Jahre später, 1883, gebar sie ihr zweites Kind, das den Namen Sanna bekam – den gleichen Namen, den auch Ola und Sara auf dem Bortehof ihrem vierten Kind gaben, das im selben Jahr zur Welt kam.

In dem Frühjahr kam ein weiterer Brief aus Amerika, aus der Stadt Starbuck in Minnesota. In diesem wurde berichtet, dass Sivert

Olson Aas, der Vater von Hans und Ole, auf der Reise von Hancock nach South-Dakota das Zeitliche gesegnet hatte. Hans und Ingeborg hatten in Starbuck ein Grab für ihn gefunden.

7

Bevor im Herbst 1883 in Rekneslia Frost in den Boden kam und sich Schnee auf die Hügel legte, musste Nesje neues Land roden. Morgens stand er gegen halb sechs auf und ging zum Gørvell-Hof, um dort die Stallarbeit zu verrichten. Gegen halb elf war er wieder zu Hause, um die erste große Mahlzeit des Tages zu essen. Danach holte er seine Gerätschaften hervor, denen Spuren von Kies und Erde anhafteten – Spaten, Hacke und Brechstange. Der Spaten schrappte am Grunde des Grabens gegen einen Stein, einen großen Stein. Die Hacke schlug gegen den Stein, bis Nesje ihn an einer Ecke losbekam und die Brechstange ansetzen konnte. Mit der Brechstange hebelte er den Stein los und holte ihn ans Tageslicht. Dann wischte er sich mit dem Handrücken den Schweiß ab, bevor er auf die Knie ging, mit beiden Händen den Stein umfasste und ihn in einem einzigen großen Ruck nach oben auf die Grabenkante wuchtete. Dort band er ein Seil um das hässliche Biest und zog es durch Sand, Dreck und Matsch zur Steinmauer an der Grenze des Landstücks und legte ihn dort ab. Danach kehrte er zum Graben zurück und sah, dass da, wo der Stein gelegen hatte, Wasser hervorrieselte. Bald kam dort etwas Weißes zum Vorschein: ein alter Kiefernstumpf, den er vorher nicht gesehen hatte. Der ganze Vormittag verging mit dem Ausgraben des Baumstumpfes. Während der Wind auffrischte und die Kälte ihm beißend in die Finger fuhr, hackte er die dicken Wurzeln ab, die nach allen Seiten zeigten. Dann band er ein Seil um den Wurzelstumpf, und dieses Seil zog er durch eine Talje, die an einem Felsen ein Stück entfernt befestigt war. Alleine konnte er die Wurzel jedoch nicht bewegen.

Er ging zum Windfang am Haus, goss Wasser in eine Schüssel und wusch sich Gesicht und Hände. Dann lief er hinunter nach Sættem, wo der zwanzigjährige Olaf Sættem wohnte, und sprach mit dessen Mutter, Julia. Ob Olaf, wenn er von seiner Arbeit in der Stadt zurück war und gegessen und sich ausgeruht hatte, heraufkommen und ihm eine helfende Hand geben könne, damit er eine Wurzel ausgrabe, was ihm allein nicht gelänge.

Das würde sich sicher einrichten lassen, sagte Julia Sættem. Er bedankte sich und ging nach Hause zurück, um sich eine halbe Stunde auszuruhen, und schlief ein. Als er aufwachte und einen Blick aus dem Fenster warf, sah er an seinem Graben nicht nur Olaf, sondern eine ganze Schar junger Männer! Sie waren in der Dämmerung gekommen. Er beeilte sich, nach draußen zu gehen, um sie zu begrüßen. Aber – sie waren viel zu fein gekleidet!

Als er sie darauf ansprach, taten sie es ab: An einem Seil könnten sie ja wohl trotzdem ziehen! Dann zogen sie alle an dem Seil, das er durch die Talje geführt hatte. Sie standen in Reih und Glied, seine beiden kleinen Jungs durften auch mitmachen, und riefen »hei« und »ho« und »zieht – an!« Unter Gejohle erschien die Wurzel auf der Grabenkante und lag schließlich auf festem Boden. Nesje war mehr als glücklich. Er dankte ihnen allen mit Handschlag, und die Männer gingen lächelnd zurück zum Sættem-Haus.

Nun musste er hineingehen, es war spät. Er warf noch einen Blick auf die Wurzel, die in der Herbstdunkelheit am Rand des Grabens leuchtete, und dieser Anblick erquickte ihn sehr. Als er die Arbeitsgeräte eingesammelt und das Seil von der Wurzel gelöst hatte und Feierabend machen wollte, hörte er es: den Gesang aus dem Sættem-Haus. Es war eine Versammlung von Frauen und Männern, und ihr Gesang war in ganz Rekneslia zu hören. Deshalb waren dort so viele Männer gewesen, die mithelfen konnten – sie hielten eine Missionstreffen ab und priesen Gott.

Nesje wusste, dass er dort willkommen gewesen wäre, wenn er sich frisch gemacht und ein sauberes Hemd angezogen hätte und zu ihnen hinuntergegangen wäre. Aber das war nicht seine Sache. Er gehörte nicht zu ihnen. Manches Mal konnte wohl auch er spüren, dass es ihm gutgetan hätte, Teil einer größeren Gemeinschaft zu sein, aber Nesje war ein Familienmensch, und da gab es keine Zeit, den Umgang mit vielen zu pflegen – nicht mit einem Arbeitstag wie seinem.

Bastian Georg und Eilert, die eigentlich im Bett sein sollten, kamen aus dem Haus gelaufen, und nach einer Weile hörte er zu seiner Verwunderung, dass Eilert mitsummte. Nun durfte er nicht mehr seinen Gedanken nachhängen – er musste ihnen zeigen, wie froh er über die Wurzel war. Deshalb hob er Eilert hoch und sagte zu ihm, er wolle wohl ein Missionsmann werden und nach China-Land reisen? Und als Serianna kam, um sie hereinzuholen, erzählte er ihr das Ganze und brachte sie zum Lachen. Obwohl es kühl war, saßen sie eine Weile am offenen Fenster. Der Vollmond stieg über dem Fjord auf. Er warf sein Licht auf das Sættem-Haus in Rekneslia, und sie lauschten dem Gesang, der von dort kam: »*Bis hierher hat mich Gott gebracht, durch seine große Güte.*«

8

1884 WURDE DER GEBÄUDEVERSICHERUNGSWERT des Hauses in Rekneslia, der all die Jahre 1200 Kronen betragen hatte, auf 800 Kronen heruntergesetzt. Mit der großen Kinderschar und der vielen Arbeit hatte Nesje es nicht geschafft, das Haus so gut instand zu halten, wie er gewollt hätte. Das Dach war nicht mehr ganz dicht, und in die unbemalte Holzverkleidung auf der Westseite war Fäulnis eingedrungen. Vielleicht war es auch so, dass der Taxierer sah, wie sich der Bauer abmühte, und ihm eine niedrigere Prämie gönnte? Es war eine ausgestreckte Hand – von einem Menschen, der Mitleid mit einem anderen Menschen hatte. Nesje schrieb seinem Sohn in Trondheim von dem kleinen Erfolg, den er erlebt hatte, doch der Sohn fand es nicht der Mühe wert, das zu kommentieren. Es war ihm einfach nicht wichtig.

Den ganzen Winter hindurch schrieb Nesje Brief auf Brief – alle hatten sie eine wiederkehrende Melodie: *»Ich sage dir – hier in Molde geschehen die ganze Zeit neue Dinge!«*

Er schaffte es kaum, alles zu rapportieren. Die Tinte des einen Briefes war noch nicht getrocknet, und manchmal schaffte er es nicht, ihn in die Post zu geben, bevor er einen neuen schreiben musste. So war es jedenfalls im Frühjahr 1885.

Am Freitag, den 15. Mai, beschloss der Gemeinderat in Molde, die alte Kirche abzureißen und auf demselben Grund eine neue zu bauen. Zwei Tage später war der 17. Mai, der Nationalfeiertag. Der Wind kam aus Nordost, die Flaggen standen stramm, der Staub wirbelte westwärts. Der offizielle Teil des Festes war ein Fahnenzug am Nachmittag, der ohne irgendeine Rede endete, sondern nur mit einem Hurra-Ruf und dem Lied *Ja, vi elsker dette landet,* »Ja, wir lieben dieses Land«. Aber der Zirkus »Oriental« war in der Stadt, und Direktor Arendts Zirkusreiter hatten dem Umzug einen festlichen Anstrich gegeben, indem sie mit kleinen norwegischen Flaggen vorwegritten.

Nach dem Umzug besuchten manche den Zirkus beim Rathaus, andere das Guttemplerfest im Rathaus selbst. Es ging auf den Abend zu, als irgendjemand bemerkte, dass von der Kirche Rauch emporstieg. Plötzlich rief der Betreffende: »Die Kirche brennt!«

Es wehte stark aus Nordost. In der Stadt fanden verschiedene Vereinsfeste statt, viele hatten sich einen Schluck gegen den Durst genehmigt, und viele waren im Zirkus, der gefährlich nah an der Kirche stand. Im Handumdrehen schlugen die Flammen um Turm und First hoch – die Kirche war nicht mehr zu retten. Man musste sich darauf konzentrieren, die Gegenstände zu bergen, und schaffte das Altarsilber, das Schiffsmodell und ein großes Holzkreuz heraus.

Der Nordost wälzte dicken Rauch durch die Stadt. Mehrere Male bestand die Gefahr, dass der Brand auf andere Häuser überging, und auf die musste man sich nun konzentrieren. Das Haus des Kirchdieners Johansen wurde durch die Hitze stark beschädigt, fing jedoch kein Feuer. Ein Mann erstickte einen Brandherd auf Tischler Pedersens Haus mit Hut und Jacke, und genau in diesem Augenblick sah er, dass das Haus von Kaufmann Samuel Pettersson zu brennen begann samt vier weiterer Wohnhäuser. Beinahe gleichzeitig fingen eine Scheune und ein Anleger Feuer. Alles verlief glimpflich, aber bis weit in die Nacht hinein saßen Leute auf den Dächern Wache. Teile der Munition von den Salutschüssen direkt neben der Kirche am Vormittag fand man über den Friedhof verstreut. Wahrscheinlich war das Feuer in den Ladepfropfen der Salutkanonen entstanden, die sich auf der Anhöhe hinter der Kirche befunden hatten, es war jedoch nicht möglich, jemand Bestimmten verantwortlich zu machen.

Trotz des Kirchenbrands war der Optimismus in der Stadt groß, und Einzelne wagten offen zu fragen, ob nicht vielleicht Gottes Finger im Spiel gewesen waren, damit die Arbeit an der neuen Kirche so schnell wie möglich beginnen konnte!

Ja, in Molde passierte mehr als in den meisten anderen Orten, meinte Nesje. Der wachsende Tourismus weckte die Hoffnung, dass bald bessere Zeiten anbrechen würden. Weil die Touristen im Sommer viel Geld daließen, dachten viele darüber nach, ob sie nicht beginnen sollten, mit irgendetwas zu handeln.

Das neue *Grand Hotel* eröffnete an Sankthans 1885, nur einen guten Monat nach dem Kirchenbrand. Nesje und Serianna zogen ihre Festtagskleider an und standen zusammen mit anderen Leuten ihres Standes am Zaun des *Grand*, während die feine Gesellschaft im Inneren feierte. Der Garten war noch nicht fertig, aber ein Zaun war aufgestellt, damit keine ungebetenen Gäste bis zum Haus vordringen konnten. Ein Klavier war auf dem offenen Altan platziert, und ein Orchester mit Bläsern und Streichern stand aufgereiht. Die Bürger der Stadt erhoben sich einer nach dem anderen und hielten eine Rede, aber es waren nur Repräsentanten von *Venstre*, der Links-Partei, und niemand von der Familie Dahl. Aber Großgrundbesitzer Ulf Møller vom Moldegaard kam heraus und grüßte den Pöbel, wie er sie nannte, mit einem weißen Taschentuch, das er im Wind hin und her schwenkte.

Als Nesje und Serianna nach Hause gingen, mit ihren vier Kindern vor sich und reichlich Gesprächsstoff, sahen sie am *Alexandra*-Anleger den berühmten Autor Henrik Ibsen.

Er war nicht auf dem Fest im *Grand* gewesen, vielleicht war er nicht eingeladen worden. Da stand er, ein merkwürdig klein gewachsener Herr in einem trotz der milden Luft wunderlich eng sitzenden Gehrock. Als sei das nicht genug, hatte er einen breitkrempigen Hut auf dem Kopf, den er festhielt, als habe er Angst, der Wind könne ihn fortblasen, obwohl kaum Wind herrschte. Was Nesje betraf, trug er seinen Gehrock über dem Arm. Das tat er, weil er nicht fror – vielleicht hatte es aber auch damit zu tun, dass der Gehrock so verschlissen war, dass ihn anzuziehen keine große Freude bereitete. Was Nesje jedoch mit eigenen Augen sehen konnte, war, dass der große Ibsen bei genauer Betrachtung ein kleiner Mann war. Er war auch nicht in allen Kreisen gleich gut angesehen, darüber konnte man in den Zeitungen lesen. Und da stand nun der große kleine Ibsen am Alexandra-Kai und starrte ins Wasser hinunter, genau wie es die Zeitungen schrieben. Draußen in der Welt hatte er einen großen Namen. Sie schrieben über ihn in großen schwedischen Zeitungen, wie das Romsdaler Blatt verschüchtert würdigte: *Herr Ibsen, der Mann, der in Stockholm Thema des Tages war* – und in anderen großen Weltstädten, über die Nesje in den Büchern gelesen hatte, die er sich in der Volksbibliothek in Kvam ausgeliehen hatte. Ibsen war neulich mit einem neuen Theaterstück herausgekommen, *Die Wildente.* Es sollte überall aufgeführt werden, in Berlin und Paris, auch darüber hatte Nesje in der Romsdaler Zeitung gelesen, obwohl er in seinem ganzen Leben noch kein Theaterstück mit eigenen Augen gesehen hatte, doch er hielt sich auf dem Laufenden. Nesje fand schon, dass Ibsen ein Radikaler war.

Nesje selbst war kein *høgremann,* kein Konservativer. Er hatte kein Wahlrecht, und die Konservativen war dagegen, dass solche wie er Wahlrecht bekommen sollten, doch er fürchtete sich vor Freidenkerei. Leider musste gesagt werden, dass Norwegens größter Dichter, Børnstjerne Bjørnson, nun der Freidenkerei gefährlich nahe gekommen war. Auch das hatte Nesje in der Zeitung gelesen. Bjørnson hatte gesagt, dass er nichts anderes unter dem Namen Christentum anerkannte als das persönliche Verhältnis zwischen dem Einzelnen und Gottes Sohn, Jesus Christus – indem man versuchte, seinem guten Beispiel hier auf der Erde nachzufolgen.

Nesje war kein fleißiger Kirchgänger, obwohl er häufiger in der Kirche gewesen war, nachdem Gjertine gezeigt hatte, welch große Kraft in Jesu Namen liegt. Er hielt sich an das, was er in seinem Elternhaus gelernt hatte – das, was man Kinderglaube nennt. Bjørnson war der eine, Ibsen der andere. Wer wusste schon, wer von beiden besser war? Ibsen hatte einen Namen in der Welt, doch hier in der Stadt war er nicht besonders wohlgelitten. Er hatte (nach dem, was die Zeitungen schrieben) überhaupt keinen Umgang mit den Leuten hier, während Bjørnson jedes Mal, wenn er die Stadt seiner Jugend besuchte, von Haus zu Haus und von Gesellschaft zu Gesellschaft fuhr. Bjørnson hatte *Synnøve Solbakken* geschrieben, und dieses Buch hatten sowohl Nesje als auch Serianna gelesen, jeder für sich, bevor sie zusammenkamen. Was Ibsen zusammengedichtet hatte, darüber wusste er nicht viel. Aber es ging das Gerücht um, er habe Schweinereien über das eheliche Zusammenleben geschrieben – in einem Stück, das *Gespenster* hieß, und deshalb wurde ihm nicht die Ehre zuteil, *Humlehaven* zu besuchen, wohin alle großen Leute eingeladen wurden, wenn sie der Stadt einen Besuch abstatteten.

Warum Ibsen nach Molde gekommen war, war nicht leicht zu verstehen. Er stand also da am Kai und starrte hinunter ins Meer, und die Leute sagten dann, er habe eine Krone verloren und hoffe, sie wiederzufinden.

»Glaubst du, Ibsen hat heute wieder eine Krone verloren?«, fragte Nesje seine Frau. Doch er bekam eine unerwartete Antwort.

»Du verstehst doch wohl, dass er sich selbst auf Herz und Nieren prüft!«, sagte Serianna. »Er sieht nur deshalb hinunter ins Wasser, weil nichts anderes ihn davon ablenken soll.«

Und dann sagte sie etwas, was Nesje all sein Lebtag noch nicht gehört hatte, obwohl sie nun seit mehr als zehn Jahren zusammenlebten: *»Brich den Weg mir, schwerer Hammer, zu des Berges Herzenskammer!«**

»Was ist das?«, fragte Nesje.

»Was ist was?«, fragte Serianna zurück und zierte sich.

»Das, was du gerade gesagt hast!«

»Das hat Ibsen einmal geschrieben«, antwortete Serianna. »Ich habe das in einem Buch gelesen, das ich in der Bibliothek in Frænen gefunden habe. Es war wohl eigentlich Jervells Buch – eines, was er seinerzeit weggegeben hat.«

Dann hatte also Jervell, der unlängst als Propst in Ålesund verschieden war, einmal ein Buch von Ibsen gekauft! Die Welt war wahrhaftig nicht groß.

Brich den Weg mir, schwerer Hammer? Serianna war das größte Rätsel in Nesjes Leben. Wollte sie nicht mehr über dieses Gedicht erzählen? Die Jungen liefen vor ihnen die Hügel hinauf. Bastian Georg

---

* Aus dem Gedicht »Der Bergmann«, Henrik Ibsen, *Sämtliche Werke*, Hrsg. von Julius Elias und Paul Schlenther, S. Fischer 1907; Projekt Gutenberg.

war zehn Jahre alt geworden, Eilert war acht und Anton Edvard erst vier – aber er war ein ganzer Kerl und fand sich zurecht. Kristine mit ihren sechs Jahren hielt sich bei den Eltern. Sie ging ordentlich um mit allem, was ihr gehörte, und dachte bestimmt an kaum etwas anderes als daran, dass sie ihre Schuhe nicht schmutzig machen sollte. Doch dann fragte sie plötzlich, ob sie nicht bald mit der Schule beginnen könne.

Im letzten Sommer war Großes geschehen in dem Gebiet, durch das sie nun hindurchgingen. Nach dem Brand im Wald von Reknes, der zwei Jahre zuvor von verzogenen Jugendlichen gelegt worden war, hatte Adam Gørvell beschlossen, dass er einen Bereich des Waldes abtrennen wollte, um ihn zu einem Park für alle Bewohner der Stadt zu machen. Auf der traurigen Brandstätte hatte er alle Arten von Gewächsen angepflanzt, worauf die *Gesellschaft für das Wohl der Stadt Molde* alles darangesetzt hatte, das Gelände zu verschönern, indem sie Pfade anlegen ließ. Und direkt daneben, auf der anderen Seite des Weges, den Nesje jeden Morgen ging, befand sich der *Humlehaven*, der nie zuvor so in Blüte gestanden hatte wie jetzt. Margarete Dahl, die Schwester von Konsul Dahl, war für das Praktische zuständig, da der Konsul selbst so viel anderes um die Ohren hatte. Das alte Lusthaus in einer Ecke des Gartens hatte die Form eines kleinen griechischen Tempels mit vier Säulen vorne – es war nun bedeckt mit Efeu, wildem Wein, Prunkwinden, Kletterrosen, Geißblatt und Klematis.

Ganz oben auf dem Rekneshügel sollte ein Aussichtspavillon entstehen – eine neue Attraktion für Touristen, die jeden Sommer in die Stadt kamen. Es war keine gute Zeit für diejenigen, die Landwirtschaft oder Fischerei betrieben, denn die Kleinstadt Molde, an deren Rand Nesje und Serianna wohnten, war dabei, eine Touristenstadt zu werden. Diejenigen, die dort auf unterschiedliche Weise Handel betrieben, schafften es gut durch den Sommer. Viele Schiffe ankerten draußen auf dem Fjord, weil die Hafenanlagen nicht dafür gerüstet waren, dass sie am Kai anlegen konnten. Fährleute waren nötig, die die Reisenden von den Schiffen zu den Anlegern transportieren konnten. Die Meisten hatten zudem so viele Sachen dabei, dass sie Hilfe brauchten, um vom Kai zum Hotel *Søstrene Holm* zu gelangen. Diejenigen, die Deutschen und Engländern zur Hand gingen, mussten sich wohl fremde Sprachen aneignen. Nesje rechnete damit, dass seine Söhne, wenn ihre Zeit gekommen war, fremde Sprachen lernen mussten, doch als er das Serianna gegenüber erwähnte, sah sie ihn nur erstaunt an.

Serianna und Nesje waren sich einig: Die Stadt war nicht wiederzuerkennen. Im Winter war die Stadt, was sie immer gewesen war: ein dunkles Loch. Doch dann kehrten der Frühling und der Frühsommer zurück, Dampfboote kamen und gingen, mehrere Male am Tag, die Zeitungen waren voll mit Anzeigen über Abfahrtszeiten, die Reedereien machten bekannt, wann Waren an Bord gebracht werden mussten. Das Dampfschiff *Henrik Wergeland* ging nach Christiania und Trondheim, das Schiff, das nach dem kürzlich verstorbenen Meisterspielmann *Ole Bull* benannt war, nahm Kurs auf Nordnorwegen, und die *D/S Throndhjem* fand den Weg direkt nach Hammerfest. Große Gruppen mit Reisenden ruderte man von den Dampfschiffen an Land, und die vornehmsten Neuankömmlinge wurden jede Woche in der Zeitung genannt. So war es nun.

Auch innerhalb der Stadtbevölkerung gab es eine vornehme Gesellschaft, die ein anderes Leben führte als das, was sich die Familie in Rekneslia leisten konnte, aber es war nicht mehr so, dass Nesje und Serianna ignorierten, was um sie herum geschah, dass sie den Kopf einzogen und sich nur um ihre eigenen Dinge kümmerten. Nun konnte es passieren, dass sie diskutierten, was die vornehme Gesellschaft trieb und was die Zeitung über Politik schrieb. Die Romsdaler Tageszeitung hatte seit einiger Zeit in ihrem Haus Einzug gehalten. Sie hatten ein Abonnement, allerdings zusammen mit den Sættem-Leuten, die die Zeitung zuerst bekamen. Nesje hatte jetzt eine Frau, die nicht nur Zeitung las, sondern auch mit ihm über Politik diskutieren wollte. Nach ihrer Vorstellung sollten auch Frauen das Wahlrecht bekommen. Serianna hatte wieder begonnen, Pfeife zu rauchen. Sie hatte sich eine Tonpfeife besorgt, und wenn es Abend wurde und es im Haus ruhig geworden war, steckte sie sich gerne eine Pfeife an und rauchte, während sie im Licht der Paraffinlampe oder im Licht des Sommers selbst Zeitung las. Wie Gjertine war auch Serianna Zeit ihres Lebens eine Leserin gewesen – bereits seit ihrer Jugend, als die beiden Schwestern die eifrigsten Ausleiher in der Volksbibliothek von Frænen waren.

Auch die beiden ältesten Jungen wurden dazu ermuntert, alles zu lesen, was in der Romsdaler Zeitung stand. Was sie von dem Ganzen verstanden, war eine andere Sache. Bastian Georg stellte zu viele unnötige Fragen, sein Vater mochte das nicht. Zum Beispiel fand es Bastian Georg seltsam, dass manche lebten, ohne zu arbeiten, während andere sich tagtäglich abmühten, ohne einen anderen Gewinn als das pure Durchkommen. An und für sich waren das keine unangebrachten Fragen, doch Bastian Georg durfte nicht vergessen, dass er selbst aus guter Familie stammte, die nur ein bisschen *glücklos* gewesen war. Aber was war mit Serianna – warum nickte sie, wenn ihr Sohn sich den Kopf zerbrach über etwas, worauf es keine Antwort gab? Serianna durfte zwar nicht wählen, aber *Venstre*, die Linke, hatte ihre volle und ganze Sympathie.

An diesem Sonntagnachmittag ging Nesje mit seiner Familie über den Rekneshügel und sah sich selbst. Ja, er sah sich selbst, als er sich den kleinen Anton Edvard auf die Schultern setzte. Die beiden Ältesten hielten sich bei den Eltern, weil Bastian über Politik diskutieren wollte. Was für ein aufgeweckter Zehnjähriger er war! Nesje schritt dahin, erfüllt von einem großen Glücksgefühl: vier Kinder, und obendrein ein Sohn aus erster Ehe, der Ladendiener in Trondheim war und an Weihnachten vielleicht nach Hause kam! Und er spürte einen Stich: Wie lange konnte ein solches Glück andauern? Denn er wusste aus eigener Lebenserfahrung, dass Glück nichts ist, was währt. Doch an diesem Sommerabend waren keine Wolken an Nesjes Himmel, und er wollte sich die Sorgen über den Zustand der Gesellschaft nicht zu sehr zu Herzen nehmen.

Doch Bastian Georg fuhr fort mit all dem Unrecht, das er finden konnte. Manche wohnten im Haus, manche im Schloss, manche wohnten nirgendwo. Es gab viele Verwahrloste, selbst in Molde, sie fielen nicht besonders auf, aber es gab sie. Mitunter kamen sie sogar an die Tür in Rekneslia und bettelten um ein Glas Milch oder ein Stück Brot.

Und gab es nicht viele Kranke im Reknes-Hospital, die in äußerster Armut lebten, und litten sie nicht an offenen Wunden? Und warf die Leprakrankheit nicht Leute nieder, die in der schönsten Blüte ihrer Jugend standen, und kamen diese jungen Leute nicht oft aus Familien, die sich mehr als nur abmühten, überhaupt genug zum Leben zu haben?

Nichts davon konnte Nesje abstreiten. So war die Welt, doch darüber zu sprechen, erfüllte ihn mit Unruhe.

»Sollen diese Gedanken einen Schatten auf diesen schönen Sonntag werfen?«, fragte er. Nicht ein Wort mehr darüber! Sie sollten das hinter sich lassen, während sie über Myrholet wanderten und am Sættem-Stück vorbei, sodass sie alles sehen konnten, womit Gott sie gesegnet hatte, wenn sie zu ihrem eigenen Heim zurückkamen.

Nesje wusste, dass dieser Moment nicht wiederkehren würde. Da stand er – mit seinen vier Kindern und seiner tüchtigen Frau, stand vor dem Haus und der Scheune, und alles war in bester Ordnung. Am Westhang wurde das Getreide reif, dort hatte er Gerste gesät. Auf der Wiese wuchs das Grummet heran, der zweite Heuschnitt. Was konnte ein Mensch mehr vom Leben erwarten?

Gjertines List

1

Nachdem die Eltern von Ole, dem Sattler, die alte Heimat aufgegeben hatten und nach Hancock in Minnesota gereist waren, stand das Altenteilerhaus in Slutås eine Zeit lang leer, bis Instleute einzogen – ein Paar, das in einer Sturmnacht alles verloren hatte, als Haus und Scheune auf ihrem Hof bis auf die Grundmauern niederbrannten. Als Instleute arbeiteten sie in Slutås gegen Kost, Kleidung und ein Zehntel der Ernte, das sie verkaufen konnten, um ein paar Kronen für einen neuen Anfang beiseitezulegen.

Diese Regelung führte dazu, dass Ole, der Sattler, umherreisen und Geschirre anfertigen konnte, so viel er wollte, und Gjertine brauchte nicht jeden Abend zu melken, darum kümmerten sich die Instleute. Sie konnte stattdessen mit ihren Kindern zusammen sein. Unter ihnen war auch die Tochter, die der Sattler schon vorher hatte, Olava. Während der Schulzeit wohnte sie am Fjord, bei ihrer Mutter, und im Sommer bei ihrem Vater und Gjertine.

Doch wenn Gjertine allein war, kamen auch die Gedanken, die sie nicht so ohne Weiteres ihrem Mann offenbaren konnte. War das Leben nicht mehr als das? Sie konnten sich das Salz zum Essen leisten, aber welche Zukunft hatten sie ihren Kindern zu bieten?

Die Zeiten waren nicht gut. Sie waren geprägt von Stillstand und Niedergang. Die Löhne gingen zurück, auf dem Land wie in der Stadt.

Der Hof lag zu weit oben, als dass das Getreide jedes Jahr reif geworden wäre. Dort Getreide anzubauen war ein Glücksspiel, und weil sie kein Boot am Fjord liegen hatten, konnte auch der Fisch ihnen nicht helfen, wenn es knapp wurde.

Ole, der Sattler, war ständig unterwegs. Er fertigte für die Leute Geschirre, meist aber reparierte er. Nur wenige der Nutzer konnten sich etwas Neues leisten, es blieb also oft beim Flicken und Einfetten und Austauschen von Sattelgurt und Trense. Das war nicht das, was er gerne machen wollte, aber wenn die Leute kein Geld hatten?

An jedem Tag, an dem Post zugestellt wurde, ging Gjertine eine halbe Meile zur Poststelle in Tornes, auch wenn sie nur selten einen Brief bekamen. Sie hatte eine Unruhe in sich, mit der sie zurechtkommen musste, und dieser Gang bot ihr eine Auszeit von den Menschen, mit denen sie zusammenlebte – von den Kindern und den Instleuten, die auf die Kinder aufpassten, wenn sie zwei, drei Stunden fort war.

Als Gjertine an einem Tag im Juni 1885 zur Poststelle kam, lag da ein Brief aus Amerika und wartete auf sie, geschrieben und gestempelt in Roslyn in South-Dakota, wo sich Oles Bruder und Mutter niedergelassen hatten. Gjertine stand mit dem Brief in der Sonne, wog ihn in der Hand, studierte die fremden Briefmarken, drehte ihn um, betrachtete die Schrift auf der Rückseite, die keinen Zweifel darüber aufkommen ließ, dass es ihre Schwiegermutter war, die den Brief geschickt hatte.

Ingeborg nannte sich nicht nur Aas – sie hatte ihren Mädchennamen aus dem Gudbrandstal als Zwischennamen eingefügt, Svarre: Ingeborg Svarre Aas. Der Brief war selbstverständlich nicht an Gjertine gerichtet, Adressat war *Sadelmager Ole S. Aas.*

Der Posthalter, dessen Neugier größer war, als es Gjertine lieb sein konnte, wollte gerne wissen, was die Auswanderer schrieben, und deutete vorsichtig an, Gjertine könne den Brief vielleicht öffnen, sodass gute Neuigkeiten vielen zugutekämen, wie er sich ausdrückte.

Sie hatten dort drüben so viele Bekannte, seitdem die Hustad-Leute abgereist waren und sich auch die von Løseth davongemacht hatten.

Gjertine machte dem Posthalter entschieden klar, dass es ihn nichts anging, was Ingeborg Aas schrieb oder nicht schrieb. Gjertine selbst brannte darauf, den Brief zu lesen, aber durfte sie den Brief öffnen, wenn er an ihren Mann gerichtet war und nicht an sie?

Da geht sie nun an diesem Junitag den Weg entlang – an einem Tag, der für diesen Landstrich ungewöhnlich warm ist, über zwanzig Grad. Gjertine trägt keine Strümpfe. Unter dem Baumwollkleid schauen nackte Beine heraus. Den einen oder anderen Mückenstich hat sie zwar schon abgekriegt, aber das kümmert sie nicht, sie kratzt sich nur zwischendurch. Wer ohne Strümpfe unterwegs sein will, muss sich mit Mückenstichen abfinden. Ihre Haare hat sie zu einem Dutt hochgesteckt.

Als sie außerhalb der Sichtweite der Posthalterei ist, setzt sie sich auf einen Stein am Wegesrand und diskutiert mit sich selbst, was ihr Mann sagen wird, wenn sie den Brief öffnet und liest. Vielleicht würde er es nicht bemerken. Wenn er müde von seiner Reise nach Hause kommt und sie sagt, dass ein Brief aus Amerika für ihn angekommen ist – würde er sie dann nicht einfach bitten, ihn zu lesen?

Und dann würde er wohl auch nicht gewahr werden, ob der Brief noch verschlossen war oder nicht?

Gjertine versucht, den Brief so zu öffnen, dass sie ihn später wieder zukleben kann, aber das gelingt ihr schlecht. Vielleicht kommt ihr auch in den Sinn, was in der Bibel steht: dass Mann und Frau ein Fleisch sein sollen? Schließlich verliert sie die Geduld, reißt den Brief auf und verschlingt den Inhalt.

Hier steht es – so einfach und deutlich, wie nur eine alte Frau es zu Papier bringen kann, dass Schwager Hans, den Gjertine noch nie gesehen hat, und seine alte Mutter, Ingeborg, ein großes Haus in der Prärie von Dakota gebaut haben und dass sie zusammen 320 *acres* Grund und Boden besitzen – das sind beinahe 1300 Dekar!

Das Einzige, was den Norwegern in Roslyn fehle, sei ein guter Sattler, stand da, und die Frage sei, ob Ole und sie herüberkommen wollten, um den Sattlermangel zu beheben.

Gjertine lässt den Blick schweifen. Niemand kann leugnen, dass solch ein Sommertag am Frænfjord unendlich schön ist. Doch die Stille und das Surren der Insekten, der Blumenduft und das Vogelgezwitscher, all das, was sie umgibt, reicht nicht aus, um den Menschen ein gutes Leben zu sichern.

Gjertine erschrickt vor dem, was jetzt mit ihr geschieht. Eine große Unruhe bemächtigt sich ihrer, sie kann nicht länger stillsitzen. Sie muss aufstehen und gehen, ja, sie rennt alle Anhöhen hinauf, denn sie ist jung und leicht zu Fuß, aber es sind fünf Kilometer, und als sie endlich in ihrer eigenen Küche angelangt ist und sich an den Tisch setzen kann, um auszuruhen, ringt sie nach Luft. In ihr braust es. Es ist das Brausen der Dakota-Prärie, das sie erfüllt, doch es mischt sich mit etwas anderem. Es ist die Bibellektüre ihrer Jugend, die ihr die Augen öffnet.

Seit ihrer Konfirmation hat Gjertine beinahe jeden Tag in der Bibel gelesen – sie leben in ihr, die Erzählungen über all die Aufbrüche, darüber, wie Menschen sich auf den Weg gemacht haben. Sie denkt an Abraham, der aus Ur in Chaldäa fortging und ins Land Kanaan kam. Sie sieht vor sich, wie die Israeliten zu Tausenden aus Ägypten aufbrachen, um zum Land, wo Milch und Honig fließen, zurückzufinden. Zwar ist Gjertine nicht das Volk Israel und auch keine Israelitin, aber sie ist ein Mensch vom selben Schlag. Und nicht nur das: Sie ist vom selben Schlag wie die Hunderttausenden von Menschen, die aus der Armut und Unfreiheit in Europa aufbrechen, um auf der anderen Seite des Meeres ein neues Leben zu finden.

An diesem Vormittag, während es in Slutås so ruhig ist, dass man fast nicht glauben kann, dass es noch andere Menschen dort gibt, obwohl die Kinder direkt nebenan im Altenteilerhaus sind, fasst Gjertine einen Beschluss. Sie kann nicht sitzen bleiben, sie muss aufstehen, sie muss herausfinden, wo die anderen sind. Wo ist Olava, womit sind die Instleute beschäftigt und was machen die beiden Kleinen? Da kommt Olava mit Sanna auf dem Arm vom Altenteilerhaus hergelaufen, Sivert auf den Fersen, und erzählt, dass sie an diesem Sommertag zu ihrer Mutter gehen und sie besuchen will. Olava meint, sie sei groß genug, um allein zu gehen, sie ist doch schon acht! Aber Gjertine kann sie nicht allein fortgehen lassen. Es ist lange her, dass jemand einen Bären oder Wolf in dieser Gegend gesehen hat, zudem ist auf das Mädchen Verlass, aber was ist, wenn es Abend wird und sie nicht wissen, ob Olava angekommen ist oder nicht?

Gjertine entschließt sich, sie zu begleiten, und vielleicht tut es ihr gut – vielleicht kann sie so ihre Unruhe loswerden. Also muss die Instfrau wieder auf Sivert und Sanna aufpassen. Gjertine und Olava packen etwas Kleidung zum Wechseln in eine Tasche, nicht mehr, und dann gehen sie Hand in Hand den weiten Weg nach Løset. Bevor sie den Hofplatz erreichen, bleibt Gjertine stehen. Sie hat kein Bedürfnis, mit Olavas Mutter zu sprechen. Sie finden keinen Ton miteinander und wissen nicht, worüber sie sprechen sollen. Es ist am besten, wenn sie nicht zusammentreffen.

Sie steht einen Steinwurf weit entfernt, hört, wie das Mädchen seine Mutter ruft, sieht, wie die Mutter auf die Treppe hinaustritt. Olava winkt und geht zusammen mit ihrer Mutter ins Haus, Gjertine kehrt nach Slutås zurück.

Als sie zu Hause ankommt, ist es ihr, als seien ihr der Hof, der Platz und das Haus fremd. In einer stummen Bewegung haben sie sich gegen Gjertine gewandt. Hier soll sie nicht sein. Sie ist kurz davor, ihre Sachen zusammenzusuchen und darüber nachzudenken, was sie mitnehmen muss. Sie bringt die beiden Kleinen ins Bett, aber mit ihren Gedanken ist sie weit weg. Wie schnell könnten sie wohl aufbrechen, und was, wenn der Sattler nicht will? In allen anderen Familien sind es die Männer, die den Gedanken fassen fortzugehen. Die Frauen sind an den Ort gebunden, an den Grund und

Boden, an die Verwandten und die Dinge, mit denen sie sich umgeben. Aber was kümmern Gjertine tote Gegenstände? Man kann sich doch wohl neue Dinge anschaffen, wenn man ankommt, sich nach und nach neu einrichten, wenn es die Einkünfte zulassen, und sich von Grund auf einen Ort aufbauen, an dem die Zukunft offen vor einem liegt.

Gjertine hat keine klare Vorstellung davon, wie es auf der Prärie in Dakota aussieht – ihr kommt nur der Gedanke, dass die Prärie und das Meer einander gleichen und dass der Weg über das Meer wie eine Einweihung für das Leben auf der endlosen Prärie sein wird.

2

Es galt jetzt oder nie. Gjertine wusste, dass sie all ihr Geschick brauchte, um ans Ziel zu kommen. Der Sattlermangel in Dakota war ihr sicherster Trumpf.

Deshalb erwähnte sie den Brief nicht, als der Sattler, eine ganze Zeit nachdem die Kinder ins Bett gegangen waren, nach Hause kam. Er ging zu ihnen hinein und betrachtete die beiden Kleinen eine Weile, bevor er sich schließlich an den Tisch setzte. Sie konnte sehen, dass er erschöpft war. Sie ließ ihn sich satt essen, ohne ihn mit ihren unruhigen Gedanken zu behelligen. Ja, sie ließ ihn sogar das Exemplar der Romsdaler Zeitung durchlesen, das ihm von einem der Bauern mitgegeben worden war, für die er Geschirr ausgebessert hatte. An diesem Sommerabend ging sie mit ihm zusammen zu Bett, damit er sich daran erfreuen konnte, dass sie immer noch jung und lebhaft war und ihm all ihre weibliche Anmut schenken konnte.

Erst als er ihr dankbar über das Haar strich und seinen Kopf aufs Kissen legte, um zu schlafen, schien ihr der Brief einzufallen, und nackt, wie Gott sie erschaffen hatte, ging sie im Licht des Sommerabends über den Fußboden der Dachkammer, holte den Brief aus der obersten Schublade der Kommode, setzte sich ans Bettende und las ihm den Brief mit ihrer jugendlichen Stimme vor, bevor sie ihm erklärte, sie müssten jetzt oder nie eine Antwort auf die entscheidende Frage finden. Sollten sie fortgehen, müsse das im nächsten Sommer geschehen, denn nicht einmal der Herrgott werde ihnen die Tür bis in alle Ewigkeit offenhalten, nicht einmal er. An irgendeinem Punkt ist die Zeit der Gnade vorbei, und wir müssen Position beziehen, uns entscheiden, uns losreißen und den Weg gehen, den er für uns im Vorhinein vorgezeichnet hat. Und wenn Gottes Finger so deutlich zum Vorschein kam wie hier, nämlich indem der Herrgott den himmelschreienden Mangel an Sattelmachern im Mittleren Westen kundtat, dann gab es wohl keinen anderen Ausweg als zu gehorchen? Die Wahl war einfach: Wollte Ole den Rest seines Lebens altes Zuggeschirr flicken, oder wollte er neues anfertigen?

Ole hatte nicht mehr so viel einzuwenden gegen Gjertines Wünsche und Träume. Er war müde vom Flicken und Ausbessern, am meisten aber davon, dass es nichts abwarf. Seine Zustimmung war nicht begleitet von Jubelrufen – davon war er weit entfernt. Im Gegenteil: Er schwieg. Als sie ihn schließlich mit Verzweiflung in der Stimme fragte, ob sie fortgehen sollten oder nicht, antwortete er mit einem einzigen Wort: *fortgehen*. Das kam so definitv, dass Gjertine ein Schaudern verspürte, wie eine Art Furcht. »Dann gehen wir also fort?«, fragte sie, als sei sie nicht sicher, ob sie richtig gehört habe.

»Ja, wir gehen fort«, sagte er still. In seiner Stimme war kein Zögern.

»Stell dir vor, mit welchem Leder du dort arbeiten wirst!«, sagte Gjertine. »Die robusten Häute von Bison und Büffel, ist das nicht was für einen Mann wie dich?«

»Rindsleder ist trotz alledem wohl das festeste«, antwortete der Sattler.

3

Nachdem es abends zuvor sehr spät geworden war, wachte der Sattler in aller Frühe auf. Würde er von der Obrigkeit die Erlaubnis bekommen zu gehen?

Ein Mann, der auswandern wollte, aber im Prinzip zum Soldatendienst einberufen werden konnte, also zwischen zweiundzwanzig und sechsundzwanzig Jahre alt war, musste von den Autoritäten eine Lizenz haben, um das Land verlassen zu können. In diesem Fall bestanden die Autoritäten aus niemand anderem als Lensmann Hagerup auf Tornes – dem jungen Lensmann Hagerup, der mit der legendären Jenny verheiratet war.

Es vergingen nicht viele Tage, bevor Ole sich im Kontor des Lensmanns meldete – nicht wenig gespannt, welche ihrer Jugendsünden Jenny offenbart hatte. Seinen Wunsch auszuwandern begründete er damit, für sich und die Seinen eine bessere wirtschaftliche Lage suchen zu wollen.

Der Lensmann fragte: »Warst du nicht der, der meine Frau Jenny einmal gut kannte?«

Ja, das könne er nicht leugnen.

»Sie erwähnt dich ab und zu«, sagte der Lensmann.

Tja, was sollte Ole dazu sagen?

»Du solltest keine Erlaubnis bekommen fortzugehen, weil du bist, wer du bist. Aber ich werde sie dir trotzdem erteilen«, sagte der Lensmann, »wenn du versprichst, nie mehr zurückzukehren!«

Der Sattler Ole erhielt vom Lensmann seine Lizenz und konnte den Rückweg nach Slutås antreten.

Es zeigte sich, dass Ole, dessen bedächtige Bewegungen Gjertine oft ungeduldig machten, das Tempo anzog, als die Entscheidung schließlich gefallen war. Das Einzige, was ihm Sorgen machte, war, ob er Olava mitnehmen durfte. Er holte sie am nächsten Tag bei ihrer

Mutter ab und erzählte, dass er fortgehen werde. Und diese Mutter, die mehr als genug damit zu tun hatte, sich selbst durchzubringen, sah keinen anderen Ausweg, als ihn zu bitten, Olava in ein besseres Leben mitzunehmen. Olava selbst musste nicht überredet werden, obwohl sie ihre Mutter für viele Jahre nicht sehen würde, vielleicht nie mehr, doch darüber sprach niemand. Sie verließ niemanden – sie folgte in erster Linie ihren Verwandten, denn sowohl ihre Großmutter als auch ihr Onkel waren bereits dort.

Gjertine zog ihre feinen Sachen an und lieh sich ein Boot von einem der Strandsassen am Fjord. Sie ruderte mit kräftigen Schlägen und hielt die Riemen locker in den Händen – ohne sie zu festen Fäusten zusammenzudrücken. Nicht hier sollte man seine Kräfte einsetzen. Sie hielt die Riemen so lose, dass sie in ihren Händen tanzten, und dann ruderte sie zur Kirche nach Vaagø, wo sie mit ihrer Schwester Ane-Martha verabredet war.

Ane-Martha saß auf den Ufersteinen und wartete auf sie. Zum ersten Mal fand Gjertine, dass die Schwester klein und kümmerlich aussah. Ane-Martha hatte einen Mann geheiratet, der fünfzehn Jahre älter war als sie. Für sie war es zu spät, an einen anderen Ort zu gehen.

Die Schwestern gingen zu Ola und Sara. Sie hatten wichtige Neuigkeiten zu erzählen. Ane-Martha war diejenige, die sich ängstigte, obwohl nicht sie es war, die fortgehen würde.

4

Ola sass vor seinem grossen Holzofen, denn trotz des Sommers war es ein regnerischer, windiger Abend ohne Wärme. Er hatte keine Angst, sich die Finger schmutzig zu machen, und mit der unsteten Wetterlage kam er gut zurecht. Es bekümmerte ihn nicht, wenn sein Rücken nass wurde oder die Kleidung an seinem Körper klebte. Kam er dann aber ins Haus, wollte er es warm haben! Dann streifte er sich rasch nasse Hemden und Hosen ab und wusch sich hier und da mit eiskaltem Wasser, denn er hatte gehört, dass das gesund sei. Und dann feuerte er seinen Holzofen an, dass es nur so bullerte! Wenn niemand zu Besuch war, nahm er es auch mit dem Anziehen nicht so genau – dann saß er in Unterhose am Ofen und überdachte die eine oder andere Frage.

Doch an diesem Abend musste er sich eine trockene Hose holen, denn nun kamen die zwei Schwestern, und Sara ließ es sich nicht nehmen, Tee zu servieren. Ola war ein Mann, der sich gerne eine Tasse Tee gönnte, und wenn ihm derlei begegnete, kaufte er es – ob er Geld dafür hatte oder nicht.

Als Gjertine von ihrem Entschluss berichtete, schwieg Ola. Und Sara, die sonst immer liebenswürdig war, wurde ihrer Schwägerin gegenüber schroff. Es sei verantwortungslos, so etwas zu erzwingen – man denke nur an die viele Arbeit, die Sattler Ole investiert hatte, um Slutås zu verschönern, sagte Sara.

Die Stimmung während des Besuchs in ihrem Elternhaus war nicht so, wie sich die beiden Schwestern das gedacht hatten. Sie warfen einander einen Blick zu und meinten, sie müssten aufbrechen, damit es nicht zu spät werde, bevor sie ankämen. Bevor sie ankämen? Was hatten sie vor?

Ja, sie wollten über den Berg nach Molde gehen!

Sie müssten doch wenigstens bis zum nächsten Morgen dableiben und sich ausruhen!, sagte Ola und warf Sara einen Blick zu, die den Mund zusammenkniff und keine Anzeichen machte, dass die Schwägerinnen willkommen seien, über Nacht zu bleiben.

Schließlich gingen sie, obwohl Ola mindestens ein Dutzend Fragen stellen wollte, denn Sara konnte sie offenbar nicht schnell genug loswerden. Ola folgte den Schwestern beim Hinausgehen und begleitete sie schließlich das erste Stück, obwohl Sara auf der Treppe stand, ihm hinterherrief und wissen wollte, wohin er gehe.

»Zum Sommerstall!«, rief Ola. Er wolle nur ein Seil holen.

»Seile hast du genügend hier zu Hause!«, erwiderte Sara.

»Aber das ist das schönste!«, rief Ola, dieses Seil müsse es also unbedingt sein.

Manchmal hatte er ein loses Mundwerk. Er ging also mit ihnen, und als sie sich verabschiedeten, sagte er: »Wundert euch nicht, wenn ich nachkomme!«

»Was sagst du da, Ola«, rief Gjertine, »du könntest dir auch vorstellen 'rüberzugehen?«

»Ja! Wenn der Fisch uns in diesem Herbst wieder im Stich lässt.«

Es war später Nachmittag, als die Schwestern über den Berg *Hoemsaksla* wanderten und den Weg zum Hof Åndal hinaufgingen, wo sie übernachteten. Am nächsten Tag, einem Sonntag, folgten sie dem schmalen Pfad, der über die Berggipfel nach Molde und bis hinunter nach Rekneslia führte.

Gjertine fürchtete sich. Sie wusste, was Nesje über die Amerika-Träume der Leute dachte. Wie würde er reagieren, jetzt, da es nicht mehr nur ein Traum, sondern Ernst war? Da gab es nur eins: Augen zu und durch.

»Tja, nun werden wir also fortgehen!«, sagte Gjertine.

Serianna zuckte zusammen, und es wurde ganz still. Auch die Kinder wurden still, alle vier schwiegen. Obwohl – nicht Klein-Kristine: Sie konnte den Mund nicht halten und stellte die Frage, die ihr auf der Zunge lag: »Wo geht ihr denn hin?«

Eilert machte »pst!«.

Serianna ging zu Gjertine hinüber. Sie legte die Arme um ihre Schwester. Große Tränen liefen ihr über die Wangen, aber es kam kein Wort. Sie standen da, umarmten einander, und schließlich begann auch Ane-Martha zu weinen. Das hatte noch niemand zuvor gesehen. Nun bekam es auch Klein-Kristine mit der Angst zu tun und fing ebenfalls an zu weinen. Ane-Martha trat zu ihren beiden Schwestern und drückte sie fest an sich, und Kristine lief zu ihrer Mutter und hielt sich an ihrem Rock fest – sie wollte auch dabei sein. So standen sie da, ein Knäuel Frauen, doch es dauerte nicht lange, da waren die Tränen versiegt.

Sie ließen einander los, räusperten sich, gingen jede in eine andere Ecke und setzten sich auf Stühle und auf die breite Fensterbank.

Nesje war sich darüber im Klaren, dass die Zeit des Argumentierens vorbei war. Nun blieb nur noch, dafür zu sorgen, dass sie in Freundschaft auseinandergehen konnten. Serianna benutzte die Schürze als Taschentuch und stellte das Abendessen auf den Tisch. Plötzlich hielt sie inne.

»Ich glaube wahrhaftig, dass du wieder schwanger bist«, sagte sie und sah ihre Schwester forschend an.

»Ja«, sagte Gjertine, »das glaube ich eigentlich auch.«

Es war, als wundere sie sich über ihre eigenen Worte.

»Aber Gjertine!«, sagte Ane-Martha. »Das hast du mir gar nicht erzählt.«

»Nein«, sagte Gjertine, »ich hatte mir vorgenommen, es erst dann zu erzählen, wenn es ganz sicher ist, aber da Serianna es vermutet hat, kann ich es schlecht leugnen!«

Es schien, als würde die Stimmung leichter, ja, hätte man nicht jedes Mal den Ernst gespürt, wenn das Gespräch verstummte, hätte man von einem munteren Abend sprechen können.

»Ich glaube, ich wurde in der Nacht schwanger, als wir uns entschieden haben fortzugehen«, sagte Gjertine, »denn da haben wir es zweimal versucht!«

Die Schwestern warfen einander einen erschrockenen Blick zu – so etwas konnte man doch wohl nicht sagen. Doch dann brachen sie in Lachen aus.

Nesje stand auf und sah aus, als wolle er aus dem Haus gehen, doch dann ging er nur nach nebenan in die Stube, die nach Westen lag. Er war ziemlich empört. Wäre es nicht um seine Schwägerin gegangen, hätte er gesagt, diese Frau verführe mit Worten. Und nun fragte sie auch noch, ob sie nicht mitkommen wollten! Er kannte niemanden, der sich derart in das Leben anderer Menschen einmischte. Gjertine wollte ihn und Serianna nach Amerika mitnehmen!

Die darauffolgende Stille war unheilverkündend. Die beiden Jungen lauschten aufmerksam, das konnten alle sehen. Kristine stand da mit einem Finger im Mundwinkel. Man hörte nur das Ticken des Pendels der Stubenuhr, die Nesje nach vielen Jahren wieder in Gang gebracht hatte.

»Nein«, sagte Serianna, ohne ihren Mann anzusehen, der zu ihnen in die Stube zurückgekehrt war. »Wir bleiben hier. So haben wir es beschlossen. Nesje ist zu alt, und ich bin all mein Lebtag ein gebrechlicher Mensch gewesen.«

Sie humpelte etwas mehr als sonst, als sie zwischen dem Vorratsschrank und dem Esstisch hin und her ging, als wolle sie unterstreichen, dass Menschen mit einem Gebrechen in Amerika keinen Platz hatten.

»Nein«, sagte Nesje. »Wie alle Menschen unserer Zeit haben wir darüber nachgedacht und es besprochen. Aber wir werden hierbleiben.«

5

Der Montagmorgen war dunkel. Auf dem Gørvell-Hof ging Nesje hinunter zur Scheune. Ebenerdig befanden sich darin ein Stall für die Pferde und einer für die Kühe. Im Gebäude war es so dunkel, dass er kaum seine Hand vor Augen sah. Bevor er zu den Kühen ging, gab er den vier Pferden, die in ihrer Box stampften, jeweils ein

Heubüschel. Er begrüßte die beiden Fjordpferde, Mons und Markus. Adam Gørvell besaß auch zwei dänische Arbeitspferde, die er oft im Wald einsetzte. Heu und Wasser mussten sie bekommen, alle vier. Adam Gørvell hatte fünfzehn Kühe. Nesje sollte sie füttern und den Mist wegschaufeln, weil der Stalljunge in der Woche zur Schule ging. Nach und nach sickerte Licht durch die kleinen Stallfenster, doch die Scheiben waren schmutzig, sodass er immer noch nicht viel sah, als die Stallmagd mit einem Milcheimer in jeder Hand hereinkam. Die Milch vom Gørvell-Hof wurde nicht verkauft, sondern zu Käse und Butter verarbeitet. Ein Teil davon landete in Adam Gørvells Geschäft, aber ebenso viel oder sogar mehr wurde im eigenen Haus benötigt, denn Adam Gørvell musste viele Menschen beköstigen, und besonders vor Weihnachten wurde eine große Menge Milch verbraucht.

Die Stallmagd war kräftig, hatte ein breites Hinterteil und war so schwer, dass einmal die Beine eines Melkschemels unter ihr zerbrochen waren, als sie sich zum Melken hinsetzte. Nesje musste damals einen neuen Melkschemel aus noch dickeren Brettern tischlern. Sie setzte sich neben eines der Tiere, zog an den Zitzen, und schon floss die Milch in den Holzeimer hinein. Nesje mistete aus, fütterte die Tiere und gab ihnen mit einem Eimer Wasser aus dem Brunnen, der zugefroren war, sodass er mit einem Stock ein Loch in das Eis stoßen musste, bevor er den Eimer füllen konnte. Fünfzehnmal musste er zwischen dem Brunnen, der sich direkt vor der Stalltür befand, und dem Stall hin und her gehen. Er leerte das ganze Wasser in die große Rinne, aus der die Kühe trinken konnten.

Danach war die Arbeit des Vormittags erledigt, es war elf Uhr. Er konnte nach Hause gehen und ein paar Stunden ausruhen. Es war Winter – er wusste noch nicht, ob er gebeten werden würde, Gørvells Jungknechte in den Wald zu begleiten. Doch bevor er nach Hause ging, erfuhr er, dass sie vor der Dunkelheit noch eine weitere Fuhre schaffen mussten, das meinte jedenfalls der Verwalter.

Nesje ging nach Hause, aß etwas und ruhte sich aus. Danach kehrte er zurück. Als er ankam, hatten die beiden Jungknechte angeschirrt, und dann brachen sie rasch auf, denn nun war Tageslicht kostbar. Noch bevor sie am Polterplatz im Wald von Årø ankamen, begann es zu dämmern. Was sie holen sollten, war nicht gerade Kernholz, aber es war nass und schwer. Sie beluden eine Fuhre mit sechs, sieben Stämmen und befestigten das Holz mit einer Kette. Endlich ging es wieder Richtung Stadt. Einer der Knechte saß auf der Fuhre mit den Zügeln in der Hand, der andere Knecht und Nesje stapften durch den Schnee.

6

Es war ein denkwürdiger Frühling, der Frühling im Jahre 1886. Wie konnte es da dem jungen Sohn in Trondheim, Hans Knudtsen, einfallen, seinem Vater zu schreiben, dass er niemals wieder in die Heimat zurückkehren würde, denn in Molde geschehe nichts! Nein, nun stand er bereit, nach Kristiansund zu ziehen. Dort sollte *Trolla Brug* ein neues Ofengeschäft aufbauen, und Hans würde Geschäftsführer werden! Er sollte am 10. Mai seine Stellung antreten. Er und seine Frau Berntine, die er in aller Stille und ohne Hochzeitsfest geheiratet hatte, waren gerade in Kristiansund gewesen, um nach einer Bleibe zu suchen. Sie hatten eine große und schöne Wohnung auf der Insel *Kirkelandet* gefunden.

Kristiansund! Ja, Hans musste wohl die Stellung annehmen, die sich ihm bot, doch dass Kristiansund besser sein sollte als Molde, das konnte Nesje nicht verstehen. Trotzdem schrieb er dem Sohn: *Gott segne dein Tun in Kristiansund!*

Doch von seinem prinzipiellen Standpunkt wich er nicht ab: Es war in Molde, wo etwas los war – die ganze Zeit passierte dort etwas!

Oder war das etwa nichts, als am Vormittag des 17. Mai der Grundstein für die neue Kirche gelegt wurde? Konnte man das einfach übersehen und nicht mit einrechnen?

Das Gut Reknes in Person von Nicolay Leth hatte ein Grundstück gestiftet für einen offenen Platz vor der Kirche. Drei Kirchenglocken waren in Großes Glockengießerei in Dresden bestellt worden, und der Maler Axel Ender hatte den Auftrag erhalten, ein neues Altarbild zu malen, das den Auferstandenen und die Frauen am offenen Grab zeigen sollte.

Die Einwohnerzahl in der kleinen Stadt hatte die 1600 überschritten. Nicht wenige von ihnen waren dabei, als der Grundstein für die neue Kirche gelegt wurde. Nesje war einer von denen, die im Hintergrund standen. Er tat nichts, um sich vorzudrängen, und deshalb sah er nicht besonders viel von der feierlichen Handlung, aber er konnte auf jeden Fall sagen, er sei dabei gewesen.

Am Abend fand im Grand Hotel anlässlich des 17. Mai ein Fest statt. Es stand allen offen, ungeachtet der Gesellschaftsschicht oder der politischen Auffassung. War das nicht etwas für einen Mann wie Nesje? Der Gedanke war alles andere als ausgeschlossen. Er hätte keine Angst, mit dem einen oder anderen ins Gespräch zu kommen – er wusste, wie man sich benahm. Manieren hatte ihm seine liebe Mutter beigebracht, die seinerzeit zu Fuß nach Christiania gewandert war, um dort auf die Hebammenschule zu gehen. Den Eintritt würde er wohl berappen können. Für Männer kostete der Einlass vierzig Øre, nicht mehr als ein Zwanzigstel seines Tageslohns bei Gørvell, für Frauen zwanzig Øre, und auch das würde er wohl zusammenbekommen, obwohl Serianna nicht viel für die Eier und die Milch bekam, die sie an den Türen der Stadt verkaufte. Etwas zum Anziehen besaßen sie. Er hatte den schwarzen Anzug, den er sich zur Hochzeit hatte nähen lassen und ein halbes Jahr später abbezahlt hatte. Diesen Anzug hatte er nur auf Hans' Konfirmation und bei den Taufen der anderen Kinder getragen.

Im Grand war ein reichhaltiges Programm geplant, das konnte er den Anzeigen in der Romsdaler Zeitung entnehmen. Gesang und Reden sollte es geben. Am späteren Abend würde das Tanzbein geschwungen, wie es Hans Thiis Møller in einer Einladungsanzeige in besagter Zeitung ausdrückte.

Nesje war kein reicher Mann, aber das hätte er sich leisten können. Man musste ja nicht am Essen teilnehmen und dadurch zusätzliche Kosten auf sich laden. Man konnte essen, bevor man von zu Hause aufbrach, und die Reden, die Musik und den Tanz miterleben. Doch Serianna sagte Nein. Sie konnte sich nichts Törichteres vorstellen, als dass kleine Leute ihres Kalibers zusammen mit der vornehmen Gesellschaft im Grand Hotel feiern sollten. Nesje musste diesen unangebrachten Gedanken fallen lassen. Er ging also nicht zu Herrn Frisör Johnsens Geschäft oder in Bækkelunds Laden, um Eintrittskarten zu kaufen, und er war auch nicht unter den Nachzüglern, die sich eine Eintrittsmarke sicherten, als sich die Türen des Grand Hotel pünktlich um sieben Uhr abends öffneten. Er war zu Hause in Rekneslia und nahm nicht an irgendeiner Feierlichkeit teil. Als die Kinder im Bett waren, kam Serianna mit einer Flasche an und schenkte ihm einen Fingerhut von reinstem Schnaps ein. Er sollte sich über alles freuen, was er besaß. Kristine war sieben Jahre alt geworden. Sie nähte Puppenkleider für ihre Lumpenpuppe und sang mit heller, zarter Stimme. In ihr erkannte er seine eigenen weichen Züge wieder und nicht das grobe Wesen der Mutter.

Doch im Gegensatz zu den meisten anderen Landarbeitssklaven nahm er sich am 17. Mai frei, denn er wollte das Grundgesetz von Eidsvoll ehren, das an eben diesem Tag im Jahre des Herrn 1814 fertig geschrieben worden war. Er hielt den Feiertag heilig, ebenso wie die Reichen es taten, und las in verschiedenen Schriften, die er sich verschafft hatte.

Er fand es interessant, welche Anforderungen die moderne Landwirtschaft stellte. An diesem schönen Maiabend standen die Fenster offen. Überall war es herrlich grün, und die Luft war mild, ja, eine Ahnung von Sommer lag darin. Er las über Stickstoff, der auf moorigem Boden angewendet werden sollte. Selbst hatte er steile Hänge, aber es schadete wohl nicht, wenn er auch wusste, welche Behandlung Moorerde erforderte? Er überlegte, ob er es sich leisten konnte, nach Trondheim zu schreiben und darum zu bitten, einen Schleifstein zugeschickt zu bekommen, den er in Rekneslia an der Scheunenwand aufstellen konnte? Im Alltag benutzte er einen Wetzstein. Wenn er das Gefühl hatte, die Klinge sei nicht mehr scharf genug, nahm er seine Sensen mit zum Gørvell-Hof, um sie dort zu schleifen. Aber ein eigener Schleifstein – das wäre mehr als Wohlstand gewesen.

Während er darüber nachdachte, was alles notwendig war, tanzten sie im Grand Hotel – wahrhaftig war die Musik bis nach Rekneslia zu hören. Konnte Serianna die Musik nicht hören? Nun lächelte sie. In seiner Jugend war Nesje kein schlechter Tänzer gewesen. Als also der zugemessene Schnaps seine Wirkung getan hatte, forderte er Serianna zum Tanz auf. Oh, wie sie das als Albernheit von sich wies! Doch er war so galant und drollig, dass sie über ihn lachen musste. Er wäre auf jeder Veranstaltung zurechtgekommen! Das Ende vom Lied war, dass sie mit ihm in der Küche tanzte. Kristine und Anton Edvard waren bereits im Bett, aber Bastian Georg und Eilert saßen mit großen Augen da und sahen zu. Serianna war nicht mehr so leichtfüßig, und dass sie humpelte machte den Tanz nicht fließender, aber wenn man tanzt, wird alles hell und schön und munter. Tanzen war etwas, was sie gemeinsam hatten, und was sie da teilten, ging andere nichts an. Sie tanzten im Maiabend mit offener Tür, damit sie die Musik hören konnten, und nahmen den Duft von erstem Grün und vom Dunst der Frühlingserde wahr. Nesje hatte zwei Tonnen Hafer gesät und betete zum Himmel um eine gute Ernte. Sie tanzten, während auch im Grand Hotel getanzt wurde. Dort tanzten die Freisinnigen, die Anhänger der Linkspartei in der Stadt, dort tanzten die Møller-Leute ihren linksgerichteten Tanz, während sich die Dahl-Leute fernhielten, und die anderen hohen Tiere der Stadt taten es ihnen gleich – in stillem Protest, weil sie sich mit der linken Regierung von Johan Sverdrup nicht aussöhnen konnten.

Als sie draußen Stimmen hörten, hielten Nesje und Serianna jäh inne. Es war nicht irgendwer, der da vor der Tür stand: Es waren Gjertine und Ole, der Sattler, mit den Kindern Olava, Sivert und Sanna und mit dem kleinen Edvard Aas, den Gjertine in der Nacht empfangen hatte, in der Ole, der Sattler, sich einverstanden erklärt hatte fortzugehen. Es war der dritte Edvard in der Familie. Zuerst kam ihr eigener Anton Edvard, dann Edvard vom Bortehof und schließlich dieser hier, der im März zur Welt gekommen war und der es einem leicht machte, ihn auf Reisen mitzunehmen, wie sie sagten, denn er verschlief weite Teile des Tages. In diesem Augenblick aber lag er großäugig und wach in Gjertines Arm und bekam die Brust und sah dabei so nachdenklich aus, dass sie über ihn lachen mussten. Sein Name sollte mit w geschrieben werden, sobald sie *over there* waren, wie Gjertine sagte. Nesje wusste nicht, wofür diese Auskunft gut sein sollte. Aber Serianna notierte das W, um es parat zu haben, wenn sie Weihnachtskarten oder Geburtstagsgrüße an den amerikanischen Edward verschickten.

Gjertine und Ole hatten all ihr Geld aufgebraucht, um die Fahrkarten nach Amerika zu bezahlen, doch nun war alles in Ordnung, die Fahrkarten lagen im Geldschrank. Warum sollten sie sich noch um die Frühlingsarbeiten auf norwegischer Erde kümmern? Sie konnten hier nicht mehr ernten, denn im Herbst waren sie bereits fort. Nun sollten die Instleute Slutås übernehmen.

Ende Juni würden Ole, der Sattler, und sein ganzes Haus in Kristiansund an Bord des englischen Dampfschiffes *S/S Hero* von *The Wilson Line* gehen. Dieses Schiff verkehrte fahrplanmäßig zwischen Trondheim und Kristiansund und von dort weiter nach Hull. Dann mussten sie den Zug nach Liverpool nehmen, und danach ging die Reise weiter mit einem neuen Schiff von Liverpool nach Quebec in Kanada.

Und was kostete diese Reise – die Reise ihres Lebens? Gjertine und Ole mussten jeweils 150 Kronen bezahlen, und die drei ältesten Kinder kosteten jeweils fünfzig Kronen. Nur für Klein-Edvard bezahlten sie nichts. Sein Freifahrtschein war der Rabatt, konnte man sagen, da es eine ganze Familie war, die fortzog. Zweihundert Kronen waren nötig, um Kleidung und Ausrüstung für die Reise zu bezahlen. Für den Hof wollten sie 2000 Kronen haben. Dann hatten sie fünfhundert Kronen zur Verfügung, die sie einwechseln konnten, sobald sie ins fremde Land kamen, und siebenhundert insgesamt, wenn sie Pferd und Fuhrwerk verkauften.

Gjertine würde die Aussteuerkiste mitnehmen, die ihre Mutter, Ingeborg Gjertine, bei sich hatte, als sie in ihrer Jugend von Stavig zum Bortehof kam. – Das fand Serianna nicht gut. Ach, so war das? Man brachte also ein Erbstück außer Landes? Herrschte hier nicht schon genug Knappheit? Da musste man doch nicht damit anfangen, kostbare Gegenstände mitzunehmen, wenn man fortging! Die Kiste hätte auch Serianna gerne haben wollen, aber sie sagte nichts, und da Gjertine zudem auf den Namen Ingeborg getauft war, der auf der Kiste stand, konnte man vielleicht der Meinung sein, dass ihr das ein gewisses Vorrecht gab, obwohl sie die Jüngste war.

Ihr Bruder Ola hatte gesagt, er würde vielleicht nachkommen, und darüber lachten die Schwestern ein bisschen – sie glaubten nicht daran, denn Ola war zweiundvierzig Jahre alt und hatte vier minderjährige Kinder. Außerdem wollte Sara auf keinen Fall fortgehen. Er sei wohl nicht derjenige, der es am nötigsten habe wegzuziehen – er, der den Bortehof geerbt habe! Doch Gjertine wusste, dass es umgekehrt war, dass Ola sich anstrengen musste, die Abschläge bei der Hypothekenbank zu bezahlen. Sie wusste, dass die Hypothekenbank kein Ort war, wo man Gnade erwarten konnte – sie war ein Ort, wo die Zinsen niedrig waren und die Laufzeit lang, aber wenn man nicht fristgerecht bezahlen konnte, wurde mit dem Eigentum, das man als Sicherheit gegeben hatte, kurzer Prozess gemacht.

Gjertine fiel es schwer, von ihren Nächsten Abschied nehmen zu müssen. Die Schwestern weinten, als sie einander um den Hals fielen, denn nun sollte Gjertine mit Mann und Kindern zu ihrem Logis unten in der Stadt gehen, Fräulein Halvorsens Pension. Warum hatten sie sich dort eingemietet? Na ja, sie wollten nicht auf dem Fußboden liegen, wenn sie zum letzten Mal in Molde waren. Das fand Serianna zwar großspurig, aber nun war nicht der richtige Zeitpunkt für Spott.

Nesje reichte seinem Schwager Ole Aas artig die Hand, und dann sagte er zu Gjertine, wenn es wegen irgendetwas Missstimmung zwischen ihnen gegeben habe, solle das nun vergessen sein, damit sie sich in die Augen schauen könnten, sollten sie einander wiedersehen – ob nun in diesem Leben oder am Jüngsten Tag. Dann schloss Nesje Gjertine in seine Arme, er konnte nichts dagegen tun, und jäh flossen bei ihm Tränen, ein ganzer See. Das hatte wohl noch niemand je gesehen, nicht einmal Serianna. Er konnte seine Gefühle nicht mehr steuern. Er hielt Gjertine in den Armen, und Gjertine hielt ihn in den Armen, und es nahm kein Ende, sodass Serianna ihre Lippen zusammenkniff und Kristine fragte: »Bist du böse, Mutter?«

Der Sattler stand verlegen dabei und drehte seinen Hut in den Händen. Olava sah mit großen Augen zu, und dasselbe taten Sanna und Sivert.

Dann gingen sie und hinterließen Leere und Stille.

7

Während sie mit dem Pferd Hadrian von ihrem Hof Slutås zum Dampfschiffanleger nach Eide fuhren, begann Gjertine sich zu fragen, was mit ihrem Mann los war. Auf dieser Fahrt, die schon drei Stunden dauerte, hatte er kein einziges Wort gesagt.

Sivert, Sanna und Windelkind Edward, ja, selbst die zehnjährige Olava waren schon längst hinten auf dem Wagen eingeschlafen. Bevor sie den Staub der Heimat von ihren Füßen schütteln konnten, gab es nichts Weiteres zu tun, als Pferd und Wagen an einen Käufer zu übergeben, mit dem sie sich am Dampfschiffableger in Eide verabredet hatten.

Vielleicht hatte der Sattler einen weiteren Grund, betrübt zu sein: dass er sich von seinem Pferd verabschieden musste? Alles kam nun zusammen. Gjertine wusste, dass es für ihren guten Mann nicht leicht war. Er liebte Pferde, und besonders dieses letzte. Er hatte für dieses Pferd ein wunderhübsches Geschirr angefertigt und ihm den Namen eines Kaisers gegeben – oder war es der eines Papstes?

Aber die Liebe zu einem Tier hatte Grenzen. Ole hatte sich auch von seiner Schwester Ane verabschieden müssen, und diese hatte so herzzerreißend geweint, dass es ihnen allen durch Mark und Bein ging. Der Sattler hatte seine Gefühle im Griff gehabt, so wie man es von einem Mann erwarten konnte. Er hatte gelächelt, seine Schwester getröstet und gesagt, er glaube nicht, dass sie einander erst im Himmel wiedersehen würden, sondern in Amerika. Vielleicht konnte Hans auch ihr eine Fahrkarte schicken – so wie er es für seine Eltern getan hatte?

Da zeigte sich (und das war vielleicht der Grund für das herzzerreißende Weinen), dass Ane schon vor langer Zeit ihrem Bruder geschrieben und genau darum gebeten hatte. Aber er hatte geantwortet, nun könne er nicht mehr länger helfen. Ane war mit anderen Worten allein und von der Welt verlassen, wenn man von Ole und Gjertine absah – die hätten doch wohl mit ihr sprechen und sie mitnehmen können, als sie sich entschieden hatten fortzugehen? Aber dazu hatten sie sich nicht in der Lage gesehen – sie waren ja selbst schon sechs Seelen, die sich auf die Reise machten. Dann gab es für Ane wohl keinen Ausweg? Was sie als Magd bei Ola verdiente, war nicht viel: Kost und Kleidung und ein paar elende Kronen – das reichte bei Weitem nicht für eine Fahrkarte nach Amerika. Sie war von den Ihren verstoßen, und als sie nun erfuhr, dass auch Ola vom Bortehof, der all die Jahre ihr Hausvater und Vormund gewesen war, darüber nachdachte, sich mit seinem ganzen Hausstand auf den Weg zu machen, da konnte ihr in diesem Leben wohl kaum noch ein anderes Unglück widerfahren. Ihr bliebe nur, sich eines Tages ins kalte Wasser des Frænfjords zu schleppen – sie konnte ja nicht schwimmen. Denn während ihrer Zeit auf dem Bortehof war sie eine alte Jungfer geworden. Sie rechnete nicht mehr damit, dass es einen Mann gab, der sie haben wollte.

Gjertine wollte nicht, dass Ole, der Sattler, seine Sorgen für sich behielt – sie wollte diese mit ihm teilen und von dem, was ihn beschwerte, ihren Anteil tragen.

»Seit wir an Moen vorbeigefahren sind« – das war ein Hof, der an ihrem Weg lag – »hast du nicht mit mir gesprochen, und du antwortest auch nicht auf das, was ich sage, obwohl ich deine schöne Stimme so gern höre!«

Der Sattler sah sie an, aber er antwortete und lächelte nicht.

»Habe ich etwas falsch gemacht?«, fragte Gjertine. »Da du so unfreundlich zu mir bist?«

»Ich bin nicht unfreundlich«, erwiderte der Sattler, »ich bin nur still. Ich gehe mit dir, wohin du willst, und ich werde dir nicht widersprechen und dich auch nicht daran erinnern, wie wenig mir daran gelegen war, sollte das Glück uns nicht hold sein. Aber du kannst nicht verlangen, dass ich so tue, als ob ich aus tiefstem Herzen überzeugt bin, als ob ich jubelte und unserem Herrgott dankte für die Reise, die wir gemeinsam antreten.«

»Ich schätze es sehr, dass du dich nicht verstellst und mir nach dem Mund redest und Dinge sagst, die du nicht meinst«, antwortete Gjertine. »Die Überzeugung, wie richtig unsere Entscheidung war, wird dir zuteilwerden, wenn *die Zeit erfüllt wird*, wie es geschrieben steht – wenn wir unser neues Leben in Amerika begonnen haben.«

Da schenkte er ihr ein Lächeln, und der Hausfrieden war fürs Erste wiederhergestellt.

8

Sie erreichten den Dampfschiffanleger in Eide. Das Dampfschiff lag bereits am Kai. Es spuckte schwarzen beißenden Rauch aus, und der Mann, der Hadrian samt Geschirr kaufen sollte, stand da. Was für ein Lumpenkerl, dachte Gjertine.

Aber der Lump hatte einen Brief geschrieben und auf das Pferd geboten. Die Abmachung war, dass er zweihundert Kronen für das Pferd, das Geschirr und den Wagen bezahlen sollte, doch nun sagte er, er könne nicht mehr als hundertfünfzig Kronen aufbringen. Den Rest werde er nachschicken, meinte er, wenn sie dort drüben eine Adresse hätten. Es könne doch wohl nicht schwieriger sein, Geld in die eine Richtung zu schicken als in die andere? Viele Amerikafahrer schickten Geld heim zu ihren Verwandten, damit sie sich eine Fahrkarte kaufen konnten.

Gjertine sah, dass das Gesicht ihres Mannes die Farbe wechselte, und sie beeilte sich, alle Kinder mit an Bord zu nehmen. So war die Abmachung zwischen ihnen: Sie sollte die Kinder sicher an Bord bringen, und der Sattler würde Hilfe beim Gepäck bekommen. Dass der Pferdekäufer sich nicht an die Abmachung halten und ihn um fünfzig Kronen betrügen würde, damit hatte der Sattler nicht gerechnet.

Der Sattler sah aus, als würde er die Beherrschung verlieren. Seine Stimme zitterte vor unterdrückter Wut, als er den Mann bat, ihre Vorratskiste an Bord zu tragen, während er selbst das Pferd an einem Pfosten festband. Der Mann war träge und unwillig – er wusste ja, dass der Sattler weder das Pferd noch den Wagen mitnehmen konnte. Sie hatten noch eine Kiste, das war das Sattelmacherwerkzeug, und obwohl der Sattler wusste, dass man so etwas sicher auch in Amerika beschaffen konnte, wollte er sein eigenes mitnehmen. Er besaß einen Riemenschneider, ein Halbmondmesser, ein Spaltmesser, eine

Musterrolle, eine Vorziehahle, einen Kantenzieher, ein Markierungsrad, Ahlen, Lochpfeifen und Lochzange. Obwohl diese Kiste sicher fünfzig Kilo wog, trug der Sattler sie selbst an Bord und stellte sie an einen sicheren Platz unter Deck. Nun blieben nur noch das Bettzeug in einem großen Schiffssack und ihre Kleider in einem anderen großen Schiffssack und ein paar kleinere Kisten, unter anderem eine Kiste mit Olavas Sachen und die Kiste, die Gjertine von ihrer Mutter geerbt hatte.

Olava kam wieder an Land, um aufzupassen, dass alles mitkam. Aufmerksam verfolgte sie die Gewitterstimmung ihres Vaters.

»Nun bringst du meine Schiffssäcke an Bord«, hörte sie ihren Vater mit vor Wut zitternder Stimme sagen, »und die Kisten und den Koffer auch, wenn du schon deine Schulden nicht bezahlen kannst. Vor Leuten, die ihr Wort nicht halten, habe ich nie Respekt gehabt.«

Der Mann dachte wohl, er habe nun die Oberhand, denn er sagte: »Es könnte sein, dass auch du das eine oder andere versprochen hast, du, Ole, der Sattler – besonders den Frauen, wenn du darauf aus warst, sie zu bekommen. Es gibt jedenfalls Leute, die das behaupten und meinen, darüber Bescheid zu wissen.«

»Nun musst du dich beeilen, mein Lieber, das Schiff legt bald ab!«, erwiderte der Sattler. Er war weiß im Gesicht. »Da du nicht mehr als fünfundsiebzig Prozent von dem bezahlt hast, was du hättest bezahlen müssen, ist es wohl nur angemessen, wenn ich mich stattdessen von Hadrian verabschiede? Beeil dich, du hörst ja, dass es schon zum zweiten Mal läutet!«

Er warf dem Mann die Schiffssäcke zu. Der Mann gab nach, nahm einen Sack auf jede Schulter und ging mit ihnen an Bord.

»Setz sie hier ab!«, sagte Olava, die ihm gefolgt war und das Reisegepäck bewachte. Sie war zehn Jahre alt und anstelle ihres Vaters zornig.

»Warum nehmt ihr so viel mit, wenn auf der anderen Seite alles so viel besser ist?«, fragte der Mann und warf die Säcke ab.

»Sieh zu, dass du an Land kommst, sonst nehmen wir dich mit!«, rief einer aus der Mannschaft, und der Mann lief zurück an Land. Im allerletzten Augenblick sah er, dass der Sattler, der an Bord gesprungen war, als die Trosse gelöst wurden und das Schiff ablegen sollte, nicht nur eine kleine Kiste in jeder Hand trug, sondern über der Schulter auch das schöne, neue Geschirr, das laut der ursprünglichen Abmachung ein Teil des Handels gewesen war.

»Haust du etwa mit dem Geschirr ab, du Gauner!«, rief er. »Haltet den Mann auf, er nimmt mein Geschirr mit!«

»Du hast nicht dafür bezahlt!«, rief der Sattler, »deshalb kann es wohl nicht dir gehören!«

Der Mann versuchte, wieder an Bord zu kommen, wurde aber von der Mannschaft zurückgedrängt.

Und nun legte das Dampfschiff *Nicolai H. Knudtzon* vom Kai ab und trat die Reise nach Kristiansund an. Gjertine kam mit den Kindern, und dann standen sie an der Reling, die ganze Familie, und Olava lachte so sehr, dass sie schließlich weinte. »Papa schafft alles!«, rief das Mädchen, »Papa schafft alles!«

»Willst du das Geschirr mit nach Amerika nehmen?«, fragte Gjertine. Aber in ihrer Stimme war kein Spott zu hören – sie war bestimmt auch der Ansicht, er sei ein herausragender Mann.

»Ja, wenn ich keinen Käufer finde, bevor wir auf dem Amerikaschiff sind, nehme ich es mit«, sagte Ole, der Sattler. »Aber vielleicht gibt es jemanden in Kristiansund, der ein Geschirr gebrauchen kann.«

»Wir sprechen mit Hans Knudtsen darüber«, erwiderte Gjertine. Denn Nesje hatte Hans geschrieben und ihn gebeten, sich um ein Logis für sie zu kümmern.

9

Obwohl es noch an zwei weiteren Anlegestellen anlegte, brauchte das Dampfschiff nach Kristiansund nicht so viel Zeit, bis es am Kai von *Kirkelandet* festmachte.

Hans war nicht älter als sechsundzwanzig, aber was war mit ihm geschehen? Er hatte zugenommen und trug eine große Uhrenkette quer über dem Bauch, die offenbar seinen Wohlstand demonstrieren sollte. Gjertine und Ole hatten von den Nesje-Kindern gelernt, dass er »Onkel Hans aus Kristiansund« war, denn so nannten Bastian und Eilert diesen Mann, obwohl er nicht ihr Onkel, sondern ihr Halbbruder war, und ebenso nicht der Onkel von irgendeinem der Kinder, die sie dabeihatten, und auch selbst keine Kinder hatte.

Gjertine war gespannt gewesen. Würde er auf irgendeine Weise signalisieren, dass er sich an ihr letztes Treffen erinnerte? Würde er es leugnen, würde er so tun, als hätten sie einander nie zuvor gesehen?

Dort stand er, und als er sie begrüßte, gab er Gjertine die Hand, als kenne er sie nur flüchtig, von irgendeinem Familien- oder Verwandtentreffen. Dann begrüßte er Ole, den Sattler, und beugte sich hinunter, um ein paar Worte mit Olava zu wechseln.

Gjertine sah den dicken Goldring, den Hans an seiner rechten Hand trug, als könne gar nicht deutlich genug gemacht werden, dass er ein verheirateter Mann war. Er hätte seiner Verwunderung darüber Ausdruck geben können, dass sie diese lange Reise antreten wollten; er hätte fragen können, wie sie zu dem Entschluss gekommen seien, die Heimat zu verlassen, aber das tat er nicht. Er fragte nicht, ob sie eine gute Reise gehabt hätten oder ob sie hungrig seien. Aus Sicht des Sattlers war der Fremde vielleicht entgegenkommend genug, aber für Gjertine war das Zusammentreffen ein schmerzlicher Schlag. Bevor sie ihn trafen, hatte sie weder gesehen noch gehört, was um sie herum geschah, so gespannt war sie gewesen, doch nun sah sie das lebhafte Treiben am Dampfschiffanleger, all die Menschen, die nur aus einem einzigen Grund gekommen waren: um zu sehen, wer kam und wer fuhr. Sie sah die Taljen, die Lasten an Land fierten, Koffer und Säcke, Holzkisten und Bündel, unter all den anderen Sachen auch ihr Reisegepäck, das der Sattler mit aufmerksamem Blick in Empfang nahm und an einer Stelle sammelte. Ein paar Tropfen fielen, und Gjertine blinzelte Richtung Himmel. Eine dunkle Wolke hing über Kirkelandet – würde es regnen? Das wäre nicht weiter schlimm, es war ein warmer Sommertag, ein paar Tropfen im Haar würden ihnen nicht schaden. Doch dann kam der Regenschauer, und sie suchten für die kurze Zeit, die er andauerte, Schutz unter einem vorstehenden Dach. Und auch dort sprachen Gjertine und Hans kaum miteinander – nur darüber, wie plötzlich der Schauer gekommen war.

Während sie dort standen, kam ein junger Kristiansunder, der Agent bei *The Allan Line* war, und nahm sie mit zum Polizeikontor, wo sie in die Auswandererliste aufgenommen wurden. Der Agent ging mit ihnen zum Speditionskontor, das Gepäck auf einem Handwagen, und kennzeichnete die Kisten und Koffer für den Versand mit großen Buchstaben: *The Allan Line*. Das Gepäck sollte noch am selben Abend an Bord der *S/S Hero* gebracht werden. Doch das Geschirr gab der Sattler nicht aus der Hand. Er wollte versuchen, es noch vor der Abreise aus der Stadt umzusetzen. Und eine kleine Kiste nahmen sie auch mit, darin hatten sie Vorräte.

Hans hatte für sie ein Logis irgendwo in der Stadt gefunden. Sie dachten, er würde sie mit zu sich nach Hause nehmen, doch so kam es nicht. Es passe nicht so gut, erklärte er. Seine Frau, Berntine, müsse sich ausruhen und wieder zu Kräften kommen. Er sagte nicht, was ihr widerfahren war oder was ihr gefehlt hatte. Das waren Kosten, mit denen sie nicht gerechnet hatten.

Das Logis sei schon bezahlt, sagte Hans, das nehme er auf seine Kappe!

Das konnten sie doch wohl nicht annehmen! Sie würden ja keine Gelegenheit haben, es ihm zu vergelten, nachdem sie nun eine so weite Reise antraten!

So dürfe man nicht denken, sagte Hans, sie seien trotz allem eine Familie, sagte er.

Auf dem Weg zur Unterkunft war Ole schweigsamer als sonst. Gjertine wurde klar, dass sie nicht mehr vom selben Stand waren, sie und Hans, das war bei ihrem letzten Treffen noch anders gewesen. Hans Knudtsen, wie er sich nannte, war von einem anderen Schlag als sie. Ihm haftete irgendwie ein anderer Geruch an als ihnen. Später sollten sie erfahren, dass auch er Mühe mit den Finanzen hatte. Aber wie sollten sie das begreifen, wenn er doch einen gewachsten Bart und eine Silberkette über dem Bauch trug?

Sie erreichten die kleine Pension. *Frau Larsen. Logis für Reisende* stand in schnörkeliger Schrift über der Tür. Eine tüchtige Madam zeigte ihnen wortlos ihr Zimmer. Sie hatten die Kiste mit Vorräten dabei und das Geschirr. Madam sah aus, als erschiene ihr das mehr als genug, jedenfalls rollte sie mit den Augen. Sie trugen alles ins Haus, und nun hatte es Hans Knudtsen eilig. Da blieb wohl nichts anderes zu tun, als Abschied zu nehmen? Hatten sie alles, was sie brauchten? Es gebe in dieser Straße ein kleines Café, sagte er. Er würde ihnen gerne ein Mittagessen spendieren.

Gjertine und der Sattler versicherten ihm, sie hätten reichlich zu essen dabei. Gjertine hatte den Proviant in Tagesrationen in die kleine Kiste gepackt – Brot und Butter, einen geräucherten Schinken, gekochte Kartoffeln, alles fertig zum Verzehr. Die Verpflegung war inklusive – sowohl auf dem Schiff nach England als auch auf dem Amerikaschiff ab Liverpool, doch zwischen den Mahlzeiten konnte es lang werden, deshalb hatten sie das eine oder andere in der Hinterhand, und für diesen Tag in Kristiansund hatten sie sich besonders ausgerüstet.

Hans Knudtsen sah aus, als sei er nicht glücklich damit, dass sie sein Angebot nicht annehmen wollten. Er machte einige Male kehrt.

Es schien, als sei ihm klargeworden, dass er etwas versäumt habe, dachte Gjertine, doch nun war es zu spät.

»Warum hast du das Geschirr nicht expediert?«, fragte er Ole. »Es zu tragen wird beschwerlich!«

Gjertine erzählte von dem Pferdekäufer, der seine Schulden nicht beglichen hatte, und sagte, Ole wolle das Geschirr für vierzig Kronen verkaufen.

»Dann werde ich es natürlich kaufen!« Hans Knudtsen, holte seine Brieftasche hervor und nahm siebzig Kronen heraus. »Es ist ein schönes Geschirr«, sagte er, »und hier in der Stadt ist alles so teuer. Siebzig Kronen sind nicht zu viel.«

Er ließ nicht nach, und schließlich willigte der Sattler ein. Gjertine konnte nicht mehr. Sie begriff, dass er um Entschuldigung bat. Hans Knudtsen wurde zu Hans von Rekneslia. Er stand da, und mit einem Mal sah sie, dass die Uhrenkette und der Bart nur Äußerlichkeiten waren. Er war kein anderer. Im Grunde war die Zeit nicht vergangen. Alles, was zwischen ihnen geschehen war, war erst einen kurzen Augenblick zuvor passiert.

Sie warf sich um den Hals des jungen Kaufmanns, der versuchte, sich loszumachen. Der Sattler sah verwundert zu, sagte aber nichts. Dann griff Hans Knudtsen nach dem Geschirr und verließ sie ohne weitere Abschiedsworte.

10

Früh am nächsten Morgen war es so hell, dass sie schier erblindeten, als sie ihre Augen öffneten, denn es gab keine Gardinen im Zimmer. Irgendwo draußen lärmte eine Schar Möwen, und während sie noch im Bett lagen, wo sie alle sechs zusammengekrochen waren, drangen alle Geräusche und Gerüche des Tages zu ihnen. Durch die Bodenritzen nahmen sie den Geruch von frisch gebackenem Brot wahr. Olava hatte Hunger, Gjertine holte Wasser in einer Kanne, damit sie Katzenwäsche machen konnten. Sie zogen sich an.

Draußen war gutes Wetter, und in dieser Unterkunft wollten sie nicht länger als notwendig bleiben.

Die Wirtin kam an die Tür und fragte, wie lange sie noch gedächten, liegen zu bleiben und zu faulenzen. Neue Gäste warteten, und das Zimmer müsse in Ordnung gebracht werden. Sie erwiderten, sie müssten wenigstens noch essen, bevor sie gingen.

Am Kai wimmelte es nur so vor Menschen, die abreisen wollten, und es gab viel Gepäck, das verladen werden musste. Da gab es Kästen und Kisten und Koffer, die den Amerikafahrern gehörten, aber auch Waren, die nach England verfrachtet werden sollten – Fässer mit Aquavit aus Søren Lysholms Brennerei und große Tonnen mit Stockfisch.

Olava hatte den Auftrag erhalten, auf Sivert aufzupassen, damit er nicht über Bord fiel, und diese Aufgabe erfüllte sie gut.

Leute nahmen Abschied, Leute weinten, während das Dampfschiff *S/S Hero* der Linie *The Wilson Line* vertäut am Kai lag. *The Wilson Line* hatte bereits 1871 einen festen Fahrplan von Trondheim nach Hull etabliert, und im Laufe der Jahre war daraus beinahe das Monopol geworden, Auswanderer auf der Strecke von Norwegen nach England zu befördern.

Norwegische Reedereien hatten versucht, den lukrativen Transitverkehr für die großen transatlantischen Reedereien zu übernehmen. Auf diese Konkurrenz legte *The Wilson Line* keinen Wert – sie drohten damit, die Beförderung von Passagieren aus Norwegen völlig einzustellen. Damit konnten die transatlantischen Gesellschaften, wie zum Beispiel *The Allan Line*, nicht leben. Sie sorgten dafür, dass alle ihre Passagiere mit *The Wilson Line* von Norwegen nach England reisen mussten.

Keine andere Gesellschaft brachte so viele Menschen aus Norwegen fort wie *The Wilson Line*. Manche dieser Schiffe waren legendär und in jedem Hafen, in dem sie anlegten, bekannt, so wie die *S/S Hero*, die dritte Schute mit diesem Namen unter der Flagge von *The Wilson Line*, wo der Sattler und seine Familie an Bord gehen sollten.

Aber es gab noch andere Reisende, Leute, die nach England wollten und dann wieder nach Hause. Die meisten von ihnen reisten erster Klasse, und dort standen die Passagiere an der Reling und betrachteten das Treiben am Kai.

»Es ist fast ein bisschen seltsam, dass wir keine Bekannten treffen – unter so vielen Leuten aus Romsdal«, sagte Gjertine.

Der Sattler sah sich um.

»Da hinten ist einer, den ich schon einmal gesehen habe, meine ich«, sagte er, der schon weit herumgekommen war. »Ich glaube wahrhaftig, das ist Peder aus Kjørsvika. Und seine Frau heißt Anna, wenn ich mich richtig erinnere.«

»Du pflegst dich immer an die Frauen zu erinnern, du, Ole!«, bemerkte Gjertine.

Der Sattler ging hinüber und grüßte. Gjertine blieb mit den Kindern, wo sie war, ließ ihn aber nicht aus den Augen. Er hatte seine Sprache wiedergefunden, schien es. Kurz darauf lachte er so laut, dass sie es dort, wo sie standen, hören konnten. Schließlich kehrte er mit den Kjørsvik-Leuten zurück. Die Frau war ein paar Jahre älter als Gjertine, aber auch noch jung. Ob sie Kinder hatten? O ja, da kam ein Junge in Olavas Alter! Sie hatten wohl keine Angst, dass er verloren ging. Er war ein Meister im Davonlaufen, ein Gaffer, wie Gjertine es nannte, und flink wie ein Hase, wenn er über Kisten, Kästen und Koffer sprang, um sich alles anzusehen.

Die Kjørsvik-Leute wollten nach Roberts' County in South-Dakota, dem Nachbarcounty von Day, wo Hans Aas sich niedergelassen hatte, und sie sollten mit denselben Schiffen reisen, zuerst mit der *S/S Hero* nach Hull und dann mit der *S/S Parisian* nach Liverpool.

Warum die Kunde von der Ausreise dieser Leute Slutås nicht erreicht hatte, war mehr als rätselhaft. Aber die aus Kjørsvik wussten, dass Ole und Gjertine ausreisen wollten. Der Agent, der den beiden Familien die Fahrkarten verkauft hatte, war derselbe, und sie hatten ihr Reiseziel mithilfe von Lars Stavig gefunden, der im selben Gebiet wohnte.

Gjertine wusste sofort, dass die Reise nun anders werden würde. Welche Gedanken sie dazu hatte? Natürlich war es schön, auf einer so langen Reise Bekannte zu haben, mit denen man sich unterhalten konnte. Es konnte eine Hilfe und ein Nutzen sein, wenn etwas Unerwartetes geschah – wenn jemand krank wurde oder anderen Unglücken ausgesetzt war. Diese Anna Kjørsvik sah doch recht verlässlich aus, und ihr Mann war ein munterer Herr. War Ole stumm und schweigsam, hatte Gjertine von nun an andere, mit denen sie sich unterhalten konnte.

Aber es war auch so, als würde etwas verloren gehen. Sie hatte sich vorgestellt, Ole und sie würden das neue Land zusammen entdecken, allein mit ihren Kindern. Nun waren es mehrere, die dieses Erlebnis miteinander teilten.

Der Agent, der sie wohlbehalten an Bord bringen sollte, näherte sich. Es war ein Kristiansunder Kaufmannssohn, der diese ehrenvolle Aufgabe übernommen hatte, wenn man das so nennen wollte. Er war so zuvorkommend, dass die zwei Frauen sich ansahen und grinsten. Er nannte die beiden *Damen*.

»Die Damen möchten vielleicht zusammen schlafen?«, fragte er. Na ja, das müssten sie nicht wortwörtlich nehmen, hahaha. »Gleich und gleich gesellt sich gern«, sagte der Kaufmannssohn, und dann wollte er mit den beiden Damen Arm in Arm gehen und sie zur Gangway führen. Gjertine machte sich los. Sie hatte trotz allem ein Kind auf dem Arm. Olava kam mit Sanna und Sivert hinterher. Warum konnte sich nicht auch ihr Vater ausnahmsweise um die Kleinen kümmern? Doch dann sah sie, dass der Kjørsvik-Junge, der Anders hieß, Klein-Sivert an die Hand nahm. Die Männer folgten, waren aber mehr damit beschäftigt, über das Schiff zu fachsimpeln, mit dem sie reisen würden. Die *S/S Hero* hatte jahrelang die norwegische Küste befahren und hatte Platz für vierhundert Passagiere. Aber gab es nicht mehrere Schuten mit diesem Namen? Dieses hier sah jedenfalls nicht neu aus – sie mussten den Agenten fragen. Das Schiff sei zwanzig Jahre alt, allerdings restauriert, sagte dieser. Der Rumpf sei aus Eisen, das sei das Wichtigste. Solche Schiffe hielten einem Stoß stand. »Es hat mehr als tausend *gross*«, sagte der Agent.

»Das ist gut. Ich kann nämlich nicht schwimmen«, sagte der Kjørsvik-Mann. Es zeigte sich, dass nur Gjertine schwimmen konnte. Was sollten sie tun, wenn sie Sturm und Unwettern ausgesetzt wären?

»Nun hör aber auf!«, entgegnete der Sattler, »bald ist Mittsommer!«

Es roch nach Kohlenrauch, Schmieröl und Terpentin. Überall waren Leute, die vorwärtsdrängten, um an Bord zu kommen und ihre Schlafkojen zu suchen. Der Himmel war immer noch so hell, dass sie blinzeln mussten, um einander zu sehen.

Bereits an der Gangway mussten die Fahrkarten vorgezeigt werden. Es durfte niemand an Bord kommen, der keine Fahrkarte hatte. Der Agent führte sie zum Raum unter dem Poop- oder Achterdeck der *Hero*. Hier sah es so aus, als seien alle Schlafkojen belegt – es lagen einige Umhänge und Mäntel herum, aber die meisten waren jetzt, vor der Abfahrt, an Deck. Auf jeder Seite des Schiffes gab es zwei Reihen mit Schlafkojen, jeweils vier übereinander – den ganzen Mittelgang entlang, ohne dass man hätte sehen können, wo eine Koje endete und die andere begann. Die untersten Kojen waren auf Eisenträgern befestigt, nur ein paar Zoll über dem Boden, der ebenfalls aus Eisen bestand. Es herrschte ein völliges Durcheinander an Habseligkeiten – die Leute hatten auf die Schnelle das eine oder andere von sich geworfen.

Der Agent schob Handtaschen und Mäntel zur Seite, damit die neuen Passagiere Platz hatten.

»Schaut nur, wie die Leute sich ausbreiten!«, sagte er.

Hier musste man sich damit abfinden, wenig Platz zum Liegen zu haben. Die Kojen waren nur gut zwei Fuß breit und mit dicken Brettern abgetrennt. Die oberste Koje war direkt unter dem Achterdeck. Wer dort lag, musste gelenkig sein. Es gab weder eine Klappe noch eine Gardine zwischen den Kojen und dem Mittelgang. Sie begriffen, dass sie in ihren Kleidern schlafen mussten. Und auch für die Morgentoilette war nicht viel Platz. Aber es gab große Tanks mit Wasser an Deck, damit sie sich vor dem Essen etwas zurechtmachen konnten.

Dann starteten die Maschinen, direkt unter ihnen! Hier würde es nicht leicht sein zu schlafen!

»Ach, wir werden schon einschlafen, wenn wir müde genug sind«, sagte der Sattler.

Seine Stimmung war gut, seit er männliche Gesellschaft bekommen hatte. Nun hatte er einen Bekannten, mit dem er die Schiffskonstruktion erörtern konnte.

Doch jetzt mussten sie erst einmal die Vorratskiste loswerden. Sie stellten sie unter die Koje und hängten ihre Mäntel an die Pfosten, die auf jeder Seite des Mittelgangs standen. Zum Glück gab es direkt neben den Kojen ein großes Bullauge – auf frische Luft mussten sie also nicht verzichten. Die Kinder sollten sich die Koje unter ihnen teilen. Dort sollte auch Anders Kjørsvik liegen – in derselben Koje wie Sivert, fanden sie heraus. Olava wollte lieber nicht in einer Koje direkt neben einem fremden Jungen liegen, aber darauf nahmen die Erwachsenen keine Rücksicht, sie war doch noch ein Kind!

Das Schiff nahm Kurs auf Hustadvika. Sie kletterten hinauf. Oben an Deck herrschte ein ziemlich kalter Wind. Die Reise hatte begonnen, sie waren unterwegs. Der schwarze Kohlerauch der *S/S Hero* stieg in den Himmel. Sie warfen einander einen Blick zu. Gjertine spürte, trotz einer kleinen Missstimmung, auch eine große Erleichterung. Was sie und Ole gemeinsam hatten, war unbeständig, dachte sie. Manchmal waren sie ein Gedanke und eine Seele. Dann wieder war der Abstand zwischen ihnen unendlich. Natürlich vertraute sie ihm, aber sie drang nicht immer zu ihm durch. Sie strich ihm über die Wange, und Anna Kjørsvik sah sie verwundert an. Für Leute vom Land war es nicht üblich, in Gegenwart anderer Zärtlichkeiten auszutauschen.

Eine halbe Stunde nach Abfahrt wurde zum Essen geläutet. Der Speisesaal war auf dem Vorderdeck in der ersten Klasse. Sie nahmen ihre Fahrkarten und ihr Geld mit und stiegen durch die Luke, den *hatchway*, auf das Schiffsdeck. Nun bekamen sie Abendessen – die letzte Mahlzeit des Tages. Es gab Brot mit Butter. Der Kaffee schmeckte nicht schlecht, und wer wollte, konnte Milch und Zucker dazu haben. Manche wollten Salzhering, und den bekamen sie auch ohne Weiteres. Salz stand auf dem Tisch, in reichlichen Mengen, und Wasser konnten sie sich nehmen, so viel sie nur wollten.

Am Tisch unterhielten sie sich darüber, was sie für ihre Höfe bekommen hatten, wie viel eine Kuh in Norwegen zurzeit wert war und wie sie den Viehbestand aufbauen würden, wenn sie angekommen waren. Es durfte nicht zu viel Inzucht geben, sagten sie. Gab es in South-Dakota noch immer wilde Rinderherden? Sie hatten darüber gehört, aber es war schon eine Weile her, dass der weiße Mann gekommen war und sich der Tiere dort drüben bemächtigt hatte.

Sie blieben ein paar Stunden am Tisch sitzen, denn außer ihnen sollte niemand mehr verpflegt werden, und hier konnten sie sich aufhalten. Es war noch ganz hell und daher nicht leicht, schon unter Deck zu gehen und sich schlafen zu legen. Gjertine erzählte von Hans Aas und Ingeborg, seiner Mutter, die mehr als 1300 Dekar Land erhalten hatten. Und auf der ganzen Fläche hatte Hans Aas Kartoffeln gesetzt!

Daraufhin meinte der Sattler zu ihrer großen Verwunderung, er wüsste nicht, ob es klug sei, nur auf eine Frucht zu setzen. Er würde denken, es sei am besten, von allem ein bisschen anzubauen: Getreide, Kartoffeln, Steckrüben und Heu, um ein paar Tiere zu füttern. Hühner wären gut und Puter und Gänse!

»Du bist mir auch so ein Puter!«, sagte Gjertine zu ihrem Mann, und wie zuvor, als sie Zeuge von Zärtlichkeit zwischen den beiden wurde, wunderte sich Anna Kjørsvik wieder.

Aber: Woher wusste er das alles?

Ja, das würde sich zeigen! Und wie sollte man sich überhaupt einen 1300 Dekar großen Kartoffelacker vorstellen?

»Da braucht er wohl Hilfe beim Kartoffelauskriegen«, sagte Peder Kjørsvik.

Gegen neun gingen sie unter Deck zu ihren Kojen. Für Ole war die Koje zu klein – er musste sich zusammenrollen. Die Kinder schliefen bald ein, aber Gjertine konnte nicht schlafen. Der Lärm der Maschinen hielt sie wach. Um Mitternacht merkte sie, dass sie zu viel Wasser getrunken hatte. Sie musste sich erleichtern. Sie war vorher schon dort gewesen, aber nun fand sie den Gestank auf der Toilette unerträglich. Sie beeilte sich zurück in ihre Koje. Diese Reise würde weniger als drei Tage dauern – sie musste durchhalten.

Am nächsten Morgen legte das Schiff von Ålesund nach Hull ab. Mit den neuen Passagieren wurde es an Bord enger. Aber die meisten schienen zu begreifen, dass es sinnlos war, sich auszubreiten. Gjertine bemerkte Anna gegenüber, ihr sei aufgefallen, wie gerne sie reise, und dass die Reise selbst vielleicht ein ebenso großes Erlebnis sei wie die Ankunft, aber es schien nicht so, als verstehe die andere, was sie damit meinte.

11

Die Überfahrt nach Hull dauerte zwei Tage, dann waren sie dort. Es war Sonntagnachmittag. Eine große und schmutzige Stadt bot sich ihnen dar, als sie an Deck gingen. Der Zug nach Liverpool sollte erst am nächsten Tag abfahren, aber sie hatten kein anderes Logis als das Schiff. Die Frauen blieben mit den Kindern an Bord der *Hero*, während sich einige der Männer, unter ihnen auch Ole, der Sattler, und Peder Kjørsvik, die Stadt angucken wollten. Ihre Frauen warfen sich einen Blick zu. Sie fanden wohl, die Männer könnten an Bord bleiben, aber was sollten sie sagen? Die Männer machten sowieso, was sie wollten.

»Geld brauchst du nicht mitzunehmen!«, sagte Gjertine, »du kannst deine Brieftasche hierlassen. Ich werde auf sie aufpassen!«

Das Gespräch zwischen Gjertine und Anna wurde nicht leichter, als die Männer fort waren. Gab es überhaupt irgendetwas, über das sie sich unterhalten konnten? Anna holte ein Buch hervor, *Fiskerjenten*, »Das Fischermädchen« von Bjørnson. Als ob Gjertine das Buch nicht auch gelesen hätte! Und das vor langer Zeit – damals, als sie ein junges Mädchen war und ihrer Schwester in Rekneslia geholfen hatte. Warum hatte sie selbst nicht ein oder zwei Bücher mitgenommen? Es war zum Weinen, wenn sie daran dachte. Gjertine wusste, dass sie mehr Bücher gelesen hatte als die meisten an Bord der *Hero*. Doch nun saß sie hier wie eine Idiotin. Da war nichts anderes zu machen – sie musste ihre Bibel hervorholen, die sie zur Konfirmation bekommen hatte, als sie als Nummer neun in der Reihe gestanden hatte. Anna aus Kjørsvika warf ihr wieder denselben verwunderten Blick zu. Sollte sie nur glotzen! Gjertine kümmerte es nicht, was die Leute von ihr dachten.

Ole und Peder gingen an Land und tauchten erst um Mitternacht wieder auf. Betrunken waren sie wohl nicht, aber lustig. Sie waren in einem *Pub* gewesen! Alle Engländer waren am Sonntagabend im *Pub*. Gjertine war froh, dass die Kinder bereits schliefen. Wovon hatte Ole den Schnaps bezahlt?! Gjertine wollte es gar nicht wissen. Aber Ole behauptete, man habe ihnen einen ausgegeben. Und wer? Der Engländer!

Ob er sich nicht schäme, wie ein Bettler dazustehen und sich aushalten zu lassen?! Nun solle aber endlich Nachtruhe einkehren! Doch

Peder und Ole unterhielten sich flüsternd über das, was sie gesehen und gehört hatten. Es gab wahrhaftig viel Armut dort! Und dann all dieser Schmutz! Und der Kohlestaub! Nein, in einer Großstadt wollten sie nicht leben, darin waren sich die beiden einig. Sie waren Leute vom Land!

»Bauern sind wir, und Bauern bleiben wir, unser Leben lang!«, sagte Peder Kjørsvik.

»Ich bin Sattler«, sagte der Sattler.

Um sie herum wurde es unruhig – was war das für ein Lärm? Die Leute wollten schlafen, und auf einmal stand der Kapitän vor ihnen, in Uniform! Er ging wie immer seine Inspektionsrunden, doch so spät wie dieses Mal war er noch nie aufgetaucht.

»I pray you, silence! Good night!«, sagte er, und dann wurde es still. Aber Gjertine lag da und schämte sich.

Der Montagmorgen war grau. Die Aas- und Kjørsvik-Familien wurden mit einer ganzen Schar anderer Auswanderer von den Agenten von *The Allan Line* hinunter zum Kai geleitet, wo sie ihr Gepäck inspizieren sollten, während es geladen wurde, sodass nichts verloren ging. Die Männer vergewisserten sich, dass alles mitkam, während die Frauen im Gewühl schmutziger Schauerleute, junger Männer mit Handwagen und nicht zuletzt aufdringlicher Straßenverkäufer, die sie mit wenig ansprechenden Erfrischungen versorgen wollten, stehen blieben. Die Zeit schleppte sich dahin, bis Peder und Ole zurückkehrten, aber alles war in Ordnung. Sie hatten ihre Kisten gesehen, deutlich gekennzeichnet mit *The Allan Line*. Das Gepäck wurde auf Wagen geladen und zum Bahnhof gefahren. Die Agenten, die Norwegisch sprachen, berichteten, die Sachen würden in unterschiedlichen Wagen platziert – je nachdem, an Bord welchen Schiffes sie gehen würden. Es bestand also nicht die Gefahr, dass das Gepäck an einem falschen Ort ankäme. Das nahm seine Zeit in Anspruch.

In der Zwischenzeit sollten die Emigranten ihr Frühstück bekommen, in speziellen Gasthäusern, die *The Allan Line* eingerichtet hatte, mit Café im Erdgeschoss und Schlafsälen im ersten Stock. Wer ausreisen wollte, kam nicht in die Schlafsäle – dort lagen zum Großteil diejenigen, die auf anderen Wegen gekommen waren und einen oder zwei Tage warten mussten, bis sie einen Platz auf einem Schiff Richtung Skandinavien oder Deutschland bekamen. Die Wirtsleute in diesen Gasthäusern waren Deutsche, die aber auch Englisch sprachen. Was die Auswanderer nicht verstanden, mussten sie erraten. Jedenfalls begriffen sie, dass sie im Gasthaus nicht trödeln sollten. Am Essen war nichts auszusetzen, aber es in Ruhe zu sich zu nehmen, war kaum möglich. Die Wirte bekamen von den Gesellschaften, die die Emigranten über den Atlantik transportierten, pro Person einen englischen Schilling und wollten die Reisenden so schnell wie möglich loswerden. Die Toiletten waren dreckig und stanken; sie hielten nicht den gleichen Standard wie das Essen und der Speisesaal. Vielleicht hatte das seine Gründe – sie erfuhren, dass es auf dem Bahnhof viele Klohäuser und Urinale gab. Ihren Dreck sollten sie bitte dort hinterlassen!

Dann wurden sie fortgebracht. Das Gepäck war bereits an seinem Platz in den vordersten Waggons. Die Passagiere saßen weiter hinten – auf Holzbänken, die mit Kohlenstaub bedeckt waren. Dann ratterte der Zug los Richtung Liverpool, einer noch größeren und noch dreckigeren Stadt, von der sie nur einen raschen Blick erhaschten. Es war jedoch etwas anderes, das ihr Interesse fesselte, und das war die *S/S Parisian!* Sollte jemand die Überfahrt und sommerliche Unwetter über dem Atlantik gefürchtet haben, durfte er diese Sorge nun ablegen, denn dieses hier war der Traum von einem Schiff.

»Ein Stahlrumpf!«, konstatierte Peder, und Ole konnte nur anerkennend nicken: »Stahlrumpf!«

Als würde man mit einem Landauer zur Himmelspforte fahren!, meinte der Sattler, und das, fand Anna Kjørsvik, sei großartig gesagt. Sie machte kein Geheimnis daraus, dass sie den Oppländer mochte. Doch Gjertine murmelte nur, sie glaube, für Oles Landauer sei der Himmelsweg zu schmal – großmäulig wie er sei.

Aber sie konnte nichts dagegen tun: Der Anblick der *S/S Parisian* machte sie froh. Zusätzlich zur Dampfmaschine, die durch zwei Schornsteine in der Mitte des Schiffes Rauch abgab, besaß das Schiff vier große Masten mit leuchtend weißen Segeln. Die *S/S Parisian* sei erst fünf Jahre alt, sagte der Agent, der sie begleitete. Tausend Passagiere könne das Schiff aufnehmen, doch dieses Mal stünden nur 646 Mann auf der Passagierliste ab Liverpool. Weitere fünfundachtzig Passagiere sollten im irischen Londonderry an Bord gehen.

Nachdem sie an der Gangway von zwei englischen Ärzten untersucht worden waren, die ihnen die Hand auf die Stirn gelegt und ihnen in den Hals geguckt hatten, während sie mit einem hölzernen Stäbchen die Zunge nach unten gedrückt hatten, gingen sie an Bord der *S/S Parisian*, die sie nach Quebec bringen sollte.

Das Deck der dritten Klasse, oder *lower deck,* wie es hieß, war in zwölf große Sektionen unterteilt. In jeder Sektion war Platz für vierzig erwachsene Passagiere. Die Kojen hatten nur eine niedrige Bettkante zwischen sich. Die Familie Aas hatte drei Kojen, Familie Kjørsvik zwei. Peder und Ole lagen am äußersten Rand und ganz innen, zwischen sich, die Frauen mit den Kindern. Es waren immer vier Kojen übereinander. Diejenigen, die Kinder dabeihatten, lagen unten.

Sie richteten sich ein wie alle anderen auch. Halb saßen sie, und halb lagen sie, wenn sie in ihren Kojen waren, und dort brachten sie den halben Tag zu. Das Essen war gut, aber sie mussten warten, bis sie an der Reihe waren, denn der Speisesaal, der sich im vorderen Teil des Schiffes befand, hatte nur Platz für hundert Passagiere. Die Engländer kamen zuerst, dann die Deutschen und danach die Skandinavier und Balten. Es gab Tee, Kaffee und Schokolade, Zucker und Kräcker oder Brot mit Butter. Das war der Augenblick, in dem sich Leute aus verschiedenen Sektionen treffen konnten, und alleinstehende Männer und Frauen hatten eine Stunde, in der sie sich miteinander unterhalten konnten. Doch wenn sie wieder in ihre

Sektionen zurückkehrten, waren sie getrennt, sodass die jungen Frauen ihre Ruhe hatten. Die Gesellschaft hatte wohl ihre Erfahrungen gemacht.

Mittags um eins gab es Suppe, Schweine- oder Rindfleisch und dazu Soße und Kartoffeln. An einem Sonntag auf dieser Reise gab es sogar ein Dessert, eine Art englischen Pudding. Zum Abendessen um sechs wurden wieder Butter und Brot oder Butter und Kräcker gereicht, dazu Kaffee oder Tee. Die Kräcker waren hart und das Brot trocken, doch es gab reichlich Wasser an Bord. Sie konnten trinken, so viel sie wollten, auch zwischen den Mahlzeiten.

Später sprachen Gjertine und Ole über die Reise mit der *S/S Parisian* wie über ein Märchen. Gemeinsam hatten sie etwas gewagt, und auf irgendeine Art und Weise entstand daraus ein Gefühl der Sicherheit. Mit jedem Tag wuchs im Sattler die Gewissheit, dass sie sich richtig entschieden hatten, und daraus machte er kein Geheimnis. Gjertine wurde die Ehre dafür zuteil, dass sie erkannt hatte, was das Beste für sie war, und diese Ehre nahm sie entgegen.

Die Tage flossen ineinander. Sie hatten für ihre Reise die schönste Zeit im Jahr gewählt. Die Menschen an Bord waren freundlich und zuvorkommend, auch wenn sie die Sprache der anderen nicht verstanden. Es war Hochsommer, auch auf dem Atlantik. Sie wussten, dass es auf dem Meer kälter ist als an Land, doch dass es so kalt werden würde, hatten sie nicht erwartet. Sie mussten alles anziehen, was sie an Oberbekleidung dabeihatten, und die Sprösslinge gut einpacken, wenn sie an Deck gingen, um frische Luft zu schöpfen.

Als das Schiff in Londonderry einfuhr, um dort neue Passagiere aufzunehmen, kamen die Katholiken an Bord. Sie knieten in Reih und Glied, abends und morgens. Gjertine kam ihr eigener Glaube in den Sinn. Wie stand es um ihn? Waren es nur die irdischen Zukunftsträume, die ihr Gemüt gerade ausfüllten?

Es war Nacht, aber es war eine nordische Juninacht, deshalb wurde es nie ganz dunkel. Eine schwache Dämmerung umgab sie um Mitternacht, und das Meer wurde für ein paar Stunden schwarz, bevor ein neuer Tag anbrach.

Sie wuschen sich Hände und Gesicht und wechselten die Kleidung, wenn sie das Gefühl hatten zu riechen. Stand die Sonne am Himmel und konnte man hoffen, dass die Kleidung wieder trocken wurde, spülten sie ein oder zwei Sachen.

An Bord waren junge Frauen, die ihren Liebsten hinterherreisten, und ältere Frauen und Männer, die zu ihren Kindern fuhren, um dort zu sterben. Manche der jungen Frauen kleideten sich, als ob sie an einem warmen Sommerabend in Norwegen zum Tanz gingen. Die eitelsten unter ihnen erkälteten sich derart, dass sie sich schier die Seele aus dem Leib husteten und tagelang in ihren Kojen liegen mussten, bevor sie wieder promenieren und sich zeigen konnten.

Aber es gab auch undurchsichtige Mannsbilder an Bord – mit Bärten, gewaltiger als der von Bismarck, wie Gjertine bemerkte, die in einer Zeitung eine Zeichnung von ihm gesehen hatte. Andere rasierten sich täglich jede einzelne Bartstoppel ab. Ole ließ den Bart wachsen, und seine Haare wurden lang und kräuselten sich über dem Kragen. Doch eines Tages nahm Gjertine eine Schere und schnitt die Locken ab – er sollte sich bloß nichts einbilden. Da nahm er auch den Bart ab und rasierte sich gründlich, doch da begann Sivert zu brüllen, denn er hatte seinen Vater einige Jahre lang nicht mit glattem Kinn gesehen. Es dauerte einige Zeit, ihn zu trösten.

12

Das Dampfschiff *S/S Parisian* der *Allan Line* in Montreal war auf dem Weg zur kanadischen Küste. Das Schiff kam kaum ins Rollen, es schaukelte nur ein wenig, doch Gjertine fand keinen Schlaf.

War Ole auch noch wach? Ja, nun drehte er sich um. Alle Kinder schliefen tief. Sie waren zusammen. Sie lagen Seite an Seite, und alle atmeten ruhig. Manche schnarchten hörbar. Oft nahm man Gerüche wahr, die nicht besonders erquicklich waren, weil hier viele an einem Ort zusammengepfercht waren. Doch jetzt, in den frühen Stunden, bevor die Dämmerung einsetzte, konnte es passieren, dass beinahe alle schliefen, und der frische Zug von oben reinigte die Luft. Dann konnte Gjertine von einer unendlichen Dankbarkeit erfüllt werden. Mit welch einem Reichtum hatte der Himmel sie nicht gesegnet? Gott im Himmel hatte sie fortgeführt, und er würde sie jetzt nicht fallen lassen! Deshalb drehte sie sich zu ihrem Mann und flüsterte ihm ins Ohr: »Sei gut zu mir, Ole.«

»Jetzt?«, fragte er.

»Ja, jetzt!«

Da war er gut zu ihr. Es geschah lautlos. Während der Überfahrt nach Amerika lernte Gjertine, was sie nie begriffen hatte oder sich nie bemüht hatte zu begreifen, während sie noch in der Heimat gewesen waren: dass die Wonne, die keine andere Sprache hat als stilles Seufzen, ebenso groß sein kann wie die, die mit lauten Rufen und Freudenschreien alle Welt auf sich aufmerksam macht.

Sie hatten New Foundland erreicht, und die Temperatur war so niedrig, dass sie sich unter Deck halten mussten. Doch wenn sie an Deck gingen, um Luft zu schöpfen, spürten sie den kalten Luftzug von den mächtigen Eisbergen, die sie am westlichen Horizont erblickten. Dann kam der Nebel, der für das Fahrwasser dort so bekannt ist. Es folgten Tage mit hohem Wellengang. Die Seekranken lagen auf dem Deck, das Gesicht auf den Planken, um sich nicht zu erbrechen. Dann erbrachen sie sich trotzdem, und der Gestank des Erbrochenen war unverkennbar. Jeden Morgen streute die Mannschaft Sägespäne aus, fegte sie danach über Bord und putzte mit Salmiak hinterher, doch den Geruch wurde man nicht los – es war, als ob er sich in den Planken festbiss.

Später war Gjertine stolz darauf, dass sie auf der Überfahrt so viel gestrickt hatte – alle Kinder bekamen Strümpfe und Handschuhe. Das würde ihnen von Nutzen sein, wenn der Winter auf der Prärie einzog. Und die Männer?

Ein Stück von ihren Kojen entfernt saß eine Gruppe beim Kartenspiel, und bald war Peder dabei.

»Spiel doch auch mit!«, sagte Gjertine zum Sattler. Ihre Stimme war butterweich. »Es kann keine Sünde sein, sich die Zeit zu verkürzen! Aber gnade dir Gott, wenn du um Geld spielst!«

»Früher konntest du Kartenspielen nicht leiden!«, sagte Ole.

Ja, das war in Norwegen gewesen, wo Leute ihre Zeit vergeudeten, statt etwas Nützliches zu tun. Aber hier an Bord war es für Leute, die nicht strickten, schwer, etwas Nützliches zu tun.

Da ging der Sattler Ole zur Kartenspielergruppe, und kurz darauf hörte sie ihn voller Freude rufen: »Ein As, ein As!«

»Wer Glück im Spiel hat, hat Pech in der Liebe«, sagte Gjertine, als er zurückkam. Sie hatten um Streichhölzer gespielt, und Oles Schachtel war voll.

Die Tage flossen ineinander, doch ein Tag sollte in ihrem Gedächtnis haften bleiben, und das war der Tag, an dem Sivert verschwand.

So etwas sollte nicht passieren können. Die Reling reichte einem erwachsenen Mann bis zu den Schultern. Sie liefen und suchten ihn überall, fanden ihn aber nicht. Die Angst überwältigte Gjertine. Sie warf sich auf die Koje, das Gesicht nach unten, und biss in ihr Taschentuch, trotzdem drang ihr Heulen einem durch Mark und Bein. Der Sattler wusste nicht, was er tun sollte. Er musste ihr ein bisschen Branntwein einflößen, damit sie sich nicht etwas antat.

Als er die Kiste aufriss, um die Schnapsflasche zu suchen, fand er Sivert, der dort lag und schlief. Der Junge hatte Hunger bekommen und hatte auf der Suche nach Essen die Kiste geöffnet, war danach aber eingeschlafen.

Der Schreck saß tief.

Es geschah, dass Gjertine wach da lag, Stunde um Stunde, während alle anderen zu schlafen schienen. Eines Nachts schwang sie ihre Beine unter der großen Decke hervor, unter der sie lagen, zog einen Rock und eine Jacke über und ging an Deck. Es war immer noch fast so hell wie am Tag, aber als sie ganz allein auf dem Vordeck stand, konnte sie durch eine große Öffnung die Sterne sehen, und das machte sie unendlich dankbar und erfüllte sie mit Frieden. Es waren ja dieselben Sterne, die sie ihre ganze Kindheit hindurch auf der Anhöhe des Bortehofs gesehen und unter denen sie geträumt hatte. Sie standen dort wie ein Versprechen Gottes. In diesen köstlichen Stunden verspürte Gjertine Stolz darauf, dass sie den Mut gehabt hatte, ihren Mann zum Aufbruch zu überreden und sich auf den Weg zu machen.

Wenn sie sich nach solch nächtlichem Spaziergang umwandte, um wieder hineinzugehen, sah sie, dass sie nicht die einzige Schlaflose war. Andere Wanderer waren ebenfalls draußen an Deck, aber es war Brauch, zu dieser Zeit nicht miteinander zu sprechen, sich nicht gegenseitig zu behelligen – weder mit schönen Träumen noch mit Zukunftsängsten. Wenn Leute nicht schlafen konnten, dann waren sie wohl Einzelgänger, Eigenbrötler – von der Sorte, die sich drinnen, unter Schnarchen und Stimmengewirr, nicht wohlfühlt. Um ihre Seele zu schützen, mussten sie sich allein unter den Nachthimmel und unter Gottes Antlitz stellen.

Das Sonnenlicht schickte sich an, den Morgenhimmel rot zu färben; sie musste zurück in die Koje. Vielleicht konnte sie noch ein wenig schlafen? Doch als sie geräuschlos unter die Decke kroch, wachte Klein Edward auf. Er hatte Hunger und wollte die Brust haben. Ans Weiterschlafen war nicht zu denken.

So vergingen die zwei Wochen, die die Überfahrt dauerte. Sie begann, die Nächte durchzuschlafen, denn der Wind nahm ab und die *S/S Parisian* brachte sie ihrem Ziel jeden Tag näher. Die Stimmung zwischen den Eheleuten wurde gelöster. Sie ließ sich kein zweites Mal ernstlich mit ihm ein, dafür waren zu viele Menschen in der Nähe. Aber heimlichen Zärtlichkeiten und Küssen war sie nicht abgeneigt.

Das gelobte Land

1

Am 17. Juni 1886, knapp drei Wochen nachdem sie ihr Zuhause das letzte Mal gesehen hatten, bekamen Ole, Gjertine und die Kinder Kanada zu Gesicht. Die Küste tauchte vor ihnen auf – nackte Felsen, aber auch große grüne Ebenen mit etwas Buschwerk hie und da. Und dann sahen sie Halifax, ohne einen einzigen Baum, Häuserreihen, Lagerschuppen am Stadtrand, eine Schiffswerft und der Hafen, wo das Schiff die ersten Passagiere absetzen sollte.

»Frisch gewagt ist halb gewonnen«, sagte der Sattler. Doch die Kjørsvik-Leute meinten, der anstrengendste Teil der Reise läge noch vor ihnen.

Das Schiff lag bis zum nächsten Morgen in Halifax, doch den Einwanderern war es nicht erlaubt, an Land zu gehen. Dann ging es weiter auf dem langen Sankt-Lorenz-Strom nach Quebec.

Die Agenten von *The Allan Line* warteten am Kai. Sie standen da, während das Gepäck gelöscht und auf Wagen verladen wurde, die von Pferden gezogen wurden. *Kanadische Pferde* wurden sie auch genannt, Nachkommen französischer Pferde, die Ende des siebzehnten Jahrhunderts über den Atlantik kamen und sich mit Pferden aus New England kreuzten – muskulöse, wunderschöne Tiere, braun oder schwarz, schlank, robust und mit stolzer Haltung; wie junge Männer nach einer erfolgreichen Jagd.

»Vielleicht hätte ich mich hier niederlassen sollen!«, sagte Ole. Er ging hin und inspizierte bei dem einen und anderen Pferd das Geschirr. Geschirr blieb Geschirr, schien es – wo auch immer man in der Welt hinkam.

Und dann die Sprache! Hier herrschte der französische Zungenschlag, und damit waren sie nicht vertraut. Aber es hatte einen schönen Klang, fand Gjertine. Und dann war da noch die Kleidung! Die Menschen hier waren farbenfreudig! Und die Frauen! Selbst das einfachste Dienstmädchen trug hohe Hacken. Wenn sie gingen, drehten sie sich in den Hüften.

»Für jemanden, der das Großstadtleben kennenlernen will, gibt es hier viel zu studieren!«, sagte der Sattler zu Gjertine.

»Ich habe keine Zeit zum Studieren«, erwiderte Gjertine, »ich muss die Kinder im Auge behalten. Ihr Vater hat nämlich mehr als genug damit zu tun, sich die Frauenzimmer in Quebec anzugucken.«

Da hob der Sattler Sivert hoch und setzte ihn sich auf die Schultern. Der Junge guckte staunend nach allen Seiten und deutete auf die Menschen, die vorübergingen. Sie waren ein freundliches Völkchen, diese Franzosen. Sie lachten über den Jungen, der da oben auf den Schultern saß und nach allen Seiten zeigte. Sie zwickten ihm in die Nase und warfen ihm im Vorbeigehen eine Kusshand zu. Ein junger Mann in gelben Lederhosen sagte etwas zu Gjertine. Sie verstand die Bemerkung zwar nicht, die Absicht dahinter aber schon, und errötete.

Edward hatte Hunger, und sie legte ihn an die Brust. Die Leute starrten sie an, aber das kümmerte sie wohl nicht. Oder doch? Vielleicht war es hier nicht üblich, einen Säugling an die Brust zu legen?

Das Dampfschiff, das sie nach Toronto bringen sollte, lag an einem anderen Kai. Der Agent begleitete sie. Der Kai war voller Menschen, doch nach einigem Hin und Her hielten sie ihre Fahrkarten in den Händen. Das Schiff, bei dem sie an Bord gingen, war kein Luxusdampfer, aber ihnen wurden Schlafkojen zugewiesen und sie konnten an Deck gehen und frische Luft schöpfen, wenn ihnen danach war.

Sie sprachen nicht viel. Die meiste Zeit saßen sie einfach da und ließen ihre Blicke schweifen. Es war hier nicht so voll wie auf dem Amerikaschiff, denn ein großer Teil der Passagiere reiste mit dem Zug über Land nach Toronto. Sie hatten das Dampfschiff gewählt. Es war etwas billiger, brauchte dafür aber etwas länger.

Sie wechselten ein paar Worte mit Norwegern, die denselben Weg hatten, doch man hatte sich nicht viel zu sagen. Es schien, als hätten alle genug mit ihren eigenen Gedanken zu tun.

Gjertine fiel ein, dass in Norwegen Sankthans war, der Vorabend des Johannistags. Auch ihn hatten sie zurückgelassen. Sankthans. Würden sie diesen Abend feiern, wenn sie vor Ort waren? Würden sie innerhalb der amerikanischen Umgebung ein neues Norwegen erschaffen, oder würden sie im Amerikanischen aufgehen? Gjertine hatte über die Gebräuche der Amerikaner gelesen und über die Festtage, die sie begingen – *Thanksgiving*, das offenbar im Herbst stattfand, und Weihnachten, das sie am ersten Weihnachtstag feierten.

Es zeigte sich, dass die französisch-kanadische Feier des Johannistages der norwegischen in nichts nachstand – das Fest fand nur am Johannistag selbst statt, am 24. Juni. Am vierten und letzten Tag der Schiffsreise leuchteten überall an den Ufern des Flusses große Feuer auf. Über dem Ganzen dämmerte der Abendhimmel. Von den Ufern hörte man Musik. Gjertine stand an der Reling und konnte sich nicht sattsehen. Die Kinder waren im Bett, ihr Vater war bei ihnen. Ole hatte begriffen, dass er mithelfen musste, auf die Kinder aufzupassen, wenn sie auf einem Schiff waren und die Gefahr bestand, dass sie über Bord fielen.

Die Leute auf dem obersten Deck des Dampfschiffes gehörten zu einem anderen Stand als sie. An diesem Abend gab es dort Musik, und das Getrampel an Deck verriet, dass die Passagiere tanzten.

In Toronto angekommen, wurden sie zum Zug geleitet, der sie nach Colingwood bringen sollte, das ein paar Stunden entfernt lag. Sie sausten durch den Birkenwald, und wenn der Zug mitten in der

Wildnis langsamer wurde, bevor sie in kleine Bahnhöfe einfuhren, sahen sie die Blumen auf dem Waldboden und kleine Wiesen zwischen neu gebauten Häusern. Hier gab es auch große Bäume mit dicht belaubten Kronen – Weiden und Eichen und Arten, deren Namen sie nicht kannten. Dies war die Provinz Ontario. Der Abstand zwischen den Häusern, die die Neusiedler gebaut hatten, war immer noch groß, und die Prärie lag ungenutzt da.

In Colingwood gingen sie an Bord eines neuen Dampfschiffes, das sie westwärts über den Huron-See zum Michigan-See brachte. Nach einer weiteren Woche waren sie in der größten Stadt angekommen, Chicago, wo nach allem, was sie wussten, viele Norweger lebten. Doch auch dort sollten sie nicht bleiben. Sie gingen zum Einwanderungsbüro und ließen sich registrieren, danach begleitete sie ein neuer Agent zur Wechselstube, wo sie für die Kronen, die ihnen übrig geblieben waren, Dollar bekamen.

2

JEDES MAL, wenn sie das Verkehrsmittel wechselten, stand ein Agent trotz Sommerhitze im Anzug da und hieß sie willkommen. Nicht immer waren alle Anzüge gleich fein und nicht alle Kragen gleich sauber, aber ein Anzug musste sein. Die Amerikafahrten waren für *The Allan Line* eine Art Immigrantenindustrie. Die Reise wurde einem derart leicht gemacht, dass selbst der größte Angsthase die lange Reise getrost wagen konnte.

Am ersten Tag der Zugreise ab Chicago saßen die beiden Familien, die zusammen reisten, jeweils für sich. Die Nacht war beinahe ebenso hell wie in Norwegen, und es war schwierig, genug Schlaf zu bekommen. Gjertine kam mit einer jungen Norwegerin ins Gespräch, die sie während der Überfahrt einige Male gesehen hatte und die ihr aufgefallen war, weil die junge Frau gekleidet war, als würde sie zu einer Hochzeit gehen. Nun bekam sie endlich einen Vorwand, mit ihr zu sprechen. Das Mädchen fragte nach der Uhrzeit. Sie hatte gesehen, wie der Sattler seine Uhr nach einer Kirchturmuhr in der Nähe des Bahnhofs in Chicago gestellt hatte. Das Mädchen hieß Karina und war auf dem Weg zu ihrem Liebsten, der vorweggereist war. Sie rechnete damit, ihn in Webster zu finden, denn von dort hatte er den letzten Brief geschrieben.

Karina tat sich mit ihnen zusammen. Als sei es die natürlichste Sache der Welt, begann sie, mit den Kindern zu spielen. Zum ersten Mal auf der Reise hatte Gjertine ein paar Stunden für sich. Sie schlug ihre Bibel auf. Dazu hatte sie vorher kaum Zeit gehabt. Doch der Text, den sie las, gefiel ihr nicht. Wie war dieses Bibelwort zu verstehen: Wer nichts hat, dem wird auch das, was er hat, genommen werden?

Zuweilen war die Bibel so unzugänglich, dass sie ganz und gar mutlos wurde. Und manchmal überkam sie auch der Zweifel. War alles nur ein schöner Traum? Manche meinten, Jesus Christus habe ganz sicher gelebt, aber Gottes Sohn könne er nicht gewesen sein. Er sei ein Prophet gewesen, der den Weg zu Gott zeigen konnte, doch er war Mensch. Hatte er sich selbst nicht als Menschensohn bezeichnet?

Ihr Blick fiel auf Karina, die mit einem Taschentuch unter dem Kopf auf der harten Holzbank lag. Eine tiefe Zuneigung zu diesem Mädchen überkam sie. Wie würde es ihr in diesem fremden Land gehen? Würde sie ihren Freund finden?

Die Reisenden um sie herum kamen langsam zur Ruhe. Und dann schliefen sie ein, Gebete in ihrer eigenen Sprache auf den Lippen. Gjertine betete morgens und abends, aber ihre Gebete hatten eine andere Form angenommen als zu der Zeit, als sie noch zu den Versammlungen der Bibeltreuen ging. Sie betete nicht, Gott möge ihr die Sünden vergeben, denn sie fühlte sich nicht mehr so voller Sünde.

Sie war eine derjenigen, die aus der Gnade lebten. Das war es, was sie erfüllte, die Gnade – nicht die Sünden, die Jesus Christus schon längst für sie gesühnt hatte.

Gnade – war sie etwas anderes als das Geschenk, das sie bekommen hatte? Dass die Schwiegermutter ihnen geschrieben und sie aufgefordert hatte, in die Prärie von Dakota zu kommen? Und dass Ole, der Sattler, auf die Frage, ob sie fortgehen oder bleiben sollten, nur das eine Wort erwidert hatte: fortgehen?

Gjertines Gebete veränderten sich. Sie hatte für ihre Kinder gebetet, der Reihe nach und jeden Abend, seitdem jedes einzelne von ihnen auf die Welt gekommen war. Sie hatte für ihren guten Mann gebetet, mit seinem vornehmen Gesicht, und sie hatte gebetet für Geschwister und andere in der Familie. Und manchmal sprach sie auch ein Gebet für Nesje. Seltsam genug betete sie häufiger für Nesje als für sich selbst.

Doch nun, auf dieser Zugreise, begann Gjertine, für das gelobte Land zu beten, für Amerika, für die Menschen, die in die Präriegebiete in South-Dakota gekommen waren, und die, die sich noch auf dem Weg dorthin befanden. Sie betete für die Anführer und für ihn, den die Indianer *den Großen Vater in Washington* nannten, wie sie einmal gelesen hatte. Und sie betete für die Indianer. Die Gebete milderten die Unruhe, die ihr Gemüt beherrschte – auch jetzt, auf dem Weg in das Land, dem sie ihr Leben weihen sollte, indem sie es liebte und bebaute.

Gjertine hatte bald nicht mehr genug Milch für Edward. Sie mussten Milch kaufen, die sie mit Hafermehl zu einer dünnen Grütze verrührten. Edward mochte das Essen nicht, doch wenn er hungrig genug war, aß er es trotzdem. Sivert und Sanna saßen aufrecht wie Kerzen, während sie harte englische Schiffskekse aßen. Der Zug ratterte über Felsen und schaukelte hin und her, wo die Schienen über Weideland führten, und wenn die Stunden zu lang wurden, schliefen sie ein.

Das hier war Minnesota, die amerikanische Kornkammer, wo bald kein Boden mehr aufzutreiben war für Norweger und andere Europäer, die ein neues Leben beginnen wollten. Hier wogten die Weizenfelder, hier stand der Mais frisch und grün, so weit das Auge reichte. Hier war kein Platz mehr für weitere Farmer. Nun war Dakota das Ziel. Dort herrschten wildere Zustände, in jeglicher Hinsicht. Sie fuhren durch das Prärieland von Minnesota und sahen die enormen Felder. Jungfräuliches Land – das würden sie in Dakota finden. Sie waren Auswanderer, die auf dieser Reise und durch diese Reise zu Einwanderern und Pionieren wurden!

3

Der Zug näherte sich der kleinen Stadt Starbuck, die am Westufer des wunderschönen Sees Minnewaska lag. Dort hatte Sivert Aas, der Vater des Sattlers, drei Jahre zuvor ein Grab erhalten. Sie wussten, dass es dort von Norwegern nur so wimmelte. Ole wollte, dass sie dort einen Tag blieben, damit er das Grab seines Vaters suchen konnte. Gjertine fand es unverantwortlich, aus dem Zug auszusteigen, der sie nach Brown's Valley bringen sollte, das vielleicht hundert Kilometer weiter westlich lag.

»Sollen wir nicht die Lebenden finden, statt nach den Toten zu suchen?«, fragte Gjertine, bereute es aber im selben Augenblick, als sie bemerkte, wie sehr es ihn verletzte.

Es zeigte sich, dass der Zug in Starbuck eine Stunde lang Aufenthalt hatte. Und obwohl Gjertine Angst hatte, dass sie nicht rechtzeitig zurück sein würden, machte sich der Sattler Ole bereit, mit Olava vom Zug abzuspringen, sobald dieser anhielt. Dann zogen die beiden los, um den norwegischen Friedhof zu suchen.

Gjertine nahm die drei Kleinen mit auf den Bahnsteig und spazierte hin und her. Einige Leute sprachen sie auf Norwegisch an und fragten, ob sie in Starbuck bleiben würden. Nein, sie wollten noch weiter, aber Gjertine sagte nicht, wohin. Sie war rasend vor Zorn, weil Ole ihr solche Angst machte.

Dann bestieg sie wieder den Zug, entschlossen, allein weiterzureisen, falls der Sattler und Olava nicht rechtzeitig kämen. Das Zugpersonal ging den Bahnsteig entlang und forderte die Menschen auf, die Türen zu schließen. Aus welchem Grund mutete ihr Ole das zu? Erst als der Bahnhofsvorsteher gepfiffen hatte, kamen sie angelaufen, er und Olava. Der Zug hatte sich gerade in Bewegung gesetzt, als der Sattler seine Tochter nahezu an Bord warf und selbst mit einem Tigersatz hinterherhechtete.

Sie sprach nicht mehr darüber. Erst viel später erzählte er, dass sie das Grab gefunden hätten und dass es ein Brett mit der Aufschrift *Sivert O. Aas* trug.

Sie waren auf dem Weg weiter westwärts durch die Prärie. Der Zug erreichte eine Häusergruppe an der Eisenbahn mit Namen Melrose. Die Landschaft war nicht eigentlich anders, nur sehr viel schöner, als sie es sich vorgestellt hatte. Sie hatte einige Strichzeichnungen in Zeitungen und Büchern gesehen – über das harte Leben der Auswanderer in der Prärie.

Doch nun war Sommer, und hier gab es Farben und Gerüche und Wolken, die am Himmel trieben. Der Himmel war unendlich blau, die Seen waren blau.

Dann kletterte die kleine Lokomotive mit Viehwaggons, gefüllt mit Menschen, den Bergrücken hinauf nach Glenwood, wo sich der Ausblick auf einen weiteren See öffnete, und weiter nach Morris. Schließlich begannen sie die letzte Etappe bis Brown's Valley, wo sie am späten Nachmittag ausstiegen und die Reisegesellschaft für sie ein Logis in einem Gasthaus gefunden hatte.

4

Die beiden Familien mussten sich ein großes Zimmer teilen, doch für sie, die sich während der Überfahrt nach Amerika eine Sektion mit mehreren Dutzend Menschen geteilt hatten, war das keine große Sache. Aber was war mit Karina? Was sollte mit ihr geschehen? Sollte sie wirklich zusammen mit einem Dutzend Männern in einem Schlafsaal liegen? Sie mussten sich um sie kümmern. Sie sollte bei ihnen bleiben. Sie legten die fünf Kinder zusammen in ein großes Bett. Die fünf Erwachsenen mussten auf dem Boden liegen – als einzige Unterlage diente ihnen eine Decke.

»Ich bin doch immer noch jung und gelenkig«, erwiderte Gjertine, als der Sattler der Meinung war, sie solle sich in das Bett legen. »Die Kinder sollen den besten Platz haben. Es war nicht ihre Idee, diese Reise anzutreten!«

Dann gaben sie den Kindern etwas zu essen und legten sie schlafen. Karina wollte bei den Kindern bleiben.

»Geht nur!«, sagte sie, »holt euch etwas zu essen! Bringt mir auch etwas mit, aber nicht zu viel – ich bin nicht so hungrig.«

Sie gingen in die Gaststube. An allen Tischen wurde dort Norwegisch gesprochen. Sie trafen Auswanderer von der Küste Helgelands, die einige Jahre in Minnesota gewohnt hatten, doch dort war der beste Boden schon weg. Und wo wollten sie jetzt hin? Nach Marshall County. Ein paar der Männer waren im Sommer zuvor dort gewesen und hatten ihre Begrenzungspfosten eingeschlagen. Nun wollten sie nach Britton, um die Grundstücke registrieren zu lassen.

Ein Mann fragte, ob sie sich vorstellen könnten, sich anzuschließen, da sie doch denselben Weg hatten. Gjertine und Ole warfen sich einen Blick zu.

»Es könnte sonst leicht zu viel Inzucht geben«, sagte ein anderer Mann. »Der Gruppe täte ein bisschen frisches Romsdalsblut gut!«

»Wir sind dabei«, sagte Gjertine.

»Und Karina nehmen wir mit«, sagte der Sattler.

Dann gingen sie zu Bett. Karina zog ihre feinen Kleider aus. Im Zimmer war es dunkel, trotzdem: War ihr nicht bewusst, wie unbekümmert sie war? Doch schließlich holte sie ein Männerhemd hervor und zog es sich über, bevor sie sich in eine Decke wickelte. Die anderen schliefen sofort ein, aber Gjertine lag noch wach. Karina war bestimmt schon tief im Land der Träume, jedenfalls wimmerte und murmelte sie leise vor sich hin. Was mussten die Männer nur denken?

5

Die Neuigkeit, zwei neue Einwandererfamilien seien mit dem Zug in die Stadt gekommen, verbreitete sich rasch in Brown's Valley, und am Nachmittag tauchte ein Mann mit Ochsengespann und Planwagen auf. Das Ochsengespann hatte er sich selbst zugelegt, als er westwärts gezogen war, nun war er zurückgekehrt, um sich Pferde zu kaufen.

Ole und Peder kauften den Wagen und die Ochsen für zwanzig Dollar. Das Joch war im Preis mit drin, ein Geschirr hätte nichts genützt. Sie hatten in ihrem Leben schon viele Ochsen gesehen, aber diese hier waren von einem anderen Schlag als die norwegischen – mit zottigen, großen Köpfen und zottigen Beinen. Wie sollten sie sie dazu bringen zu gehorchen? Der Sattler Ole nahm ihnen das Joch ab, als hätte er nie etwas anderes getan, damit sie voneinander los waren und Gras fressen konnten.

»Ich werde sie Abraham und Isaak nennen«, sagte der Sattler. »Guten Tag, ihr meine Patriarchen!«

Aber Abraham antwortete nicht, und Isaak stand still und ließ einen Fladen fallen.

»Versteht ihr Norwegisch?«, fragte der Sattler. »Oder muss ich mit euch Englisch sprechen? *How are you?*«

Das war das Erste, was er auf Englisch gelernt hatte, denn das sagte man in Amerika in einem fort.

Der Verkäufer gab Ole eine Eisenstange, um die Stacheldraht gewickelt war. Diese müsste er immer in der Hinterhand haben! Aber die Ochsen waren gutmütig – wenn man sie anspannen wollte, gingen sie meist freiwillig auf ihren Platz zwischen den Deichseln im Zweispänner.

Der Wagen war von derselben Art wie die anderen, die sie hier hatten, ein sogenannter Prärieschoner: ein vierrädriger Wagen mit gebogenen Stangen, die mit einem Stück Leinwand bespannt waren. Die Leinwand sollte sie vor Regen und Sonne schützen. Auf den Wagen luden die Aas- und Kjørsvik-Leute ihre Sachen – Kisten und Kästen und Koffer und Säcke –, aber schließlich war der Abend schon so weit fortgeschritten, dass sie die Ochsen anbinden mussten, damit sie dort die Nacht über grasen konnten. Erst am nächsten Tag brachen sie auf.

Zusammen mit dem jungen Mädchen aus Helgeland machten sich die sechs norwegischen Familien auf den Weg nach Nutley und Roslyn. Sie wussten es nicht genau, aber es sollten ungefähr drei norwegische Meilen sein, die vor ihnen lagen. Mit Ochsen als Zugtieren würde es drei Tage dauern. Sie fuhren durch eine Landschaft mit Seen und Laubwald. Alles wirkte frisch und fruchtbar. Über den blauen Himmel zogen Vögel.

Als der Abend kam, schlugen sie ihr Lager auf und richteten sich so ein, dass die Kinder schlafen konnten. Sie selbst saßen noch am Feuer, das sie zwischen den im Rund aufgestellten Wagen entzündet hatten, und unterhielten sich.

Sie waren eine richtige kleine Schar, die sich da gemeinsam auf Wanderung begeben hatte. Sie sprachen nicht über die großen

Lebensrätsel. Sie planten immer von einem Tag zum nächsten, und dann gingen sie früh zu Bett.

Sie zogen westwärts. Am dritten Tag begannen sie, das Sisseton-Wahpeton-Reservat zu durchqueren. Es war eine wunderschöne Landschaft mit Seen und Flüssen. In der Sommerwärme zitterte die Luft vor Hitze, und Bäume und Landschaft hatten eine beinahe märchenhafte Färbung. Es waren keine Indianer zu sehen, aber von irgendwoher stieg Rauch auf, sie konnten also nicht weit sein. Dann erreichten sie die Hochebene Coteau des Prairies, die sich über das östliche Dakota erstreckt.

Was für eine Aussicht erwartete sie! Hier gab es kaum einen Baum zu sehen, so weit das Auge reichte! Das Präriegras stand meilenweit bis zum Horizont. Im grellen Sonnenlicht leuchtete es beinahe, so wie sie es gehört und sich vorgestellt hatten, mannshoch und höher – und alle Arten von Blumen blühten. Über ihre Köpfe zogen große Scharen von Gänsen. Pelikane flogen über die Seen, und in den Seen gab es Fisch. Ein Mann aus der Reisegruppe hatte einen Kescher dabei, der sich mit Fischen füllte, sobald er ihn ins Wasser tauchte. Wie sie lachten, als er den Kescher über der Erde ausleerte und die Fische nach allen Seiten sprangen!

An dem Abend hatten sie ein Festessen. Sie machten Feuer und brieten den Fisch. Einer der Norweger hatte eine Mundharmonika dabei. Sie lauschten der Musik und freuten sich daran, aber sie tanzten nicht. – Warum wollten diese Menschen nicht tanzen? O nein, in ihren Kreisen wurde nicht getanzt. Es zeigte sich, dass sie Haugianer waren. Aber waren sie nicht ausgewandert, um ein neues Land und eine neue Freiheit zu suchen? Ja, Freiheit von Amtsträgern und Kaufleuten und anderen Blutsaugern, aber auch Freiheit von den eigenen Lüsten.

Karina sagte leise zu Gjertine: »Also ich, ich hätte gerne getanzt.«

Der Horizont war ein Streifen in der Ferne. Nicht ein einziges Haus war zu sehen. Gjertine wusste aus den Berichten, die sie gelesen hatte, dass sich angesichts der Majestät der Prärie und der Tatsache, dass es keine von Menschen erbauten Gebäude gab, bei vielen eine kalte Klammer ums Herz legte. Aber sie war von anderem Schlag. Sie wurde von einer jubelnden Freude erfüllt, für die sie keine Worte fand. Es war wie eine Gebetserhörung! Das hier war das Land, nach dem sie sich gesehnt und von dem sie geträumt hatte – nun lag es in all seiner Pracht vor ihr. Sie gingen einem Land entgegen, in dem es noch keine Regierung gab, ein Land, in dem Tausende von wilden Rindern immer noch auf den Ebenen umherstreiften. Sie würden die Welt einnehmen wie am ersten Tag!

In der Nacht konnte sie nicht schlafen, deshalb stand sie auf. Es war heiß, aber nicht unerträglich. Über ihr funkelte der Sternenhimmel. Drüben bei dem kleinen Wäldchen aus Cottonwood-Bäumen (die sie Präriepappel nannten, obwohl sie einer anderen Art angehörten als die Pappel) hörte sie Stimmen. Karina. Gjertine erkannte die Stimme. Aber wem gehörte die andere?

Einen kurzen Augenblick stand sie da, bevor sie sich besann und wieder zurückging. Als sie in der Dunkelheit um sich tastete, begriff sie, dass Ole hinausgegangen war. Einen kurzen Moment lang glaubte sie, sie müsse vergehen. Dann hörte sie seinen schlendernden Schritt.

»Wo bist du gewesen?«, fragte sie atemlos.

»Wo ich gewesen bin? Ich musste austreten!«

Gleich darauf schlief er.

Am Morgen wollte Gjertine Wasser aus einem Bach holen. Karina folgte ihr.

»Du hast gesehen, dass mir jemand hinterhergegangen ist«, sagte sie.

»Ja, aber ich habe nicht gesehen, wer es war.«

»Willst du wissen, wer?«

Gjertine überlegte kurz, dann sagte sie, sie wolle es nicht wissen.

»Ich habe keinen Freund, der in Webster auf mich wartet. Das habe ich nur gesagt, um meine Ruhe vor den Männern zu haben. Die

Wahrheit ist, dass ich von dem Mann, mit dem ich einmal zusammen war, seit drei Jahren nichts gehört habe. Er war einer derjenigen, die nach Webster in South-Dakota gegangen sind, als es dort nur einen Bahnhof gab. Danach kamen keine Briefe mehr. Was soll ich jetzt tun?«

»Du musst nach Webster gehen«, sagte Gjertine, »und versuchen, ihn zu finden. Wenn er an eine andere gebunden ist, musst du von ihm Geld fordern, weil er dich im Stich gelassen und dich dazu verleitet hat, diese lange Reise anzutreten. Sollte er ein freier Mann sein, sollst du dich nicht mehr mit ihm zusammentun, denn er hat dich einmal im Stich gelassen und wird es wieder tun. Du musst eine Zeit lang in Webster bleiben und zusehen, dass du bei einem Farmer oder in einem Wirtshaus Arbeit bekommst. Und wenn dann ein paar Monate vergangen sind, kannst du heiraten, aber nicht den Erstbesten und auch nicht den Zweiten, sondern du solltest dich mit demjenigen zusammentun, der Abend für Abend wiederkommt und am Fenster sitzt, während er sein Abendessen zu sich nimmt, ohne mit den anderen zu sprechen – mit demjenigen, der sich immer bedankt und sich verabschiedet, wenn er geht.«

»Du bist hellsichtig, nicht wahr? Du siehst, was mit mir geschehen wird?«

»Wenn du den Schweigsamen, der sein Abendessen isst und sich bedankt, bevor er geht, nicht triffst, sollst du zu meinem Schwager kommen, Hans Aas in Grenville. Du fragst dich durch und wirst uns dort finden. Er ist Junggeselle. Wenn ich alles richtig verstanden habe, könnte er zu jemandem wie dir gut passen.«

»Ist er gut? Und hübsch?«

»Er ist der Bruder von meinem Ole. Da kannst du wohl davon ausgehen, dass er hübsch ist. Aber ich habe ihn noch nie gesehen. Er hat in Ålesund gewohnt, bevor er hierhergekommen ist.«

»Was bist du für eine, dass du in die Zukunft blicken kannst?«, fragte Karina. »Was kannst du noch?«

»Ich kann Blut stillen«, erwiderte Gjertine.

Angekommen

1

In der letzten Nacht lagerten sie an dem See, der den Namen Enemy Swim Lake bekommen hatte, nachdem dort einmal zwei Indianerstämme aufeinandergeprallt waren und der eine Stamm über den See geschwommen war, als er flüchten musste. Es gab dort keinen ordentlichen Weg – nur einen Viehtrampelpfad, auf dem die Ochsenklauen tief einsanken. Regenwetter waren unlängst über dem Landstrich niedergegangen, der Boden war durchweicht und nass. Überall sammelte sich das Wasser zu strömenden Bächen.

»So verdursten wir wenigstens nicht«, sagte Gjertine.

Aber dreckig wurden sie und müde und waren doch noch immer eine Tagesreise von ihrem ersten Ziel entfernt: Sisseton.

Nichts ist so mühsam für einen Reisenden wie Wasser. Nasse Kleidung wird kalt und ungemütlich, Schuhe, in denen es gluckst, sind trostlos. Doch die Sonne zeigte sich rasch wieder, die Wege trockneten und nach und nach trocknete auch ihre Kleidung. Dann kam ein neuer Regenschauer. So war es hier also? So war es auch dort, wo sie herkamen!

Mitten in der Häuseransammlung, die Sisseton hieß, standen drei junge Männer regungslos im Regen – mit einem Maultier und einer großen Ladung Fellen. Das waren die Stavig-Brüder, Hans, Andrew und Magnus, die aus Nutley Township gekommen waren, wo ihr Vater, Lars Stavig, in den drei Jahren, die er mit seiner Familie in South-Dakota gewohnt hatte, Land genommen und Haus und Scheune gebaut hatte.

Gjertine hatte diese Jungen einmal zuvor gesehen, als sie bei den Verwandten in Stavik zu Gast gewesen waren. Damals waren die Stavig-Brüder kleine Jungen – nun waren es junge, kräftige Männer, die die großen Bisonfelle trugen, als sei das nichts. Der Älteste, Andrew, konnte bereits ziemlich gut Englisch – das merkten sie, als er mit dem dort ansässigen Fellhändler feilschte, der natürlich möglichst wenig für die Ware bezahlen wollte.

Das Wichtigste war jedoch, dass die Stavig-Brüder berichten konnten, wo sich Hans Aas und seine Mutter niedergelassen hatten, und auch, dass es noch freies Land gab zwischen den Farmen, die für die bereits ansässigen Norweger zur Heimstatt geworden waren. Sie hatten aus Norwegen Namen mitgebracht und nannten ihre Höfe Hustad und Nerland und Løseth. Mit den norwegischen Bezeichnungen versuchten sie, es sich im fremden Land heimelig zu machen.

In Sisseton gab es ein billiges Wirtshaus. Es war ein Norweger, der Zimmer vermietete. Sehr viele Häuser waren noch nicht entstanden in dem, was später das Zentrum der Stadt werden sollte. Die meisten Farmen lagen weitab; an den Samstagen kamen die Farmer aber hierher, um Waren anzubieten und Dinge einzukaufen, die sie brauchten.

Von Sisseton aus zogen Gjertine, Ole Aas und ihre Kinder früh am Morgen weiter Richtung Roslyn. Anna und Peder Kjørsvik und die anderen, die der Gruppe angehörten, schliefen noch in ihren Wagen. Nun teilten sie das Ochsengespann – jeder sollte für die weitere Reise einen Ochsen bekommen. Der Sattler nahm Isaak und dazu den Wagen, während das Gepäck der Kjørsviks auf die anderen Wagen verteilt worden war. Am Abend zuvor hatten sie sich voneinander verabschiedet.

Der Präriehimmel weitete sich über ihnen, als sie Isaak nach Roslyn am Lynn-See vorwärtstrieben – auf einem Weg, der zumeist aus einem Viehtrampelpfad bestand.

Zwei englische Meilen von der kleinen Häuseransammlung Roslyn entfernt stand ein eingeschossiges Haus, jedoch mit einer Art Turm. Das war das Haus, über das die Stavig-Brüder gesprochen hatten, das Haus von Hans Aas. Hans Aas hatte von einem Blockhaus gehört, das in Webster abgerissen werden sollte. Das war das erste Wirtshaus dort gewesen, aber nach vier Jahren hatte sich der Besitzer überlegt, neu zu bauen, und Hans hatte es geschafft, sich das alte unter den Nagel zu reißen.

Ein derartiges Haus hatte Gjertine noch nie zuvor gesehen. Auf der Rückseite hatte es sechs, sieben kleine Zimmer, aber auf der vorderen Seite gab es einen großen Raum, der einmal der Speisesaal gewesen war, wie sie annahm. Ebenso war ihr noch nie zuvor ein so großer Kartoffelacker unter die Augen gekommen.

Nirgendwo waren Menschen zu sehen. Ole, der Sattler, wollte nicht sofort hineingehen. Er machte den Ochsen los, damit er grasen konnte. Dann rief Ole laut, um die Bewohner darauf aufmerksam zu machen, dass sie angekommen waren. Doch es kam keine Antwort. Gjertine ging um das Haus herum. Offensichtlich war der Schwager gut zurechtgekommen, aber wo war er abgeblieben? Nach einer Weile hörten sie das Geräusch eines Wagens. Aus einem Wäldchen ein Stück entfernt kam Hans Aas mit Pferd und Karriol. Hans ging nebenher, die alte Ingeborg saß im Karriol.

Olava sprang ihrer Großmutter entgegen, hielt aber jäh inne, als sie sah, wie alt und zahnlos die Großmutter geworden war. Die drei Jahre hatten sie sehr verändert. Die Brüder umarmten einander nicht – sie begrüßten sich mit einem kräftigen Händedruck, und dann umarmte Ole seine Mutter.

Ja, da warteten sie nun, bis sie hineingebeten wurden. Hans und seine Mutter hatten sich so eingerichtet, wie es die Menschen in Norwegen taten. Es gab noch kein Wasser im Haus, es sei also noch nicht alles so, wie er es haben wolle, sagte Hans. Auf einer Bank stand ein Eimer für Wasser. Daneben hing eine Kelle. In einem Regal an der

Wand standen aufgereiht die Teller. Alles wirkte sehr sparsam, aber sie litten keine Not. Die Nahrungsmittel bewahrten sie in einem großen Schrank auf. In den kleinen Zimmern standen Betten, besser gesagt Pritschen mit Strohmatratzen, die Hans beim Kauf des Hauses mitnehmen durfte, weil der Hotelbesitzer neu bauen wollte.

Die alte Ingeborg begann, den Tisch zu decken, und Gjertine wollte ihr helfen. Die Sonne war hervorgekommen, und es begann, warm zu werden. Gjertine knöpfte ihr Mieder auf. Die Alte warf ihr einen forschenden Blick zu. Gjertine fragte, ob sie nicht draußen unter dem offenen Himmel essen könnten, da das Wetter so herrlich sei, aber Ingeborg antwortete, sie seien Menschen, keine Tiere.

Was sie damit wohl meinte? Tiere, jedenfalls Haustiere, aßen doch wohl draußen und drinnen, und das galt im Übrigen auch für den Erlöser! Er hatte in jedem Fall draußen gegessen, als er am See Genezareth die Fünftausend mit fünf Broten und zwei Fischen gespeist hatte! Gjertine war nicht hergekommen, um sich zurechtweisen zu lassen. Sie spürte, dass es gutgetan hätte, Widerworte zu geben, verstand aber, dass sie sich zusammenreißen musste. Sie sollte lieber gute Miene machen und abwarten. Ein Scherz musste doch aber wohl möglich sein?

»Warum hast du noch immer keine Frau gefunden, Hans?«, fragte Gjertine. »Mit dem großen Kartoffelacker und deinem guten Aussehen müsstest du in diesem Landstrich doch ein begehrter Mann sein!«

»Das ist wohl meine Sache, wann ich gedenke zu heiraten«, erwiderte Hans.

Gjertine begriff, dass sie den falschen Ton angeschlagen hatte. Trotzdem konnte sie nicht aufhören.

»Uns hat auf der Reise ein Mädchen aus Nordland begleitet«, sagte sie. »Karina hieß sie, ein hübsches Frauenzimmer. Sie wollte in Webster nach ihrem Liebsten suchen, der drei Jahre lang keinen Laut von sich gegeben hat. Ich glaube nicht, dass sie ihn finden wird. Deshalb habe ich ihr erzählt, dass ich einen Schwager in Roslyn habe, von dem ich glaubte, er sei immer noch ledig.«

»Ein Mädchen aus Nordland?«, fragte Hans. »Glaubst du wirklich, dass ich ein Mädchen aus Nordland haben will?«

»Was ist schlecht an den Mädchen aus Nordland?«, fragte Gjertine. »Diese hier sah sehr gut aus und hatte eine gute Figur. Ich finde, du solltest sie erst sehen, bevor du sie beurteilst.«

»Sie betreiben Zauberei, die Mädchen von dort«, sagte Hans, »und so jemand kommt mir nicht ins Haus!«

»Zauberei – also, du!«

»Sie werfen einen Zauber auf die Männer und übernehmen die Führung. Ich habe das in Ålesund gesehen. Die Mädchen aus Nordland, die dorthin kamen, verhexten die Männer. Einer, den ich kannte, ist in einer dunklen Nacht ins Meer gesprungen, weil ein Nordlandmädchen, bei dem er gewesen war, mit einem anderen ins Bett gegangen war.«

»Du kannst doch nicht ernsthaft meinen, diese Mädchen seien von einer bestimmten Art, weil sie aus Nordland kommen!«, sagte Gjertine. »Treulose Frauenzimmer gibt es wohl überall!«

Nein, die Mädchen aus dem Nordland seien liederlicher als die meisten anderen, da war sich Hans Aas sicher. Sie kamen nach Ålesund, um beim Klippfisch mitzuhelfen, und veranstalteten immer ein großes Durcheinander. Sie bekamen Bankerte, sodass sie nicht mehr arbeiten konnten, und dann musste die Armenfürsorge sie durchfüttern.

»Wer Karina bekommt, bekommt die treueste Frau, die man sich vorstellen kann«, sagte Gjertine. »Davon bin ich überzeugt.«

Hans hatte sich abgewendet, aber als sie sich schließlich an den Tisch setzten, fixierte er sie, und plötzlich sah Gjertine in seinen Augen eine unbändige Wut, die jedem einen Schreck einjagen musste. Was war es, was ihn so zornig machte? Was war es, was für ihn schiefgelaufen war? Mit dem dunklen Haarschopf und dem scharfen Blick ähnelte er seinem Sattelmacherbruder kaum, der blonde Haare und blaue Augen hatte.

Nun kochte die Erbsensuppe, und Gjertine erhob sich, um Ingeborg zu helfen, doch die Alte wollte keine Hilfe.

»Setz dich, und steh mir nicht im Weg herum«, sagte sie.

Wie sollte das nur werden? Die Suppe war glühend heiß, sie mussten auf ihre Löffel pusten. Hans wandte sich an seinen Bruder und erzählte, es sei unglaublich, wie sehr die Preise in der Gegend in die Höhe schossen. Jedes Jahr kamen viele neue Siedler. Im Umland rund um Webster sollten es schon mehrere hundert Farmer sein. Am schlimmsten sah es bei den Preisen für Bauholz aus. Diese stiegen Jahr für Jahr, weil so viele gleichzeitig ein Haus bauen wollten. Ole und Gjertine mussten also vorher Geld verdienen. Aber es sei nicht notwendig, dass sie in diesem Jahr bauten, sagte Hans. Das könne warten. In seinem Haus seien drei kleine Zimmer, für die er im Augenblick keine Verwendung habe. Wie sich die Sache darstelle, wenn er tatsächlich heiraten sollte, sei eine andere Sache, sagte er schroff und warf Gjertine einen scharfen Blick zu. Die beiden Zimmer, die er ihnen zur Verfügung stellen könne, lägen zur Nordseite hin, sodass dort wenig Licht hinkäme, und hätten jedes nur ein kleines Fenster, aber für den ersten Winter würde es reichen.

Warum säßen sie da wie Fragezeichen? Das solle sie nichts kosten! Es sei eine Idee, die er gehabt habe. Wenn sie ihm bei der Kartoffelernte helfen könnten, bekämen sie sowohl Kartoffeln als auch ein Dach über den Kopf, um durch den ersten Winter zu kommen.

2

Ole sass da und sagte nichts. Hans nahm sicher wahr, dass da etwas nicht stimmte. Gjertine dachte: Mein Mann – es passt nicht zu ihm, für andere zu arbeiten.

»Aber es ist noch immer mehr als ein Monat hin, bevor wir die Kartoffeln ernten können«, sagte Hans. »Vielleicht kannst du mir zuerst ein neues Geschirr anfertigen? Ich habe daran gedacht, mir noch ein weiteres Pferd zuzulegen, bevor die Kartoffeln ausgegraben werden.«

Er war Teilhaber an einem Pfluggespann. Es bestand aus acht Pflugscharen und musste von vier Pferden gezogen werden. Vielleicht konnte Ole zuerst ein altes Geschirr richten, das Hans noch liegen hatte?

Ingeborg schlürfte, während sie die Suppe aß. Sie hörten das Schlürfen, die Löffel kratzten über die Teller aus Steingut. Ganz hinten im Raum stand gewiss eine Pendeluhr – Gjertine hatte das Ticken anfangs nicht wahrgenommen, doch nun wurde jedes Ticken zum Hammerschlag, und als es zur vollen Stunde schlug, machte das einen solchen Krach, dass Klein-Edward zu weinen begann. Die Mutter musste den Tisch verlassen, um ihn zu trösten.

Da holte Ole tief Luft, räusperte sich und sagte, alte Geschirre zu reparieren, damit sei er durch. Das habe er zehn Jahre lang in Norwegen gemacht, und nun reiche es. Er sei nicht hierhergekommen, um weiterhin Altes auszubessern.

Es wurde wieder still.

Da begann Hans zu lachen. Es war kein gutes Lachen. Ach, so sei das – Bruder Ole habe beschlossen, diese Arbeit sei nicht fein genug! Er rate seinem Bruder, nicht zu starrköpfig zu sein. In diesem Land war jede Arbeit gleich gut – das meinten jedenfalls diejenigen, die sich am besten zurechtfanden. Alle Neuankömmlinge mussten eine Zeit lang für andere arbeiten, bevor sie einen Weg fanden, für sich zu wirtschaften. Und dann konnte der Tageslohn unter Umständen geringer ausfallen, als sie es sich erträumt hatten. In dieser Gegend betrug der Tageslohn nicht mehr als einen halben Dollar. Die Farmer konnten es sich nicht leisten, mehr zu bezahlen. Die Preise für landwirtschaftliche Produkte waren leider schlecht, denn jedes Jahr kamen Menschen hinzu, die Getreide und Kartoffeln anbauten. Deshalb mussten alle die Arbeit annehmen, die sich ihnen bot. Man könne es sich nicht leisten, sich für etwas zu fein zu halten, sagte Hans.

»Ole weiß, was er wert ist«, sagte Gjertine, die mit dem Kind auf dem Arm hin und her wanderte. »Sobald er das erste Geschirr vorzeigt, werden die Leute darüber reden. Er hat sein Werkzeug aus Norwegen mitgenommen. Es werden nicht viele Tage vergehen, bis er in Gang kommt. Es ist gut, dass ständig neue Farmer hinzukommen. Dann gibt es doch wohl auch Verwendung für Geschirre?«

»Was du nicht sagst!«, meinte Hans lächelnd. »Es ist mir nicht unbekannt, dass mein Bruder Geschirre zusammenkleistern kann. Du brauchst dem Schwein das Essen nicht vorkauen, Gjertine!«

»Ach, ich dachte eigentlich, du bist ein Mensch!«, erwiderte Gjertine.

Das Lächeln verschwand wieder.

Es sei gut, dass Ole sein Werkzeug dabeihabe, meinte Hans. Aber es brauchte wohl mehr, bevor er anfangen könne, Geschirre zu fertigen. Wo wollte Ole seiner Arbeit nachgehen? Er musste doch wohl ein Dach über dem Kopf haben, und vielleicht eine kleine Arbeitsbank und einen Stuhl?

Er, Hans, müsse wissen, ob sie für ihn arbeiten wollten, sagte er. Sonst müsse er sich woanders Arbeitskraft besorgen. Er könne sich vorstellen, dass Sivert und Olava zusammen ebenso viel schaffen könnten wie ein Erwachsener. Die Frage sei aber, ob Olava nicht zur Schule gehen solle? Und wie wollten sie das fertigbringen? Es befand sich keine Schule in der Nähe. Zwar gab es ein Fräulein Russell, das in Roslyn Unterricht abhielt, doch der Weg dorthin war zu weit, um ihn jeden Tag zu gehen. Vielleicht müsse Olava bei einer anderen Familie wohnen, um zur Schule gehen zu können, sagte Hans. Es könne gut sein, dass es eine Familie in Roslyn gäbe, die Hilfe benötigte – bei der Kinderbetreuung oder im Haushalt.

Olava sah erschrocken zuerst zu Gjertine, dann zu ihrem Vater.

»Du sollst bei uns bleiben, bis du selbst fortgehen möchtest«, stellte Gjertine klar. »Ich kann dir beibringen, was du lernen musst, bis es hier eine Schule gibt. Ich glaube, das wird in wenigen Jahren passieren. Ich kann sowohl rechnen als auch schreiben.«

Ole holte sein Sattelmacherwerkzeug hervor und breitete es auf dem Tisch aus. Er wollte sehen, ob es vollständig war, damit es ihm erspart blieb, erst etwas Neues kaufen zu müssen. Dann wandte er sich an seinen Bruder.

»Ich werde dir für dein neues Pferd ein Geschirr anfertigen«, sagte er. »Das wird das Erste sein, was ich tue. Aber bevor ich überhaupt mit irgendetwas anfange, will ich mir die Landschaft hier angucken. Ich will dieses Land mit meinen eigenen Augen sehen, und nicht so wie du, Bruder, es siehst! Wir müssen herausfinden, wo wir uns niederlassen! Aber das kann eine Zeit lang dauern, denn dort, wo wir Land nehmen, werden wir bleiben. Bis ans Ende unserer Tage.«

Ja, sie mussten sich endlich umsehen. Es war ein freies Land, in das sie gekommen waren. Aber sie mussten auch sehr bald entscheiden, ob sie bei der Kartoffelernte helfen würden oder nicht.

Als Gjertine die erste richtige Wäsche gemacht hatte, seit sie Norwegen verlassen hatten, und alles aufgehängt hatte, setzten sie sich in den Ochsenwagen und machten eine Fahrt in die Umgebung.

»Es wird sich alles finden«, sagte Gjertine.

»Ich muss in Gang kommen, damit ich Geld verdienen und Bauholz dafür kaufen kann«, sagte Ole.

In Webster gab es Bauholz zu kaufen, das hatten die Stavig-Brüder ihm erzählt. Sie hatten aber auch gesagt, dass das Holz zu teuer war für Leute, die herüberkamen und nicht mehr besaßen als das, was sie am Leibe trugen. Sie mussten in dem neuen Land einige Jahre arbeiten, bevor sie imstande waren, Bauholz zu kaufen. Deshalb entstanden ständig neue Torfhäuser in der Gegend, und manche gruben sich in die Erde und errichteten einen Erdkeller, einen *dug-out.*

Darin fror man sich wenigstens nicht zu Tode, wenn es auch noch so primitiv war. Vielleicht müssten sie fürs Erste mit einem *dug-out* vorliebnehmen?, fragte sich Ole. Oder war ein Haus aus Grassoden die Lösung, ein sogenanntes *sod house*? Auf ihrem Weg hatten sie beides gesehen. Das waren primitive Behausungen, aber wenn sie ordentlich gebaut waren, hielten solche Torfhäuser die Wärme, und ein *dug-out* schützte die Menschen, wenn der Schneesturm kam – darüber hatten sie schon viele Geschichten gehört.

»Wir werden uns mit deinem Bruder versöhnen und über den Winter hier wohnen«, sagte Gjertine. »Aber im Frühjahr fangen wir an zu bauen!«

Roslyn war keine Stadt – es war eine Ansammlung von Häusern an einem See, der Lynn Lake hieß. Der Ort hatte seinen Namen von dem ersten Posthalter bekommen, der ihn nach seiner Geburtsstadt benannt hatte, Roslyn in Schottland. Es gab ein kleines Café, das von einem Engländer betrieben wurde und wo man etwas zu essen und zu trinken kaufen konnte – Eier und Speck für fünf Cent.

Als sie zurückkehrten, lagen Hans und seine Mutter bereits im Bett. Am nächsten Tag wollten sie wieder los. Mit dem einen Ochsen ging es unendlich langsam vorwärts. Hans versuchte, die Stimmung zu heben, und lieh ihnen ein Pferd samt Wagen. Deshalb kamen sie am nächsten Tag bis Webster. Die Menschen, denen sie begegneten, sahen, dass sie Neuankömmlinge waren, und viele wollten ihnen gute Ratschläge geben.

»Kratzt eure Schillinge zusammen, damit ihr ein ordentliches Haus bauen könnt«, sagten sie. »Macht nichts Halbes. Aber wer absolut kein Geld hat, muss mit dem Material bauen, was umsonst zu haben ist.«

Die kleinen Siedlerhäuser waren zumeist Torfkaten – sie hatten ein Grasdach wie die Häuser in Norwegen. Das Dach musste eine optimale Neigung haben, damit das Wasser leicht ablaufen konnte – war es zu schräg, geriet die Erde bei Niederschlag ins Rutschen. Flache

Dächer ohne Gras benötigten nur eine leichte Neigung – dafür sahen sie viele Beispiele. Fenster und andere Bauteile gab es in Webster zu kaufen.

»Ich werde nicht mit Grassoden bauen«, verkündete der Sattler, der sich vor nicht allzu langer Zeit mit genau dem Gedanken herumgetragen hatte. »Ich baue mit Holz.«

Ja, das war schön und gut. Aber woher sollte das Geld kommen, fragte Gjertine.

Sie blieben über Stunden in Webster, um aufzuschreiben, was alles zusammen kosten würde. Dann fuhren sie heim.

Das, was Gjertine von diesem ersten Sommer in Erinnerung blieb, waren all die Farben. Es war die explodierende Blütenpracht der Prärie und der glänzende blaue Himmel darüber – um nicht zu sprechen von allen Seen, die an sonnendurchtränkten Tagen unendlich blau schimmerten. Und die Schmetterlinge! Und das prächtige Federkleid der Vögel! Die Gerüche, die jeden Morgen wieder neu und taufrisch waren – der Geruch von Honig und von trocknendem Gras. Auch die Kleidung, die die Menschen anzogen, war farbenfroh. Selten war in Norwegen ein farbiges Kleid zu sehen – im Großen und Ganzen waren es die dunkelgrauen und schwarzen Farbtöne der Friesstoffe, die die meisten Kleidungsstücke auszeichneten. Aber hier gingen die Männer in hellblauen Hosen und die Frauen mit roten, langen Röcken. Man sah Lederwesten und fröhliche Hüte.

Gegen Ende der ersten Woche fuhren sie wieder nordwärts Richtung Sisseton in Robert's County. Viele meinten, der Boden dort sei fruchtbarer als im Gebiet um Roslyn, doch wem sollte man glauben? »Der Boden hier ist wie im Red River Valley!«, sagten die Leute, als sie nach Sisseton kamen. Die kleinen Häusergruppen in der Prärie wetteiferten untereinander, wer in dem Gebiet die führende Stadt der Zukunft sein würde. Sie stritten sich darum, die Eisenbahn voranzubringen, und erzählten Geschichten, die bezeugen sollten, wie angesehen der eigene Ort im Vergleich zu einem anderen sei. In Sisseton reiche der schwarze Ackerboden bis zu einer Tiefe von fünfzehn bis dreißig Zoll, wurde gesagt, und darunter wiederum befände sich eine Art gelber Lehmboden. – Die Erde dort nahm viel Wasser auf und hielt die Feuchtigkeit, sodass sie auch lang andauernde und extreme Trockenheit gut vertrug, ohne dass es der Ernte schadete. Es gab viele natürliche Quellen, Bäche und Flüsse. Die Seen waren voller Fische: Hier schnellten Schwarzbarsche, mehrere Hechtarten und alle anderen Fische durchs Wasser, die im Westen und Nordwesten Amerikas heimisch waren. Hier wurden Mais und Weizen angebaut, und diese Sorten waren fraglos am verbreitetsten, aber es gab auch einige wenige, die sich an Flachs, Gerste und Roggen versuchten; nicht zu vergessen die Kartoffeln, auf die Hans Aas all sein Geld gesetzt hatte. Und schließlich gab es mehrere Arten von Kühen, die im hohen Präriegras weideten. Sie gaben Milch für Butter, die man verkaufen konnte, wenn nicht der Farmer und seine Familie für alles selbst Verwendung hatten. Die Weizenernte konnte pro *acre* einen Ertrag von bis zu zweiundzwanzig *bushels** erbringen, erfuhren sie, und jedes *bushel* war ungefähr vierzig Dollar wert. Das war viel Geld. Ein Mann, der auf seinem ganzen Land Weizen anbaute, konnte eine unglaubliche Summe erwirtschaften! Doch bevor man ernten konnte, musste man Saat haben – mehrere Sorten, meinte der Sattler, für den Fall, dass eine Sorte fehlschlug. Es gab importierte Getreidesorten zu kaufen. Viele versuchten auch, den Wildhafer, der in South-Dakota wuchs, anzubauen.

Auf einer Farm in Sisseton kauften sie ein paar Hühner und transportierten sie zum Haus von Hans Aas, wo der Sattler ein winziges Hühnerhaus an der nördlichen Seite des Hauses baute.

Es endete damit, dass sie 160 *acres* Land übernahmen, das nur ein paar Meilen von Hans' und Ingeborgs Grundbesitz entfernt lag. Sie waren in Sichtweite, mussten aber nicht jeden Tag aufeinandertreffen, wenn sie nicht wollten. Nach einiger Zeit setzten Anna und Peder

* 1 acre entspricht ca. 0,4 ha; 1 bushel = ca. 35,2 Liter

Kjørsvik Begrenzungspfosten an der Nordseite des Grundstücks, das Ole und Gjertine genommen hatten. Es gab dort ein paar kleinere Seen, sodass man nicht riskierte, ohne Wasser dazustehen. In einigen trockenen Sommern war das in Slutås passiert, und das wollte der Sattler nicht noch einmal erleben.

Gjertine fuhr nach Webster und ließ den Grund und Boden registrieren. Sie tat das im Namen ihres Mannes – etwas anderes wäre ihr gar nicht eingefallen. Sie beharrte aber darauf, dass der Protokollführer ihren Namen richtig schrieb: Es sollte Aas heißen, nicht As! Ebenso trug es sich zu, als sie sich später entschied, ihren eigenen Namen anders zu schreiben als in Norwegen. Sie wollte nicht, dass die Amerikaner das »G« in ihrem Namen aussprachen, aber genau das taten sie. Deshalb schrieb sie von da an Hjertine, mit H, aber nicht in den Briefen, die sie nach Norwegen schickte.

Nun standen Herbst und Winter vor der Tür. Wann der Schneesturm kommen würde, wussten sie nicht – vielleicht war noch Zeit zu bauen? – Sie hatten nach der Reise noch ein paar Schillinge übrig und statteten sich so aus, dass sie allein zurechtkamen, aber sie wussten: Nun wartete der riesige Kartoffelacker von Hans auf sie.

Die Kartoffel, die man in South-Dakota anbaute, war eine große und grobe Sorte, mit mehliger und trockener Konsistenz. Die Kartoffeln hatten die Eigenschaft, sich den Winter hindurch zu halten, sagte Hans. Doch die Bauern um ihn herum setzten lieber auf Vieh, um sicherzustellen, dass sie im Winter Milch und Fleisch hatten. Deshalb sahen Gjertine, Ole und die Kinder überall Leute, die dabei waren, wildes Heu einzubringen. Sie mähten es und trockneten es zunächst auf dem Boden liegend, bevor sie es dann vor Ort, auf der Prärie, unter Dach und Fach brachten oder eine Dieme errichteten. Andere versuchten sich an den normalen Heusorten. Sie säten Wiesen mit Timotheegras und Klee, *bluegrass*, eine Art Rispengras, und Hirse. Doch auch weiterhin waren die meisten Farmer überzeugt, dass Wildheu am billigsten und am besten sei.

3

Am Morgen des 1. September hatte Hans zusätzlich zu seinen eigenen beiden Pferden zwei weitere dabei, um den Vierspänner zu ziehen, der die Kartoffelfurchen aufpflügen sollte. Und da kamen auch schon Gjertines und Oles Mitreisende, Anna und Peder Kjørsvik und ihr Sohn Anders. Auch sie wollten Hans beim Kartoffelauskriegen helfen. Alle Norweger im Umkreis, die eine freie Hand zur Verfügung hatten, mussten kommen und für Hans Aas die Ernte einbringen.

Gjertine freute sich, als sie Anna sah. In ihrem Leben gab es etwas, was sie sich kaum eingestehen wollte – einen Anflug von Einsamkeit, der sie im Beisammensein mit ihrem Mann erfassen konnte, so einig sie sich auch in allem waren, so gut sie nachts zueinanderfanden und so freundlich sie miteinander umgingen.

Bereits zeitig am Morgen fingen sie an. Alle außer Klein-Edward waren dabei. Ein junges Mädchen aus der Nachbarschaft kümmerte sich um ihn. Sie sprach Englisch, und so würde Edward vielleicht der Erste von ihnen sein, der die Englische Sprache beherrschte. Olava arbeitete wie eine Erwachsene. Sie würde alles tun, um nicht weggeschickt zu werden. – Sie sammelten die Kartoffeln in Holzeimern und leerten die Eimer in große Kisten, die überall auf dem endlosen Acker platziert waren. Peder hob die schweren Kisten auf eine Karre mit vier Rädern. Danach wurden sie zu einem Erdkeller am Haus von Hans Aas gefahren, und von dort sollten sie nach und nach zu den Läden in Webster gebracht werden.

Ole, dem Sattler, ging es auf dem Acker seines Bruders nicht gut. Dafür war er nicht hergekommen. Nach einer Woche war er mutlos und antwortete kurz angebunden, wenn Gjertine ein freundliches Wort an ihn richtete. Gjertine fragte, ob er in der glühenden Hitze nicht besser seine Jacke ausziehen sollte, woraufhin er sie anherrschte, es sei seine Sache, wie er sich in der Hitze dieses Herbstes ankleide.

Darauf sagte sie zu ihm: »Ich versuche nicht, über dich zu bestimmen. Ich sorge mich um dich, und das solltest du auch tun – dich um mich sorgen.«

Da schwieg er, und nach einer Weile bat er sie um Entschuldigung.

Gjertine sagte: »Ich habe die halbe Erdkugel bereist, um hier mit dir zusammen zu sein und für unsere Kinder eine Zukunft aufzubauen. Aber mit sauren Mienen, harten Worten und mit Schelten finde ich mich nicht ab. Du sollst mich so behandeln, wie du es getan hast, als ich zu dir gekommen bin.«

Da erwiderte er, dass er ohne sie nicht leben könne. Und in der Nacht war er gut zu ihr. Das ging nicht lautlos vor sich. Das alte, primitive Hotelgebäude war nicht schalldicht, das begriffen sie, als Hans sich in einem der anderen Zimmer räusperte. Aber sie waren Eheleute – sie mussten einander anfassen dürfen. Hans bemerkte einen Glanz in Gjertines Blick, sobald Ole sie in seine Arme schloss. War es etwas Besonderes, was ihre Augen zum Leuchten brachte?

Der Sattler Ole musste Gjertine nun oft allein lassen. Sobald das Wochenende kam, fuhr er nach Sisseton, um mit den Stavig-Brüdern zu sprechen und zu erfahren, welche Felle sich eigneten, um zu Leder verarbeitet zu werden und gute Riemen für ein Geschirr abzugeben. Um alles auszusuchen, was er brauchte und wofür er Kredit bekam, blieb er bis Montag und war erst am Dienstag wieder an seinem Platz auf dem riesigen Kartoffelfeld.

Sein Bruder Hans lächelte, aber es war kein gutmütiges Lächeln. War nicht abgesprochen, dass ihm der Bruder bei den Kartoffeln helfen sollte, nachdem er, Hans, ihnen ein Dach über dem Kopf gegeben hatte?

Da machte Gjertine ihren Rücken gerade und sagte: »Ole muss mit seinen eigenen Dingen in Gang kommen. Wenn er kein freier Mann ist, kann er nicht atmen. Ich werde länger arbeiten und für zwei sammeln, wenn er nicht da ist.«

»So lang kann der Tag gar nicht sein!«, erwiderte Hans.

Es war ein ganzer Arbeitstrupp, der in Hans' Kartoffelacker beschäftigt war, Tag für Tag, die immergleiche Prozedur. Die Männer führten den Vierspannpflug vorwärts und pflügten die Kartoffelfurchen auf. Die Frauen und Kinder gingen hinterher, klaubten die Kartoffeln mithilfe einer Hacke aus der sandhaltigen Erde und warfen sie in die Holzeimer. Die Eimer leerten sie über großen Kisten aus, die Peder Kjørsvik holte und zum Lagerplatz brachte, sobald sie voll waren.

Wenn der Abend kam, gingen alle nach Hause, nur Gjertine nicht. Sie benutzte die Hacke, weil es keine aufgepflügten Furchen mehr gab. Das ging nicht genauso schnell, aber es war eine Arbeit, die sie konnte. Kartoffeln mit einer Hacke auskriegen – das hatte sie von Kindesbeinen an getan. Vor ihrem inneren Auge sah sie, wie der Himmel über dem Bortehof dunkelte. Doch wenn sie sich aufrichtete, war es der Präriehimmel, der sich über ihr wölbte, und es war dieser Himmel, an dem die Sterne hervorkamen.

Erst wenn es richtig dunkel war, ging sie hinein, aß das, was sie fand, und fiel ins Bett. Am nächsten Tag war sie im Morgengrauen wieder an ihrem Platz.

So war es an dem Montag, und so machte sie weiter. Nach den Mahlzeiten war sie immer die Erste, die auf dem Acker stand. Zuweilen verspürte sie eine leichte Übelkeit, doch wenn Hans sich näherte, summte und sang sie vor sich hin. Hans musste sich eingestehen, dass er sie mehr und mehr mochte. Nicht zuletzt schätzte er an ihr, dass sie solch ein Arbeitstier war. Doch selbst auf dem Feld fanden sie nicht den richtigen Ton. Sie empfand beinahe Mitleid mit ihm. Hans Aas war mit sich selber nicht im Reinen. Gleich wie viel er sich abgemüht und angestrengt hatte – es wirkte immer, als halte er sich in einem fremden Land auf, auf Grund und Boden, der nicht ihm gehörte. Sie konnte nicht anders, als ihn zu necken – das schien am besten zu wirken. Stützte er sich auf die Hacke, um kurz innezuhalten, rief sie: »Streng dich an, Hans! Du weißt doch – bald ist Winter!«

Ja, dann machte er weiter. Wenn er sich zum Ausruhen auf eine Kartoffelkiste setzte, hatte er einen verlorenen Gesichtsausdruck. Dieser Mann sah unglücklich aus! Was war mit ihm los? Konnte jemand so niedergeschlagen sein, nur weil er keine Frau hatte, mit der er sich in den Nächten im Bett wälzen konnte? Es sah wahrhaftig so aus!

Sie versuchte, mit Ole darüber zu sprechen, aber er antwortete nur kurz angebunden – dass jeder seines Glücks eigener Schmied sei und man sich nicht in das Leben anderer einmischen solle. – Ja, ließ sich das denn vermeiden, wenn man so eng zusammenlebte, wie sie es hier taten?

Dann fuhr Ole wieder nach Sisseton.

In der Nacht wachte Gjertine mit starken Bauchschmerzen auf – als habe sie etwas gegessen, was ihr nicht bekam. Es waren ziehende Schmerzen, wie Krämpfe, und schließlich wurde es nass zwischen ihren Beinen. Niemand hatte ihr erzählt, wie so etwas geschehen konnte, aber sie wusste im selben Augenblick, was es war. In der Dunkelheit tastete sie sich aus dem Haus. Sie ging ein ganzes Stück, bis zu einem kleinen Bach, und wusch sich das Blut ab. Die blutigen Kleider versteckte sie unter einem flachen Stein, um sie später zu holen. Dann wusch sie sich ein weiteres Mal und kehrte zum Haus zurück. Das war nichts, was andere anging. Nicht einmal der Sattler brauchte davon zu wissen.

Am nächsten Morgen lächelte sie nicht, aber sie ging aufs Feld. Sie sagte, sie brauche eine handfeste Absprache. Sie wolle jede zehnte Kartoffel haben, die sie ausgrub – als Speisekartoffel und Saatkartoffel. Darauf ließ sich Hans ein.

Nun wurde es besser. Wenn sie sich anstrengte, konnte sie vielleicht drei *bushels* am Tag schaffen. In Norwegen entsprach das einer Tonne, und somit würden ihr, wenn sie dreißig *bushels* ausgrub, drei *bushels* für ihre Familie bleiben. Damit konnten sie sich bis zum nächsten Sommer retten.

Da stand Gjertine Eriksdotter unter dem hohen Himmel, in der unendlichen Weite der Prärie. Sie stand gebeugt und grub auf dem Acker ihres Schwagers Kartoffeln aus, der sich nach allen Seiten erstreckte, so weit das Auge reichte. Und wenn die anderen Feierabend machten, war sie immer noch da – eine große, schlanke Norwegerin mit einem Schal um den Kopf und einem Kleid, das ihr bis zu den Knöcheln reichte. Nur selten, wenn sie den Rücken streckte, sah sie über die wellige Landschaft. Dass South-Dakota ein Land war, in dem Milch und Honig flossen, das dachte sie noch immer – vor Augen aber hatte sie nichts als Ackerscholle.

4

Es war ein wunderschöner, warmer Herbst. Wenn die Dunkelheit sich herabsenkte, ging Gjertine nach Hause, Angst hatte sie nicht. Überall gab es wilde Tiere, in den dunkler werdenden Nächten heulten die Kojoten, und über Gjertines Kopf flogen wilde Enten und Gänse.

Als es abends kühler zu werden begann und sie im Ofen Feuer machen mussten, sah sie, dass der Mangel an Holz das Leben schwierig machen würde. Hans Aas feuerte mit steinharten Bündeln aus steifem Präriegras – Urgras, das die Kühe nicht gerne fraßen, oder mit Bisonmist, den sie auf der Prärie fanden und zum Trocknen aufeinanderstapelten – und der einen seltsamen Geruch hinterließ. Und wenn Holz zu finden war, feuerten sie damit. Manchmal kamen die Sioux-Indianer und brachten ihnen Holz. Es waren schöne Männer, aber nicht immer ganz zuverlässig. Sie behaupteten, Holz zu haben, was sie nur noch zu holen brauchten, wenn sie im Voraus bezahlt würden! Gjertine ließ sich nicht übers Ohr hauen. Sie schnappte englische Vokabeln auf und brachte sich einzelne Worte aus der Lakota-Sprache bei. Und dann grinsten die Sioux sie an und brachten ihr Holz, und sie heizte an, dass der Ofen von Hans nur so glühte, damit auch in die entlegensten Zimmer ein bisschen Wärme gelangte.

5

Von dem Haus in Roslyn zog der Sattler nach Webster, und von dort brachte er auch Holz für ein Kummet mit. Bald war das erste Kummetgeschirr fertig, und er konnte es auf dem Markt, der am Postamt in Roslyn abgehalten wurde, feilbieten. An jedem Samstag kamen die Bauern mit ihren Waren in die Stadt – Mais, Weizen, Kartoffeln und Roggen – und konnten dort alles Erdenkliche und Nicht-Erdenkliche umsetzen: Leinen, Trockenfisch, Geflügel und Ochsenfleisch. Noch immer bauten nur wenige Norweger Mais an – sie waren unsicher, wie es gemacht werden musste. Aber sie fanden Geschmack an Mais und mussten zugeben, dass er gut sättigte.

Sattler Ole wollte nicht als Knecht für seinen Bruder arbeiten, und er wollte nicht den Winter hindurch unter dessen Dach wohnen. Doch noch hatten sie keine andere Möglichkeit. Obwohl es kalt wurde, hielten sie sich nicht selten in den zwei Räumen auf, die Hans ihnen zur Verfügung gestellt hatte. Sie gingen nicht zu Hans und Ingeborg hinein, wenn diese abends dasaßen und Dämmerstunde hielten.

Als alle Kartoffeln auf dem riesigen Acker von Hans Aas eingebracht waren, sagte Gjertine zu Ole, dass es ihnen immer noch an allem fehle. Am meisten fehlte ihr Briefpapier, weil sie an ihre Verwandten zu Hause in Norwegen schreiben wollte.

Als er das nächste Mal in Webster war, um ein Geschirr zu verkaufen, kaufte er für sie das beste Briefpapier, das zu bekommen war, samt einer Stahlfeder, die hier alle statt einer Gänsefeder benutzten, und einen großen Topf mit Tinte. Doch das Geschirr brachte er wieder mit nach Hause – er war es nicht losgeworden. Als sie fragte, was geschehen sei, meinte er nur, in Webster gebe es schon genug Geschirre.

Was hatte er in Webster wohl erlebt? Nein, darüber wollte er nicht reden. Nun wollte er die norwegischen Farmer der Reihe nach besuchen und ihnen das erste Geschirr zeigen, das er in Amerika angefertigt hatte. Er hatte ausgerechnet, dass er zehn Dollar dafür haben musste. Es hatte ihn zwei Wochen Arbeit und mehr als fünf Dollar an Material gekostet.

Gjertine setzte sich an das kleine Fenster, das nur wenig Licht hindurchließ, und schrieb einen Brief an Ola, ihren Bruder auf dem Bortehof, in dem sie erzählte, wie die Reise verlaufen war – mit dem Schiff nach England und von England nach Quebec. Sie verschwieg nicht, wie anstrengend die Reise gewesen war, und teilte mit, dass sie vor knapp einem Monat angekommen seien. Dann ging sie zu Postmeister Russells Poststelle in Roslyn, der den Brief mit Briefmarke und Stempel versah. Die Sendung kostete sie zehn Cent. In diesem Brief versprach sie den anderen Verwandten, sie werde zu Weihnachten schreiben.

6

Die Eheleute auf dem Bortehof, Sara und Ola, die bislang kaum ein böses Wort getauscht hatten (abgesehen von dem Tag, als Gjertine verkündete, dass sie nach Amerika ausreisen würde), erlebten, dass der Hausfrieden zerstört war.

Ola hatte Gjertines Brief an einem Tag erhalten, an dem er Steine aus dem Feld räumte. Es war ein grauer Regentag, und er war durch und durch nass, aber er hatte sich geschworen, nicht aufzugeben, bevor er nicht mit einem großen Stück Acker fertig war. Er hatte Bastian Elisæus bei sich, der nun sieben Jahre alt war.

Bastian Elisæus konnte so gut wie jeder andere beliebige Junge Steine aufheben – ja, es würde nicht mehr lange dauern, bis er es mit einem erwachsenen Mann aufnehmen konnte. Er half seinem Vater fleißig, aber sein Verstand reichte nicht weit. Als Ola also den Jungen bat, nach Hause zu gehen und eine Forke aus der Scheune zu holen, um die Steine schneller als mit bloßen Händen auf den Wagen zu laden, konnte er sich nicht dazu entschließen, obwohl der Vater es ihm ein paar Mal erklärte. Da bekam Ola einen Wutanfall und langte dem Jungen eine, sodass dieser erst zu Boden fiel und danach in den Wald floh.

Bastian Elisæus kam erst spät am Abend nach Hause. Als er endlich auftauchte, wirkte er nach außen hin ruhig, aber Ola schämte sich und begriff, dass er bald etwas tun musste, um einem unhaltbaren Zustand ein Ende zu bereiten.

Die Hypothekenbank hätte ihre Zinsen und Abschläge am 15. Oktober haben sollen, aber Ola konnte das Geld nicht rechtzeitig auf den Weg bringen – aus dem einfachen Grund, dass er es nicht hatte. Es war nur noch eine Frage der Zeit, wann der Lensmann an die Tür klopfen und eine Zwangsversteigerung fordern würde. Wenn nicht ein Wunder geschah, würde der Termin für die Zwangsversteigerung vielleicht noch vor Weihnachten festgesetzt, und Ola würde mitsamt seiner Familie von seinem Grund und Boden vertrieben werden, ohne zu wissen, wohin er gehen sollte.

Das waren unerträgliche Aussichten. Ola ging wieder hinaus, um Steine auszubrechen, obwohl für jeden anständigen Christenmenschen bereits Schlafenszeit war. Ein Stein saß fest, und Ola bekam ihn nicht heraus. Da schleuderte er die Brechstange mit einer solchen Wucht zu Boden, dass er sie erst am nächsten Tag gemeinsam mit seinem Bruder wieder aus der Erde herausziehen konnte. So erzählte er es jedenfalls später, als er seine Entscheidung verteidigen wollte. Das tat er in der dritten Person – er nannte sich »der Bortehofbauer und ich«: *»Ich fahre nach Amerika!, riefen der Bortehofbauer und ich, damit es der Herrgott durch alle Himmel hindurch hören konnte.«*

7

DIESE ENTSCHEIDUNG war im Zorn getroffen worden, aber dass die Brechstange festsaß, nahm Ola als Zeichen. Höhere Mächte hatten seine Entscheidung besiegelt, und so sollte es sein.

Abends kam es zu einer Abrechnung – Sara machte ihrem Herzen Luft.

»Hast du mich dafür hierhergetragen und mich so lange geküsst, dass ich dich nicht mehr verlassen konnte?«, hatte sie ihren Mann gefragt.

»Ich schaffe es nicht mehr, Geld aufzutreiben, um die Hypothek zu bezahlen«, erwiderte Ola düster. »Wenn wir nicht fortgehen, werden sie uns den Hof mit Gewalt nehmen.«

Nie zuvor hatte er so klein und so erschöpft ausgesehen wie jetzt.

Sara entschloss sich, für ihr norwegisches Leben zu kämpfen. Eines Tages fuhr sie mit dem Dampfschiff nach Molde und tauchte unerwartet in Rekneslia auf. Sara sprach mit leiser Stimme, als sie von Olas Plänen berichtete, doch das machte die dramatische Wirkung nicht geringer. Vielleicht konnte Serianna ihren Bruder überreden, einen anderen Ausweg zu suchen?

Serianna kehrte mit Sara zum Bortehof auf Hoem zurück, um mit ihrem Bruder zu reden, doch die Sache war entschieden. Die Fischerei, die er in den Wintermonaten regelmäßig vom Fischerdorf Bjørnsund aus mit seinem großen Vierriemer betrieben hatte, war im letzten Winter fehlgeschlagen. Es gelang ihnen nicht mehr, die Treibnetze im Fjord mit großen Heringsschwärmen zu füllen, wie sie es so manches Jahr zuvor getan hatten. Der Hering war spurlos verschwunden. – Auf der anderen Seite des Meeres gab es ein Land, das seine Kinder ernähren konnte, und er, Ola, wollte Bürger dieses Landes werden. Wenn Leute meinten, er sei zu alt dafür, kümmerte ihn das nicht – er war trotz allem nicht älter als vierundvierzig. (Zu Olas Zeit hatte man damit tatsächlich ein gewisses Alter erreicht, aber Ola rechnete nicht immer so, wie es seine Zeitgenossen taten.)

Seine Schwester Gjertine schrieb ihm aus Roslyn, dass sie und der Sattler 160 *acres* von der amerikanischen Regierung und vom *Großen Vater in Washington*, wie ihn die Indianer nannten, erhalten hatten. Umgerechnet wären das ungefähr 650 Dekar. Zurzeit wohnten sie noch bei Hans Aas, aber der Sattler setze alles daran, ein eigenes Haus zu bauen, bevor Schnee und Kälte einsetzten.

»650 Dekar – das ist zehnmal mehr, als wir hier haben«, sagte Ola.

»Aber Ola – das ist das Land unserer Vorväter! Das kannst du doch nicht zurücklassen!«, erwiderte seine Schwester.

Ola schüttelte den Kopf: »All das zählt nicht mehr, Schwester. Es ist eine neue Zeit.«

Serianna sah sich in der Küche des Bortehofs um, wo sie aufgewachsen war und gelebt hatte – bis zu dem Sommer, in dem sie Nesje traf. Sollte dieses Haus in fremde Hände kommen? Die Arbeitsgeräte und Kisten und all das andere bewegliche Hab und Gut, das ihrem Geschlecht gehört hatte, manche Dinge seit undenklichen Zeiten – sollte das alles anderen zufallen? Hundert Jahre harter Arbeit, geleistet von den Vorvätern – war das so wenig wert, dass Ola alles zurücklassen wollte?

Serianna spürte, wie erschöpft ihr eigener Körper nach der anstrengenden Heuernte in Rekneslia war. Nun hatten sie gerade einmal Futter für drei Kühe beisammen. Mehr als vier würden sie nie durchfüttern können – ganz gleich, wie sehr sie sich anstrengten.

Sara stand in der Türöffnung mit dem Rücken zu ihrer Schwägerin.

»An was denkst du, Sara – du bist so schweigsam?«

»Ich denke daran, dass wir niemals mehr diese Berge sehen werden, wenn wir jetzt fortgehen!«

Sara ging hinaus und setzte sich auf die Anhöhe, um über den Fjord zu blicken. Sie sah die Kirche von Vaagø und die Häuser am anderen Ufer und meinte, in Amerika wolle sie auf einer ebensolchen Anhöhe wohnen – mit Blick auf Wasser oder einen Fjord. Aber in South-Dakota gab es keinen Fjord, das hatte Gjertine mit deutlichen Worten geschrieben.

8

Serianna ging zum Möbelschreiner Erik, der nur einen Steinwurf weit entfernt Haus und Scheune gebaut hatte, um zu hören, ob nicht er für Ola und seine Familie Fahrkarten nach Amerika lösen konnte – als Gegenleistung sollte er den Teil des Hofes übernehmen, der Ola gehörte. Aber das konnte der Möbelschreiner nicht. Er lachte resigniert – er hatte mehr als genug damit zu tun, das Eigene zu bewirtschaften.

Dann sagte er etwas, das Serianna zuerst empörte und dann zutiefst nachdenklich machte. Er hatte Ola und Sara darum gebeten, einen ihrer Söhne dazulassen, wenn sie nach Amerika gingen, denn Erik und Anne waren kinderlos. Es sollte am besten der Jüngste sein, Edvard, denn sie meinten, Bastian Elisæus sei nicht ganz richtig im Kopf.

Serianna war entsetzt. Leute, die auf so einen Gedanken verfielen, konnten nur kinderlos sein und nicht begreifen, wie eng Kinder und Eltern miteinander verbunden sind. Und Sara meinte, sie würde lieber sterben, als ein Kind in Norwegen zu lassen.

Daraufhin hatte der Möbelschreiner zu seiner Frau gesagt, dass die Leute in Rekneslia drei Söhne im Kindesalter hatten – die konnten doch wohl auf einen verzichten?

Um die Wahrheit zu sagen, hatte der Möbelschreiner dabei an Anton Edvard gedacht, der noch so klein war, dass er sich nicht wehren würde und auch nicht wehren könnte. Denn so seien Kinder, wenn sie nach und nach größer wurden: Sie wollten am liebsten bei Mutter und Vater bleiben.

Serianna spürte, wie sie von einem Gefühl erfasst wurde, das mehr war als nur Furcht. Sie hatte vier Kinder, aber nicht eines, das sie weggeben würde! Sie kehrte heim nach Rekneslia, erregt und unruhig beim Gedanken an das, was der Bruder gesagt hatte. Nesje sah, dass etwas geschehen war, fragte aber nicht danach, bis die Kinder im Bett waren.

»Ola hat sich entschieden«, berichtete Serianna, »er wird im Frühjahr fortgehen. Er kann die Abschläge für die Hypothekenbank nicht mehr zahlen.«

Nesje begriff, dass dies nicht der richtige Zeitpunkt war, Ola für seine verschwenderischen Gewohnheiten zu kritisieren.

»Anne kann keine Kinder bekommen«, fuhr Serianna fort, »und Erik will einen Jungen aufnehmen. Er wollte, dass Edvard vom Bortehof hierbleibt, aber davon will Sara nichts wissen.«

»Sie werden wohl nicht nach Amerika gehen und ihr eigen Fleisch und Blut zurücklassen«, erwiderte Nesje.

»Sie haben gefragt, ob sie einen von unseren bekommen könnten«, fuhr Serianna fort.

»Das wollen wir wohl nicht!«, entgegnete Nesje. »Die Kinder sollen doch wohl bei uns aufwachsen?«

»Natürlich sollen sie das«, sagte Serianna, unendlich erleichtert.

»Aber der Gedanke war gut gemeint«, fügte Nesje hinzu. »Sie haben wohl gedacht, auf diese Weise würde es auch für uns leichter werden.«

9

In Grenville Township lebten zu einem Großteil Polen. In den ersten Jahren hatten sie mit diesen nur wenig Kontakt, obwohl die Farm von Hans in Grenville lag, auf der Grenze zu Roslyn. In Roslyn gab es mehr Norweger, deshalb fuhren sie meist dorthin. Eden Township, ein paar Meilen weiter südlich, war zu einem Großteil von Deutschen bewohnt.

Aber die Norweger wollten ihre eigene Kirche bauen, auch wenn die Deutschen ebenfalls Lutheraner waren. Hans Aas war Vorsitzender des Komitees und sprach über die zukünftige Kirche, sobald sich ihm die Möglichkeit dazu bot. Das war eine große Sache, ja, vielleicht die größte seines Lebens, sagte er. Er wollte Ola und Gjertine bei den Zusammenkünften in den Farmhäusern dabeihaben, aber Ole hatte nur einen einzigen Gedanken – sich ein eigenes Dach über dem Kopf zu verschaffen. Gottes Haus musste warten. Mindestens hundert Dollar musste er dem Holzhändler in Webster auf den Tisch legen, und mit Ausgaben von weiteren hundert Dollar musste er rechnen, bis das Haus fertig war.

»Du musst dir etwas leihen!«, sagte Gjertine.

»Wie kann ich mir etwas leihen, wenn mir nicht einmal der Nagel in der Wand gehört!«

»Du hast deine Geschicklichkeit und deinen Beruf und deine Sattelmacherkünste. Geh zu den Bauern – ob sie nun Norweger sind und in Roslyn wohnen oder Deutsche, die in Eden leben – und sag, dass du im Winter Geschirre für sie anfertigen kannst, dass du aber von jedem einen Vorschuss von fünf Dollar brauchst, weil du Leder und Schnallen und Trensen kaufen musst. Zwanzig Geschirre schaffst du doch bestimmt?«

»Das ist ein Geschirr pro Woche«, meinte der Sattler. »Dann muss ich Tag und Nacht arbeiten.«

»Sie sagen, der Winter hier sei lang«, erwiderte Gjertine. Nun zeigte sie ihre Stärke. »Geh zu den Stavig-Brüdern und hol dir Felle, die du gerben kannst. Kummetholz kannst du aus Douglastanne anfertigen, die du in Webster auf Kredit bekommst, und dann kaufst du Bauholz für hundert Dollar – den Rest erhalten sie, wenn der Frühling kommt!«

Er widersprach ihr nicht, obwohl er wusste, dass es hart werden würde.

Zwei Wochen später hatte Ole bei den Farmern in Roslyn hundert Dollar eingesammelt, und eine weitere Woche später machte er sich mit einem Schlitten auf den Weg nach Webster. Da war der Schnee bereits da – wenn auch nicht in solchen Mengen, wie sie es später erleben sollten. Vorläufig wirbelte er sich noch nicht zu Schneewehen zusammen. Die Luft und die Prärielandschaft waren stumm und still – als erwarteten sie einen größeren Aufruhr.

10

Die erste Winterkälte kam. Bei der Arbeit musste man ab und zu die Arme um sich schlagen, um sich zu wärmen, und Handschuhe tragen.

Sattler Ole hatte die Grundmauer fertiggestellt, als es noch warm gewesen war. Auf der Mauer wollte er ein kleines Haus von fünfzehn mal fünfzehn Fuß errichten – ein einziger Raum, aber mit einem kleinen Dachboden, wo die drei größeren Kinder schlafen konnten. Das Holz der Douglastanne war so zugeschnitten, dass die Balken leicht aufeinandergesetzt werden konnten.

Der Dezember kam und sie wohnten immer noch bei Hans. Keiner der Nachbarn ließ sich blicken, um Ole beim Bau zu helfen – weder

Hans noch Peder Kjørsvik oder Anna, die sich in einem Nebengebäude von Lars Stavig eingerichtet hatten und nicht begriffen, wofür die Eile gut sein sollte. Sie fanden, der Sattler betreibe zu viel Aufwand. – Und Ole gehörte nicht zu den Leuten, die um eine helfende Hand bitten konnten.

Tagsüber arbeitete Ole am Haus, und abends nähte er Geschirre, bis seine Augen so müde waren, dass er die Nadel nicht mehr sehen konnte. Gjertine brachte ihm jeden Tag etwas zu essen und stand ihm als Handlangerin zur Seite, wenn es nötig war. Hammerschläge und Axthiebe waren für sie die schönsten Klänge, die sie sich vorstellen konnte, oder das Kreischen einer Säge, die Holz schnitt.

Gjertine lieh sich einen kleinen Schlitten und zog die Kiste, die sie von ihrer Mutter bekommen hatte, zum neuen Haus hinüber und stellte sie an einen trockenen Platz. Sie, die es derart eilig gehabt hatte fortzugehen, tat alles, um ihnen in dem neuen Land ein Heim zu verschaffen – oder wenigstens das Gefühl von Heimeligkeit, auch wenn das Haus noch nicht fertig war.

Die bemalte Kiste aus Stavik an der Romsdalsküste, mit der Ingeborg mehr als vierzig Jahre zuvor zum Bortehof gekommen war, war eine Art Leuchtturm in dem unfertigen Gebälk, der ihnen die Richtung durch Wind und Wellen weisen sollte, bis sie im Hafen waren.

Gjertine dachte an das, was die Kiste barg – »das Lied ihrer Jugend«, wie ihre Mutter es genannt hatte. Und deshalb sang Gjertine immer, wenn sie das unfertige kleine Haus auf der Prärie erreichte, wo die Kiste stand.

Der Fußweg dorthin dauerte eine halbe Stunde, aber Gjertine wollte ihrem Mann zeigen, wie gesund sie sich fühlte, und erzählte ihm nicht, was in der Nacht geschehen war, als er sich in Sisseton aufgehalten hatte, um sich auf Kredit Leder für Geschirre zu besorgen.

11

Die drei ältesten Kinder waren von früh bis spät in dem neuen Haus. Olava ging ihrem Vater mit Nägeln und allem anderen, was er brauchte, zur Hand. Sivert und Sanna blieben eine Weile, bis ihnen langweilig wurde. Dann besuchten sie die Hustad-Leute, wo sie Spielkameraden hatten und bleiben konnten, bis es dämmerte. Gjertine hatte Klein-Edward auf dem Rücken, wie immer. Sie kehrte mit dem leeren Schlitten nach Hause zurück. Drinnen, im dunklen Haus, stieß sie mit Hans zusammen, der nach Roslyn wollte, um Einkäufe zu machen.

»Ich muss dich etwas fragen«, sagte er.

»Frag mich, was du willst, Hans!«

»Was hast du gegen mich?«

»Ich habe nichts gegen dich, aber mein Mann muss ein freier Mann sein«, erwiderte Gjertine.

»Ich hatte so große Pläne, wie wir alle über die Runden kommen«, sagte Hans, »und ihr wollt nichts anderes als fort von mir.«

»Ich habe im Herbst für zwei gearbeitet«, entgegnete Gjertine, »nun sollte die Rechnung beglichen sein.«

»Ich habe alles in bester Absicht getan«, sagte Hans. Er stand so dicht vor ihr, dass sie seinen Atem spüren konnte. Plötzlich schob er seine Hand unter ihre Bluse und umfasste ihre Brust – als wollte er ihr Gewicht spüren.

»Was tust du da, Hans?!«

»Ich weiß nicht, was ich tue. – Warum trägst du das Mieder immer aufgeknöpft?«

Sie nahm seine Hand weg.

Er sah ganz verstört aus. Dann griff er wieder nach ihrer Brust. Sie nahm die Hand weg.

»Nun kommt Weihnachten«, sagte Gjertine und sah ihm gerade in die Augen, »und das werden wir gemeinsam feiern. Aber dann ziehen wir aus. Deine Mutter ist so alt geworden, dass sie nicht mehr für dich sorgen kann, und ich glaube nicht, dass du selbst für dich sorgen solltest, so wie es um dich steht. Entweder du musst heiraten, oder du musst jemanden finden, der den Haushalt für dich führt.«

»Eine Hochzeit kann es nicht geben«, sagte Hans. Seine Stimme klang desperat. Dann legte er ein drittes Mal seine Hand auf ihre Brust. Gjertine rührte sich nicht.

»Was ist los mit dir?«, fragte sie.

»Ich werde verrückt«, sagte Hans. »Manchmal denke ich, ich sollte nach Hause zurück, nach Norwegen.«

In diesem Moment kam die alte Ingeborg herein. Als sie die beiden sah, blieb sie abrupt stehen. Sie bekreuzigte sich und wollte umkehren.

»Was wolltest du, Mutter?«, rief Hans.

»Möge Gott uns alle bewahren!«, sagte die Alte. »Da draußen steht jedenfalls ein Frauenzimmer und fragt nach dir, Gjertine.«

»Wer kommt denn jetzt hierher?«, fragte Hans und ging zur Tür, ob als er diejenige davonjagen wollte.

»Wirst du meinen anderen Sohn nun auch noch verführen?«, fragte Ingeborg Gjertine. Dann schlurfte sie schwerfällig aus dem Zimmer.

»Dies ist ein Irrenhaus!«, sagte Gjertine.

Es war Karina Wold, das Mädchen aus Nordland, das unter dem Vorwand ins gelobte Land gereist war, einen Liebsten in Webster zu haben. Da stand sie – den frischen Winter in Haut und Haaren.

»Ich bin auf der Suche nach einer Stellung«, sagte sie, »am liebsten in einem norwegischen Haus.«

Gjertine warf Hans einen Blick zu. Sie trat ein paar Schritte zurück, ließ ihn aber nicht aus den Augen. Sie sah, dass er nach Luft schnappte. Er wollte etwas sagen, brachte aber kein Wort heraus. Erst nach langer Zeit kam eine Art Gurgeln, wie bei einem Mann in Seenot.

Wahrscheinlich erwiderte er ein »Willkommen«.

Gjertine ordnete ihre Kleidung. Dann drehte sie ihm jäh den Rücken zu und ging. Aber als sie außer Sichtweite war, schüttelte sie sich.

Später am Nachmittag kam Hans mit einem Tretschlitten – vor sich eine Kiste mit seinem Tischlerwerkzeug.

»Ich muss dir helfen, unter dein eigenes Dach zu kommen«, sagte er zu seinem Bruder.

»Wie kommst du jetzt darauf?«

»Die anderen habe ich auch benachrichtigt«, sagte Hans, ohne die Frage zu beantworten.

Während der Weihnachtsschnee in Grenville fiel, hörte man Hammerschläge, und nach zwei Tagen war das Dach an seinem Platz. Auch Peder Kjørsvik stand da und nagelte Dachlatten. Dieser Mann kannte keine Höhenangst – er hatte den Mund voller Nägel und schlug einen Nagel nach dem anderen ein, mit einem einzigen Schlag. In den folgenden zwei Tagen wurden die Wände hochgezogen, und nachdem sie einen großen Ofen aus dem *hardwarestore* in Webster aufgebaut hatten, konnte der Sattler beginnen, das Haus einzurichten. Auch Fenster wurden eingebaut.

Gjertine wollte über Weihnachten bei Hans bleiben, und wie immer richtete sich Ole nach ihr. Am Weihnachtsabend aßen sie Grütze und sangen einen Choral. Feiern wollten sie aber erst am ersten Weihnachtstag, denn nun waren sie in Amerika, und an diesem Tag war der Heiland auf die Welt gekommen.

Am Morgen des ersten Weihnachtstages kamen von allen Seiten Norweger angefahren. Es waren die Stavig-Brüder mit ihrem legendären Vater, Lars Stavig, die aus Nutley Township gekommen waren. Er war wie ein Patriarch, obwohl er eher wie ein Großhändler aussah. Aber er war Moses, der das Volk aus Ägypten geführt hatte. Und es kamen die Hustad-Familie und die Kjørsvik-Familie und die Løseth-Familie, mit Kindern und Hunden.

Es war schönes Wetter, ganz windstill. Die Weihnachtsgäste hatten also keine Angst, auch nach Einbruch der Dunkelheit noch zu bleiben; sie hatten vor, im Mondschein nach Hause zu fahren. Dann bereiteten sie in Hans Aas' Haus gemeinsam eine Mahlzeit zu, denn dort, im alten Speisesaal, war Platz für sie alle. Sie teilten miteinander die Leckerbissen, die sie mitgebracht hatten – getrocknete Früchte und Pasteten und gekochtes Fleisch. Es gab Trockenfisch, und die Hustad-Leute hatten vier Pfund Butter dabei. Der Höhepunkt war jedoch ein Pflaumensaft, den Lars Stavig in einem Fass mitgebracht hatte. Sie tranken und wurden so munter, dass manche glaubten, es sei eher Wein als Saft.

»Es ist wie bei der Hochzeit zu Kanaa«, sagte Lars Stavig, »da war es Wasser, das zu Wein wurde!«

Es war eine muntere und trotzdem feierliche Stimmung. Bald waren sie genug, um im Kreis um den kleinen grünen Busch herumzugehen, den Hans hereingebracht hatte, und norwegische Weihnachtslieder zu singen.

Die Erwachsenen bekamen blanke Augen, als sie einander an den Händen fassten. Gjertine gelang es, an der Seite des legendären Lars Stavig zu stehen, der bestimmt von ihr gehört und sie vielleicht als Mädchen gesehen hatte, der jedoch vor diesem Weihnachtsabend auf einem fremden Kontinent noch nie mit ihr gesprochen hatte. Gjertine nutzte die Gelegenheit, sich während des Liedes mit ihm zu unterhalten.

»Es ist alles deine Schuld!«

Was sei seine Schuld?

»Dass wir alle hier gelandet sind! In dem Jahr, in dem ich in Vaagø konfirmiert wurde, habe ich davon gehört, dass du fortgehen wolltest. Ich wollte so gerne mit, aber ich durfte nicht! Nun sind über zwölf Jahre vergangen, und nun sind wir gekommen.«

Aber Lars Stavig war nicht gesprächig. Er war mehr damit beschäftigt, Weihnachtslieder zu singen.

»Alles liegt in Gottes Hand«, erwiderte er nur.

Und dann stimmte er ein, mit kräftiger Stimme:

Ich will mit Palmenzweigen
dein Ruhebett bestreu'n,
will leben und will leiden
nur Jesus, dir allein.
Komm, lass mein Herz doch finden
die rechte Seelenruh';
dass du für meine Sünden
geboren bist, nur du.

Dann standen sie da und warteten darauf, dass Hans Aas entscheiden würde, welches Lied nun gesungen werden sollte. Sie waren gleichzeitig offenherzig und zurückhaltend – als wüssten sie nicht recht, wie sie sich verhalten sollten.

Keiner hatte Branntwein dabei. Karten wollte auch niemand spielen, weil Weihnachten war. Weihnachten gehörte den Kindern, und sie mussten vor allem dafür sorgen, dass die Kinder Spaß hatten, sowohl die großen als auch die kleinen, und hier waren Kinder jeden Alters.

Bei keinem herrschte Wohlstand. Sie mühten sich ab, durch den Winter zu kommen, aber sie hatten sich, so gut es ging, zurechtgemacht und sich selbstverständlich die feinsten Kleider angezogen, die sie besaßen. Die kleinen Mädchen trugen Kleider, die Jungen weiße Hemden und dunkle Hosen. Es gab viele Tränen und viele lächelnde Gesichter. Karina nahm sich der Kinder an, sodass alle das Gefühl hatten, sie seien mit dabei. Sie konnte unzählige Kinderspiele, von *Teekesselchen* bis *Armer, armer Kater.*

Karina strahlte vor Jungmädchenglück, weil sich alles so gut gefügt hatte, und auch Hans' Augen glänzten. Ja, Onkel Hans war wie ausgewechselt, fand Olava, die an diesem Weihnachtsfest zehn Jahre alt wurde und verstand, dass Onkel Hans froh war, weil Karina gekommen war. Ingeborg jedoch, die alte Großmutter, ging umher und grunzte.

»Du knöpfst wohl selbst in der heiligen Weihnachtszeit dein Kleid nicht zu, du!«, sagte sie zu Gjertine.

»Nein, denn dann muss ich noch mehr Luft haben als sonst«, erwiderte Gjertine.

»Luft bekommt man durch Nase und Mund, nicht durch den Busen!«, erwiderte die alte Ingeborg. Mitten in der Weihnachtsfeier ging sie zu Bett. Sie mochte noch nicht einmal mit Lars Stavig sprechen.

Gjertine wollte sich davon nicht das Fest verderben lassen, und Karina überlegte, was sie sagen konnte, um Gjertine eine Freude zu machen.

»Du siehst in die Zukunft«, sagte sie schließlich zu ihr, »das Einzige, was ich mich frage, ist, ob es dir selbst Angst macht!«

»Ich sehe nicht alles, aber ich wusste, dass du aus Webster zurückkommen würdest«, erwiderte Gjertine. »Denn ein Mann, der drei Jahre lang keinen Ton von sich gibt, ist es nicht wert. Ich wusste, dass du das irgendwann begreifen würdest. Und dann hatte ich von einem Mann hier in der Gegend erzählt, der ledig ist. Da musste ich nur noch eins und eins zusammenzählen.«

Was Gjertine nicht erzählen wollte: dass Karina in einem Moment gekommen war, in dem sie inständig an sie gedacht hatte. Vielleicht gab es da trotz allem einen Zusammenhang.

»Es ist gut, dass wir so viel Platz haben und alle herkommen können, um Weihnachten zu feiern«, sagte Karina. »Ich habe heute zu Hans gesagt: So wollen wir es jedes Weihnachten halten!«

Sie war ein merkwürdiger Mensch, diese Karina. Sie sprach, als sei sie immer hier bei Hans Aas gewesen und als sei sie die Frau des Hauses und nicht nur die Haushälterin. Gjertine wurde nicht schlau aus ihr. Sie mochte das nicht und spürte, wie sie wütend wurde.

»Kannst du eine Weile auf Edward aufpassen?«, fragte sie und setzte den Jungen auf Karinas Arm.

Danach zog sie sich etwas über und ging hinaus. Auf dem Weg lagen kleinere Schneewehen, obwohl an diesem Tag so viele Schlitten zum Haus gefahren waren. Da stand sie nun, inmitten einer endlosen

Schneelandschaft. Aus dem Haus hörte man das Lied – die anderen gingen eine weitere Runde um den Weihnachtsbaum, und mehrere Kinderstimmen mischten sich mit denen der Erwachsenen.

Und sie, die sich stets so sehr am Gesang der Männer und am Frohsinn der Kinder freuen konnte, spürte, dass sie an einem Abgrund stand, dessen Sog sie in die Tiefe ziehen würde. Sie hatte einen Augenblick Mühe, das Gleichgewicht wiederzufinden – dann wandte sie sich um und ging zum Haus zurück.

In diesem Augenblick kam Ole heraus und lief auf sie zu. So hatte sie ihn noch nie gesehen. Als er sie nicht finden konnte, hatte er Angst um sie bekommen.

»Wohin wolltest du?«, fragte Ole. »Ich habe dich gesucht, konnte dich aber nirgendwo finden.«

»Ich musste mich nur ein wenig sammeln«, erwiderte Gjertine.

Als sie wieder ins Haus zurückkehrten, war Hans mitten in einer kurzen Rede. Die anderen Emigranten standen in einem Halbkreis um ihn herum. Es war eng, aber niemand kümmerte sich darum. Er machte eine kleine Pause, als Gjertine das Zimmer betrat. Er sprach gerade über die Kirche, die sie bauen wollten.

»Das wird uns Opfer abverlangen«, sagte Hans. »Viele haben noch nicht einmal ihr eigenes Haus aufgebaut. Trotzdem ist es höchste Zeit, dass wir ein Gotteshaus errichten. Mit fünfhundert Dollar können wir weit kommen, wenn wir überdies unsere Arbeit und unsere Liebe hinzutun. Wir müssen ein Grundstück kaufen, oder vielleicht sieht sich auch einer von uns in der Lage, ein Grundstück zur Verfügung zu stellen.«

Niemand hat so viel Land wie du und deine Mutter, Hans, dachte Gjertine.

»Und dann müssen wir uns vorsehen, damit nicht der Dunkelmann kommt und Unfrieden unter uns stiftet«, fuhr Hans fort. »Das geschieht leider an vielen Orten unter den norwegischen Einwanderern.«

Worauf wollte er jetzt hinaus?

Da räusperte sich jemand, und das war kein anderer als Lars Stavig. Man konnte nicht direkt sagen, dass er alt war, aber innerhalb dieser Gruppe war er entschieden der Älteste.

»Damit hast du die wahrsten Worte gesprochen, die an diesem Abend gesagt worden sind«, stellte er fest. »Du hast den Nagel auf den Kopf getroffen, du. Es hat unter den norwegischen Siedlern viel zu viel Streit darüber gegeben, wie das wahre Christentum zu sein hat. Aber unsere Schar von Norwegern hier in Roslyn, Sisseton und Nutley ist einfach viel zu klein, als dass wir uns Streit leisten könnten! Wir müssen uns an das halten, was die Schrift sagt, und wir müssen an das glauben, was dort steht – Buchstabe für Buchstabe. Wir dürfen nicht nur das auswählen, was wir verstehen und gutheißen. Entweder wir müssen alles verwerfen oder alles in uns aufnehmen, was dort für uns verkündigt wird.«

Gjertine nahm eine Spur Unruhe in der kleinen Versammlung wahr. Das war doch wohl nicht der richtige Zeitpunkt, damit anzufangen? Sollten sie jetzt nicht Weihnachten feiern – konnten die großen Diskussionen nicht warten?

Da begann der alternde Lars Stavig zu singen. Es war sein Abschiedslied – er sang, und Gjertine sollte das nie vergessen.

Ein Kindelein so löbelich
ist uns geboren heute,
von einer Jungfrau säuberlich,
zu Trost uns armen Leuten.
Wär' uns das Kind'lein nicht gebor'n
so wär'n wir allzumal verlor'n.
Das Heil ist unser alle.
Eia, du süßer Jesu Christ,
dass du Mensch geboren bist,
behüt uns vor der Hölle.

Über der Prärie lag der Mondschein, als eine Familie nach der anderen begann, sich zu verabschieden. Ihre Pferde standen angebunden an der Scheunenwand. Nur eines der Gespanne war mit Schellen ausgestattet, und diese Schellen klangen im Weihnachtsfrieden und im Mondschein der Prärie wie eine Glocke im Himmel.

Spät im Januar erhielten Gjertine und Ole einen Brief von Nesje. So etwas hatten sie nicht erwartet – am wenigsten, dass er so lebendig über Molde schreiben würde:

Das Haus im Schweizerstil im Hopfengarten wird von funkelnden Lichtern erleuchtet. Zwischen den unbelaubten Bäumen hängen Girlanden aus Papier. In der Kirche zu Molde war der Andrang am ersten Weihnachtstag groß. Aber im Alexandra Hotel ist es ruhig, und es gibt nur wenige bis gar keine Gäste im neuen Grand Hotel in Moldegaard.

Die Reise nach Marshall County

1

Den ganzen Winter hindurch bereiteten Ola und seine Familie die Reise nach Amerika vor. Ola ruderte über den Fjord, um mit Lensmann Hagerup zu sprechen, der in höchsteigener Person fragte, aus welchem Grund ein Erbbauer mit vier Kindern Heim und Vaterland verlassen wollte. Ola sagte, wie es war: fehlende Einzahlungen auf der Hypothekenbank, was dazu führte, dass er handeln musste, bevor es zu einer Zwangsversteigerung kam.

Lensmann Hagerup unterschrieb ein Dokument, aus dem hervorging, dass Ola das Land rechtmäßig verließ, dass er das wehrpflichtige Alter überschritten hatte und für alle Schulden aufkäme, indem eine Versteigerung von Haus und Hof stattfinden würde, bei der Lensmann Hagerup selbst anwesend sein werde.

Um sich die Fahrkarten nach Amerika leisten zu können, mussten sie den Großteil ihrer beweglichen Habe veräußern. Und so kam es. Auch das Großvieh wurde verkauft. Bald besaßen sie nur noch die Kleider, die sie auf ihrem Leib trugen. Lediglich zwei Dinge legte Ola auf die Seite: die Brechstange, die er in den Boden gerammt hatte, als er die Entscheidung traf, fortzugehen; und den Kirchensattel, den Ole Aas ihm einst angefertigt hatte. Ganz gleich, wie schwer das Gepäck werden würde: Auf diesem Sattel wollte er durch die Prärie reiten. Sara widersprach ihm nicht. Warum sollte sie ihm in

Kleinigkeiten widersprechen, wenn sie im Großen nicht ihren Willen bekam?

Sara wiederum steckte ein paar Silberlöffel zur Seite, die sie und Ola zur Hochzeit bekommen hatten.

Sie ließen die Versteigerung frühzeitig bekannt geben, um zu sehen, mit wie viel sie rechnen konnten, aber für den Hof selbst fand sich kein vertrauenswürdiger Käufer, deshalb sollte der Verkauf des Hofes auf einer zweiten Versteigerung vonstatten gehen, die für den Sommer anberaumt wurde. Da waren Ola und seine Familie bereits fort, aber Erik würde den Hofverkauf übernehmen. Weil die Gebäude dann bereits leer ständen und das Saatgut in der Erde sei, in jedem Fall aber die Kartoffeln gesetzt seien, wären die Aussichten auf einen guten Preis besser.

Sobald der Hof verkauft war, konnte er, der Möbelschreiner, den Kredit bei der Hypothekenbank mitsamt den Zinsen ablösen.

2

Der grösste Kartoffelbauer in Day County, Hans Aas in Grenville, fuhr den ganzen Winter hindurch mit dem Schlitten Kartoffeln nach Webster. Das bescherte ihm bestimmt gute Einkünfte und er hätte wohl hochmütig werden können. Aber mit dem Mann, der sich nun sein zweites Pferd kaufte und sich einen Wagen mit hohen Seitenwänden anfertigen ließ, war auch etwas geschehen.

»Ob er Karina in Ruhe lässt?«, fragte Gjertine.

»Mein Bruder, Vorsitzender des Kirchenrates!«, erwiderte Ole.

»Er ist fromm, aber er ist ein Mann – wie jeder andere auch.«

»Er ist ebenso fromm wie ich musikalisch«, sagte der Sattler und pfiff schneidend falsch.

»Es fragt sich, ob er es schafft vorbeizugehen, wenn ihre Tür nachts halb offen steht.«

»Wenn Frauenzimmer nachts ihre Türen halb offen stehen lassen, dann wollen sie es selbst«, antwortete der Sattler.

Sie wohnten nun seit einem Monat im eigenen Haus. Es war eng, aber sie hatten einen Ofen zum Anfeuern, sodass es warm wurde. Wie immer saß der Sattler da und schnitt Riemen für Geschirre zurecht. Er hatte sich das englische Wort dafür beigebracht: »*Harness*«, sagte er, »ich bin mit dem *harness* beschäftigt.« Es war eines der wenigen englischen Worte, die der Sattler auch späterhin benutzen sollte. Gut im Englischen wurde er nie.

Nun schnitt er Kummet und Selett aus Douglastannenholz zu – wenn er sich Eichenholz verschaffen konnte, nahm er allerdings am liebsten das. Sobald es das Wetter zuließ, ging er dafür nach draußen, um nicht ihre enge Stube mit Sägespänen zu übersäen. Zum Glück hatte er in Webster einen *blacksmith* gefunden, mit dem er auf gutem Fuß stand, und dort konnte er sich geschmiedete Leinenschlüssel, Leinenaugen und -frösche für das Fuhrwerk, Schnallen und Metallhaken besorgen, denn die waren überall auf der Welt ziemlich gleich, hatte sich herausgestellt. Er benutzte auch eine gewöhnliche Trense beim Zaumzeug – von derselben Art, wie er sie in Norwegen verwendet hatte: ein Ring auf jeder Seite und ein Mundstück mit einem Gelenk in der Mitte.

Noch lange nachdem die Kinder und Gjertine ins Bett gegangen waren, saß Ole da und arbeitete an den neuen Geschirren. Die Art, wie er sich Geld geliehen hatte, war zunächst praktisch gewesen, und er und Gjertine hatten schnell ihr eigenes Dach über dem Kopf gehabt. Doch Ole war ein Sklave seiner selbst geworden. Er hatte nicht einen Augenblick für sich. Das Licht in ihrem winzigen Haus war so schlecht, dass seine Augen gegen Abend zu tränen begannen. Gjertine musste sie mit Kräutertropfen aus einer Flasche behandeln – ein Heilmittel, das sie in Webster gekauft hatte. Ole hatte nie Zeit, ein Buch aufzuschlagen, und sobald er seinen Kopf aufs Kissen legte, schlief er ein. Das war nicht besonders erfreulich für jemanden, der mit ihm verheiratet war, aber Gjertine hatte sich trotz ihrer erst achtzundzwanzig Jahre entschieden, keine weiteren Kinder haben zu wollen, und so brauchte man sich nicht mit der Sache herumzuplagen oder zu diskutieren. Sie achtete darauf einzuschlafen, bevor er ins Bett ging.

Der Winter verging schnell. Die norwegischen Farmer, die ihm fünf Dollar als Vorschuss gegeben hatten, ließen ihm keine Ruhe, obwohl er ihnen gesagt hatte, dass er das letzte Geschirr nicht vor dem Frühling fertig haben würde. Gjertine begriff: Sollten sie Ackerbau betreiben wollen, musste sie selbst dafür sorgen, dass die Arbeit getan wurde – dass Getreide gesät und Kartoffeln gesetzt wurden. Vor allem mussten sie genug Heu einbringen, bevor der nächste Herbst begann. Ole würde mehr als genug damit zu tun haben, die Geschirre fertigzustellen – auch ohne die Feldarbeit.

Lange bevor der Schnee verschwunden war, an einem Sonntag im März, entschloss sich Gjertine, nach ihrer Schwiegermutter zu sehen. Sie besaß Schneeschuhe, aber keine Skier.

Die alte Ingeborg war den Winter hindurch hinfällig gewesen; Gjertine wollte sie aufmuntern.

Auf dem Weg kam ihr Hans entgegen. Er war außer sich.

»Sie hat mich durch Zauberei angelockt!«, rief er.

»Wer hat dich gelockt?«

»Karina! Ihre Tür stand offen. Ich bin hineingegangen – ich konnte nicht widerstehen. Was wird der Pastor sagen, wenn er das erfährt?«

»*In guten wie in schlechten Tagen* wird der Pastor sagen«, meinte Gjertine. »Nun müsst ihr die Hochzeit vorbereiten!«

»Sie ist weggelaufen, als ich gesagt habe, sie hätte mich verzaubert. Aber ich glaube, sie kann nicht weit sein.«

Gjertine ging zur Farm hinüber, wo Peder und Anna einen kleinen Schuppen errichtet hatten, in dem sie ihre Sachen lagern konnten. Sie wohnten bei Lars Stavig, hatten es nun aber auch eilig, ein eigenes Dach über dem Kopf zu haben. Dort saß Karina, verweint und verzweifelt.

»Komm mit nach Hause«, sagte Gjertine. »Die Hochzeit muss am Tag vor Palmsonntag stattfinden, denn dann ist der schlimmste Winter vorüber und Pastor Løkensgaard kann aus Morris anreisen.«

Als sie am Haus ankamen, fiel Hans auf die Knie und bat Karina, seine Braut zu werden – dann würde er ihr treu sein all seine Tage. Ingeborg stand in einer dunklen Ecke und bekreuzigte sich.

Gjertine war Zeuge des Ganzen, aber weil Hans und Karina nur noch Augen füreinander hatten, kehrte sie nach Hause zurück. Aus irgendeinem Grund war sie verstimmt.

Um Ostern herum wurde im Haus in Grenville Hochzeit gefeiert. Die Norweger, die sich dort versammelten, beschwerten sich bei Ole, dem Sattler, darüber, dass er ihre Geschirre immer noch nicht fertig hatte. Ole war so erschöpft nach der langen Zeit seit Weihnachten, dass er beinahe zusammenbrach. Er sagte nicht viel, und er hielt auch keine Rede für seinen Bruder, wie es viele erwartet hatten. Und als ein Mann mit einer Geige kam und aufspielte, wollte er auch nicht tanzen. Erst als Gjertine darauf bestand, erhob er sich und tanzte mit seiner Frau – ohne ein einziges Lächeln und ohne den Kopf nach hinten zu werfen.

3

Ola, der den Bortehof verlassen wollte, hatte von anderen gehört, was in dem Land, in dem Milch und Honig fließen, Mangelware sein könnte. Deshalb nahm er seinen Wetzstein mit, mehrere Kleider zum Wechseln, geräuchertes Fleisch, *flatbrød** und Kartof-

* Das ist hauchdünnes Knäckebrot.

felklöße in einem Eimer – wie die Fischer, wenn sie hinausfuhren. Den Eimer füllten sie bis obenhin mit Klößen. In der Wärme bildete sich darauf eine Schicht Schimmel, aber der ließ sich leicht abkratzen, wenn man eines Tages nichts anderes zu essen hatte. Sara packte ein seidenes Taschentuch ein, das sie viele Jahre zuvor zur Hochzeit bekommen hatte, außerdem die Silberlöffel, Sonntagskleider, zwei Paar Schuhe und Unterwäsche. Und dann waren da die Kinder, die natürlich mitnahmen, was Kinder so brauchten. Sie hatten vier Kinder – das fünfte trug Sara im Bauch.

Erik hatte sich einen eigenen Vierriemer gekauft, und mit diesem segelte er den Bruder und dessen Familie nach Bud. Das war im Mai 1887. Draußen auf dem Fjord wandte sich Sara ein letztes Mal um, und dann stieß sie einen derart herzzerreißenden Schrei aus, dass auch die Kinder mit einstimmten. Ola sah sie mit einem betretenen Lächeln an, als ginge ihm auf, dass alles, was er in den letzten Jahren getan hatte, nur zu Unheil geführt hatte. Ola und seine Familie kamen am 18. Mai 1887 in Kristiansund an. Am Tag darauf gingen sie an Bord der *S/S Hero*, die sie nach Hull brachte. Von Hull nahmen sie den Zug nach Liverpool, und dort bestiegen sie das Amerikaschiff *S/S Nova Scotian*, das am 3. Juni 1887 in Quebec einlief. Dann begann die lange Reise über die Seen und mit dem Zug nach Brown's Valley. Es herrschten mindestens fünfunddreißig Grad, als sie das Abteil verließen. Aber sie hatten die Reise geschafft. Keines der Kinder war krank geworden, und Sara, die im vierten Monat war, hatte schlafen können – sowohl auf dem Schiff als auch auf der langen Reise über Land. Sie warfen sich einen Blick zu, Ola und Sara, und lächelten einander an. Sara war ihrem Mann gegenüber nicht gerade freundlich gewesen, als sie fortgehen mussten, aber sie vertraute ihm und wusste, dass er sein Leben opfern würde, wenn er damit ein Familienmitglied retten konnte.

Da sahen sie sie: eine großgewachsene Frau in knöchellangem Kleid, ohne Knöpfe auf der Brust, sondern mit tiefem Ausschnitt, damit es nicht zu warm wurde. Gjertine Eriksdotter. Sie war mit

Pferd und Wagen nach Brown's Valley gekommen und hatte für die Fahrt nur zwei Tage gebraucht. Sie hatte eine Frau dabei, die, wie sich zeigte, die Frau von Hans Aas war. Gjertine sah aus, als lebe sie seit Jahren in diesem fremden Land, aber als sie sie gewahrte, rief sie im reinsten Dialekt des Romsdals, es sei eine große Freude, sie zu sehen. Dann wurde ihr Gepäck auf den Wagen geladen, und sie konnten Richtung Sisseton und Roslyn aufbrechen. In der ersten Zeit sollten sie bei Hans Aas wohnen. Ola sagte, er sei sich nicht zu schade, Kartoffeln auszukriegen, ohne zu ahnen, dass er damit an einen heiklen Punkt rührte.

In Roslyn saß der Sattler. Er war so von seiner Arbeit in Anspruch genommen, dass er kaum aufsah, als Ola und Sara mit ihren Kindern ankamen – nachdem sie um die halbe Welt gereist waren. Doch da nahm Gjertine ihm das Messer aus der Hand, mit dem er einen Sattelgurt zurechtschnitt, und dann konnten sie Dämmerstunde halten.

4

DIE 1880ER-JAHRE GINGEN IHREM ENDE ZU. Die Jahre verstrichen so rasch, dass Nesje es beinahe nicht vermochte, sie voneinander zu unterscheiden. Er arbeitete von früh bis spät und nutzte seine besten Jahre für den Acker und für das Mähen mit der Sense. Im Sensen war er ein Meister.

Es ist nicht wahr, dass das Mähen mit der Sense nicht anstrengend ist. Es zehrt an den Kräften, ganz gleich, wie behände man ist. Das Mähen an steilen Hängen ist ebenso beschwerlich wie das Mähen ausgedehnter Wiesen. Sein ganzes Leben lang, von Kindesbeinen an bis zum Greisenalter, mähte Nesje mit der Sense. Vierzig Jahre lang mähte er auf dem Gørvell-Hof und arbeitete die Pflichttage bei Leth auf Gut Reknes ab, fünfzig Jahre lang mähte er auf seinem eigenen Hof. Er hatte sich eine Geschicklichkeit erworben, die dazu führte, dass er einen ganzen Tag lang mähen konnte und abends trotzdem noch Kraft hatte. Man durfte sich nicht völlig verausgaben. Stattdessen musste man einen gleichmäßigen Rhythmus finden, wie er sagte, damit man nicht unaufhörlich Pausen einlegen musste, um Atem zu schöpfen. Es war diese gleichförmige, schwingende Bewegung, die den Unterschied machte – natürlich nur, wenn man eine Sense hatte, die etwas taugte. Ohne ein gutes Arbeitsgerät kam man nicht weit. Deshalb war es der erste Mäher, Nesje, der mitkam, wenn ein seltenes Mal die Sensen ausgetauscht werden sollten. Dann ging er mit Claus, oder später mit Adam Gørvell und suchte in Brovolds Eisenwarenhandlung Sensen aus. Dort prüfte er die Klingen mit dem Daumen und schlug die Sensen vorsichtig gegen den Türrahmen, um Risse im Eisen zu erkennen. Er hielt sie gegen das Licht, um zu sehen, ob die Krümmung der Klinge richtig geschmiedet war.

Seine erste langstielige Sense hatte er sich selbst in der Tischlerwerkstatt in Kvam getischlert, als er dort Knecht war, doch seitdem waren auch im Handel gute Sensen zu bekommen – sie waren schlank und federnd, oft aus astfreiem Birkenholz. Bei hervorragendem Arbeitsgerät musste man noch darauf achten, dass es richtig geschliffen wurde. Das Schleifen konnte man nicht jedem Beliebigen überlassen. Deshalb war es oft Nesje selbst, der die Sensen auf dem Gørvell-Hof schliff. Und zu guter Letzt machte es keinen Unterschied, ob die Sense von guter Qualität war, wenn das Wetzen schlecht ausgeführt wurde. Ein Wetzstein ist, wie man weiß, eine Gerätschaft, die man nach dem Schleifen der Sense immer wieder braucht – ein Kunststein, der die Klinge dünn und scharf macht. Beim Schleifen sollte man reichlich Wasser verwenden, denn das Wasser spült die unsichtbaren Eisenspäne fort, die beim Schleifen vom Sensenblatt abgekratzt werden. Desgleichen soll man keine Klinge wetzen, die trocken ist, es ist jedoch nicht notwendig, zu viel Wasser vergeuden. Am besten ist es, wenn die Klinge feucht vom Tau ist und man sie mit Gras abwischen kann, das man direkt aus der Erde reißt. An trockenen Tagen muss der Heumacher ein Gefäß mit Wasser bei sich haben, und wenn er wetzt, kann er die Sense direkt hineinlegen und die Klinge wässern – oder er gießt das Wasser zuerst auf den Wetzstein und dann, wenn die Klinge fertig gewetzt ist, auf das Sensenblatt.

Erst wenn diese Prozedur durchgeführt wurde, kann der Heumacher mit der Mahd beginnen. Nur Maulhelden mähen mit ungeschliffener Sense drauflos, und wer so etwas Törichtes macht, hält nie lange durch. Nesje hatte manch einen Prahlhans gesehen, der sich auf der Wiese geschlagen geben musste, während er selbst, Nesje, immer weitermachen konnte, Stunde um Stunde.

Auch mitten in der anstrengendsten Lebensphase freute er sich auf den Tag, an dem auf dem Gørvell-Hof die Heuernte begann, denn dann wusste er, wann er fertig sein würde und die Pflichttage auf Reknes ableisten konnte, bevor er endlich auf seinem eigenen Wiesenstück anfinge. Als die Kinder noch klein waren, machte er sich eilig vom Hof, sobald er gegessen hatte, und um die Mittagszeit kam Serianna oder einer der Jungen und brachte ihm etwas zu essen.

Wenn er mähte, schnitt er breite Schneisen, holte dabei aber nicht sehr weit nach vorne aus – er schnitt das Gras in einem Halbkreis und führte die Sense in einem gut neunzig Grad großen Winkel. Es galt, die Sense mit der gleichen Kraft und Geschwindigkeit durch die gesamte Schneise zu führen. Man durfte nicht stehen bleiben und anfangen zu hacken, und man musste der Linie des Bodens so dicht wie möglich folgen, denn dann kam der ganze Halm mit und die Wiese wurde wie ein Fußboden. Es war die Höhe des Grasstoppels, die den Ungeübten verriet und den Meister krönte. Auf dem Gørvell-Hof konnte man mitunter sehen, wo Nesje gemäht hatte, Schwade für Schwade, denn sein Schnitt hinterließ kein Stück vom Halm, nur die Wurzeln. Er war ein hochgewachsener Mann. Er hatte die richtige Größe für die langstielige Sense. Er hatte den richtigen Schwung, und im Laufe des Sommers wurden seine Oberarmmuskeln hart wie Stein, sodass er sie abends vorzeigen konnte und sich den Respekt seiner Jungen erwarb.

Gleichwohl ging es hier nicht um Kraft, sondern um eine *Haltung*, wie er es nannte. Man musste den richtigen Umgang mit der Sense haben, wollte man die Heuernte durchstehen, und diese dauerte oft einen Monat.

Wenn man die Sense nach vorne schwingen ließ, brauchte es zuletzt oft einen kleinen extra Ruck, um sie bis ganz an den Rand der Schneise zu führen; wenn sie zurückschwang, musste auch das in einer großen, fließenden Bewegung geschehen, denn andernfalls gingen einem die Kräfte verloren, noch bevor die Sonne hoch am Himmel stand.

In den fünfminütigen Pausen und in den Ruhezeiten galt es, sich zu erholen. Man musste durchatmen und die Anspannung des Arbeitsrhythmus' ablegen – sonst drohten Muskelschmerzen und Steifheit. Man konnte betagten Heumachern ansehen, dass die harte Arbeit ihren Preis hatte. Wer sein ganzes Leben lang bei der Heumahd dabei gewesen war, konnte ein großes Zittern in den Armen bekommen, sodass man nicht mehr seinen Namen schreiben oder mit einem Löffel Suppe essen konnten.

Gørvell nahm nun gerne junge Kerle in die Gruppe der Mäher auf, denn nur diese konnten mit Nesje mithalten, wenn er ganz vorne ging und mähte.

Weil man sehen konnte, wo ein guter Heumacher gegangen war, sehen konnte, wo gute Arbeit geleistet worden war, ging eine tiefe Befriedigung mit dem Mähen einher. Es war nicht nur Mühsal, sondern auch Kunst.

Morgens konnte man den Tau ausnutzen, und die Sense wurde zum Maul eines Raubtiers, das alles riss, was ihm in den Weg kam. Sobald die Sonne stieg und das Gras trocknete, wurde es schwerer, aber desto wichtiger war es, die regelmäßige Bewegung beizubehalten und sich nicht von Schweiß und Hitze aufhalten zu lassen. Wenn der Nachmittag begann und viele sich nach dem Essen hingelegt hatten, galt es, den Schlaf aus den Armen zu treiben und im Körper die Kräfte wiederzufinden. Ein kaum zu überwindender Appetit überkam einen da in der Sommerluft – mit den tausend Gerüchen und Düften von Klee und Tau.

Einen schlimmen Feind hatte der Heumacher an Romsdals breitem Fjord, und das war ein kleines Insekt, das sie *smikka* nannten, Gnitze. Wenn es windstill war, kamen sie zu Tausenden – klitzekleine Mücken, die überall bissen, wo sie hinkommen konnten, besonders am Hals und in die Kopfhaut. Dann setzten sich die Heumacher breitkrempige Hüte auf und banden sich Tücher um den Hals. Ein bisschen half es vielleicht – aber in erster Linie galt es, den Schweiß auszutreiben. Viele meinten, das mindere die Gnitzenplage. Deshalb machten sie noch eifriger weiter, wenn die Gnitze kam, und ließen sich die Plage nicht anmerken.

Während die Gnitze auf sie losging, summten und sangen sie und arbeiteten noch angestrengter als zuvor. Wie eine singende Schar wanderten sie in Reih und Glied, als seien sie auf dem Weg zu einem großen Ziel. Die Wahrheit war, dass sie nicht sangen, sondern jammerten, weil die Gnitze so entsetzlich biss, aber es gab keine Gelegenheit, sich zu kratzen, solange man beide Hände an der Sense haben musste. Es war, als müssten die Heumacher eine noch härtere Prüfung bestehen als alle anderen. Es lag ein großer Frieden vor ihnen, der beinahe an ein Pilgerziel erinnerte: dass die Heuernte einmal ein Ende hätte!

Denn unter all den Pilgerwegen, die unser Herr für uns eingerichtet hat, ist der Weg über eine Wiese während der Heuernte der schönste. Man geht mit der Sense in der Hand, bis man auf den Zaun zum Nachbargrundstück stößt, dann geht man zurück und beginnt mit einer neuen Schneise. Ja, dieser Weg ist der Weg des Herrn, aber die Gnitze ist das Werk des Teufels.

Niemals wäre es Nesje eingefallen, sich geschlagen zu geben, nur weil die Gnitze so lästig war. An windstillen Abenden legte er auf seinen eigenen Steilhängen los, und sobald die Sonne untergegangen war, kamen die Gnitzenschwärme, und das war beinahe sein Verderben. Aber er hielt durch, sodass seine Arme und sein Hals schier aufgefressen waren, wenn er schließlich ins Haus kam. Dann wusch er sich mit kochend heißem Wasser und spülte seine Haare sogar mit grüner Seife, damit es dem Satansungeziefer nicht einfiele, sich über den Schädel eines Mannes herzumachen, der schlafen wollte.

5

»Wie steht das Gras?«, fragte Serianna oft, wenn er spät am Abend nach Hause kam, und er antwortete, es stehe gut. War das Gras gut gewachsen, war es schwerer zu mähen, trotzdem wünschten sich die Heumacher einen guten Ertrag und reiche Ernte. In Dürrejahren, wenn das Gras spärlich und leicht zu ernten war, war die Freude nicht ebenso groß. Es war seltener geworden, das Gras auf dem Boden liegend zu trocknen – sie hängten es auf Reuter. Adam Gørvell hatte sich einen Pferderechen mit großen Rädern besorgt, deshalb brauchte er nicht mehr so viele Frauen zum Harken. Der Pferderechen harkte das Heu zu großen Haufen zusammen, dann wurde es über die Reuterschnüre gehängt. Das war eine schwere Arbeit, die am besten von Männern übernommen wurde.

Aber es war nicht dasselbe Hochgefühl, nicht derselbe Spaß bei der Heuernte wie vorher, und auch nicht derselbe Lärm in den Essenspausen, denn die Leute bekamen einen höheren Tageslohn, um sich auf eigene Kosten zu versorgen. Serianna brachte Nesje das Essen, und während er aß, wartete sie und leistete ihm Gesellschaft. Erst wenn er fertig war, ging sie wieder über die Wiesen und die Anhöhen hinauf nach Rekneslia.

Sie war immer noch keine alte Frau, aber sie hatte die vierzig erreicht.

Die Tage verstrichen mit Sonne und Wind auf den Wiesen von Reknes, und als die Heuernte abgeschlossen war, versammelten sie sich zur Erntegrütze, und damit war auch Adam Gørvell nicht knauserig. Sie wurde in riesigen Kesseln im Waschhaus gekocht und schwamm in Fett. Die Sauermilch stand in riesigen Eimern auf dem Tisch. Danach wurde das geräucherte Fleisch und *flatbrød* aufgetischt, und diejenigen, die sich – anders als Nesje – nicht mäßigen konnten, aßen sich um Kopf und Kragen. Manche jammerten fast, wenn sie den Tisch verließen, und waren nicht arbeitsfähig, bis die Mahlzeit ihren Weg gefunden hatte. So war es zu Nesjes Zeit. Und nach der Erntegrütze stand das Beste noch bevor, denn dann hatte er vierzehn Tage frei und konnte sein eigenes Heu einbringen. Zuerst musste er natürlich noch seine Pflichttage bei Leth mähen, dort war Nesje jedoch nur Teil einer Arbeitskolonne – er beköstigte sich selbst und betrat niemals das Haupthaus. Wenn es aber auf den Spätsommer zuging und Hagebutten und Vogelbeere rot wurden, dann war die Zeit gekommen, dann konnte der Heumacher sein eigenes Heu ernten. Die Nächte waren nicht mehr genauso hell, aber der Vogelgesang begann trotzdem gegen vier. Als Nesje mit den Jahren schlechter schlafen konnte, schlich er sich in aller Frühe zum Arbeitseinsatz davon und holte den Schlaf lieber mit einem Nickerchen nach dem Mittagessen nach. Es war ihm nicht fremd, im Heu zu schlafen, obwohl er alt zu werden begann. Nach einem solchen Mittagsschläfchen dehnte er die Arbeitszeit noch weiter aus, denn die Arbeit, die getan werden musste, wurde mit jedem Jahr mehr – je weiter er den Hof ausdehnte. Erst spät im Herbst, wenn die ganze Ernte eingebracht war, konnte er einen Streifzug in die Stadt machen und erfahren, worüber die Leute redeten.

Da war die Heuernte bei Gørvell nur noch eine entfernte Erinnerung, doch der Arbeitseinsatz saß ihm noch in den Knochen. – Die vierzig Jahre, die er bei Gørvell Heu machte, waren die beste Zeit seines Lebens.

6

In den ersten Jahren merkte er nicht, dass etwas schieflief. Die Arbeit, die sein Los war, und die Arbeitsfreude, die sein Privileg darstellte, machten ihn langsam zu einem einsamen Mann. Weil die Arbeit ihn die meisten Stunden des Tages kostete, konnte er mit den Menschen nicht mehr so Umgang pflegen wie in seiner Jugend. Die Bekannten, die er als junger Mann gehabt hatte – die, die er beim Entlanggehen durch die einzige Straße Moldes getroffen hatte oder in den Skiloipen im Winter oder an stillen Abenden an den Angelseen in der Hügellandschaft rund um Molde –, die verschwanden, einer nach dem anderen, weil er selbst nicht mehr dort war. Anfangs bemerkte er es nicht, denn er hatte nie Zeit, nach ihnen zu sehen. Zwar war Nesje ein Mann, der sich unter Menschen wohlfühlte, aber weil er immer doppelt so viel arbeitete und immer das Gefühl hatte, seine Kinder zu vernachlässigen, war in seinem Leben kein Platz für Freunde und Bekannte. Die beiden Erwachsenen, die in Rekneslia wohnten, besuchten selten oder nie irgendeinen Freundeskreis oder Geburtstag. Niemand lud sie ein, aber lange Zeit bemerkte er es nicht. Und hätte er es gemerkt, wäre es ihm nicht nahegegangen. Wurde ein seltenes Mal eine Einladung ausgesprochen, fand er schnell eine Entschuldigung, warum sie nicht hingehen konnten. Und wenn es schließlich zu spät war, atmete er erleichtert auf. Er hatte es so viel besser bei sich zu Hause, und es gab so viel, was er dort zu erledigen hatte. Er vermisste etwas anderes als Freunde und Bekannte. Ein ganzes Jahr lang war er nicht mit Serianna zusammen gewesen, und noch immer hatte sie ihm kein Zeichen gegeben, dass sie ihn aufnehmen würde.

»Du?«, konnte er mit seiner sanftesten Stimme sagen, wenn sie abends nebeneinanderlagen. »Du?«, konnte er flüstern, wenn sie die Paraffinlampe ausblies und er ihr eine Hand auf die Schulter legte.

Aber sie antwortete: »Jetzt nicht. Noch nicht. Es ist zu früh.«

Und dann nahm sie, wenn auch vorsichtig, seine Hand weg und drehte sich auf die andere Seite, um zu schlafen.

7

Gjertine bekam ihre zweite Kuh, als der Grund und Boden gerodet war, den sie nun ihr Eigen nennen konnten. Noch immer hatten sie keinen Zaun, deshalb mussten die Kühe mit einem Strick angebunden und ein Stück weitergeführt werden, wenn sie alles abgegrast hatten. Gjertine war von früh bis spät mit ihren Kühen beschäftigt. Sie hatten an einem der kleinen Seen einen Stall für die Tiere gebaut, aber als die Sommerhitze einsetzte, trocknete der ganze See aus und sie musste die Kühe weite Wege führen, um sie zu tränken. Es war Gjertine, die das tun musste, wenn sie nicht Hilfe von Olava bekam.

Hühner hatte Gjertine auch, und ein Pferd, mit dem sie nach Roslyn oder Webster zum Einkaufen fuhr.

Weder Roslyn noch Webster waren so groß, dass nicht die meisten auf die norwegische Frau aufmerksam wurden, die sich am äußeren Rand von Grenville niedergelassen hatte und einmal im Monat nach Webster kam, um einzukaufen. Es lagen 16 *miles* zwischen Webster und Gjertines Farm auf der Grenze zu Grenville, es dauerte also vier Stunden hinzukommen und vier Stunden, wieder zurückzukehren.

Die norwegische Frau war nicht füllig, dazu arbeitete sie zu schwer, aber sie hatte einen kräftigen Körper und ein offenes, rundes Gesicht, das sich nicht selten durch ein Lächeln erhellte, wenn jemand mit ihr sprach.

Gjertine besuchte die Geschäfte, die sich nach und nach in Webster etablierten, und sie sah die neuen Gebäude, die dort errichtet wurden. Beinahe jedes Mal, wenn sie mit dem Wagen und ihrem kleinen schwarzen Pferd dorthin kam, gab es etwas Neues. Websters Geschichte war noch so jung, das erfuhr sie bei dem norwegischen Kaufmann, der mit Gemüse und Eiern handelte. Alles hatte 1881 begonnen, als ein Bahnhof in der Einöde errichtet wurde – die Schienen sollten Richtung Aberdeen weiterverlegt werden. Als Erstes kamen drei Waggons mit Emigranten an, aber weil dort keine Agenten der Reisegesellschaft zugegen waren, wurden die Waggons neben die Gleise gesetzt und abgeladen. Ein Mann mit Namen Sauer ließ sich auf einem Stück Grund und Boden nieder, auf das die Eisenbahngesellschaft Anrecht hatte. Sein Freund, Mr Baltzer, kehrte nach Minnesota zurück, um Bauholz für ein Hotel zu beschaffen, und gründete *The Baltzer House*. Es war dieses Gebäude, das Hans Aas später kaufte. Ein Mann mit Namen Ochsenreiter kam als Zweiter. Er eröffnete einen *hardwarestore*, also ein Eisenwarengeschäft oder *jernvareforretning*, wie es auf Norwegisch heißt, aber dieses Wort benutzte keiner der Einwanderer. Die erste Generation wurde nie besonders gut im Englischen, aber sie schnappten ein Wort nach dem anderen auf und fügten es in ihre norwegische Sprache ein. Später bekam Ochsenreiter einen Mann namens Andrew Smail als Partner. Das war eine perfekte Kombination zweier Namen, die sich alle merken konnten, sobald sie sie einmal gehört hatten. Ochsenreiter & Smail – das war ein Name, der auf sich aufmerksam machte!

E. D. Landon und R. H. Smith gründeten die erste Brauerei in Webster. Barch und Hutchinson eröffneten ein *Land Office* in der Railroad Avenue.

Bereits im September 1881 rief jemand eine Zeitung ins Leben: *The Reporter & Farmer.* 1882 entstand *The Prior House*, und 1884 konnte sich Webster mit einer Reihe von Läden und Einzelhandelsgeschäften brüsten. J.C. Bush besaß ein Bekleidungsgeschäft, Dr. Harris eröffnete eine Apotheke. *The Norton Store* wurde etabliert, danach kam Sib Petersons Saloon und schließlich jemand mit Namen John Pendergast, der später Postmeister wurde. Er war Blechschmied.

Doch Gjertine ging am liebsten in das neue Geschäft *Farmer's Hardware*, wenn sie in Webster war. Die konnten ihr das verkaufen, was sie auf dem Hof brauchte, den sie zu einem Großteil allein bewirtschaftete. Zum Glück half ihr Olava mit den Kindern, denn sie war noch zu jung, um eine Stellung zu suchen.

8

DREI WOCHEN nachdem Ola und seine Familie fortgereist waren, lud sein Bruder Erik zur Auktion ein, und Lensmann Hagerup kam, um zu sehen, ob alles ordnungsgemäß vor sich ging. Für tausend Kronen mussten sie den Hof abtreten, obwohl das nur der Hälfte des Wertes entsprach. Die Einnahmen reichten, um Olas Schulden bei der Hypothekenbank zu decken, aber es blieb nichts übrig, was Erik nach Amerika hätte schicken können.

Der Käufer war ein Mann aus dem Fjordinneren. Er hieß Elias Hansen Svenøy, nannte sich aber bald Elias Hansen Hoem, wie es Brauch war, wenn man umzog – man nahm den Namen des neuen Ortes als Nachnamen an.

Einen einzigen Sohn hatten Elias und seine Frau Gjertrud bekommen, mehr wurden es nicht. Dieser Sohn erhielt den Modenamen Edvard und den Nachnamen Eliassen.

Man kann sich denken, dass Elias Hansen Hoem, wie er nun hieß, die Möglichkeit in Betracht zog, dass der Bortehof zukünftig wieder von einer Hand bewirtschaftet würde, sobald der kinderlose Erik nicht mehr dazu in der Lage war. Diese Möglichkeit war auch Erik bewusst, und sie gefiel ihm nicht. Aber wie sollten sie das regeln?

Im Herbst fuhren Erik und Anne nach Molde, um auf einem großen Missionstreffen dabei zu sein – jedenfalls war das der Vorwand für die Reise in die Stadt. Sie gehörten nicht zu den Bibeltreuen, aber auf einer solchen Versammlung bekam man viel Interessantes zu hören – von Leuten, die mit den Ureinwohnern in Afrika gesprochen und sie dazu gebracht hatten, ihre Knie vor Jesus zu beugen.

Die Versammlung war schön und gut, doch als sie zu ihren Verwandten nach Rekneslia kamen, wo sie übernachten sollten, bemerkte Nesje, dass Erik mit allen Jungen sprach und dass es so aussah, als habe er eine besondere Vorliebe für Anton Edvard gefasst.

Endlich, als alle Kinder zu Bett gegangen waren, als es auf dem Dachboden ruhig wurde und es nur noch eine Frage der Zeit war, wann auch die Erwachsenen sich schlafen legen würden, da kam es zur Sprache, fast nebenbei, ja, anfangs vielleicht sogar aus Spaß: dass hier genug Talente für die Landwirtschaft zu finden seien. Erik meinte, besonders Anton Edvard besäße viel Geschick für dieses und jenes. In Frænen werde bestimmt irgendwann einmal ein brauchbarer Hof frei. Doch nun sei es spät – sie sollten darüber schlafen.

Nesje blieb lange wach. Serianna merkte es, und er sprach mit ihr über das, was ihm Kummer machte, und dann konnte auch sie nicht schlafen.

Am nächsten Morgen wurde nicht darüber gesprochen. Die Gäste zogen sich ihren Sonntagsstaat an und gingen in Molde in die Kirche. Als sie wieder zurückkamen, dauerte es nicht mehr lange, bis das Dampfboot sie wieder nach Hause bringen sollte. Schließlich ergriff Nesje das Wort. Er fragte, ob sie wirklich den Wunsch hätten, seinen jüngsten Sohn als Erben einzusetzen.

Für diesen Fall, sagte der Möbelschreiner, müsse Anton Edvard baldmöglichst zu ihnen kommen. Und damit war das Thema für Serianna fürs Erste erledigt – sie konnte sich nicht vorstellen, ihren Kleinsten fortzuschicken. Und die Verwandten sagten, nein, nein, wenn die Eltern nicht wollten, und verließen das Haus, um das Dampfboot zu erreichen. Nesje und Serianna hatten keine Gelegenheit, miteinander zu sprechen, bevor alle zu Bett gegangen waren. Sie versicherten einander, dass es nicht infrage käme, Anton fortzuschicken.

Doch ein paar Tage später stand es Nesje ebenso klar vor Augen, dass er das Angebot nicht einfach ausschlagen konnte. Vielleicht würde ihm sein kleiner Sohn diesen Verlust später vorwerfen. Jetzt, solange der Junge noch ein Kind war, konnte er ihn natürlich nicht fragen, was er darüber dachte, denn dazu fehlte Anton noch der Verstand – kein Kind, dem es gutgeht, will fort von Vater und Mutter.

Wie auch immer – in der Weihnachtszeit trafen sie ihre Verwandten wieder, und dieses Mal war Nesjes Ton sanfter. Demütig fragte er, ob das Angebot an Anton Edvard immer noch gültig sei? Ja, das sei so, aber nun müssten sie bald wissen, wie es stehe, erwiderte der Möbelschreiner, denn es gebe noch weitere Kandidaten, die infrage kämen! Serianna war nicht wenig verwundert darüber, dass ihr Mann die Sache erneut zur Sprache brachte – sie war der Ansicht, sie hätten die Sache ein für alle Mal abgelehnt. Doch da hatte Nesje bereits um eine Frist gebeten – er müsse noch seine Frau davon überzeugen. Sie einigten sich darauf, dass alles bis zum Beginn des Sommerhalbjahres, laut Kalender also am 14. April 1888, entschieden sein müsse.

Serianna weinte. Konnten sie nicht warten, bis er ein paar Jahre älter wäre? Konnten sie nicht warten, bis er zehn wäre?

Aber es ging nicht an, die Sache noch länger aufzuschieben. Rechtzeitig vor dem 14. April schickten sie eine Nachricht nach Frænen, dass der Junge zu Sankthans kommen werde, damit er auf der neuen Schule in Hoem beginnen könne, die in diesem Sommer fertig gebaut worden war.

Aufbruch und Neubeginn

1

Am 17. Juni 1888 wurde Nesje fünfzig Jahre alt, und Anton Edvard, der am selben Tag wie sein Vater Geburtstag hatte, wurde sieben. Sie pflegten einander keine Geschenke zu überreichen, aber sie gratulierten und waren sich einig, dass sie zusammen zu Abend essen wollten – dafür war sonst nicht immer Zeit. Fünfzig war trotz allem ein runder Geburtstag, und ein Siebenjähriger hat mit der ersten Kindheit abgeschlossen, in der das Spiel ebenso wichtig ist wie die Pflicht. Das restliche Menschenleben ist, wie man weiß, kein Spiel.

Deshalb zündete Serianna ein Talglicht an, als sie zu Abend essen wollten, obwohl es in Norwegen schon bald nicht heller werden konnte als zu dieser Zeit.

Es war für alle gedeckt. Dort saß Eilert, bald zwölf Jahre alt, und Kristine mit ihren neun Jahren, und an den gegenüberliegenden Kopfseiten des Tisches die Eltern. Obgleich sie gesagt hatten, alle müssten um acht Uhr zu Hause sein, kam Bastian Georg nicht – er war irgendwo in der Stadt. Es verletzte Nesje, dass sein Ältester nicht so viel Respekt zeigte, an diesem besonderen Tag zum Abendessen zu erscheinen. Nachdem sie eine Weile gewartet hatten, meinte Nesje, sie würden nun ohne Bastian Georg essen.

Gerade als sie alle von der Grütze genommen hatten, kam er. Sie merkten, dass er schlechte Laune hatte. Irgendetwas war geschehen, worüber er nicht sprechen wollte, und kaum hatte er fertig gegessen, verließ er den Tisch, ohne auf die anderen zu warten. Das versetzte der Stimmung einen Dämpfer, aber Nesje meinte, sie sollten nicht mit ihm schimpfen, obwohl er sah, dass Seriannas Mundwinkel stramm wurden.

Als die Mutter den Tisch abräumte, fragte Anton Edvard, ob er den Vater unter vier Augen sprechen könne.

Was hatte er denn auf dem Herzen, was die anderen nicht hören durften?

Nein, er wollte allein mit dem Vater sprechen, und Serianna meinte, sie sollten hinausgehen und ein Gespräch von Mann zu Mann führen.

Nesje wusste, dass der Junge etwas ansprechen würde, worüber er selbst am liebsten nicht reden wollte.

»Du musst mir helfen«, sagte Anton Edvard.

»Wobei?«

»Mir helfen, dass ich nicht zu Onkel Erik muss. Bitte, Vater.«

Es war ein herzzerreißender Augenblick, als der Sohn vor Nesje stand und ihn anflehte, zu Hause bleiben zu dürfen. Serianna kam heraus und wollte wissen, was zwischen den beiden vor sich ging. Der Sommerabend, der eben noch so geschimmert hatte, schien ihnen nunmehr bleich und grau.

Nesje sah den Jungen an. Dann Serianna, die direkt danebenstand, mit einem harten, strengen Gesichtsausdruck. Sein Blick ging zurück zum Jungen, dessen Augen voller Tränen standen. Es war, als käme Nesjes Stimme von woanders her, als er einsah, dass er nur einen Ausweg hatte: »Deine Mutter weiß, was am besten für dich ist«, sagte er. Er glaubte, sein Herz würde aufhören zu schlagen.

»Soll ich dort wirklich mein Leben lang bleiben?«, fragte der Junge.

»Was meinst du mit ›mein Leben lang‹?«

»Soll ich jenseits des Gebirges leben und sterben?«

»Die Frage ist, von welcher Seite aus man es sieht«, erwiderte Nesje. »Die dort wohnen, meinen, dass sie diesseits leben.«

»Die Sonne verschwindet dort hinter dem Gebirge«, sagte der Junge, »und das für zwölf Wochen im Jahr!«

Das hatte seine Mutter ihm erzählt.

»Die anderen vierzig Wochen scheint dort die Sonne«, entgegnete Nesje, aber seine Worte hinterließen einen schlechten Geschmack in seinem Mund. »Wenn du groß bist«, fuhr er fort, »kannst du selbst entscheiden, wo du sein möchtest.«

»Wie soll ich von dort fortkommen«, fragte der Junge, »wenn ich erst einmal dort bin?«

Nesje bekam eine, wie er fand, einmalige Idee: »Wenn du schließlich und endlich nicht auf dem Hof leben willst«, sagte er, »gibt es in Trondheim etwas, das Unteroffiziersschule heißt. Dorthin sind deine Vorväter gegangen!«

Er sah, wie der Junge seinen Kopf senkte. Danach ging Anton Edvard um das Haus herum und die Hügel hinunter Richtung Stadt. Nesje wollte ihm hinterherlaufen, doch Serianna hielt ihn zurück. Nesje setzte sich auf die Bank hinter dem Haus, die er mit seinen eigenen Händen gebaut hatte. Wie ein Blitz durchzuckte ihn der Gedanke, dass er nun seinen zweiten Sohn verlor. Hans war fortgegangen, als Serianna ins Haus kam. Er war kaum zu Hause gewesen, seit er nach Trondheim gezogen war. In den vierzehn Jahren, die seither vergangen waren, hatte Hans sich vom Laufburschen in Trondheim zum Geschäftsführer in Kristiansund hochgearbeitet. Aber er schien immer noch keine Zeit zu haben, seine Heimatstadt zu besuchen. Jemand, der einem Geschäft vorstand, stand doch wohl auch seiner eigenen Zeit vor, dachte Nesje, warum kam er also nicht?

Doch nun ging es um Anton Edvard. Da die Entscheidung gefallen war und der Junge sich widersetzte, sei es das Beste, kurzen Prozess zu machen, meinte Serianna.

Eine Woche später hatte sie die Kleider, die ihr Jüngster mitnehmen sollte, in einen Sack gepackt, den sie auf dem Rücken übers Gebirge tragen konnte. Weil sie ein paar Tage unterwegs sein würden, musste auch Kristine mitkommen. Die beiden größten Jungen konnten auf sich selbst aufpassen.

Serianna und die beiden Jüngsten verschwanden im Wald und schlugen den Pfad ein, der übers Gebirge nach Åndal in Frænen führte. Danach gingen sie übers Jendemsfjell nach Hoem.

Beim Abstieg kamen sie an einer kleinen Quelle vorbei, die dort hervorsprudelt, wo der Kirchweg vom Gebirge hinabführt, und die die Leute aus der Gegend *Sælebotssikla* nennen, Quelle der Barmherzigkeit. Serianna war nicht mehr genauso gelenkig wie früher, und nach der langen Wanderung hatte sie Schmerzen in der Hüfte, aber sie beugte sich hinunter und trank.

»Trinkt auch«, forderte sie die Kinder auf. »Wer aus der *Sælebotssikla* trinkt, wird hundert Jahre alt!«

Der Junge zögerte.

»Ich will nicht hierbleiben, bis ich hundert Jahre alt bin«, sagte er.

»Wenn du konfirmiert bist, kannst du reisen, wohin du willst«, erwiderte seine Mutter, »sogar nach Amerika.«

»Ja, dorthin will ich!«, entgegnete der Junge. »Ich werde nach Amerika reisen. Und dort wurde ich hundert Jahre alt.«

Er beugte sich hinunter und trank. Seine Schwester trank ebenfalls.

»Ich werde auch leben, bis ich hundert Jahre alt bin«, sagte sie, »aber trotzdem wirst du länger leben als ich, weil du jünger bist.«

Sie wanderten auf ihr Ziel zu. Sie gingen an dem Haus vorbei, in dem Serianna aufgewachsen war und wo sie gelebt hatte, bis sie dreißig Jahre alt war. Ola und Sara hatten dort mit ihren vier Kindern gewohnt. Nun war eine andere Familie eingezogen. Sie wollte dort keinen Besuch abstatten – diesem Schmerz wollte sie sich nicht aussetzen. Serianna hatte den großen Sack auf dem Rücken, und die Kinder, die den ganzen Weg lang umhergesprungen waren, bald hinter ihr, bald vor ihr, nahm sie nun an die Hand. Sie ging aufrecht wie eine Königin, aber ihre Schritte wurden langsamer – als sei sie nicht länger sicher, ob sie das Richtige tat.

»Warum gehen wir so langsam, Mutter?«, fragte Anton Edvard.

»Ich muss mich nur ein bisschen umsehen. Hier bin ich aufgewachsen, und hier sollst du nun leben.«

Schwägerin Anne nahm sie an der Tür in Empfang, der Möbelschreiner war im Stall. Er kam herein, und sie aßen zu Abend, doch das Gespräch zwischen den Geschwistern verlief schleppend, als missfiel ihnen beiden die Entscheidung, die getroffen worden war. Anton Edvard fand, das Essen schmecke seltsam, und das sagte er, was niemandem zu gefallen schien.

»Du wirst dich daran gewöhnen müssen!«, sagte der Onkel.

»Nun ist es an der Zeit, dass sie ins Bett kommen«, meinte Serianna.

Anton Edvard fand es merkwürdig, dass sie ins Bett mussten, obwohl es draußen noch hell war. Seine Mutter und seine Schwester sollten am nächsten Tag früh fort.

Morgens um sieben Uhr stand Serianna bereit, um in die Stadt zurückzugehen. Käse und Butter hatte der Bruder ihr mitgegeben – als Entschädigung für einen Sohn. Die Geschwister waren immer gut miteinander ausgekommen, doch nun schien es, als ob nichts stimmte. Der Abschied fiel kurz aus. Es war ein Regentag, und sie standen draußen auf dem Hofplatz und wurden nass.

»Geh hinein und setz dich ans Fenster«, sagte die Mutter zu Anton Edvard, »dann winkst du uns zu, und wir winken dir, solange wir dich sehen können.«

Anton Edvard meinte, sie würden ihn viel länger sehen können, wenn er draußen vor dem Haus stand, als wenn sie ihn durchs Fenster sähen, aber er tat, wie die Mutter ihm geheißen hatte, setzte sich auf einen Stuhl ans Fenster und winkte, bis sie einige Steinwürfe entfernt waren. Seine Schwester ging rückwärts, die Mutter auch, sie winkten und winkten. Doch plötzlich wandten sie sich um. Sie sahen ihn nicht mehr. Er erhob sich und wollte hinausgehen, aber sein Onkel hielt ihn zurück.

»Wie möchtest du am liebsten von uns genannt werden?«

Der Junge sah verwundert aus. »Ich heiße Anton«, sagte er.

»Na ja«, meinte der Onkel, »du hast doch noch einen weiteren Namen. Du heißt ja auch Edvard.«

»Am besten nennen wir dich Edvard«, stimmte seine Frau mit ein. »Dann gibt es keine Verwechslung mit Anton auf dem Nordhof.«

»Kannst du hinausgehen und den Pflock vom Pferd versetzen, Edvard?«, fragte sein Onkel. »Du weißt, wie man das macht? Nimm die Axt dort mit. Schlag den Pflock in die Erde. Trotz allem bist du ja schon sieben Jahre alt.«

»Das schaffe ich«, sagte der Junge, der einen neuen Namen bekommen hatte. Er griff nach der Axt und ging Richtung Tür.

»Was sehe ich?«, fragte der Onkel. »Gehst du mitten im Sommer mit Schuhen?«

»Es hat geregnet, und es ist kalt im Gras. Was ist falsch daran, in Schuhen zu gehen?«, fragte der neue Edvard. »Ich darf doch wohl in Schuhen gehen, wenn ich das so will?«

»Nein, nun sollst du aber hören!«, rief der Onkel. »Ab jetzt bin ich für deine Schuhe zuständig, und ich will nicht, dass du sie im Sommer verschleißt. Schuhe kannst du anziehen, wenn der Herbst kommt und Reif auf den Wiesen liegt! – Schlimm, wie sie die Kinder da in der Stadt verwöhnen«, sagte Erik zu seiner Frau. »Lassen sie das ganze Jahr über in Schuhen gehen!«

Der neue Edvard zog seine Schuhe aus, ging hinaus und versetzte den Pflock für das Pferd. Auf einem kleinen Hügel oberhalb des Hauses stand ein anderer Junge, Per Andrias vom Nordhof. Sie gingen aufeinander zu, ohne ein Wort zu sagen. Dann standen sie am Rand der Wiese oberhalb des Hauses – sie war noch nicht gemäht.

»Sollen wir einen Wettlauf durch das Gras machen?«, fragte Per Andrias.

»Nein, das darf ich nicht«, erwiderte Anton Edvard, »das habe ich so gelernt.«

»Durftet ihr nicht über die Wiesen laufen?«

»Nein. Erst wenn sie gemäht waren.«

»Das ist das Merkwürdigste, was ich je gehört habe«, sagte Per Andrias. Dann rannte er durch die Wiese und danach zu sich nach Hause.

Am Nachmittag stand der Onkel an der Wiese und betrachtete mit finsterer Miene die Spur im hohen Gras. Per Andrias näherte sich. Anton Edvard ahnte, dass nun etwas kommen könnte, was ihn nicht glücklich machen würde. Er ging zu ihnen hinaus.

»Wer ist durch die Wiese gerannt?«, fragte der Onkel.

Per Andrias zeigte auf Anton Edvard. Er sagte nicht den Namen, er zeigte nur.

»Ich habe gesagt, dass er das nicht tun soll, aber er wollte nicht auf mich hören.«

An diesem Abend bekam Edvard eine Tracht Prügel von seinem Onkel.

»Ich werde dir deine Stadtgewohnheiten schon austreiben«, sagte der Onkel und prügelte mit einer Weidenrute auf den nackten Hintern ein. Anne wollte dazwischengehen, doch der Onkel sagte: »Man muss sie früh züchtigen, so steht es in der Schrift! *Wer seinen Sohn liebt, der züchtigt ihn beizeiten!*«

»Ja, das ist wohl so, aber er ist nun einmal nicht dein Sohn.«

»Wer soll ihn sonst züchtigen?«, rief der Onkel. »Du sollst mir nicht widersprechen, und schon einmal gar nicht, wenn er zuhört! *Die Frau schweige in der Gemeinde.*«

»Ja, aber dies hier ist keine Gemeinde«, erwiderte Anne und ging.

Der Onkel ließ vom Jungen ab, und der Junge zog seine Hose hoch.

»Du solltest mich lieben und mir gehorchen, als sei ich dein Vater«, sagte der Onkel zu ihm.

»Ich habe schon einen Vater«, antwortete er, der Edvard heißen sollte.

»Ich werde dich lehren, aufsässig zu sein!«, rief der Onkel und hob die Weidenrute auf, die er von sich geworfen hatte. Aber es gab keine weiteren Prügel. Es schien, als besänne er sich. Später am Abend sah Edvard seinen Onkel weinen. Er weinte ohne einen Laut, und der Junge fand nie heraus, warum er weinte. Die Tante, Anne, stand mit dem Rücken zu ihm und wusch ab.

2

OLA ENTSCHLOSS SICH, in Marshall County Land abzustecken, auf den Höhenzügen am Buffalo Lake, die zum Fort Sisseton gehört hatten, nun aber für die Besiedelung freigegeben worden waren, weil man die militärischen Aktivitäten des Forts eingestellt hatte. Die Jagd auf Grund und Boden in South-Dakota hatte 1878 begonnen, acht Jahre bevor Gjertine und Ole sich dort niederließen. Als Ola mit Sara und seinen Kindern nach Sisseton kam, war im zentralen Teil, in Robert's County, nicht mehr viel Land übrig. Ein großer Teil des Gebiets wurde dem Sisseton-Wahpeton-Reservat zugeschlagen, das den Ureinwohnern gehörte. Die Ostgrenze des Reservats ging von einem Punkt am Lake Traverse südwestwärts bis zu einem Punkt am Kampeska-See drei Meilen westlich von Watertown. Das ergab ein Dreieck, das eingegrenzt war durch den Big-Stone-See, Grant County und die Reservatsgrenze. Dieses Reservat, das Lake-Traverse-Reservat genannt wird, war und ist die Heimat der Sisseton-Wahpeton Oyate, ein Zweig der Santee-Dakota-Gruppe. Das Reservat liegt zu Teilen auf dem Gebiet von fünf Countys im nördlichsten South-Dakota und zu weiteren Teilen auf dem Gebiet zweier Countys im südöstlichen North-Dakota. Mehr als sechzig Prozent des Gebietes, das die Ureinwohner bekamen, liegt in Roberts County, South-Dakota.

An einem klaren Herbsttag war Ola auf dem Weg zu den Anhöhen der Prärie, wo er seine Begrenzungspfosten eingeschlagen hatte – zusammen mit Ole, dem Sattler, und den zwei Söhnen, Bastian Elisæus und Edvard, die nun acht und sechs Jahre alt waren. Es ging darum zu entscheiden, wo ihre Wohnstätte sein sollte. Für den Anfang wollte er ein *dug-out* graben, in dem sie überwintern konnten. Im nächsten Sommer hoffte er, bauen zu können, und dann konnte er im *dug-out* Haustiere halten. Sara und die Mädchen sollten bei Gjertine bleiben, bis er ihnen ein Dach über dem Kopf bieten konnte.

Ola bat Sara, die zwölf Silberlöffel hervorzusuchen, die sie von seinen Eltern zur Hochzeit bekommen hatten. Sara wusste sofort, dass sie diese Silberlöffel nie wiedersehen würde, aber was hätte sie sagen sollen?

Sie reichte ihrem Mann die Silberlöffel, einen nach dem anderen, und er steckte sie in einen Stoffbeutel, den er auf der Brust trug.

Als der Sattler, Ola und die beiden Jungen gut die Hälfte des Weges zu den Hängen am Buffalo Lake zurückgelegt hatten, sah Ola von einem kleinen Indianerdorf im Reservat Rauch aufsteigen. Er bat den Sattler und die Jungen, auf ihn zu warten, denn er wollte mit den Indianern sprechen, und das gerne allein. Der Sattler meinte, das sei riskant, ja, regelrecht gefährlich. Und was sollte mit Sara und den Kindern geschehen, wenn Ola etwas passierte?

Ola sagte die denkwürdigen Worte, die eine Art Lebensmotto für ihn werden sollten: »Wo sich der weiße Mann anständig verhält, verhält sich auch die Rothaut anständig!«*

Da blieben also die beiden Söhne zusammen mit dem Sattler zurück und sahen, wie Ola mit langen, wiegenden Schritten auf das Indianerdorf zuging. Sie sahen, dass er eine ganze Weile vor einem Zelt stehen blieb, bis irgendjemand das Bisonfell zur Seite schlug.

Von dem, was dann geschah, konnte später nur Ola berichten, es gab keine anderen Zeugen. Es sei denn, die Ureinwohner würden

---

* Die Formulierung widerspiegelt das Denken der Menschen im 19. Jahrhundert.

sich bis zum heutigen Tag die Geschichte erzählen – die Geschichte, wie Ola zum ersten Mal zu ihnen kam.

Was sein Anliegen war?

Er, Ola, behauptete später, er sei deshalb so gut mit den Ureinwohnern ausgekommen, weil er sich mit ihren Gebräuchen befasst habe. War die Öffnung eines Tipis verschlossen, musste man unbedingt draußen warten, sich bemerkbar machen und keinesfalls versuchen hineinzugehen, bevor man nicht ausdrücklich die Erlaubnis dazu bekommen hatte. Dann musste man sich setzen, aber erst, wenn man dazu aufgefordert worden war, und zwar immer links von den bereits Anwesenden und immer möglichst nah an der Öffnung, während die Bewohner des Tipis am weitesten innen saßen. So hatte es Ola verstanden. Später erzählte er, dass in diesem Tipi eine große Familie von insgesamt zwölf Personen wohnte – neun Kinder, Mutter, Vater und die Großmutter, die von allen das größte Interesse an dem weißen Mann zeigte.

In seinem ihm eigenen Romsdalsdialekt erläuterte Ola sein Anliegen. Die Indianer verstanden, auf was er aus war, zögerten aber, ihm entgegenzukommen. Ola wollte ein Tipi kaufen, oder vielleicht auch genügend Bisonfelle für ein Tipi, und diese herzugeben – dazu waren sie anfangs wenig bereit. Der weiße Mann hatte für die Art, wie die Indianer wohnten, ja nur Verachtung übrig und war der Meinung, es sei weitaus besser für die Indianer, wenn sie sich in Häusern niederließen.

Doch als Ola die Silberlöffel vorzeigte, kam Bewegung in die Sache. Sie fragten, ob sie die Löffel mal anfassen könnten, sie steckten sie in den Mund und lachten sich tot über die Gerätschaft, mit der der weiße Mann seine Suppe zu essen pflegte.

Der Mann – einer der schönsten, die Ola je gesehen hatte – schien immer noch unwillig. Er ließ den Gast nicht aus den Augen, auch nicht als er mit seiner Mutter verhandelte. Er wirkte nicht unfreundlich, lächelte aber auch nicht. Wenn Ola sprach, mit seinem unverkennbaren Romsdalsdialekt, nickte er nachdenklich, schüttelte dann aber den Kopf. Seine Frau sei eine reine Augenweide gewesen, sagte Ola später – sie nickte und lachte und war mit ihrem Mann in allem und jedem einig. Die Großmutter dagegen wollte Ola gerne helfen. Sie begriff, dass er ein Dach über dem Kopf brauchte, bis er für sich und seine Familie ein Haus gebaut hatte, und sah es als Ehre an, dass er der Sitte der Einheimischen folgen wollte.

Nun setzte die Großmutter zu einem Monolog an. Ola wollte nicht behaupten, dass er jedes Wort verstand, aber das meiste hätte er doch mitbekommen. Die Großmutter erinnerte ihren Sohn daran, dass es die Frauen seien, die in einem Tipi das Sagen hatten, und sie sei die Älteste im Tipi. Wurde die Frage, ob man ein Tipi kaufen könne, im Tipi selbst gestellt, waren es die Frauen, die darauf antworten sollten. Und plötzlich sei die hübsche Frau mit der Großmutter ganz und gar einig gewesen, sagte Ola, und habe mit scharfer Stimme etwas zu ihrem Mann gesagt.

»Also: *Cogito ergo sum!*«, meinte Ola.

Da konnte der Indianer nur noch auf Granit beißen. Schließlich habe auch er *Cogito ergo sum* gesagt. Das war ein Ausdruck, den Ola von dem Pastor Josef Jervell gelernt hatte, mit dem er einmal eine Diskussion über die großen Fragen des Lebens geführt hatte. Ola wusste nicht ganz genau, was dieser Ausdruck beinhaltete, aber die Indianer verstanden, welche Bedeutung darin lag. Damit herrschte nun vollkommene Übereinstimmung im Tipi.

»*Cogito ergo sum!*«, riefen alle Indianer im Chor, und dann lachten sie ihr freundliches Lachen.

Und damit war es abgemacht. Alle begleiteten Ola hinaus, und da lag ein Tipi, keines der ganz großen, zusammengerollt unter einem kleinen Felsen, und das bekam Ola im Tausch für alle Silberlöffel. Der Indianer war sogar hilfsbereit und trug das schwere Tipi zum Wagen, wo der Sattler und die Jungen warteten. Bastian Elisæus bedachte seinen Vater mit einem langen Blick, und das wertete Ola als große Anerkennung seines Sohnes, auch wenn dieser das nicht mit Worten auszudrücken vermochte. Und Edvard lachte vor Freude. Sie verstauten das Tipi auf dem Planwagen und wollten nun weiter Richtung Westen.

Das Merkwürdige war, dass der Indianer ihnen mit einigen Schritten Abstand folgte. Ola drehte sich mehrere Male um, bedankte sich für die Hilfe, indem er sich tief verbeugte, und wiederholte sein ewiges *Cogito ergo sum*, aber der Indianer trabte weiter hinter ihnen her, während er irgendwohin zeigte und etwas in seiner eigenen Sprache sagte, was Ola nicht verstand.

Auf den Berghängen, von wo man in der Ferne den *Buffalo Lake* glitzern sah, wurde der Indianer eifrig. Ola wollte an einem kleinen See anhalten, doch der Indianer ging weiter und winkte sie zu sich.

»Er will uns was erzählen!«, sagte Ola und ging ihm hinterher. Der Indianer wanderte mit Ola ein gutes Stück den Hang hinauf. Dann blieb er an einer Felsspalte stehen, wo ein paar Präriepappeln wuchsen, zerrte einige Äste zur Seite, die dort lagen, bohrte mit der Fußspitze und plötzlich glänzte Wasser auf. Ein unterirdischer Bach verlief dort, der vermutlich in den kleinen See mündete. Etwas weiter oberhalb lag ein weiterer See.

Ola warf dem Indianer einen Blick zu. Danach sah er seine Jungen an und räusperte sich. Als er sprach, waren die Worte in erster Linie an Ole, den Sattler, gerichtet. Es war, als würde er den Schwager als Zeugen berufen. Er sprach die Worte aus, gegen die später niemand protestieren sollte: »Hier, sagten Ola und ich, hier werden wir uns niederlassen.«

Den Namen Bortehofsbauer, der ihm einmal so lieb gewesen war, benutzte er nicht, denn das war er nicht mehr.

»*Cogito ergo sum!*«, sagte der Indianer, lächelte zum Abschied und lief den Weg zurück, auf dem er gekommen war.

Dort auf der Prärie in Richtung Westen und Fort Sisseton fand Ola den Ort, wo er sich niederlassen sollte. Die Prärie war beinahe baumlos, dafür war die Blütenpracht auf den Ebenen umso größer. Über der Landschaft schwebten Pelikane und Präriegänse, Fischadler,

Schwäne, Kraniche, Habichte, Krähen, Spechte, Amseln, Sumpfhühner und Präriehühner, Schneevögel und wilde Kanarienvögel – so, wie es geschrieben steht. Schmetterlinge in allen Farben gaukelten über die Hänge, und das Präriegras stand so hoch, dass man aufrecht darin stehen konnte, ohne gesehen zu werden.

Von der Stelle mit den Präriepappeln aus, wo Ola sich niederlassen wollte, hatte man einen fantastischen Ausblick in alle Richtungen. Gen Süden lagen große Seen, und vor sich, gen Nordwesten, blickten sie über den herrlichen Buffalo Lake. Und überall waren sie umgeben von der bewegten, wellenförmigen Landschaft der Prärie.

Hätte er die Veranlagung dazu gehabt – Ole, der Sattler, hätte neidisch werden können. Für einen Farmer, der seine Scholle in Norwegen hatte verlassen müssen, war diese Landschaft ein Paradies – am meisten aber für den Jäger, wie sich zeigen sollte.

Dann schlugen sie Begrenzungspfosten ein, die besagten, dass Ola aus Norwegen hier Land in Besitz genommen hatte. Später würden sie das beim Magistrat in Britton registrieren lassen.

Den Büffel, der dem See seinen Namen gegeben hatte, gab es dort nicht mehr. Nur einige Skelette hier und da erinnerten an die großen Tiere, die einmal auf diesen Ebenen geweidet hatten. Antilopen und Hirsche streiften umher, und sie sahen Füchse und Kojoten, Wölfe, Biber, Stinktiere und Kaninchen – so, wie es geschrieben steht.

Und nun kam ein Augenblick, an den sie sich lange erinnern würden – als Ola zu seinem Wagen ging und einen Spaten holte, den er den weiten Weg aus Norwegen mitgenommen hatte, und die Brechstange, die er, als er sich zum Auswandern entschloss, mit solch enormer Gewalt in den Boden gerammt hatte, dass er sie kaum herausziehen konnte. Doch nun trieb er dieselbe Brechstange in die Erde der Prärie, und dann griff er nach dem Spaten und begann zu graben – auf einem Hügelkamm nicht weit entfernt von den Präriepappeln.

»Was machst du da, Ola? Untersuchst du die Ackerkrume?«, fragte Ole, der Sattler.

»Ich grabe einen *dug-out!*«, erwiderte Ola, »oder wie auch immer das auf Norwegisch heißt! Ich weiß, wie man es macht, damit er auch einen Wintersturm übersteht!«

Und das stimmte, denn auf seiner Reise durch Marshall County hatte er mehrere gesehen.

»Willst du nicht erst einmal deinen Proviant essen?«, fragte Sattler Ole, denn nachdem sie viele Stunden gefahren waren, verlangte es ihn danach.

»Zuerst will ich den Schweiß austreiben, dann esse ich meinen Proviant«, antwortete Ola.

Ole stand eine Weile da und sah seinem Schwager zu. Dann holte auch er einen Spaten. Bastian Elisæus und Edvard sollten Beeren in einen Holzeimer pflücken, den Ola dabeihatte. Ole, der Sattler, zeigte ihnen, wo sie suchen sollten. In den Schluchten und Felsspalten wuchsen Erdbeeren, Blaubeeren und wilde Kirschen – die würden ihnen zum Abendessen gut schmecken.

Als der Abend kam, hatten sie eine Elle tief gegraben – auf einer Fläche von dreißig Quadratmetern. Der Prärieboden war leicht und trocken, beinahe sandartig.

Nun war es an der Zeit, das Tipi aufzustellen. Ola schlug junge Pappeln, deren dünne Stämme er in einem Kreis in die Erde steckte und oben zusammenband. Das Fell war alt und zerschlissen, aber es tat in diesem Herbst als Wohnstätte für Ola seinen Dienst. Sara, die im sechsten Monat schwanger war, und die Kinder blieben den Herbst über bei Gjertine und Ole wohnen. Dort war es zwar eng, der Platz in den Herzen aber groß.

Am nächsten Tag kehrte der Sattler nach Hause zurück, um mehr Ausrüstung für Ola zu holen, und die beiden Jungen begleiteten ihn. Vierzehn Tage lang grub Ola auf der Prärie seinen *dug-out* aus. Er arbeitete nicht zu schnell, aber in einem regelmäßigen und unveränderlichen Rhythmus – von dem Moment an, in dem die Sonne ihm früh am Morgen in die Augen schien, bis die Dämmerung einsetzte und es Nacht wurde. Dann legte sich der große Mann ins Tipi, die geladene Donnerbüchse in Reichweite, und lauschte auf all die unbekannten Geräusche.

Er wollte nicht, dass Sara kam, bevor das *dug-out* ein Dach hatte. Doch am Ende würde er sich hier mit seiner ganzen Familie niederlassen, also transportierte er das Reisegepäck, das sie aus Norwegen mitgebracht hatten, und die Gerätschaften, die er sich in Roslyn besorgt hatte, zum Tipi.

Als Ola so tief gegraben hatte, dass er im *dug-out* aufrecht stehen konnte, baute er zur östlichen Talseite hin, wo das Erdloch eine große Öffnung hatte, eine Mauer aus Grassoden mit Tür und Fenster. Er baute diese Mauer zwei Ellen breit, aus zwei nebeneinanderstehenden Sodenschichten. Niemand hatte ihm dazu geraten, die Sodenmauer so breit zu machen, doch Ola legte sich ins Zeug – er wollte auf der sicheren Seite sein. Denn zwischen diese Mauern, die jede für sich durch solide Stangen aus Weide und Birke abgestützt wurden, füllte Ola feuchte Moorerde oder Schlamm. Und damit war Olas erstes Haus in der Prärie am Buffalo Lake teils *dug-out* und teils *sod house*.

Nun kam es ihm zugute, dass er vorausschauend gewesen war und einen Ochsenwagen mit abgedichteten Fugen gekauft hatte, denn den befüllte er einen Steinwurf weit entfernt mit Schlamm aus einem Moorgraben, fuhr zurück und füllte diesen Schlamm in die Spalte zwischen den beiden Sodenmauern, sodass sich alles verband und dicht wurde. Es galt, sich zu beeilen, bevor der Regen kam, und er war ja auch nicht ungeschickt – er, der einen großen Anbau an das Haus gezimmert hatte, das er dann hatte verlassen müssen. Nun legte er Rundhölzer als Dach über den *dug-out*, dicht an dicht, und darüber Birkenrinde, so, wie er das Haus auf dem Bortehof seinerzeit gedeckt hatte, mit dem einzigen Unterschied, dass ihm hier die Schicht aus Brettern fehlte. Er stopfte Moos und Präriegras zwischen die Hölzer, damit das Dach so dicht wie möglich war. Zum Schluss legte er auf die Rinde Grassoden, mit der Grasnarbe nach unten.

Für ihn war es einer der besten Tage seines Lebens, als er eine Tür und ein Fenster aus einer Wachstube kaufen konnte, die im Fort Sisseton abgerissen werden sollte. Ola fuhr zum Fort, um Guten Tag zu sagen, wie er es ausdrückte. Er traf dort auf die zivilen Mannschaften, die gerade dabei waren, die Baracken auszuräumen. Verständigen konnte er sich zwar nicht, aber es gelang ihm, sich drei Betten aus den Offiziersbaracken zu sichern, samt einem Tisch und einigen Stühlen. Alles wurde zur Seite gestellt, damit er Zeit hatte, die Sachen auf mehreren Fahrten abzuholen.

Während die Regenwolken von Westen her hereinzogen und der Himmel sich verdunkelte, fuhr Ola jeden Tag eine Fuhre mit Inventar aus dem Fort Sisseton zum Erdloch am Buffalo Lake. Diejenigen, die noch im Fort Sisseton zurückgeblieben waren, fanden es richtig, dass ein Teil des Kochgeschirrs, Teller und anderer Hausrat einem Siedler zugutekam. Deshalb war Olas *dug-out* rascher ausgestattet als manch ein Siedlerhaus.

Es war November, als Ola mit allem fertig war und seine Familie aufnehmen konnte. Sattler Ole kam mit Sara und den vier Kindern angefahren. Es war einer der denkwürdigsten Tage im Leben von Ola Eriksen. Er stand am Hang, die Hand auf der Türklinke, und hatte sich schon vor langer Zeit überlegt, mit welchen Worten er sie begrüßen würde. Er hatte sie einem Weihnachtschoral entnommen: *Træd ind, om her er smaat!*, sagte Ola. »Tretet ein, so kärglich es auch sei!«

Sara reagierte genau so, wie er es erwartet und erhofft hatte – sie schlug die Hände zusammen, als Ola die Betten zeigte, in denen die Kinder zu zweit liegen sollten, um sich warm zu halten, und das große Ehebett, das (nach allem, was Ola verstanden hatte) einem höheren Offizier gehört hatte, nämlich dem Kommandanten von Fort Sisseton. Dort würde er mit Sara liegen und sie trösten, indem er auf alle nur erdenkliche Art mit ihr verfuhr, sobald das letzte Kind wohlbehalten auf die Welt gekommen war.

3

SOBALD SIE GEGESSEN und ihre Freude über die Möbel herausgerufen hatten, die noch solider waren als ihre Schlafstätten in der Heimat, und als es für den Sattler Zeit war, nach Hause zurückzukehren, schickte Ola seine Frau und die Töchter und Söhne hinaus, um Beeren zu pflücken, denn er hatte gesehen, dass sich nur ein paar Steinwürfe entfernt alle möglichen Beerensträucher unter ihrer Last bogen. Vielleicht würde ihnen das helfen, den Winter zu überstehen. Sie trugen ihre Beute in Körben und Bottichen und Eimern nach Hause, und als er eines Tages auch einen Ofen aus Fort Sisseton mit nach Hause brachte, konnten sie sogar einmachen und Brot backen.

Das Beste war aber, dass Ola seine Donnerbüchse mitgenommen hatte – damit schoss er mit einem einzigen Schuss acht Gänse, sodass sie tagelang mit Rupfen und Einsalzen beschäftigt waren. Einen Tag später schoss er einen Wildochsen, der schnaubend vorbeikam und das fragile Dach zu zertrampeln drohte. Die Haut verkaufte er seinem Schwager, und so verdiente Ola seinen ersten Dollar in dem fremden Land. Er säuberte den Schlachtkörper und schnitt das Fleisch heraus, so, wie er es viele Jahre in der Heimat getan hatte – ja, seit sein Vater, der selige Erik Olsen, ihn bereits als Kind zum Schlachten mitgenommen hatte. Kartoffeln musste Ola von den Farmern in der Nähe kaufen; mit drei Tonnen* würden sie gut durch den Winter kommen. Er mähte große Mengen Präriegras und achtete darauf, es trocken zu lagern, denn er rechnete damit, dass die Wildrinder zum *dug-out* kommen würden, sobald es schneite und sie weniger zu fressen fanden. Dann konnte er sie einfangen, sie melken und draußen anbinden.

---

* Das entspricht 300 Litern.

So weit war Ola gekommen, als die Herbststürme einsetzten, aber nun war er sich auch sicher, dass sie den Winter durchstehen würden. In einem solchen Erdloch zu wohnen war eine Herausforderung, hatte man sich jedoch erst einmal darauf eingelassen, war es verwunderlich, wie sehr man sich daran gewöhnen konnte. Als er meinte, es sich leisten zu können, kaufte er in Sisseton Leinentücher, mit denen er die Wände behängte, um es ein wenig heimelig zu machen. Die Bisonfelle des Tipis dienten nun als Bodenbelag im *dug-out*. Sie deckten zwar nicht die gesamte Fläche ab, aber doch den Platz beim Tisch und beim Ofen.

Das meiste, was sie an Küchengerätschaften und Gefäßen benötigten, hatten sie nun. Ein Großteil kam aus dem Fort Sisseton, manches hatten sie in Britton gekauft. Aus Norwegen hatten sie nur eine Kaffeemühle, einen Mörser und einen Kupferkessel mitgebracht. Aber dieser norwegische Kupferkessel war wie ein kleines, glänzendes Zeichen – er erinnerte sie daran, dass man manchmal aufbrechen muss, um einen Sieg zu erringen.

4

In diesem Sommer wurde das Gebiet, das zuvor zum Fort Sisseton gehört hatte, nun aber Siedlern zur Verfügung gestellt werden sollte, von der Regierung der USA vermessen. Die Einwanderer konnten zu einem Sektionsbüro gehen und dort eine Karte über das Gebiet bekommen, das sie gerne registrieren lassen wollten, wenn die Zeit dafür gekommen war. Diese Registrierung musste allerdings bis 1888 durchgeführt werden, wenn Washington die Grenzmarkierungen an das neue *Land Office* zurückschickte, das nun bei Grand Forks eröffnet werden sollte.

Das gelang Ola und Sara ein gutes Stück vor der Zeit.

Sie fuhren alle nach Britton, um einzukaufen. Dabei kam ihnen das Geld für die Arbeit auf Hans Aas' Kartoffelacker sehr gelegen.

Das Wichtigste, was in Britton geschah, war jedoch die Registrierung, und darum kümmerte sich Sara. Hochschwanger, wie sie war, ging sie zum Gericht und schaffte es mithilfe von Gebärden und Zeichensprache, ihren Grund und Boden am Buffalo Lake registrieren zu lassen. Ein Funktionär erbarmte sich ihrer, als er sah, dass sie bald ein Kind bekommen würde.

Das geschah am 11. November 1887 in Britton, und das Gebiet, das Sara registrieren ließ, war das nördliche Viertel der Sektion 4, *town 157 north, range 157 west.*

Der Protokollführer fragte nach ihrem Namen und schrieb sie als *Sarah Holmes* ins Protokoll – besser bekam er es nicht hin.

Es war nicht Saras größter Wunsch gewesen, als Eigentümerin eingetragen zu sein, aber als Ola davon erfuhr, sagte er, das sei genau richtig – als Dank dafür, dass sie mit ihm nach Dakota gekommen sei. Er, der Norwegen wegen der Hypothekenbank hatte verlassen müssen, hatte bei seinen Landsleuten in Britton Schulden gemacht, um Bettzeug, Salz und Zucker zu beschaffen, damit sie durch den Winter kamen.

Und so vergingen die Tage bis Weihnachten. In dem Pappel-Wäldchen nahebei schlug Ola Bäume, sägte das Holz klein und spaltete es, sodass Bastian und Edvard alles ins Haus tragen konnten. Es dauerte jedoch, bis es richtig trocken war, und in der Zwischenzeit mussten sie mit Präriegras feuern.

Vielleicht hatte Ola ungewöhnlich viel Glück. Ende November setzte Kahlfrost ein, sodass die Wände im *dug-out* steinhart gefroren und nicht auftauten, bevor im Jahr darauf die Frühlingssonne kam. Es war ein Grund zur Dankbarkeit, dass dies geschah, bevor die Winterstürme einsetzten. Der Frost und die enormen Ausmaße waren der Grund dafür, dass Olas *dug-out,* mit der Grassodenwand Richtung

Osten, nicht zusammenbrach, so wie es vielen anderen widerfuhr. Doch Ola und Sara sahen dem Winter mit vielen bangen Gedanken entgegen. Anders als in Norwegen kannten sie weder das hiesige Wetter noch dessen Anzeichen. Sie konnten nicht auf die Erfahrung von Vorvätern und Wegbereitern zurückgreifen. Die Zeitungen, die in Sioux Falls herauskamen, erreichten sie nicht, jedenfalls nicht, bevor eine Woche ins Land gegangen war, und da waren die Wettervorhersagen schon längst überholt.

Zwei Wochen lang ging Ola mit zwei Nachbarn auf die Jagd. Sie trieben Wildochsen und andere Tiere zusammen und schossen mit Donnerbüchsen und anderen Feuerwaffen. Danach zerlegten sie die Tiere und teilten die Beute untereinander auf, bevor sie nach Hause zurückkehrten und das Fleisch einsalzten. Wieder konnte er mit den Häuten nach Roslyn fahren und sie seinem Schwager verkaufen, der absolut alles haben wollte, was er an Häuten und Fellen herbeischaffen konnte. Denn Ole hatte zwar ein eigenes Dach über seinem Kopf, war jedoch zum Sklaven seiner Landsleute geworden, die ihn durch ihren Vorschuss in die Lage gebracht hatten, Tag und Nacht an den Geschirren arbeiten zu müssen.

Als es auf Weihnachten zuging, kam Ola mit Naschereien nach Hause. Er brachte Rosinen und Kandiszucker und Kaffee und Tee mit, dazu zwei Säcke Weizenmehl für Feingebäck. Und die rundliche Sara, die wusste, dass die Zeit bald reif war, stand am Ofen und wartete darauf, dass das Brot fertig backte. Es war in der Zeit zwischen den Jahren, als sie die ersten Wehen spürte. Sie gab Bescheid, dass es losging, und legte sich ins Bett.

Keine Hebamme war zugegen, nur eine Nachbarsfrau von der nächstgelegenen Farm (die im Übrigen zwei Meilen entfernt war), als Sara das fünfte und letzte Kind bekam, kurz vor Silvester im Jahr 1887/88. Es war ein Mädchen, das Marit heißen sollte – oder Mary, wie man hier sagte, denn sie dachten an die biblische Maria.

Und nun kam das Unwetter.

5

VORZEICHEN WAR DAS MILDE WETTER, das zu einer Zeit einsetzte, als alle Schnee und Frost erwarteten. Dieser erste Winter sollte der schlimmste werden. Nach dem Novemberfrost folgte ein Monat mit Temperaturen um die null Grad, doch zum Glück war es nicht so mild, dass die Wände des *dug-out* auftauten. Der Schnee wurde im Dezember und Januar Woche für Woche höher und höher. Dann schlug es um, und die Kälte setzte ein. Kurz vor Neujahr strömte arktische Luft über dem oberen Mittleren Westen herein und schlug sich als Nebel in allen Tälern nieder. In einer solchen Kälte werden die Sinne zunächst geschärft, danach aber stumpfen sie ab. Die Kälte wird zu einem Messer, das in die Haut schneidet, oder zu einer Flamme, die jegliche Haut verbrennt, die ihr ausgesetzt wird.

Auf der Prärie wurde die Kälte im Januar noch schlimmer. Am 11. Januar konnten sich die Menschen im *dug-out* am Buffalo Lake über Nebensonnen am blassblauen Himmel freuen – drei hell gefärbte Flecken, die der Sonne folgten. Es herrschten zwanzig Grad minus. In der Nacht zuvor hatte es geschneit. Die Schneeflocken trieben leicht dahin, leicht wie Federn, und der Sonnenschein auf dem Buffalo Lake wurde zu einem goldenen Reflex.

Doch dann stieg die Temperatur innerhalb von wenigen Stunden um zwanzig Grad und man bekam das Gefühl, der Frühling sei auf dem Weg.

Ola, der es liebte, unter freiem Himmel Wasser zu lassen, wunderte sich, als er morgens den Kopf aus der Tür steckte. Wärme schlug ihm entgegen. Sara kam heraus, stellte sich neben ihn und schnupperte in die Luft. Ob Ola glaube, der Frühling sei im Kommen? Nein, sagte er und setzte hinzu, das alles gefiele ihm ganz und gar nicht. Es sei etwas Unnatürliches an dieser plötzlichen Wärme – etwas anderes würde folgen.

Aber noch war alles friedlich und still. Bis spät am Vormittag war er damit beschäftigt, Feuerholz zu hacken und alles hineinzutragen.

Und dann brach das Unwetter über sie herein. Ola schrie, alle müssten sofort ins Haus. Er konnte gerade noch die Tür hinter sich schließen, da brach der Schneesturm los.

6

Viele berichteten später, der Schneesturm vom 11. bis zum 15. Januar 1888 habe sich durch ein Getöse angekündigt, das an einen Zug erinnerte – ein Zug, der sich in voller Fahrt nähert. Es war keine Flut, bei der die Wellen parallel heranrollen, sondern eine, die mit großer Turbulenz nach vorne drängt. Die Luft zirkulierte und gleichzeitig stürzte sie vorwärts.

Ola verstärkte die Tür mit einigen Brettern, die er quer darüberlegte und in die er ein paar große Nägel schlug. Dann begann es – das Jammern und Heulen des Teufels, aber sie hatten einen warmen Ofen und Säcke mit Holz in jeder Ecke. Es konnte ihnen nichts Schlimmes passieren.

Vier Tage lang wütete der Schneesturm über der Prärie im östlichen Teil von South-Dakota. Als das Unwetter nachließ, dauerte es eine ganze Weile, bis die, die eingesperrt gewesen waren, wieder herauskommen konnten. Olas Tür ging nach innen auf, wie es Brauch war, sodass er sie nicht einschlagen musste. Er brauchte Stunden, um den zwei Meter hohen Schnee wegzuschaufeln, der sich draußen aufgetürmt hatte. Der ganze Schnee hatte sich in riesigen Schneewehen gesammelt. – Nach und nach kamen die Nachbarn und erzählten von all den Tieren und Menschen, die erfroren waren – in Sisseton und im ganzen Bundesstaat. Der Schneesturm bekam den Namen *The*

Children's Blizzard, weil in South-Dakota in diesen Tagen mehr als zweihundert Schulkinder durch Erfrieren zu Tode gekommen waren. Die Erinnerung an diese Tragödie lebt immer noch.

Der Winter wurde gnadenlos und dauerte lang. Der Schnee lag bis weit in den April hinein und die Feldarbeit auf der Prärie begann im Frühjahr beunruhigend spät. Ola säte Hafer, Weizen und Mais und setzte Kartoffeln auf kleineren Feldern, die er gepflügt hatte. Aber den größten Glauben hatte er an die Viehzucht. Er zäunte ein großes Gebiet mit Stacheldraht ein, den er in Britton gekauft hatte. Damit war die Zeit vorbei, in der die Ureinwohner und die Siedler Seite an Seite leben konnten. Der Stacheldraht hinderte die Ureinwohner daran, über die Prärie zu reiten, wie sie es vorher getan hatten. Sie mussten sich ans Reservat halten und das Land meiden, das die Siedler genommen hatten.

7

An kaum einem anderen Ort auf der Welt ist der Unterschied zwischen den Temperaturen im Winter und im Sommer so groß wie in South-Dakota. Der Sommer 1888 auf der Prärie westlich von Sisseton war einzigartig. Ola erntete sein erstes Getreide. Der Weizen stand, wie er nie in Norwegen gestanden hatte, und auch der Mais, mit dem er noch keine Erfahrung hatte, stand schön und grün. Olas Ernte war so gut, dass er seine Waren auf dem Markt in Britton feilbieten konnte. Trotzdem musste er noch ein Jahr warten, bis es ihm möglich war zu bauen.

Die Kinder liefen am Feldrand entlang und sahen zu, wie der Mais stand, je länger er wuchs. Die Erde hier war angenehm trocken und das Unkraut weniger lästig als in der alten Heimat. Nun, im Sommer, flossen die Tage ineinander – es war licht und hell, und Nachbarn sahen sie nur selten. Alle anderen Siedler – Norweger, Schweden und Deutsche – waren auf ihren eigenen Farmen und auf ihrem eigenen Land beschäftigt. Aber mitunter liehen sie einander Arbeitsgeräte und besprachen, wie sie das Dreschen organisieren sollten. Die Romsdaler, die nahe Sisseton wohnten, tauschten sich über die neue Dreschmaschine aus, die auf den Markt gekommen war – würden sie es sich bald leisten können, gemeinsam eine Maschine anzuschaffen?

Sara und Ola sahen einander an, wenn die Leute über so etwas sprachen – beide wussten, dass sie es sich noch nicht leisten konnten, zu einer Dreschmaschine Geld dazuzuschießen. Zuerst mussten sie ein ordentliches Dach über dem Kopf haben, das stand jetzt auf der Tagesordnung. Auch in den nächsten Jahren würden sie noch auf die alte Art dreschen müssen – indem sie die Garben mit einem Dreschflegel schlugen, sodass die Ähre sich vom Stroh trennte und das Korn von der Ähre. Sie mussten das Korn sieben, um die Spreu zu entfernen, und oft mussten sie ein weiteres Mal sieben, bevor sie es mit der Handmühle mahlen konnten, die sie auch in diesem Herbst für ein paar Tage von Sattler Ole leihen konnten. Das war eine unendliche Plackerei, die sie aus Norwegen nicht gewohnt waren, wo es in fast allen Ortschaften Mühlen gab, die durch Wasser angetrieben wurden. Aber sie freuten sich darüber, dass der Ertrag auf der Prärie von Dakota viel größer war als in der alten Heimat. Obwohl der Winter lang gewesen war und die Schneestürme gewütet hatten, sodass sie wochenlang nicht vor die Tür konnten, war die Natur hier alles in allem freigiebiger als dort, wo sie herkamen. Bevor der Schnee kam, arbeiteten sie Tag und Nacht. Aber wenn es spät im Oktober oder früh im November anfing, in dichten Flocken zu schneien, änderte sich das Leben. Dann konnten sie es ruhiger angehen und sich um ihre Kinder kümmern, denn Ola und Sara waren sehr kinderlieb. Wenn die Kinder irgendetwas Merkwürdiges sagten, wie Kinder es ja gerne tun, warfen sie einander einen Blick zu und lachten. Sie lachten auch bei dem Gedanken daran, wie sie zusammengekommen waren, und als die Kinder größer wurden, bekamen sie von der Mutter zu hören, wie der Vater sie geraubt und auf den Pferderücken gesetzt hatte und mit ihr zum Bortehof geritten war.

Aber als sie noch älter wurden und Edvard (der später »Edward-von-der-Prärie« heißen sollte) wissen wollte, warum sie ausgewandert waren, erzählten sie möglicherweise nicht die ganze Wahrheit. Stattdessen erfand Ola die Geschichte, wie die Unterirdischen, *blåfolket*, ihnen voraus über das Meer gefahren waren: Ola sei eines frühen Morgens auf den Frænfjord hinausgefahren und habe eine Fangleine ausgebracht, so erzählte er. Es war ruhiges Wetter, aber dichter Nebel, sodass er kein Land sehen konnte. Statt sich zu verausgaben, indem er in die falsche Richtung ruderte, ließ er das Boot mitten im Fjord in der Nähe einiger Schären ruhig liegen, bis das Sonnenlicht hindurchbrach.

Das war der Augenblick, in dem Ola sie sah: zwanzig, dreißig Unterirdische, Männer und Frauen bunt durcheinander, Elfen und *haugbukkar** und kleine Wichtel, alle in Blau gekleidet und mit einer leicht bläulichen Hautfarbe. Das waren die Unterirdischen, die sich versammelt hatten, um nach Amerika zu reisen.

Er rief ihnen zu: »Wohin wollt ihr, *blåfolk*?«

»Wir wollen nach Amerika«, rief der Älteste der blauen Männer zurück. »Denn hier haben wir keine bleibende Statt mehr! Nun sind es die Krämer und die Pferdehändler und die Friseure, die die Macht in Norwegen übernehmen, und da kann das *blåfolk* nicht mehr bleiben.«

Und dann gingen sie in ihre Boote und ruderten fort. Das sei der Moment gewesen, in dem er begriffen habe, dass auch er fortgehen müsse – so erzählte es Ola seinen Kindern. Von Krämern und Friseuren wollte er nicht regiert werden.

---

* Wörtlich übersetzt: Hügelböcke, eine Art unterirdischer Wesen.

ANDERS ALS GEDACHT

1

EINE SCHLANKE und großgewachsene norwegische Frau war auf dem Weg in die Stadt Webster in South-Dakota – mit einem alten Pferd und einem Karriol, das auch schon bessere Tage gesehen hatte. Es gab nicht viele Frauen, die auf diese Weise allein umherfuhren, aber diese hier kümmerte sich nicht darum, was Leute dachten oder sagten. Sie verließ das Haus wegen aller möglichen Besorgungen, für die ihr Mann keine Zeit hatte. Er war immer noch damit beschäftigt, in Rekordgeschwindigkeit Geschirre anzufertigen, und dieses rasende Tempo musste er beibehalten, wenn wenigstens ein bisschen Geld hängen bleiben sollte. Deshalb war es seine Frau, die die Farm bewirtschaftete und einmal im Monat nach Webster fuhr, um das Nötige einzukaufen.

Gjertine sehnte sich danach, mit diesem fremden Land vertraut zu werden. Aber die Sprache stand ihr im Weg. Die Kinder, die von der Tochter des Postmeisters in Englisch unterrichtet wurden, konnten viel mehr als sie, und sie versuchte, ihnen neue Erkenntnisse und neue Worte zu entlocken, um sich ebenfalls verständlich machen zu können.

Das alte Pferd, das ihren Wagen zog, hatte sein eigenes Tempo und wich immer etwas zur Seite, weshalb sie ständig den rechten Zügel anziehen musste, um es auf dem Weg zu halten. Die Stadt Webster erlebte ihr siebtes Jahr und stand im Begriff, gepflasterte Straßen zu bekommen. Welch eine Entwicklung hatte hier stattgefunden – auch nach Gjertines Ankunft! Das Umland von Webster war für die Landwirtschaft eines der besten Gebiete auf dieser Seite des Mississippi. Bis St. Paul in Minnesota waren es 230 Meilen – eine Reise, die mit Pferd und Wagen Wochen dauerte, mit dem Zug jedoch nicht mehr als drei bis vier Stunden. In diesem Jahr, 1888, gab es hier tausend Einwohner. Tausend Farmer hatten sich im Umland niedergelassen. Überall waren große und kleine Häuser entstanden – zwischen den wuchtigsten Gebäuden wie der *Congregational Church* und der Volksschule, die im östlichen Teil der Stadt lag.

Die große Eisenwarenhandlung *Ochsenreiter & Smail* lag auf der südlichen Seite der Main Street und verkaufte nicht nur Eisenwaren, sondern auch Maschinenteile und Geschirre. Für jede Warenart gab es eine eigene Abteilung, zudem stand dem Kunden ein Stall zur Verfügung, in den er sein Pferd stellen konnte.

Hierhin lenkte Gjertine ihre Schritte – zum allerersten Mal, seit sie vor zwei Jahren nach Roslyn gekommen war. Sie wollte sich die Abteilung für Geschirre ansehen. In *The Reporter & Farmer* hatte sie Anzeigen entdeckt, und obwohl sie nicht alles erfasste, was dort geschrieben stand, hatte sie doch einen Eindruck bekommen. *Ochsenreiter & Smail* inserierte Geschirre zu einem lächerlichen Preis von fünf Dollar. Wenn Sattler Ole weniger als sechs Dollar nahm, blieb ihm nichts für seine Arbeit übrig.

Gjertine wollte herausfinden, wie es ihnen möglich war, das Geschirr so preiswert zu verkaufen. Sie band das Pferd an und ging hinein. Der Geruch von Leder und Fett schlug ihr entgegen. Hier hingen nicht zwanzig, hier hingen vielleicht hundert Geschirre – neben Reitsätteln, Zaumzeug und Trensen. Die Preise standen nicht auf jedem einzelnen Geschirr, sondern auf einem großen Plakat mitten im Raum. Sie trat näher heran und konnte nur feststellen, dass die Preise genauso waren, wie es in den Anzeigen gestanden hatte.

Fünf Dollar für ein glänzendes neues Geschirr, direkt aus der Fabrik von Brookings Ltd. Dieses Geschirr stammte aus Massenproduktion, das wussten alle, aber wenn sie sich die Nähte und die Polsterarbeit auf der Innenseite des Kummetholzes ansah, musste Gjertine anerkennen, dass es mindestens genauso gut war wie etwas, das Sattler Ole gemacht haben könnte. Aber er hätte es nicht zu diesem Preis machen können – nach einem halben Jahr hätte das zum Hungertod geführt.

Ein Verkäufer näherte sich mit energischen Bewegungen. Womit er ihr dienen könne? Gjertine antwortete so, wie sie es fast immer tat, wenn sie einen Laden betrat: *»Just looking!«*

Er versicherte ihr lächelnd, dass sie genau davon lebten: dass Menschen ihre Waren studierten und dann herausfanden, dass sie sie nicht entbehren konnten.

Waren diese Geschirre nicht ungewöhnlich billig?

»Five dollars, no more?«

Es zeigte sich, dass der Preis im letzten Jahr von acht auf fünf Dollar herabgesetzt worden war. Sie bekamen die Waren von einer Fabrik, die im gesamten Mittleren Westen Geschirre verkaufte. Er wollte nicht garantieren, dass sie an den Geschirren etwas verdienten, aber es lohnte sich, dass die Farmer zufrieden waren – dann kamen sie wieder, um auch andere Waren zu kaufen. Die Sache war die, dass es unter den skandinavischen Einwanderern einen, wenn nicht gar mehrere Sattelmacher gab, die für ihre Landsleute Zaumzeug anfertigten. *Ochsenreiter & Smail* konnten dabei nicht ruhig zusehen. Vielleicht mussten sie sogar ein paar Dollar Verlust machen – auf jeden Fall mussten sie aber die Preise niedrig halten, damit der oder die, die versucht hatten, mit ihnen in den Wettbewerb zu treten, einsahen, dass die Schlacht verloren war. Es waren Tricks wie diese, die die Welt weiterbrachten – Wettbewerb, der das Allerbeste zutage förderte, auf allen Ebenen. Kannte sie diesen Mann vielleicht? War sie nicht selbst Skandinavierin?

»Madame, are you not a Scandinavian yourself?«

Ja, das war sie.

Und kannte sie diesen Norweger, der offenbar sowohl *handsome* als auch tüchtig sein sollte? Qualitäten, die man hier, in *God's own America,* im Übrigen sehr schätze.

»He is my husbond«, antwortete Gjertine, in einer Mischung aus Englisch und Norwegisch.

Das Gesicht des Verkäufers wechselte kurz die Farbe, dann lachte er nervös. Aber Madame, das konnte doch wohl nicht ... was für ein Zufall! Nun ja, das sei ja nicht ungewöhnlich, dass sich die Frau des Sattlers dafür interessiere, welche Waren von anderen produziert würden. Er sei bestimmt ein einzigartiger Mann, dieser Sattler, aber mit Maschinen könne er eben nicht konkurrieren! Wolle sie wissen, woher diese ausgezeichneten Geschirre kämen? Die Fabrik liege in Sioux Falls. Wünsche der Sattler eine Stellung in der Zaumzeugfabrik, könne es gut sein, dass sie ihn dort gebrauchen könnten. Aber sie wolle bestimmt im besten Teil Dakotas leben, oder nicht? Es sei nicht davon auszugehen, dass *the Scandinavian harnessmaker or saddlemaker* nicht mehr genug zum Leben habe. Verschleiß gab es immer und damit auch einen Platz für Leute, die reparieren konnten, was kaputtging.

Ja, sie danke für die Aufmunterung. Sie sei, wie gesagt, nur gekommen, um sich umzusehen.

Sie müsse die Zeit, die sie zur Verfügung habe, nutzen und gerne auch länger verweilen, denn er rechne damit, dass ihr Gatte neugierig sei, was sie zu erzählen habe, wenn sie nach Hause käme.

Der Verkäufer holte ein paar Geschirre herunter, damit sie sie aus der Nähe betrachten konnte, und hängte sie mit großer Sorgfalt zurück, sobald sie weitergehen wollte. Unter den Bauern wurde gerne als Pluspunkt erwähnt, dass die Verkäufer bei *Ochsenreiter & Smail* so unglaublich zuvorkommend seien. Von dort ging man nicht weg, ohne dass sie einem den Wunsch erfüllt hatten, dessentwegen man gekommen war. Doch Gjertine hatte nur einen einzigen Wunsch und ein einziges Gebet gehabt, nämlich dass es nicht wahr sein möge, dass ihr Mann von Maschinen ausgestochen würde. Nun wusste sie, dass genau das der Fall war.

Als sie ihr altes Pferd losgemacht hatte und wieder draußen auf der Straße stand, gab es für sie eigentlich nichts mehr zu tun. Neben dem mächtigen Geschäftsgebäude von *Ochsenreiter & Smail* lagen die Redaktionslokale von *The Reporter & Farmer*, und Gjertine ging hinein und bestellte ein Abonnement. Danach ging sie zu dem großen Lebensmittelgeschäft *Kertlogg & Co.*, die alle möglichen Waren verkauften – von Zucker und Mehl bis hin zu Heuballen. Schließlich machte sie sich unendlich langsam auf den Heimweg. Sie hielt nicht an, als sie das große Holzlager von Ed Smail passierte, wo sich Ole das Bauholz besorgt hatte, sich aber auch zum Sklaven und Bettler gemacht hatte. Sie hielt nicht an, um sich die Kirche anzusehen, die ihr unter anderen Umständen einen stillen Moment hätte bescheren können – an der Kirchentür befand sich ein Ring, an dem sie das Pferd hätte festbinden können, falls sie hätte hineingehen und beten wollen. Sie zuckelte weiter gen Roslyn, ohne ihre Mähre anzutreiben. Ein Stück ihres Traumes war zu Bruch gegangen, und nun musste sie neue Gründe dafür finden, warum sie das Alte verlassen hatten und hierhergekommen waren.

Es gab für sie keinen Grund, das, was sie erfahren und gelernt hatte, für sich zu behalten, als sie wieder zu Hause bei Mann und Kindern war. Ole hörte ihr zu – ohne irgendeinen Ausbruch, ohne Tränen. Er hatte es ja schon lange gewusst. Er hatte sich nur entschlossen, kein Wort davon zu ihr zu sagen – zu ihr, die ihn nach Amerika gelockt hatte, um hier neue Geschirre anzufertigen.

In diesem Herbst stand der Sattler Ole wieder im Kartoffelfeld des Bruders, nachdem Gjertine und er ihre eigene Ernte ausgekriegt hatten. Es war an der Zeit, sich neu zu orientieren, meinte er. Ole wollte weg vom Sattelmacherhandwerk und sein Geld auf andere Weise verdienen. Es kamen immer noch Bauern und baten ihn, Geschirre für sie anzufertigen, aber in den meisten Fällen sagte er Nein. Diejenigen, die nicht nachließen und der Meinung waren, Geschirre sollten am besten von einem Norweger angefertigt werden, mussten zehn Dollar berappen. Und als die Kartoffeln im Haus waren, saß Sattler Ole erneut unter einer Paraffinlampe, gebeugt über seine Arbeit. Wenn er ein seltenes Mal Pause machte, wirkte es, als starre er in eine Dunkelheit, die er in sich trug. An einem anderen Tisch, unter einer anderen kleinen Öllampe, saß Gjertine und las in *The Reporter and Farmer*. Die Zeitung informierte sie nicht nur über die Ereignisse in Webster, sondern auch über das, was in den anderen Teilen der USA vor sich ging. Zum ersten Mal durfte Ole bei der amerikanischen Präsidentenwahl wählen. Es war Gjertine, die ihm erzählte, wie er wählen sollte, als das Wahllokal im Postkontor von Roslyn öffnete. Der Demokrat Grover Cleveland versuchte, sich das Präsidentenamt für eine zweite Legislaturperiode zu sichern – gegen den republikanischen Kandidaten, Benjamin Harrison. Die Wirtschaft blühte, und das Land lebte in Frieden, trotzdem verlor Cleveland gegen Harrison, der auf der Seite der Fabrikarbeiter war, die hohe Mindestlöhne haben wollten, während Cleveland behauptete, dies sei zum Schaden für das kaufende Publikum – für die Konsumenten, die einen niedrigen Preis für Waren verdienten. Die Wahl wurde denkwürdig, weil zum zweiten Mal der Gewinner der Präsidentenwahl nicht die Mehrheit der Wähler, sondern nur die Mehrheit der Wahlmänner hinter sich hatte.

2

Im Juni 1889 hatte Ola herausgefunden, dass sich die Prärie, wo er sich niedergelassen hatte, besser für die Weidewirtschaft als für den Ackerbau eignete. Wenn beim Pflügen der Präriewind einsetzte, verschwand mit ihm viel Ackerkrume. Es war besser, an den Osthängen zu pflügen, wo der Wind nicht so stark war.

Er kaufte Färsen und züchtete sie. Er besaß einen Ochsen, den er ab und zu vor den Pflug spannte, zusammen mit seinem guten Pferd. Die Prärieerde war schwer zu wenden. Ochse und Pferd waren ein ungleiches Paar und wollten nicht immer in der gleichen Geschwindigkeit ziehen. Nun konnte sich der Ochse nützlich machen und die fünf Färsen decken. Das war beinahe zu viel des Guten – in der nächsten Runde hätte das zu Inzucht führen können, doch Ola hatte sich überlegt, die Kälber einen oder zwei Monate nach ihrer Geburt zu schlachten, sodass sie keine Nachkommen zeugten. Auf diese Weise würden sie im Winter einen Vorrat haben. Die Färsen konnten bis weit in den Herbst hinein draußen sein, aber den Ammenmärchen, dass diese Tiere das ganze Jahr hindurch im Freien leben konnten, schenkte Ola keinen Glauben. Zwar waren die wilden Rinder vormals gut zurechtgekommen, als sie in die Wälder ziehen konnten, wenn die Stürme am schlimmsten waren. Doch hier gab es kaum Wald. Olas Färsen weideten hinter einem Stacheldrahtzaun, den Ola aufgestellt hatte, und dort gab es nichts, was Schutz und Deckung bieten konnte.

3

An einem Junitag im Jahr 1889 waren Ola und Sara mit zwei Pferden auf der Prärie unterwegs – inmitten aller Geräusche und Gerüche. Über ihren Köpfen schrie ein Reiher, und ein Adler zog weit oben seine Kreise. Aber nahe dem Erdboden, vor ihnen und um sie herum, dominierten die Schmetterlinge. Sie traten in Schwärmen auf und hatten alle nur erdenklichen Farben und Muster. Ola und Sara befanden sich inmitten eines siedenden, duftenden und rauschenden Hochsommerlebens, und die Freundlichkeit der Prärie erinnerte sie an alles, wofür sie dem Herrn danken konnten.

Ola war bald fünfzig Jahre alt, fühlte sich aber jung und kräftig. Sara war ein paar Jahre jünger, die Mühen des Lebens hatten jedoch Spuren bei ihr hinterlassen. Wie kam es, dass sie sich ihre Kinder allein zu lassen traute – sie hatten doch niemand anderen, der nach ihnen sehen konnte? Nein, aber Edvard-von-der-Prärie war bald acht Jahre alt und ungewöhnlich verständig. Und Sara musste Ola begleiten, denn an diesem Tag, dem 6. Juni 1889, sollte im Fort Sisseton eine Auktion stattfinden.

Das Fort Sisseton lag so dicht bei, dass sie von dem Berghang, an dem sie wohnten, die dortigen Seen erkennen konnten. Trotzdem dauerte die Fahrt mehrere Stunden – auf einem Weg, der nichts anderes war als eine Pferdespur mit hohem Präriegras zu beiden Seiten.

Dann waren sie endlich da. Die Gebäude im Fort waren perfekt instand, sowohl außen als auch innen, aber den Befestigungsgraben hatten die Soldaten wieder zugeschaufelt, bevor sie das Fort ein paar Tage zuvor verlassen hatten. Nur eine Handvoll Männer war vor Ort geblieben, um die Auktion zu beaufsichtigen, die achthundert Pfund Kartoffeln, zwei große Stapel Langholz, einen Schreibtisch aus dem Wohnsitz des Kommandanten, einen langen Wasserschlauch und ein Telegrafenkabel umfasste, das einst vom Fort Sisseton nach Webster gezogen worden war.

Die Beteiligung war nicht besonders groß. Für die meisten war der Weg zum Fort Sisseton zu weit. Sisseton war mehr als eine Tagesreise entfernt und Britton mehrere Stunden. Trotzdem war ein Kaufmann aus Britton gekommen, um sich die Kartoffeln zu sichern.

In einer anderen und besseren Welt hätten Ola und Sara die Kartoffeln als Tierfutter gebrauchen können – dann hätten sie im Herbst mehr von ihrer eigenen Kartoffelernte auf dem Markt verkaufen können. Nein, sie waren auf etwas anderes aus: auf das Holz. Es waren keine großen Mengen, nur zwei Stapel, aber genug für ein Haus auf der Prärie mit zwei Zimmern und einer Bodenkammer, in der die Kinder schlafen konnten.

Die vier Männer, die für die Auktion verantwortlich waren, hatten es eilig und kümmerten sich nicht darum, dass ein paar potenzielle Bieter noch auf dem Weg waren. Der Schreibtisch ging für fünf Dollar weg – ein Spottpreis. Dann waren die Holzstapel an der Reihe. Oberleutnant McCoy brüllte, er warte auf ein Gebot, es herrschte jedoch ein wenig Verwirrung darüber, ob das ganze Holz auf einmal unter den Hammer kommen sollte.

Sara trat vor und rief: »Fünfzig Dollar.«

»*Fifty dollars for what?*«

»*For one stack!*«, sagte Sara.

»*Why don't you take all?*«

»*Hundred dollars!*«, sagte Sara.

»*Sold!*«, rief der Oberleutnant, und damit war es zu Ende, bevor es richtig angefangen hatte. Die anderen Auktionsteilnehmer protestierten, doch McCoy ging einfach zum Telegrafenkabel über. Wer in aller Welt hatte daran Interesse?

Aus irgendeinem Grund dachte Sara an ihre Schwestern und ihre Eltern, als sie nach vorne ging und bezahlte. Sie blätterte dem Oberleutnant das Geld hin. Das war alles, was sie hatten, aber das Holz gehörte nun ihnen.

Die Auktion begann sich aufzulösen. Nun galt es, das Holz zur Farm zu transportieren. Sie beluden eine große Fuhre, brachten aber noch nicht einmal ein Viertel unter. Da griff Sara nach den Zügeln und sagte: »Gott segne dich, Ola! Du musst hierbleiben, damit niemand unser Holz stiehlt! Ich werde das Abladen schon irgendwie schaffen, wenn ich bei der Farm ankomme. Es ist schwer, sie aufzuladen, aber leicht, sie herunterzurollen, diese Stämme hier.«

Ola blieb im Fort, während Sara davonfuhr. Zu Hause angekommen sah sie jedoch ein, dass sie nach Roslyn fahren musste, um sich

Hilfe zu holen. Ola schlief derweil neben seinen Langholzstapeln, das geladene Vorderladergewehr neben sich. Niemand sollte ihm das Holz stehlen.

Zwei Tage später kamen Sattler Ole und Hans Aas mit Pferden und Wagen, um weitere Holzfuhren zu holen. Drei Tage brauchten sie, um die Holzstapel zu verfrachten, die Ola und Sara gekauft hatten.

Nun zahlte es sich aus, dass Ola am Haus in Norwegen angebaut hatte, bevor er es verlassen musste. Noch bevor der Schnee kam, hatten sie ein Dach über dem Kopf. Die Kühe durften das *dug-out* für sich allein behalten.

4

Auf der anderen Seite der Erdkugel saß der achtjährige Anton Edvard im Haus des Möbelschreiners über seinen Hausaufgaben. Es war November, und es regnete. Viel zu früh wurde es dunkel – es musste an der Zeit sein, das Licht anzuzünden.

Erik und Anne hatten die Stallarbeit erledigt, während sie noch die Hand vor Augen gesehen hatten, und nun saßen sie da und hielten Dämmerstunde. Anton Edvard konnte seine Hausaufgaben nicht mehr lesen und bat darum, die Lampe anzuzünden, sodass er sich im Buch zurechtfinden konnte, wie er es ausdrückte. Es war das neue *Læsebog for Folkeskolen og Folkehjemmet* von P. A. Jensen, das er vor sich liegen hatte, denn noch bevor er Rekneslia verließ, hatte ihm seine Mutter das Lesen beigebracht. Deshalb hatte ihm Lehrer Røshol das neue Lesebuch gegeben, obwohl er streng genommen noch zu klein war, um darin zu lesen.

Aber Erik meinte, sie müssten Lampenöl sparen. Ohne Genügsamkeit käme man in der Welt nicht weit, sagte er, und Anton Edvard hätte lesen sollen, während das Tageslicht noch gut gewesen sei. Er könne es am nächsten Morgen nachholen – »nicht wahr, Anton Edvard, so ist es bei uns Brauch. Was wir nicht schaffen, bevor es dunkel wird, das müssen wir am Tag darauf erledigen!«

Sie hatten ihn gedrängt, Mutter und Vater zu sagen. Dass er von woanders herkam, sollte er am besten vergessen. Doch dagegen widersetzte er sich so heftig, dass er schließlich seinen Willen bekam. Er benutzte ihre Vornamen, er sagte auch nicht Onkel oder Tante, wie die anderen Kinder es oft taten. Er nannte sie Erik und Anne.

5

In der Zeit des wirtschaftlichen Niedergangs, der in diesen Jahren einsetzte, als sogar der Tageslohn eines Leiharbeiters um dreißig Øre zurückging, begriff Nesje, dass er seine alte Tätigkeit für *Trolla Brug* wieder aufleben lassen musste. Es war Zeit, die alten steinernen Feuerstellen, die es in so vielen Häusern gab, abzureißen, um neue Herde mit Backofen aufzustellen. Die neuen Küchenherde sparten Holz und erzeugten eine größere Hitze als offenes Feuer. Und jetzt gab es so viele merkwürdige Öfen! Alle Arten von Kronenöfen und Etagenöfen, und sie waren viel schmaler als zuvor.

Nesje bereiste das Umland von Molde – zu Fuß oder rudernd – und nahm das Dampfboot nur, wenn es keine andere Möglichkeit gab. Dann saß er in der Dämmerung in schummrigen Stuben und redete. Er zeigte Kataloge, die er von Hans aus Kristiansund bekommen hatte, und Zeichnungen der neuen Modelle. Er erläuterte, wie man sie installierte. Die Leute schlugen die Hände zusammen und lachten, wenn er ihnen die modernsten Ofentypen zeigte. Einen nannte er »Schnake«, das war die Nummer 59. Nummer 16 ließ die Männer an Frauenbrüste denken. Ja, ja, daran war wohl nichts Tadelnswertes? Am besten verkaufte sich aber Nummer 202, denn der hatte seitlich eine Wasserkammer. Sobald angefeuert wurde, konnte man daraus warmes Wasser abzapfen. Was für eine Entlastung für Leute mit Wickelkindern, dass sie jederzeit warmes Wasser hatten, um sie zu waschen!

Der hochgewachsene, ernsthafte Mann mit den feinen Gesichtszügen trug immer Hut und Gehrock, wenn er unterwegs war. Bevor er an eine Haustür kam, nahm er frühzeitig den Hut ab, und er erkannte, dass es Zeit war, sich zu verabschieden, wenn die Leute nichts mehr zu reden wussten. Er reichte ihnen die Hand, wenn er kam und wenn er ging, und benahm sich, als wüsste er um seinen Wert.

Serianna lachte vor Freude, als sie von all den Bestellungen hörte, die bei ihm eingingen, begriff aber bald, dass ihm zu wenig übrigblieb, wenn alles abgerechnet war.

So war es: Nesje ging fort und kehrte zu seiner kleinen Familie zurück. Er fand einen Vorwand, nach Frænen zu gehen, um Öfen zu verkaufen, und bekam so seinen Sohn zu Gesicht, Anton Edvard. Der Vater bemerkte, dass sich der Junge immerzu nützlich machte. Sobald Anne nach dem Melken hereinkam, ging er hinaus, denn nun sollte er vom Brunnen Wasser für die Kühe holen, und das war eine Arbeit, die er in der Dunkelheit tun musste. Nesje fand es an diesem Ort dunkel, auch nach der Morgendämmerung am nächsten Tag. Genau das hatte Anton Edvard gesagt, als er seine Eltern angefleht hatte, bei ihnen bleiben zu dürfen.

Anton Edvard stand auf, um zur Schule zu gehen. Um seinen brennenden Schmerz zu betäuben, begleitete Nesje den Jungen auf dem Weg dorthin. Wie innig wünschte er sich, die Arme um den kleinen Körper zu legen, als sie sich vor der Pforte der Schule trennten, aber sie waren es nicht gewohnt, auf diese Weise ihre Gefühle zu zeigen, stattdessen gaben sich Vater und Sohn die Hand. Dann ging Anton Edvard auf die Schule zu, ohne sich umzudrehen. Der Vater rief, und der Junge wandte sich halb um, hob seine Hand zum Gruß und schlüpfte durch die Tür.

Der Vater wanderte auf dem Karrenweg. Er wanderte zwischen den Steinen, über die Moorpfützen und entlang der Felskuppen – den ganzen Weg bis zur guten Wasserquelle am Fuße des Jendemsfjells. Dort trank er, bis er den Durst gelöscht hatte, und wusch sich das Gesicht, bevor er die lange Wanderung über zwei Bergrücken antrat. Erst spät am Abend war er zu Hause in Rekneslia.

6

Eilert war tüchtig in der Schule, und auch Bastian Georg war kein Holzkopf, jedoch unruhiger als der Bruder. In diesem Jahr besuchte er die siebte Klasse der Schule in Kvam und sollte baldmöglichst konfirmiert werden. Das beinhaltete, dass er zur Konfirmationsvorbereitung nach Molde gehen musste und nicht nach Bolsøy, wo er hingehörte – das war zu weit entfernt, wenn er auch noch zur Schule musste. Er besuchte die Gottesdienste in Molde, das tat er, aber Gottes Wort schien keinen Eindruck auf ihn zu machen. Eilert dagegen war ständig unten bei den Sættem-Leuten, sprach sein Abendgebet und wollte ein frommes Leben führen.

Kristine mit ihren neun Jahren war ein Phänomen, sowohl was das Lesen anging als auch das Kopfrechnen. Wenn sie ihrem Vater eine Freude machen und ihm zeigen wollte, wie tüchtig sie war, hielt sie das Buch häufig verkehrt herum.

Serianna war der Meinung, sie sollten nicht ärmlicher gekleidet sein als die Bauernkinder in der Schule von Kvam, und achtete darauf, dass die Kleidung heil und sauber war. Sobald sie aber von der Schule zurückkamen, mussten die feinen Sachen aus- und die

Arbeitskleider angezogen werden. Dann wurden sie hinausgeschickt, damit sie ihrem Vater helfen konnten, der von früh bis spät auf seinem Acker beschäftigt war.

Nesje ließ seinen Bart noch länger wachsen, obwohl dieser langsam von grauen Strähnen durchzogen war. Er sähe aus wie ein Patriarch, sagten die Leute, viel älter als er eigentlich sei. Er schwärzte seine Schuhspitzen mit Holzkohle aus dem Ofen und leistete sich beim Barbier Raknes ein wenig Bartwachs – das duftete nach Lavendel und bedeutete an grauen Tagen eine kleine Aufmunterung.

7

AN DEM TAG, an dem die Gutachter kamen und die Steuer auf zwölfhundert Kronen festsetzten, waren die letzten Kartoffeln im Haus. In diesem Jahr, 1890, erntete Nesje sechs Tonnen. Am Abend ging er mit der Milch in die Stadt, um Serianna diesen Weg abzunehmen. Doch nachdem er die noch kuhwarme Milch an den Türen abgeliefert hatte, kehrte er nicht nach Hause zurück, wie er es vorgehabt und immer getan hatte. Er stellte den Handwagen unter einem Baum ab und ging direkt zum *Samlaget.**

Er hatte nicht viel gemein mit denen, die hier von früh bis spät saßen, aber das Gespräch konnte trotzdem interessant sein. Denn hier sprachen sie über die Niederlage von Johan Sverdrups Regierung und über den neuen Ministerpräsidenten, Emil Stang. Keiner von ihnen besaß das Wahlrecht, denn immer noch musste man

---

* Auch: *brennevinssamlag*; behördlich genehmigte Ausschankstellen für hochprozentigen Alkohol; wurden von 1871 bis 1916 betrieben, als das Branntweinverbot eingeführt wurde.

Grundbesitzer sein, um wählen zu können, aber sie waren gut informiert, die Leute hier.

Nach einiger Zeit fand Nesje es so interessant, dass er sich bemüßigt fühlte, den Kameraden einen winzigen Stärkungstropfen auszugeben. Er gab die Bestellung beim Mädchen hinter der Theke auf. Danach gab er noch ein paar Flaschen von Brauereibesitzer Dahls Bier aus. Denn das passte gut zum Schnaps.

Doch plötzlich war in beiden Jackentaschen kein Schilling mehr zu finden, obwohl er sicher zu wissen glaubte, dass er zwei Kronen in Reserve gehabt hatte. Er zog seine Uhr hervor und machte sich auf den Heimweg – in der Gewissheit, beichten und erzählen zu müssen, wo er gewesen war.

Der Weg war nicht mehr so leicht zu finden. Es war stockfinster, und erst als er schon oben auf dem Rekneshügel angekommen war, fiel ihm ein, dass er seinen Handwagen abgestellt hatte. Er musste zurück und ihn holen.

Die Hänge hinauf, am Sættem-Grundstück vorbei, ging es schwer, obwohl er nur noch leere Eimer auf dem Karren hatte. Ihn überfiel eine Mutlosigkeit, die er viele Jahre lang nicht gekannt hatte. Die Mutlosigkeit begann an dem zu nagen, was sein Leben war: der Hof, den er bewirtschaftete, der Boden, den er beackerte.

Wenn er trank, sah er sich so, wie er wirklich war, dachte er, und das war nicht erfreulich. Plötzlich stand ihm klar vor Augen, dass er nie den Wohlstand erlangen und nie die guten Tage erleben würde, von denen er in jüngeren Jahren geträumt hatte.

Serianna sah augenblicklich, in welcher Verfassung er sich befand, und im selben Moment ging ihr auf, dass es das Milchgeld war, das er für den Rausch ausgegeben hatte. Wo war der Rest? War etwa nichts übriggeblieben? Es war nicht zu glauben! Sie lotste ihn in die Kammer, damit ihn die Kinder nicht zu sehen bekamen, und brachte ihn dazu, sich ins Bett zu legen, damit sie keinen Argwohn hegten.

8

Nesje tat alles, was er konnte, um nach außen ein gutes Bild abzugeben. Er bestellte sich einen neuen Anzug, als Bastian Georg in der Kirche in Molde konfirmiert werden sollte. Fünfzehn Jahre war es her, dass er sich den letzten gekauft hatte. Er konnte es sich nicht leisten, alles auf einmal zu bezahlen, aber der Schneider war geduldig und gab sich damit zufrieden, den letzten Abschlag zu Weihnachten zu bekommen. Es sollte der letzte Anzug sein, den Nesje kaufte.

Nesje sprach es nie aus und ließ es auch nie durchblicken, dass er tief in seinem Inneren dachte, aus einem anderen Holz geschnitzt zu sein als die, mit denen er im Sommer zusammen auf der Wiese stand. Er konnte auf ein Geschlecht rechtschaffener Männer zurückblicken, die ihrer gesellschaftlichen Verantwortung nachgekommen waren und den Dienst an der Waffe geleistet hatten. Das hatte er selbst zwar nicht getan, er war aber trotzdem anders als seine Arbeitskameraden. Die lasen keine Bücher, gingen nicht in die Bibliothek und wuschen sich nicht die Hände vor und nach den Mahlzeiten, wie er es als Sohn einer Hebamme tat. Ihn umgab gewissermaßen eine unsichtbare Aura, etwas Verfeinertes. Deshalb hatte er keine engeren Freunde als seine Frau. Diejenigen, deren Lebensbedingungen er teilte, waren aus anderem Holz als er, und die, denen er sich ebenbürtig fühlte, teilten nicht seine Verhältnisse. – Er stellte sich vor den Spiegel, wenn er sich kämmte – solange er noch Haare hatte, die man kämmen konnte. Als sie schütter wurden, kämmte er die verbliebenen Strähnen über den Scheitel, damit man nicht sah, dass er kahl wurde. Seltene Male kaufte er Pomade und Wachs für den Oberlippenbart, aber nach und nach ließ er auch den restlichen Bart so lang wachsen, dass aus Oberlippen- und Wangenbart ein Vollbart wurde.

Er war ein Mann, der durch seine aufrechte Haltung auffiel. Wenn er aus der Stadt kam und nach Rekneslia hinaufging, zog er meist einen Handwagen hinter sich her oder trug in jeder Hand einen Milcheimer, aber selbst dann versuchte er, ebenso aufrecht zu gehen wie ein Sekondeleutnant in Setnesmoen – aufrecht wie die soldatischen Vorväter, die allesamt Unteroffiziere gewesen waren. Gleichzeitig verbeugte er sich tief vor allen, die im Rang über ihm standen. Den beiden Söhnen, die immer noch bei ihm zu Hause wohnten, versuchte er einzuprägen, dass sie stolz sein sollten, aber nicht hochmütig, demütig, aber nicht bescheiden, freimütig, aber nicht dreist, selbstbewusst, aber nicht überlegen, standhaft, aber nicht trotzig – ja, von alledem weiß unser Herrgott. Die Weisheit des Heumachers war die Weisheit der Mäßigung. Er war jemand, der sich nicht selbst hervorheben, sich aber auch nicht erniedrigen wollte – jemand, der sich das Recht nahm, aber nichts an sich raffte, jemand, der zu seinem Wort stand, auch wenn andere es nicht taten.

Als der Sommer kam, ging der Milchpreis in die Höhe, weil die beiden Hotels, *Alexandra* und *Grand*, wegen ihrer Sommergäste so viel Milch abnahmen, wie sie nur bekommen konnten. Viele Pachtbauern brachten ihre Milch deshalb zu den Hoteleingängen, wenn die festen Kunden nicht den Preisaufschlag bezahlen wollten, der mit der Sonne und der Wärme einherging. Doch Nesje ging wie immer zuerst zum Kürschner Jacobsen und zum Bankchef Isaksen und zu den anderen hohen Tieren, ließ sie den gewohnten Preis bezahlen und erinnerte sie nicht daran, dass es einen eigenen Sommerpreis für Milch gab.

Hatte er ein seltenes Mal ein Pferd nötig, erfuhr er trotzdem am eigenen Leib, dass Winter und Sommer zwei unterschiedliche Jahreszeiten waren, denn im Sommer bekamen die Fuhrknechte das Doppelte. Serianna fand, er kam mit noch weniger in den Händen aus der Stadt zurück als vorher. Aber Bastian Georg erledigte Botengänge für die feine Gesellschaft und trug die Koffer der Sommergäste, und er war sich nicht zu schade, die Hand aufzuhalten und sich die Besorgung bezahlen zu lassen.

Es war Nesje eine große Hilfe, dass die Jungen kurz davorstanden, sich selbst versorgen zu können. Diesen Sommer fasste er auch neuen Mut. Er hatte im Winter zuvor Bauholz gesägt, und bevor die Heuernte begann, errichtete er an der Nordseite der westlichen Stube eine Speisekammer mit Tür und Fenster. Die westliche Stube wurde ausgekittet und tapeziert, Decke und Boden wurden gestrichen. Auch die Stubenwände Richtung Osten wurden gekittet. Sämtliche Kitt- und Malerarbeiten übernahm Eilert. Als sei das noch nicht genug, strich Eilert auch die Außenwände des Hauses und reparierte die Fenster. Auf dem Dachboden stellte er einen Kachelofen auf, den der Vater zu einem stark reduzierten Preis von *Trolla Bruk* bekam. Der Vater lobte Eilert für seinen unermüdlichen Einsatz. Aber es war nicht leicht, zu Eilert vorzudringen. Er arbeitete von früh bis spät, als wolle er verhindern, dass bald etwas geschähe. Was konnte das sein?

In der Gegend rund um Molde sah es so aus, als würden die Heumacher bald überflüssig sein. Die neuen Pferdemähmaschinen waren anfangs für viele zu teuer, doch bald hörte man in den Juli-Morgenstunden ihr Schnurren, und die Leute fragten sich: Was nun?

9

In South-Dakota hatte die maschinelle Produktion das Sattelmacherhandwerk überflüssig gemacht. In der Zukunft würde der Titel Sattelmacher vergessen sein, meinte Ole. Es fielen keine verletzenden Worte zwischen Gjertine und Ole, aber sie spürten, dass sich zwischen ihnen etwas verändert hatte. Es geschah nicht von einem Tag auf den anderen, auch nicht von einer Woche zur anderen. Aber das Gespräch zwischen ihnen verstummte – zwischen zwei Menschen, die einmal alles füreinander gewesen waren. Würden sie einander wiederfinden?

Ole suchte sich Jagdfreunde unter den norwegischstämmigen Amerikanern. Sie jagten Kleinwild, dessen Felle sie an *The Stavig Brothers* verkaufen konnten, die nun ihr eigenes Fellgeschäft in Sisseton eröffnet hatten. Es gab Stinktier und Nerz, Wasserratten und Biber. Ole und seine Jagdkameraden gingen mit Schneeschuhen und auf Skiern, um im Winter nach ihren Fallen zu sehen und herauszufinden, mit welchen Methoden die Indianer das Kleinwild fingen. Diese waren hervorragende Fallenjäger und versorgten das Fellgeschäft mit noch mehr Fellen als die Farmer.

Nachdem er sich ein gutes Gewehr angeschafft hatte, ging Ole auch auf die Jagd nach größeren Tieren wie dem Elch, dem amerikanischen *moose*, auf den man selten genug stieß, oder Rehen und Präriehunden. Im Frühling arbeitete er mit Gjertine und den Kindern auf dem Feld und verwendete Zeit darauf, sich zu überlegen, auf welche Weise man die beste Ernte hervorbringen konnte. Die Norweger auf der Prärie hielten sich in der ersten Zeit meist an die Getreidesorten, die sie von früher kannten, doch nach und nach wurden sie mutiger.

Die Kartoffelproduktion auf den großen Farmen, wie der von Hans Aas, wurde bald so umfassend, dass die Preise nach unten gingen – es lohnte sich kaum, für etwas anderes als den eigenen Verbrauch zu produzieren. Stattdessen säten sie Hafer und Roggen, allmählich auch Wildhafer, für den sie an bestimmten Plätzen auf der Prärie Saatkorn ernteten.

Im Frühling ging Ole nicht auf die Jagd. In der Zeit, in der die Tiere ihre Nachkommen bekamen, wollte er sie nicht stören, auch nicht mit Schlingen und Fallen. Die Fallenjagd fand im Herbst statt, wenn die Ernte vorbei war, und im Winter. Gjertine konnte ihren Mann nur dazu ermuntern, und deshalb blieb ihr auch nichts anderes übrig als zuzustimmen, wenn er zuweilen bei Landsleuten übernachten musste, weil er so weit von zu Hause weg war.

Nicht alle richteten ihr Leben so ein, wie Gjertine es für richtig hielt. Bei einigen gab es recht häufig Schnaps, und Ole sagte nicht länger Nein, wenn ihm ein Schnaps angeboten wurde. Nun hatte Gjertine seit ihrer rechthaberischen Jugend, als ihr alle Arten menschlicher und irdischer Freuden verabscheuungswürdig erschienen waren, eine Veränderung durchgemacht. Ein Schnaps konnte einem Mann, der den ganzen Tag draußen gewesen und dem dabei kalt geworden war, durchaus eine Stärkung bedeuten. Aber gingen mit dem Schnaps nicht auch andere Dinge einher? Ja, das Kartenspiel. Hatte Gjertine etwas gegen das Kartenspiel? Nein, aber dass Leute um Geld spielten, war für sie Sünde und Schande. Denn dadurch, dass man um Geld spielte, vermehrte es sich nicht! Ole sagte, er würde sich herausziehen, sobald die Jagdkameraden um Geld spielen wollten, aber geschah es nicht doch zuweilen, dass er sich an dem Vergnügen beteiligte – wenigstens eine oder auch zwei Runden? Und plötzlich hatte er eine völlig unerwartete und einmalige Glückssträhne, knallte den Kameraden das As auf den Tisch und strich danach vier, fünf Dollar ein.

»Ein As, ein As!«, rief er dann.

Es nützte nichts, gegenüber Gjertine zu leugnen, dass er mitgemacht hatte. Wenn er nach seinen Jagdreisen nach Hause kam, konnte sie sich abends zu ihm legen, an ihm schnuppern und fragen: »Hast du Whiskey getrunken? Hast du Karten gespielt?«

»Ja, das habe ich«, erwiderte Ole dann. Er wusste, dass sie es sowieso herausfinden würde.

»Du hast mir doch versprochen, dass du es sein lässt!«

»Ich habe es versprochen, aber ich habe es nicht geschafft, das Versprechen zu halten!«, sagte er und wollte sie streicheln.

Sie bestrafte ihn, indem sie ihm den Rücken zuwandte, fand aber, damit bestrafe sie sich selbst am meisten, also drehte sie sich ihm wieder zu. Wenn er eingeschlafen war, lag sie da, sah an die Decke ihres kleinen Zimmers, das sie für sich allein hatten, und dann kamen die Bilder aus der Heimat. Aber es war nicht Slutås, das vor ihrem inneren Auge erschien – dieser Ort war für sie beinahe in Vergessenheit geraten. Nein, es war der Bortehof, ihr Elternhaus – mit dem Wohnhaus, den beiden Speicherhäusern, der Scheune, der Aussicht auf den Fjord. Manchmal, wenn sie aus irgendeinem Traum jäh erwachte, bildete sie sich ein, sie sei wieder dort. Bisweilen war die Vorstellung so lebendig, dass sie sie mit jemandem teilen musste – mit Ole.

»Schläfst du, Ole?«, konnte sie fragen, und er war leicht aufzuwecken. Allein der Klang ihrer Stimme, wenn sie diese kurze Frage stellte, genügte ihm, um zu sich zu kommen.

»Nein, was ist denn?«, fragte er.

»Ich habe so lebendig davon geträumt, auf dem Dachboden des Vorratshauses zu sein«, sagte Gjertine. »Da, wo wir zum ersten Mal zusammenwaren.«

»Es hat gedauert«, antwortete er, der einmal Sattler Ole gewesen war. »Es hat gedauert, bis ich zu dir kommen durfte.«

»Geh nicht wieder fort von mir«, sagte Gjertine.

»Wie kommst du darauf, so etwas zu sagen?«

»Manchmal bist du so fern, dass man glauben könnte, du habest in Gedanken eine andere Frau.«

»Fängst du nun schon wieder damit an!«, erwiderte Ole.

»Nein, das tue ich nicht. Aber es war dumm, dass wir nicht die zwei Jahre gewartet haben, bis wir Mann und Frau wurden.«

»Du wolltest eine Sankthans-Braut sein, hast du das schon vergessen?«

»Wir hätten im Sommer darauf heiraten können!«

»Nein, nun hör aber auf«, antwortete er, der einmal Sattler gewesen war, denn nun wollte er schlafen.

»Ich weiß, es ist schwer für dich, dass du deinem Beruf nicht nachgehen kannst«, sagte Gjertine und rückte näher an ihren Mann heran.

»Ich beklage mich nicht«, sagte Ole. »Manchmal, wenn ich draußen im Wald auf der Jagd bin, kommt mir der Gedanke, dass mich die Sattlerei beinahe zu einem Sklaven hat werden lassen. Ich musste von früh bis spät arbeiten, und trotzdem war es nie genug. Und nun will ich nicht mehr darüber sprechen. Ich bin kein Sattler mehr.«

»Für mich wirst du immer Sattler Ole bleiben«, sagte Gjertine und strich ihm über den Nacken, denn er hatte sich von ihr weggedreht.

»Musst du nicht morgen in aller Frühe in den Stall?«, fragte er.

Doch, das musste sie. Und als sie aufwachte und er immer noch schlief, weckte sie ihn nicht, sondern machte den Kindern etwas zu essen und schickte sie zur Schule, bevor sie selbst einen Kanten Brot aß und sich anzog, um in den Stall zu gehen. Der kleine See, der der Grund dafür gewesen war, dass sie sich hier niedergelassen hatten, war zugefroren, und es war ein großer Aufwand, Wasser für die Tiere zu finden. Als das Eis verschwand und die Landschaft wieder nackt und bar dalag, war der kleine See zu einem Nichts zusammengeschrumpft. Man konnte sich so sehr ins Zeug legen, wie man wollte – das meiste hatte man nicht in der Hand. Äußere Umstände entschieden beinahe alles. War es Willkür, oder lag alles in Gottes Hand?

Es wurde ein merkwürdiger Frühling. Ole wollte ganz und gar auf Getreideanbau setzen, und Gjertine widersprach ihm nicht. Als der Wildhafer und der Weizen in der Erde waren, ging er wieder fort, um in den Wäldern bei Watertown zu jagen. Sie blieb mit allem allein, und das zehrte an ihr. Gjertine schrieb Briefe an ihre Geschwister in Norwegen. Aber sie erzählte niemandem, dass alles nun anders geworden war, als sie gedacht hatte. Serianna las Nesje die Briefe vor. Und Nesje wunderte sich, wie wenig Gjertine, die immer so geradeheraus und offenherzig gewesen war, über sich selbst zu erzählen hatte.

10

Im Haus in Rekneslia war es stiller geworden. Bastian Georg war bei Schneider Reistad in die Lehre gekommen und besuchte seine Eltern nicht jeden Tag. Eilert wohnte immer noch zu Hause. Er war am 5. April 1891 in der Kirche zu Bolsøy konfirmiert worden und sah sich nun nach einer Arbeit um. Ihm war angeboten worden, eine Bäckerlehre bei Ole Schistad zu beginnen. Er selbst hatte sich um die Lehrstelle bemüht, doch als es ernst wurde, schien er nicht mehr besonders interessiert zu sein. Nun hatte Schistad eine Antwort haben wollen, und Eilert hatte eingeschlagen, hatte aber hinzugesetzt, er müsse seinen Eltern bei der Heuernte helfen. Deshalb könne er erst im August mit der Lehre anfangen.

Ole Schistad fand es merkwürdig, dass die Jugend der Meinung war, sie könne selbst entscheiden, wann eine Lehre anfing, war aber schließlich damit einverstanden. Er hatte gesehen, wie sich die Nesje-Leute dort oben am Steilhang abplackten.

Nesje hatte Eilert in keiner Weise darum gebeten zu bleiben. Er wollte vor allen Dingen, dass der Sohn selbst für seinen Lebensunterhalt sorgte. Aber er musste zugeben, dass es eine große Hilfe war, ihn bei der Heuernte dabeizuhaben, die erst stattfinden konnte, als die Heuernte bei Gørvell fertig und die Pflichtzeit auf Reknes abgeleistet war. Nesje mähte, und bei dieser Arbeit konnte keiner mit ihm mithalten. Aber Eilert bekam den Auftrag, das Heu unter Dach und Fach zu bringen, und demonstrierte seine Kräfte. Die Eltern standen nur da und sahen zu, wie er die Heugabel in riesige Haufen stach, die Bürde hochhob, sich die Heugabel auf die Schulter legte, die schwere Last in die Scheune hochtrug und das Heu hineinwarf. Für den Tag, an dem ihnen die Arbeit zu schwer wurde, war Eilert ihre große Hoffnung. Bastian Georg sah sich selbst nicht als Ackersklaven, das hatte er deutlich zum Ausdruck gebracht, und sie hatten nicht die Absicht, ihn zu zwingen – so nachlässig wie er mit Geld und Arbeitsgeräten umging. Den ganzen Sommer hindurch sprachen sie davon, wie eifrig Eilert war.

Aber in Eilerts Gedanken zu lesen war nicht so einfach. Er war viel für sich und besuchte, anders als Bastian Georg, keine Kameraden. Und niemals ging er dorthin, wo es Spiel und Tanz gab. Nesje war nie ein Aufschneider gewesen, aber in seiner Jugend hatte er am

Samstagabend getanzt, und Alkohol hatte er bis zu einem gewissen Maß auch vertragen. Eilert tanzte nicht, und er trank ganz bestimmt keine stärkeren Sachen. Aber wenn es Abend wurde, ging er gerne zu den Sættem-Leuten, um sich mit ihnen zu unterhalten. Dort suchte er geistliche Unterweisung, und Nesje konnte nicht behaupten, dass ihn das glücklich machte. Er konnte aber auch nicht die Wege eines Jungen lenken, der konfirmiert und damit erwachsen war.

Eines Abends im darauffolgenden Sommer sah der Vater, dass sein Sohn noch nachdenklicher war als sonst, und weil Sonntag war, entschloss sich der Vater, mit ihm zu reden. Anfangs wollte Eilert nicht sagen, um was es sich handelte. Aber weil sein Vater nicht nachließ und wissen wollte, was ihn bedrückte, gab er nach und holte einen Brief, den er von Tante Gjertine aus Amerika erhalten hatte. Nesje wusste nichts von diesem Brief – wieso hatte Serianna ihm nichts davon erzählt? Im Brief stand, dass Eilert in ihrem Heim in Roslyn, South-Dakota, willkommen sei, falls er mit seinem Plan, die Reise übers Meer anzutreten, ernst machen wolle. Leider sähen sie sich nicht in der Lage, Geld für die Reise zu schicken – das müsse er sich selbst zusammensparen.

Irgendetwas am Tonfall des Briefes hatte Serianna stutzen lassen, deshalb hatte sie damit gewartet, mit Nesje darüber zu sprechen, bis sie dafür Zeit hatten. Das war jedenfalls ihre Erklärung, als Nesje fragte, wieso sie ihm den Brief nicht gezeigt habe. Gjertine erzählte, sie sei im Winter ziemlich oft krank gewesen, doch um welche Krankheit es sich handelte, erzählte sie nicht. Die Schwester pflegte überaus wortreich und detailliert zu schildern, was das fantastische Leben in Amerika zu bieten hatte, aber dieses Mal berichtete sie von vielen Schwierigkeiten. Der Sattler war oft wochenlang unterwegs, und dann konnte es geschehen, dass Gjertine nachts aufwachte und Todesangst hatte, dass irgendein Unglück über sie hereinbrechen würde. Was war das für ein Tonfall von der lebensfrohen und mutigen kleinen Schwester, die bereits im Konfirmationsalter einen Pastor zurechtgewiesen hatte?

Das Einzige, was sich Gjertine nun erhoffte, war, dass Eilert herüberkommen würde und im ersten Winter auf ihrer Farm arbeiten konnte, bis er etwas für sich gefunden hatte. Gjertine bewirtschaftete die Farm allein – der Sattler hatte mehr als genug mit der Jagd und der Fischerei zu tun, um ihnen ein anständiges Leben zu ermöglichen.

»Aber wollte dieser Mann nicht nach drüben, um Geschirre zu fertigen?«, fragte Nesje.

In dem Brief erzählte Gjertine, dass das Leben in der Prärie für die norwegischen Siedler zum Großteil eine Fortsetzung des Lebens sei, das sie in Norwegen geführt hatten. Den großen Entfernungen auf der Prärie war es geschuldet, dass der Weg zum Markt für gewöhnlich zu weit war. Nur im Herbst, nach der Erntezeit, konnten sie nach Webster fahren und ihre Waren zum Verkauf anbieten. Den Rest des Jahres mussten sie von ihrem eigenen Ertrag leben und davon, was sie beim Jagen und Fischen ergatterten. Das Korn mahlten sie auf Handmühlen, die Rollen hatten und von einem Haus zum anderen gezogen wurden – auf Wegen, die eher Pferde- und Viehtrampelpfade waren.

Es konnte viele Gründe dafür gegeben haben, warum Serianna nicht mit Nesje über diesen Brief gesprochen hatte. Der eine war vielleicht, dass er böse geworden wäre, weil Gjertine Eilert hinüberlocken wollte. Der andere war, dass der Brief als eine Bestätigung dafür gelten konnte, dass es den Norwegern in Dakota nicht so gut ging, wie man zuvor den Eindruck bekommen konnte.

Eilert geht seinen eigenen Weg

1

Anfangs spürte Nesje, wie die Wut in ihm hochstieg, doch dann besann er sich – obwohl er überzeugt davon war, dass Serianna bei dem, was er als Komplott empfand, mitmachte. Zum zweiten Mal in seinem Zusammenleben mit Serianna ging Nesje in die Stadt und betrank sich. Allen, die es hören wollten, erzählte er, dass die Zeiten in Amerika nicht mehr so erfreulich seien. Als er abends nach Hause kam, war er unsicher auf den Beinen, aber dieses Mal kam Serianna kein tadelndes Wort über die Lippen. Eilert war zu den Sættem-Leuten gegangen. Dass er dort Rat und Trost suchte, schmerzte den Vater. Zuerst wollte er ihn holen gehen, aber wenn er das tat, jetzt, nachdem er Branntwein getrunken hatte, würde sich der Sohn für immer von seinem Vater abwenden, davon war Serianna überzeugt.

Nesje ging also nicht dorthin – stattdessen schluckte er die Demütigung. Als Eilert zurückkam, fragte er den Jungen, zu welchem Entschluss sie in Sættem gekommen seien.

»Wir sind zu keiner endgültigen Antwort gelangt«, erwiderte Eilert. »Wir haben zu Gott gebetet, dass er uns führen möge.«

»Aber haben sie dir geraten fortzugehen oder nicht?!«

»Ich werde nirgendwohin gehen, bevor ich nicht das Geld für die Fahrkarte habe, aber wenn es Gottes Wille ist, dass ich fortgehe, werde ich es wohl zusammenkratzen können«, antwortete Eilert.

Eilert machte seine Bäckerlehre bei Schistad, und dort gefiel es ihm. Nesje glaubte, Eilert habe sich die Emigrationsflausen aus dem Kopf geschlagen, und sie sprachen nicht mehr darüber. Erst im darauffolgenden Frühling, kurz bevor er fuhr, erzählte Eilert, dass er bei der *Allan Line* in Trondheim eine Fahrkarte bestellt habe und am 17. Mai 1892 in Kristiansund das Dampfschiff besteigen werde.

Es war Nesjes dritter Sohn, der das Elternhaus verließ, und dieser hier wollte sich ein Heim auf der anderen Seite des Meeres suchen.

2

»Nun wird er sich bald auf den Weg machen«, sagte Gjertine zu ihrem Mann. Ole verstand schon länger nicht mehr, worüber Gjertine sprach. Er glaubte, sie habe ihm von irgendjemandem erzählt, der aus Norwegen herüberkommen sollte – na ja, es gab jetzt so viele, die herüberkamen. Viele fuhren auch zwischen der neuen und der alten Welt hin und her.

Gjertine und Ole hatten auf ihrem ganzen Land Getreide gesät. Kartoffeln hatten sie nur so viel, wie sie selber brauchten, und Heu nur so viel, dass sie ein paar Kühe durch den Winter bringen konnten. Die Milch, die sie nicht selbst tranken, gaben sie den Kälbern.

»Willst du schon wieder los?«, fragte Gjertine resigniert, als sie sah, dass ihr Mann seine Angeln hervorsuchte. Sobald sich ihm die Gelegenheit bot, machte er sich davon.

»Für das, was wir im Sommer fischen und einsalzen, können wir unserem Herrgott im Winter danken«, erwiderte Ole und küsste seine Frau.

Oben, an einem der Seen im Reservat, hatte er ein winziges, selbst gebautes Boot liegen, kaum mehr als ein Kanu. Er wollte das Boot, wenn nötig, auch allein tragen können. Nun hatte er von den Jagdgesellschaften aus Minneapolis und Sioux Falls, die sich, nachdem die militärischen Aktivitäten dort eingestellt worden waren, im Fort Sisseton eingemietet hatten, einen Auftrag erhalten. Er sollte den Reichen zeigen, wo die guten Fischplätze waren, und ein Auge auf ihre Ausrüstung haben. Er war zu einem Gehilfen für Leute geworden, die Geld hatten. Sie bezahlten ihn nicht besonders gut, aber die Extraschillinge, die er bekam, wenn er sie dorthin führte, wo die Fische bissen, konnte er gut gebrauchen. Er hatte sich in Webster eine neue Jacke gekauft. Er meinte, es sei notwendig, sich so zu kleiden, dass die Auftraggeber sich nicht für ihn schämen mussten.

»Wird dir die Jacke nicht viel zu warm?«, fragte Gjertine. Irgendetwas versetzte ihr einen Stich, als sie ihn sah, bereit zum Aufbruch.

»Dann ziehe ich die Jacke aus«, antwortete ihr Mann leichthin, »aber es ist gut, sie zu haben, wenn es auf den Abend zugeht.«

»Du wirst doch wohl nicht unter freiem Himmel schlafen?«, fragte Gjertine.

»Nein, es sei denn, wir landen einen großen Fang. Dann brechen wir nicht ab, um Feierabend zu machen.«

»Und wenn du ins Fort kommst, gibt es Abendessen.«

Ja, damit rechnete er.

»Wann sehe ich dich wieder?«, fragte Gjertine.

»Ich komme, wenn ich komme!«, erwiderte Ole und gab ihr einen Kuss. Dann verschwand er.

Es verging eine Weile, da überkam es sie. Irgendetwas war dabei, ganz und gar schiefzugehen. Aber was war es, und wie konnte sie es verhindern? Hatten all die Anstrengungen um den Lebensunterhalt dazu geführt, dass sie das eine, Notwendige, vergaß? War sie auf dem Weg in die Zukunft, nach Amerika, von dem Weg abgekommen, der ins Himmelreich führte? Stand sie im Begriff, das teuerste Gut zu verlieren – den Glauben? Wie viele Tage verdunkelten nicht die unsicheren Aussichten ihr Herz? Wie oft vergaß sie nicht, dass es einen gab, der jede Unruhe stillen konnte? War es möglich, dass ein Mensch, der so stark geglaubt hatte wie sie, vom Glauben abfallen konnte? Und was geschah gerade mit ihrem Mann? War er ihrer müde geworden, dachte er, sie habe ihn getäuscht, als sie ihn zur Reise über das Meer überredete?

Gjertine begann zu zittern. Sie konnte keinen Kessel mehr in den Händen halten, geschweige denn eine Tasse. Sie konnte sich auch nicht mehr auf den Beinen halten – es war, als täte sich ein Abgrund vor ihr auf. Sie musste sich ins Bett legen. Das Herz schlug wild in ihrer Brust.

Kurze Zeit später kam Sivert herein. Der Zehnjährige verstand sofort, dass etwas passiert war.

»Was ist los, Mutter? Soll ich Vater rufen, damit er zurückkommt?«

»Nein, nein«, sagte Gjertine. »Lass mich nur eine Weile ausruhen, dann ist alles wieder gut.«

Sie fühlte sich wie gelähmt. Sie wusste nicht, ob sie geschlafen hatte oder in Ohnmacht gefallen war, aber als sie wieder zu sich kam, sah sie an den Schatten, dass es spät am Abend war. Ihr Körper fühlte sich immer noch taub an, aber sie zitterte nicht mehr so stark, dass sie nicht das Abendessen auf den Tisch stellen konnte. Als sie sich setzten, bat sie Klein-Edward, das Gebet zu sprechen. Er tat es in rasender Geschwindigkeit, sodass die Geschwister grinsen mussten. Erst als die drei Jüngsten im Bett waren, konnte sie weinen, und die bald erwachsene Olava saß bei ihr und strich ihr übers Haar. Zu irgendeinem Zeitpunkt war sie auf Gjertines Seite hinübergewechselt – nicht mehr alles, was ihr Vater machte und tat, war ohne Fehl.

Sie stand am Fenster, mit dem Rücken zu Gjertine.

»Was treibt er nur?«, fragte sie. »Die Jagdgesellschaft bezahlt ihm fast nichts. Er muss damit zufrieden sein, dass er mit ihnen zusammen fischen darf.«

»Er meinte, er wüsste nicht, ob sie dieses Mal ihre Köchin dabeihätten. Vielleicht müsse er das Essen zubereiten, meinte er.«

Olava drehte sich erschrocken um. »Du glaubst doch wohl nicht, dass diese Köchin der Grund dafür ist, dass er alles stehen und liegen lässt! Das sollte er nur wagen, was für ein widerlicher Gedanke! Ich übergebe mich gleich!«

Der Gedanke führte Gjertine viele Jahre zurück in die Vergangenheit – damals, vor langer Zeit, als das Dienstmädchen Ane von Oles Heldentaten als nächtlicher Freier erzählte.

»Ich glaube nicht, dass er irgendetwas hinter meinem Rücken treibt«, sagte sie.

»Nein, denn das tut er nicht«, meinte Olava.

»Nein, das glaube ich auch nicht«, erwiderte Gjertine. »Aber dein Vater ist ein schöner Mann und ein lustiger Mann, und es gibt viele Damen, die leicht vergessen, dass er Familienvater ist und Pflichten hat, auf die er Rücksicht nehmen muss. – Können wir nicht über etwas anderes reden? Nun kommt Eilert bald hierher. Vielleicht kommt er noch vor Mittsommer.«

»Wird er hier wohnen?«

»Wo sollte er sonst wohnen?«

»Ich weiß nicht«, antwortete Olava und errötete.

3

DIE PFERDEKUTSCHE FUHR LOS, von Molde nach Kristiansund, den *Fannestrandsvegen* entlang, wie es dort heißt, durch die lange Allee von Ahornbäumen, die dort hundert Jahre zuvor gepflanzt worden waren. Zwischendrin konnte man frisch gepflanzte Bäume sehen. Die jungen Ahornbäume waren noch nicht viel mehr als Stängel, während die alten Bäume so dick waren, dass ein Mann sie nicht umfassen konnte. Für Nesje wurde das zu einem Bild von der Zeit, die vergeht, und es durchfuhr ihn eiskalt, als er sich die Frage stellte, wie dick die jungen Ahornbäume werden würden, bevor er Eilert wiedersah.

Nesje hatte Pferd und Wagen von Lars-mit-Gørvell geliehen. Der Pächter war ein Mann, der Umsicht zeigte, wenn es darauf ankam. Eilert sagte nicht viel, und auch der Vater wusste nichts zu sagen, als sie auf dem schlammigen und verkommenen Weg durch die Frühlingslandschaft fuhren. Sein Sohn saß im Karriol so dicht neben ihm, dass er seine Hand auf dessen Schulter hätte legen können, aber er tat es nicht. Der Sohn starrte auf die Gebirgskette auf der anderen Seite des Fjords, das Gesicht vom Vater abgewandt. War er so gefühllos oder hatte er Angst davor, weinen zu müssen? Er saß da und starrte auf die Landschaft, als sähe er sie zum letzten Mal. Aber das durfte doch nicht das letzte Mal sein, dass er das Gebirge sah, und auch nicht das letzte Mal, dass sein Vater ihn sah! Er musste Geld verdienen und wieder nach Hause kommen. Dass der Sohn für immer dortbleiben sollte, dieser Gedanke war nicht auszuhalten. Eilert war noch keine siebzehn Jahre alt, er hatte noch ein ganzes Leben vor sich, in dem er nach Hause kommen konnte. Und Nesje selbst – er konnte wohl damit rechnen, noch weitere zwanzig, vielleicht auch dreißig Jahre zu leben. Zwar hatte Nesje Bekannte, die schon längst ihren Platz unter sechs Fuß Erde gefunden hatten, aber er selbst gedachte, noch lange zu leben.

Der Sohn sollte in die Welt hinaus, aber danach würde er doch wohl nach Hause kommen und sich um seine Eltern kümmern, wenn sie alt wurden? In Nesjes Vorstellung hatte Anton Edvard neue Eltern bekommen, um die er sich kümmern musste – von ihm konnte man nicht zu viel erwarten. Und zu Bastian Georg hatte er nicht viel Zutrauen. Eilert dagegen war jemand mit Umsicht, deshalb war es auch kaum vorstellbar, dass er für immer fortging. Er, Nesje, musste sich nun beruhigen und ihm gute Ratschläge mit auf die Reise geben.

»Wenn man das Schlimmste erlebt«, sagte der Heumacher zu seinem Sohn, »nämlich, dass das Geld alle ist, sollte man nicht ohne Weiteres annehmen, dass damit auch das Glück fort ist.«

»Nein«, sagte Eilert.

»Aber man sollte immer eine kleine Summe in der Hinterhand haben, die man nicht anrührt, bevor man nicht wirklich in Not ist.«

»Ja.«

»In solchen Fällen pflegt es das Beste zu sein, aufs Land zu gehen, denn dort hat man am ehesten Zugang zu Nahrungsmitteln! Und dort ist es auch am leichtesten, Arbeit zu finden.«

Das war ein wahres Wort, aber man konnte es wohl nicht wirklich als Weisheit bezeichnen.

»Wenn man bei anderen Menschen übernachtet«, fuhr Nesje fort, »sollte man als Fremder nicht zu viel über seine eigenen Verhältnisse sprechen, sondern lieber denen zuhören, die einem ein Dach über dem Kopf, einen Bissen zu essen und ein Bett zum Schlafen gewähren.«

Im Grunde einleuchtend, aber er dachte, es sei besser, es nicht ungesagt zu lassen.

»Aber das Unglück ist nicht die größte Herausforderung. Eine noch größere Prüfung kann es sein, wenn das Glück anklopft und man zu viel Geld kommt. Dann zeigt sich, ob es einem gelingt, das Vergnügen und die Feste zu umschiffen und ein paar Kronen auf die hohe Kante zu legen, um in schlechteren Zeiten davon zu zehren.«

»Ich bin wohl nicht der Erste, wenn es ums Feiern geht«, erwiderte Eilert.

»Das ist wahr«, sagte der Vater, »du hast immer gezeigt, aus welch gutem Holz du geschnitzt bist, und ich weiß, dass du sowohl Not als auch Unglück aushältst. Aber sollte es eines Tages so aussehen, als seien alle Auswege versperrt, dann sollst du frischen Mut fassen, denn dann kann sich die Situation nur zum Besseren wenden. Wenn der Boden erreicht ist, kann man nicht tiefer fallen, und wenn das Ende gut ist, ist alles gut. Und das Letzte, was man nicht vergessen darf, wenn man auch sonst alles vergessen hat – das ist, dass man in der Welt nicht allein ist.«

»Das ist wahr, Vater.«

»Denn es gibt jemanden da oben, der uns auf unserer Reise begleitet und sich unserer Not erbarmt.«

Solche Zeugnisse ließ Nesje nicht oft hören, doch nun kamen sie ihm fast wie von selbst über die Lippen – er brauchte kaum über die Worte nachzudenken. Es war sein eigener tiefer Schmerz, der sie gebar. Der Anblick des Sohnes, als dieser sich von seiner Mutter verabschiedete – er konnte ihn nicht vergessen.

Doch was war das? Saß sein Junge etwa da und sah ihn verwundert an? Nun ja, er musste einräumen, dass die tiefen Wahrheiten, die aus seinem Mund kamen, nicht eigener Erfahrung entsprangen – es waren Wahrheiten aus anderen Zeiten und Räumen, die auf einmal zur Hand waren, wenn er sie brauchte. Sein Sohn hatte gesucht und einen festen Grund gefunden, auf dem er stehen konnte, aber wie war es eigentlich um ihn selbst bestellt? Ja, wohl war er ein Christ – er hatte seinen Kinderglauben, aber er war nicht erweckt, wie sie es nun nannten, er hatte sich nicht bekehrt, er gehörte nicht zu den Bibeltreuen.

»Du solltest nichts sagen, wofür du nicht einstehen kannst«, sagte der Sohn. Nesje fand, das klang unangemessen und hart. Was in aller Welt meinte er damit?

»Also, das musst du mir erklären, Junge!«, sagte er. »Ich stehe für das ein, wofür ich immer eingestanden habe!«

»Du hast nicht besonders oft erwähnt, dass du Ihm da oben vertraust«, entgegnete Eilert. »Für mich hat es eher so ausgesehen, als würdest du am meisten deinen eigenen Kräften vertrauen. Aber wenn du dich Ihm da oben nun zuwendest, dann gibt es nichts an dieser Abreise, was mich mehr freut als das.«

»Man kann doch ein Fundament haben, auch wenn man nicht laut darüber spricht«, sagte Nesje mit belegter Stimme. Er wurde daran erinnert, dass Eilert, trotz seines milden Wesens, auch etwas Hartes an sich hatte.

Dann kam ihm ein Gedanke. Der Sohn sollte hinaus in die Welt – was war das Wichtigste, was der Vater ihm mitgeben konnte? Ein nützliches Bibelwort konnte Eilert selbst finden. Aber es gab etwas, das nicht in der Bibel stand und zu dem man in der Stunde der Gefahr Zuflucht suchen konnte: nämlich, wie ein normaler, sündiger Mensch Blut stillen kann.

Er hatte nicht vergessen, dass er geschworen hatte, es für sich zu behalten, und er konnte keinen Eid brechen, in dem Jesu Name genannt worden war. Er wusste nur, dass die Entfernung zwischen den Hebammen in Amerika groß war – meist musste man sich auf der Prärie mit Nachbarsfrauen behelfen. Darüber hatte er in den Zeitungen gelesen und gedacht, dass man in Norwegen zumindest so weit war, Hebammen zu den Müttern zu schicken, sobald ein Kind zur Welt kam. Hatte er selbst doch eine Mutter gehabt, die zu Fuß nach Christiania gegangen war, um die Hebammenschule zu besuchen, bevor sie wieder nach Hause zurückkehrte und tausend Kindern geholfen hatte, auf die Welt zu kommen.

»Es ist wichtig, wenn man allein ist und keinen Doktor und keine Hebamme erreichen kann«, begann Nesje, »dass man weiß, wie man Blut stillt. Man spricht ein paar Worte, die dazu führen, dass die Blutung aufhört. Das habe ich mit meinen eigenen Augen gesehen, als du zur Welt gekommen bist.«

»Darüber hast du noch nie etwas erzählt«, sagte Eilert.

»Deine Mutter hatte eine schmerzhafte und schwere Geburt«, fuhr Nesje fort, »aber dann wurden die richtigen Worte gesprochen, und das Bluten hörte auf.«

»Welche Worte waren das?«

»Das darf ich nicht sagen!«, erwiderte Nesje, und nun lag Verzweiflung in seiner Stimme. »Ich habe geschworen, dass ich es nicht weitersage, denn wenn diese Worte Menschen zu Ohren kommen, die sie missbrauchen, verlieren sie ihre Kraft. Es war niemand anderer als Gjertine, die diese Worte gesprochen hat, und nun gehst du zu ihr!

Frag sie, wenn der Tag kommt, an dem du sie verlässt und dein eigenes Heim in der Fremde suchst, ob sie dich die Worte lehren kann.«

Eilert sah seinen Vater verwundert an. Dann entschloss er sich, das Thema fallen zu lassen.

Am Dampfschiffanleger in Eide standen einige Bauern und warteten auf Leute, die nach Kristiansund wollten. Zu einem annehmbaren Preis kümmerten sie sich um Pferd und Wagen derjenigen, die vorübergehend etwas in der Stadt zu erledigen hatten. Für eine Krone bekam Nesje Futter und einen Stellplatz für das Pferd für eine Nacht. Dann gingen Eilert und er an Bord des lokalen Dampfschiffes nach Kirkelandet in Kristiansund, wo am nächsten Tag das Schiff nach Bergen anlegen würde. Sie konnten bei Hans Logis bekommen – er hatte ein Zimmer, in dem sie schlafen konnten, mit zwei Stuben daneben. Es war fünf Jahre her, seit Nesje seinen Ältesten gesehen hatte, aber das Wiedersehen konnte den Schmerz über Eilerts Abreise nicht mildern. Hans war nun seit vielen Jahren mit Berntine verheiratet, Nesje sah sie jedoch zum ersten Mal. Als Hans in Trondheim geheiratet hatte, waren seine Eltern nicht eingeladen. Serianna war zwar nicht seine Mutter, aber vielleicht hatte er sie nur deshalb nicht eingeladen, weil sie in seinen Augen nicht mit der Familie der Braut zusammenpassten? Damit musste man sich einfach abfinden. Entweder man wurde zur Hochzeit eingeladen, oder man wurde nicht eingeladen.

Nesje dachte im Stillen, dass dies keine schlechte Frau für Hans war. Sie war entgegenkommend zu ihrem Schwiegervater und fragte, wie es all den anderen aus der Familie ging. Eine prächtige Frau, fand Nesje. Obwohl sie eigentlich nicht viel tat – sie servierte ihnen das Essen, und als sie gegessen hatten, kam eine Haushaltshilfe und räumte den Tisch ab. Etwas später sagte sie mit einem Lächeln, die Nesje-Männer hätten sicher das eine oder andere zu besprechen, deshalb werde sie jetzt den Abend einläuten und ins Bett gehen.

Nesje und Eilert schliefen in dieser Nacht im selben Zimmer. Hans hatte in der Zeit ihres Aufenthalts etwas unendlich Fernes an sich. Er schien wichtigen Geschäften nachzugehen; trotz seiner erst zweiunddreißig Jahre benahm er sich wie ein Mann mittleren Alters. Als sie das Haus verließen, verabschiedete er sich bereits dort von seinem Bruder – er kam nicht einmal mit zum Kai. Sah er nicht die Wogen des Kummers und des Schmerzes, die seinen Vater überwältigten? Der drittälteste Sohn sollte ihn nun verlassen und Kurs auf ein Land nehmen, das auf der anderen Seite der Erde lag.

Zwei Stunden bevor das Schiff ablegen sollte, waren sie am Kai. Um sie her, auf Privathäusern und öffentlichen Gebäuden, wehten norwegische Flaggen mit dem Zeichen der Union*. Ein paar rein norwegische Flaggen waren auch zu sehen. In den Straßen trugen viele Leute Festtagskleidung. Die Bürger von Kristiansund feierten den Tag des Grundgesetzes, aber Nesje und sein Sohn hatten nichts damit zu tun – sie waren aus einem anderen Grund hier. Der Sohn verließ sein Vaterland, und der Vater blieb zurück. Sie beobachteten, was alles an Bord gebracht wurde. Die Zeit bis zum Ablegen kam ihnen unendlich lang vor, und trotzdem verursachte jede Minute neue Qualen, weil sich mit ihr der Augenblick näherte, in dem das Schiff ablegen sollte.

Nie hatte Nesje einen entscheidenderen Moment erlebt. Ihm schien, als stünde die Zeit still. Doch plötzlich läutete die Schiffsglocke – das erste Mal, das zweite Mal.

Oben in der Straße kamen zwei Jungen mit einem Handwagen, und der Wagen war voller Reisegepäck. Es gehörte vermutlich dem Mann, der neben dem Kapitän stand und sich mit ihm unterhielt. Sie würden also nicht ablegen, bevor seine Sachen nicht an Bord waren, und das konnte dauern. Ein Junge stand da und hielt, weil es so warm war, den Zylinder dieses wichtigen Mannes in den Händen. Das war wohl einer der Klippfisch-Könige, der nach Bergen wollte. Sowohl er als auch die Frauen, die mit ihren großen Hüten danebenstanden, sahen aus, als hätten sie alle Zeit der Welt, denn sie wussten natürlich,

* Norwegen und Schweden waren von 1814 bis 1905 in einer Union vereint.

dass das Dampfschiff nicht ohne sie abfahren würde. Nesjes junger Sohn dagegen wollte nur noch die Gangway hinauflaufen, nachdem seine Kiste an Bord gehievt worden war. Es läutete zum dritten Mal. Nesje hätte seinen Sohn gerne umarmt und tat es schließlich auch, als sein Sohn Miene machte zu gehen – da hielt ihn sein Vater zurück, und sie umarmten einander und weinten beide, ohne dass jemand Notiz davon genommen hätte.

»Auf Wiedersehen in Jesu Namen«, sagte Nesje.

»Ja, in Jesu Namen! Grüß Mutter und Klein-Kristine und Anton Edvard – ich hatte keine Zeit mehr, ihn zu sehen. Und Bastian Georg, ja, Bastian Georg!«

»Sei nicht verzagt, und hab keine Unruhe im Herzen«, sagte der Vater, »du fährst in die Welt hinaus, um das Glück zu finden. Dieser traurige Tag soll einmal zu einem Freudentag werden, denn eines Tages wird unsere Traurigkeit in Freude verwandelt werden.«

All das sagte er, aber der Augenblick war wie ein Traum, ein unwirklicher Traum. Was dem, was er sagte, am schärfsten widersprach und das Gegenteil bezeugte, war die unermüdliche Arbeit, die er selbst geleistet hatte, ohne dass das Glück sich ihm zugewandt hätte – sein endloses Tagwerk als Leiharbeiter auf den Gutshöfen in Molde und jeder Tagesanbruch, jede Abendstunde, die er auf seinem eigenen Ackerflecken in Rekneslia geschuftet hatte.

»Lass mich dich in diesem Leben wiedersehen«, bat Nesje. Aber darauf gab der Sohn keine eindeutige Antwort.

»Das hoffe ich, so Gott will«, war alles, was er sagte.

Die Dampfmaschine wurde angefeuert, sodass der Rauch in großen Wolken aus dem Schornstein quoll. Die Maschine begann zu stampfen, das ganze Schiff erzitterte. Der Schaum wallte um den Achtersteven, die Trossen wurden gelöst. Eilert hastete mit großen Schritten an Bord. Er stieg aufs Unterdeck in die dritte Klasse. Dort stand er und blickte auf die Menschen hinab, die sich am Kai versammelt hatten, während das Dampfschiff sich entfernte. Nesje sah seinen Sohn – ein ernstes Kindergesicht unter einem schwarzen Hut. Er stand da und winkte mit einem Taschentuch, doch nun konnte Nesje nichts mehr erkennen – Tränen schossen ihm in die Augen. Zwei Stunden lang saß er da und wartete auf das Dampfschiff, das ihn nach Eide zurückbringen sollte. Dort holte er Pferd und Wagen und machte sich, ohne viele Worte zu wechseln, auf den Heimweg. Serianna hatte ihm etwas zu essen mitgegeben, aber erst nachdem er einige Stunden lang gefahren war, zwang er sich, etwas Brot mit Butter zu sich zu nehmen, um den restlichen Weg zu bewältigen. Erst um Mitternacht fuhr er die Hügel nach Kringsjå hinauf, schirrte das Pferd ab und führte es in den Stall. Die Kuh und das Kalb, die dort zu Hause waren, standen zurzeit auf der Sommerweide.

4

Am Tag darauf, als er Pferd und Karriol bei Gørvell abgeliefert hatte, ging er nochmals über den Rekneshügel, wo ein Pavillon mit einer Fahnenstange errichtet worden war, damit sich Leute dort auch bei Regenwetter hinsetzen und die Aussicht auf die Romsdalsalpen genießen konnten und wussten, dass sie sich in der schönsten Stadt des Landes befanden, in der Stadt der Blumen. Doch Nesje wandte der Aussicht den Rücken zu – er hatte den Blick auf sein Heim in Rekneslia gerichtet. Es schien ihm armselig, obwohl es hoch oben und ganz für sich allein stand. Das Haus war nicht besonders groß, eher war es eine Hütte, und die Scheune – ja, konnte das überhaupt Scheune genannt werden? Es war ja nur ein kleiner Stall mit Platz für zwei Kühe und vier Schafe. Vielleicht war das der Grund dafür gewesen, dass sein guter Junge, Eilert, fand, er müsse fort – er müsse *weit* fort.

Als Nesje begann, den Hang hochzugehen, dachte er zum ersten Mal, wie weit und beschwerlich der Weg war. Mitten auf dem Hang blieb er stehen und schöpfte Atem. Die Pause, die er einlegte, dauerte so lang, dass man glauben konnte, er habe es nicht eilig, nach Hause zu kommen. Er stand mitten in der Steigung und dachte darüber nach, wie er die letzte Stunde mit Eilert für Serianna beschreiben sollte. Er durfte sie nicht wissen lassen, dass sein Herz beinahe zerbrach.

Er erreichte das Haus und ging zur Tür, und dann stand er in der Türöffnung und sein Schatten fiel in die Stube. Sie erhob sich vom Tisch, und er sah, dass dort eine alte Frau stand, mit einem Silberkranz um den Kopf. Sie kam zu ihm und nahm ihm seine Jacke ab, die er in der Hand hielt, um sie an einen Haken zu hängen. Dabei strich sie ihm über die Schulter und den Arm. Es war eine mehr als sanfte Liebkosung, und ein warmes Gefühl durchflutete ihn. Sie waren zusammen in guten wie in schlechten Tagen – wie es der Pastor bei ihrer Trauung fast zwanzig Jahre zuvor gesagt hatte.

Er ging zum Tisch hinüber und setzte sich auf einen Stuhl, das Gesicht ihr zugewandt, und als sie einen Teller und einen Becher Milch geholt hatte, setzte sie sich hin, um zu hören, was er zu erzählen hatte. Aber als er anfing, Worte zu finden für all das, was beinahe Minute für Minute geschehen war, spürte er, dass es ihn keine Kraft kostete, das Gefühl von Schmerz und Verzweiflung zurückzuhalten, das wie eine schwere Wolke über ihm gelegen hatte. Stattdessen versuchte er, das Besondere und Abenteuerliche an dieser letzten Reise hervorzuheben, die er mit Eilert unternommen hatte, einer Reise durch den norwegischen Frühling. Ja, da war kein Schmerz mehr – es war ein gemeinsamer Siegeszug von Vater und Sohn, auf dem sie spüren durften, dass die Liebe zwischen ihnen so stark und fest war, dass der Atlantische Ozean zwischen ihnen keine Trennungslinie markierte, sondern im Gegenteil eine Verbindungslinie war, auf der Schiffe hin und her fahren und Grüße zwischen ihnen überbringen würden.

Nein, Eilert war nicht von zu Hause fortgegangen – er war in das Land gegangen, das Gott den Tüchtigen und Treuen versprochen hatte. Eilert wandelte auf den Wegen des Herrn und erfüllte Gottes Botschaft an die Menschen – dass sie sich vermehren und die Erde bevölkern sollten. Nesje war sich sicher, dass dieser Sohn auch dort seinen Weg finden würde, wo noch niemand je seine Füße hingesetzt hatte. Denn er trug das gute Erbe eines genügsamen und gottesfürchtigen Zuhauses in sich. Vielleicht fand Serianna, er sei just in diesem Augenblick etwas zu hochgestimmt, doch im Grunde genommen war sie einig. Wenn die Welt einmal ins rechte Fahrwasser kommen sollte, durften die Tüchtigsten nicht zu Hause bei ihren Eltern sitzen bleiben – sie mussten hinaus und fort, um ihre segensreiche Arbeit zu tun und um allen um sie her ein gutes Beispiel zu sein. Oh, es war, als würde die Reise nach Kristiansund nie ein Ende nehmen! Er durfte nicht vergessen, ihr zu erzählen, wen er alles getroffen hatte. Wer war denn eigentlich im Monat Mai auf den Landstraßen unterwegs? Der Gesang der Vögel über der Osmarka – konnte er nicht davon erzählen? Und die Ziersträucher entlang des Fannestrandsvegen – jetzt, wo er zurück war, hatte er die Blütenpracht wahrgenommen, die seine Reise gesäumt hatte? Er schilderte die merkwürdige Nacht bei Hans in Kristiansund, als der älteste Sohn mehrere Male hereingekommen war, um zu hören, ob ihnen etwas fehlte, sich aber nicht setzte, um mit ihnen zu reden, obwohl es so viel gegeben hätte, über das sie sich hätten unterhalten können. Wie konnte es zugehen, dass Hans seiner Familie so fremd geworden war? Es war, als habe er keine Erinnerung an den Bruder oder als sei er ein Unbeteiligter. Nesje schilderte ihre Nacht im selben Zimmer, als Eilert schlief und schnarchte, während er selbst kaum ein Auge zugemacht hatte. Er schilderte, wie der Sohn am Kai gestanden hatte – wie ein erwachsener Kerl, sagte Nesje. Ein erwachsener Mann unter anderen erwachsenen Menschen, die in die Welt hinausfuhren. Erwachsen und standhaft, dann aber auch wieder leichtfüßig, als er an Bord des Dampfschiffes gesprungen war und gewunken hatte, als das Schiff ablegte.

Gleichgültig, wie schwer es ihnen als Eltern fiel – für Eilert war es *richtig*, denn für ihn war es zu Hause zu eng. Eilert sollte nicht sein Leben lang auf gepachteter Erde umherlaufen müssen, so wie sie es getan hatten. Und wenn der Herrgott alles so gut für die jungen Leute einrichtete, durften sich die Eltern nicht in den Weg stellen und nicht von dem ausgehen, was ihnen selbst am meisten Freude bereitete. Die wahre Elternliebe fragte danach, was den Kindern am meisten zum Vorteil gereichte und wie sie einen Lebensweg einschlagen konnten, mit dem sie sich und die Ihren versorgen konnten.

Ja, ja. Serianna saß da und strich mit der Hand über das Tischtuch, als wolle sie ein paar unsichtbare Krumen wegwischen – all das war so richtig, was er sagte, sie stimmte ihm in jedem einzelnen Punkt zu, aber sie konnte nicht leugnen und auch nicht verbergen, dass ihr Mutterherz immer noch weinte, weil Eilert fortgegangen war.

Nesje saß immer noch in seinen feinen Kleidern da. Es war Abend, und im Grunde musste er an diesem Tag nichts mehr beschicken, doch als er gegessen hatte, zog er ein Arbeitshemd und zerschlissene Lodenhosen an und folgte ihr Richtung Stall. Serianna hatte die fünfzig nun gut überschritten – auch sie, die immer gerne betont hatte, dass sie viel jünger sei als er. Als sie dastand und ihre Kühe mit dem ihr eigenen wunderlichen Lockruf herrief, konnte er sehen, wie rund ihr Nacken geworden war. Bald darauf knackten Zweige, und die Kühe kamen aus dem Wald. Er band sie an die Stallwand, sodass sie den Melkschemel nach draußen holen und die Kühe unter offenem Himmel melken konnte. Die Milch rieselte und spritzte in den Eimer. Er ging in den Stall hinein, um zu sehen, wie es dort aussah – es war drückend und stickig.

Weil er sich eingehängte Fenster nicht hatte leisten können, kam ihm nun der Gedanke, das ganze Fenster herauszunehmen, um Luft hereinzulassen. Während er das tat, nahm er die Düfte des Frühlings wahr und freute sich darüber, dass es windstill war und warm, denn so hatte sein lieber Sohn auf dem ersten Teil seiner Reise gutes Wetter.

Er kam aus dem Stall heraus, als Serianna gerade den letzten Milcheimer über dem Sieb ausgoss, das im Eimer an der Wand stand. Die Milch floss durch das Seihtuch in den Eimer hinein. Draußen stand der Mond über dem Romsdalsfjord. Kaiser Wilhelms Schiff, die *Hohenzollern*, lag auf dem Fjord, und man hörte Musik. Vielleicht fand an Bord ein Ball statt. Vielleicht waren die jungen Frauen der Stadt oder die gut betuchten unter ihnen an Bord gekommen, um mit den Gästen zu tanzen. Im Grunde genommen war es ein gutes Leben, so wie es sich der Herrgott ausgedacht hatte, überlegte Nesje bei sich. Aber manchmal gerät es in Unordnung, und dann kennen wir nichts anderes als Kummer. Dann ist es gut, dass wir nicht ewig leben und dass es jemanden gibt, der unsere Sehnsucht und unsere Sorge stillen kann.

Schließlich durfte es auch an diesem seltsamen Tag Abend werden. Was sollte er mit sich anfangen? Vielleicht in der Bibel lesen? Nein, es würde ihm nicht gelingen, sich zu sammeln. Ihm fiel ein, dass ihm die letzte Preisliste von *Trolla Brug* zugeschickt worden war, und nun holte er das kleine Heft hervor. Der schöne Holzherd, der den Namen 208 trug, war teurer geworden und kostete nun fünfzig Kronen. Den hatte Ola siebzehn Jahre zuvor für fünfunddreißig Kronen erhalten. Viel anderes Schönes war hinzugekommen – die Öfen entwickelten sich ständig weiter. Es gab Modelle amerikanischer Waschkessel, die er selbst gerne gehabt hätte. Das Siebzig-Liter-Modell kostete nur vierzig Kronen. Das Waffeleisen war jetzt für zwei Kronen zu haben. Als er selbst eines gekauft hatte, hatte er es für 1,50 Kronen bekommen.

Früher hatte er alle Preise im Kopf gehabt, nun schien es ihm das Beste, die Preisliste mitzunehmen, damit die Kunden mit eigenen Augen sehen konnten, was da stand und wie viel alles bei *Trolla Brug* kostete – oder *Throndhjems Mekaniske Verksted*, wie das Werk nun hieß, aber für Nesje blieb es *Trolla Brug*.

Serianna kam heraus, nachdem sie das Milchsieb gereinigt und den Eimer ausgespült hatte. Sie stand neben ihm und war wie immer sein stummer Beistand. Viele Male hatte er sich ihr gegenüber seltsam fremd gefühlt, aber in der Trauer waren sie einander nahe. In den Tagen, die folgten, zeigten sie eine stille Fürsorge füreinander, denn sie wussten, dass der andere seinen Schmerz trug, ohne dass ein Wort gesagt wurde.

5

Nesje ging einige Male in die Stadt, ohne dass er irgendetwas hätte besorgen müssen, denn der Frühling war spät gekommen und die Heuernte bei Gørvell wurde um eine Woche verschoben. Er trieb keinen Müßiggang, sondern nahm sich Zeit, mit Leuten zu sprechen. Alle wussten, dass sein drittältester Sohn nach Amerika ausgewandert war. Molde war eine kleine Stadt, die diese Bezeichnung kaum verdiente, obwohl sie diesen Status bereits seit hundertfünfzig Jahren innehatte. Knapp zweitausend Seelen waren im Personenstandsregister der Stadt eingetragen.

Er hörte viele Kommentare von den verschiedensten Leuten und fand, sie zollten ihm Anerkennung und Respekt – Leute, die es klug fanden, dass Eilert fortgegangen war. Immer wieder musste Nesje genauer erklären, wie sich das Ganze zugetragen hatte. Eilert sei nicht ins Unbekannte aufgebrochen, sagte Nesje. Er reise zur Familie seiner Mutter, also Gjertine Aas und ihrem Bruder Ola Eriksen Hoem und den Ihren, zu denen, die Land gefunden hatten in dem fernen Dakota-Reservat – Gjertine und Ole Aas in Roslyn, Ola und Sara am Buffalo Lake, eine Tagesreise von Sisseton entfernt. Nesje betonte die letzte Silbe des Namens, »in der Nähe von Sisse*ton*«. Danach gab es viele in Molde, die den Namen so aussprachen, wie Nesje es tat. Nesje war jemand, der sich auszudrücken verstand, und wenn er zum fünfzigsten Mal erzählte, wie er und Eilert voneinander Abschied genommen hatten, bekam seine Stimme etwas Feierliches: *Wir schieden voneinander in Kristiansund*, sagte er. Damit erlangte auch die Anlegestelle in Kristiansund einen märchenhaften Glanz. Und wenn er erzählte, wie sie sich umarmt hatten, gab es nicht wenige, denen es schwerfiel, die Tränen zurückzuhalten.

»Du wirst sehen, er kehrt zurück, sobald er ein paar Kronen verdient hat«, sagten sie. Denn hin und wieder geschah es nun, dass Jugendliche hinübergingen, nur um dort einige Jahre zu arbeiten und Geld zur Seite zu legen. Diejenigen, die mit Familie fortgingen, sah man selten wieder, aber Jugendliche ohne Verpflichtungen, die konnten hin und her reisen. Manche unternahmen diese Reisen ein paarmal.

Nesje hörte ihnen zu, und manchmal stimmte er mit ein, obwohl er das Gerede über Goldzähne und Spazierstöcke mit Silberknauf nicht mochte. Nie im Leben würde sich Eilert auf diese Weise herausputzen! Doch schließlich sprachen sie so häufig über Jugendliche, die zurückgekehrt waren, dass er selbst es nicht mehr für undenkbar hielt, dass es auch mit Eilert so kommen konnte.

»Du wirst sehen: Ehe man sich's versieht, steht er wieder vor der Tür«, sagte er zu Serianna. »Jedenfalls kann es gut sein, dass er heimkehrt, bevor *das Jahrhundert ausmündet!*«

Immer häufiger griff er auf solche Redewendungen zurück. Er fand sie in seinem Romsdaler Blatt und in anderen Zeitungen, die er in die Hände bekam, sammelte sie, bewahrte sie und ließ sie in seine Gespräche einfließen, sodass man fast glauben konnte, er habe sie sich aufgeschrieben. Und das Jahrhundert, es würde in sieben oder acht Jahren *ausmünden*. Eher acht, denn man rechnete das Jahrhundert nicht als beendet, bevor nicht das Jahr 1900 im Hafen angekommen war, und bis dahin waren es achteinhalb Jahre, um aufs Komma genau zu sein. Denn Eilert war im Jahre des Herrn 1892 von Norwegen aufgebrochen – noch bevor er siebzehn Jahre alt war.

6

Früher als gewöhnlich bedeckte Reif den Boden rund um das Heim Kringsjå, und es war höchste Zeit, die Kartoffeln einzubringen. Die blanken Herbsttage kamen mit tief stehender Sonne und einigem Nachdenken. Einen Tag vor den Frostnächsten traf der erste Brief von Eilert ein, in dem er die lange Reise von Quebec nach Minneapolis schilderte, die Weiterreise mit dem Zug nach Sauk Center und die Fahrt von dort nach Webster, das nur vierzehn englische Meilen von Roslyn entfernt lag. *Die Indianer hießen mich willkommen!*, schrieb Eilert. Sie lasen seinen Brief viele Male und weinten und lachten, weil er endlich sicher bei den Seinen angekommen war.

Aber wieso schrieb er nichts darüber, wie es Gjertine und ihrer Familie ging? Das fand Serianna sehr auffällig, das verhieß nichts Gutes. Nesje meinte, das bedeute, sie könnten bald mit weiteren Briefen rechnen. Eilert hatte den Drang gehabt, zuerst seine eigene Reise zu schildern und zu erzählen, dass er gut angekommen sei. Ja, so musste es zusammenhängen.

Als sie ins Bett gegangen waren, merkte er, dass Serianna unruhig war. Oft hatte er gemeint, es sei am besten, sie in Frieden zu lassen, wenn ihre Gedanken nicht zur Ruhe kommen wollten. Auch hätte er riskiert, keine Antwort zu bekommen. Aber in dieser Situation, in der sie dem Herrgott danken konnten, dass Eilert wohlbehalten in Roslyn angekommen war, musste er wissen, was sie quälte. Und dieses Mal fiel es ihr nicht schwer, ihre Gedanken mit ihm zu teilen.

»Was ist, wenn er nicht zurückkommt, solange wir leben?«, fragte sie. »Was ist, wenn wir ihn zum letzten Mal gesehen haben?«

»Wie kannst du das glauben?«, fragte Nesje zurück. »Weißt du nicht, dass alles in den Händen unseres himmlischen Vaters liegt? Einen solchen Kummer haben wir wohl nicht verdient.«

»Aber was ist, wenn er eine Frau trifft, sie heiratet und sich niederlässt, Kinder bekommt und ein Heim, um das er sich kümmern muss – vielleicht kann er nicht fort, bis die Kinder groß sind und er Leute hat, die ihm mit dem Land und den Tieren helfen können!«

»Er denkt an uns und wird alles tun, um uns zu besuchen. Nun musst du die Gedanken ruhen lassen und Gott danken«, sagte Nesje, »dafür, dass er heil angekommen ist.«

»Ich zweifle nicht daran, dass er sein Bestes tun wird, um zu uns zurückzukehren«, sagte Serianna, »aber manchmal verfährt das Leben hart mit uns. Unglücke und Unwetter könnten ihn in dem unbekannten Land ereilen, und dann muss er seine Frau und seine Kinder beschützen, er wie alle anderen auch.«

»Nein, nun finde ich aber, du bist zu mutlos!«, erwiderte Nesje und versuchte, seiner Stimme einen entschlossenen Klang zu geben, ohne streng zu sein. »Sollte alles fehlschlagen, dürfen wir auf Gottes Verheißung vertrauen, dass wir uns einmal im Himmel wiedersehen werden.«

»Aber wird es im Himmel so sein, dass wir einander wiedererkennen?«

»Was sagst du da?«

»Ist es sicher, dass wir unsere Nächsten wiedererkennen, wenn wir dorthin kommen? Kann es nicht genauso gut sein, dass Freundschaft und Bekanntschaft und Verwandtschaft in den Hintergrund rücken und all das uns nicht mehr kümmert, weil wir alle Gottes Kinder sind und ihn bis in alle Ewigkeit lobpreisen werden?«

Ihre Gedanken erschreckten ihn. Hätte eine andere Person als Serianna etwas so Lästerliches von sich gegeben, hätte er es als reinste Freidenkerei bezeichnet. Aber im Augenblick trauerte sie um ihre zwei Söhne – Anton Edvard, den sie nach Frænen fortgeschickt hatten, und Eilert, der nach Amerika gereist war.

Vielleicht trauerte sie am meisten um den dritten, um Bastian Georg, der sie gewissermaßen verlassen hatte, obwohl er noch bei ihnen war. Sie waren nicht mehr seine Vertrauten. Er erzählte ihnen nicht, was er trieb. Bastian Georg – der so rebellisch und unwillig war und ihnen beiden das Gefühl gab, sie und ihre Armut zu verachten und sie dafür verantwortlich zu machen, dass sie ihren Kindern kein besseres Leben hatten bieten können. Das war vielleicht das, was am meisten wehtat. Von den beiden anderen Söhnen wussten sie, dass diese ihre Eltern im Herzen trugen. Auf diese Weise waren sie immer verbunden.

Nesje hatte Mitleid mit Serianna. Ihre Antworten konnten schroff und kurz sein, aber sie hatte niemand anderen als ihn, wenn es hart auf hart kam.

Ich darf ihr nicht über den Mund fahren und sie nicht rügen, dachte er. Sie ist verzagt und fantasiert.

»Ich weiß keinen anderen Rat als nun das Vaterunser zu beten«, sagte er.

»Das darfst du, aber tu es bitte in der Stille«, erwiderte Serianna.

So war es – nie genau so, wie er es haben wollte. Nun hatte er sich vorgestellt, er könne ihr mit dem Gebet des Herrn Ruhe verschaffen. Aber sie mochte es nicht hören!

»Ich spüre, dass du betest, auch wenn du es still tust«, sagte Serianna. »Ich kenne dich so gut, dass ich genau weiß, in welchem Augenblick du bei welcher Bitte angekommen bist.«

Also betete er langsam und eindringlich und ohne einen Laut. Doch als er zu *Dein Wille geschehe, wie im Himmel, so auf Erden* gekommen war, hörte er das leichte Schnarchen: Sie war eingeschlafen.

Schließlich schlief auch er ein, und in dieser Nacht hatte er einen Traum. Ihm schien, als sähe er einen großen Berg, geformt wie *Store Vengetind*, der Berg, den er in seiner Kindheit immer vor Augen gehabt hatte. Es war ein hoch aufragender Berg mit schneebedecktem Gipfel, aber der Birkenwald weiter unten war grün. Auf einem Pfad, der sich talabwärts schlängelte, schritten seine Kinder den Berg hinab, eines nach dem anderen. Er sah sie zuerst weit oben und konnte nicht sicher erkennen, ob sie es waren. Doch dann traten sie aus dem Wald heraus, direkt vor dem Fenster des Zimmers, in dem er wohnte. Da kam Hans, mit seinem fernen Ernst, als hätten sie einander nie richtig gekannt, und Bastian Georg mit seinem dunklen Lächeln. Dann sah er den herzensguten Eilert. Nie zuvor hatte der Vater dessen Gesicht so offen und froh gesehen. Hinter Eilert kam sein Augenstern, die kleine Kristine, und sie sah sorgenvoll aus, ja, auch ratlos, als begreife sie nicht, für was das Treffen gut sei. Der Letzte, der kam, war Anton Edvard aus Frænen. Er war ernst, aber in seinem Blick lag kein Unwillen.

Nesje spürte, dass ihn die Füße nicht länger trugen, deshalb konnte er nicht zu ihnen hinausgehen und sie umarmen, aber er konnte sie begrüßen. Sie riefen ihm zu, es ginge ihnen allen gut und sie könnten nur eine kurze Zeit bleiben. Und er rief zu ihnen herunter, dass er das gut verstehen könne und dankbar sei, dass sie an ihn gedacht hätten.

Der Traum endete damit, dass er sich selbst sah, wie er die Hänge nach Kringsjå hinaufging. Er ging immer weiter hinauf, und zum Schluss waren nur noch weiße Wolken um ihn her. Die weißen Wolken umkränzten bald eine himmlische Wiese, auf der er inmitten eines wunderlich goldenen Lichts Gras mähte. Er wusste nicht, für wen er arbeitete, wenn nicht für den Herrn selbst, der sogar in der Ewigkeit für ihn sorgen würde. Der Herr hatte ihn für jene Arbeit eingesetzt, die er am besten konnte: als Heumacher im Himmel. Das war ja auch die Tätigkeit gewesen, die ihm im Leben am meisten Freude gemacht hatte – die Sense zu führen, und er sah sich selbst, wie er im Traum lächelte und wusste, sobald der Sonnentag vorüber war, würden seine Kinder kommen und bei ihm sein, bis in alle Ewigkeit.

Als der Morgen kam und Serianna die Augen aufschlug, sagte er zu ihr: »Heute Nacht habe ich geträumt, dass ich auch im Himmel Heumacher sein werde, und nun besteht keine Gefahr, dass Eilert mich nicht wiedererkennen wird.«

Nachwort des Verfassers

Der Heumacher ist ein Roman, gewebt aus spärlichen Erinnerungen an Personen, die tatsächlich gelebt haben. Über Gjertine Eriksdotter wusste ich nur eines, nämlich dass sie gegen den Pastor, der sie konfirmieren sollte, aufbegehrte und sagte, er lehre nicht recht. Vor fünfundzwanzig Jahren sah ich zum ersten Mal ihr Grab in Roslyn. Knut Hansen Nesje, der in diesem Buch nur Nesje genannt wird, kannte ich aus den Erzählungen meines Vaters, aber auch sein Leben ist im Großen und Ganzen erfunden – das Gleiche gilt für seine Frau, Serianna. Die Jahreszahlen entstammen Kirchenbüchern, Informationen über das Leben in South-Dakota und Molde Zeitungen und einer Reihe anderer Quellen. Seit meiner frühen Jugend hat mich der Gedanke begleitet, über diese Menschen zu schreiben, die sich für ihren Lebensunterhalt abplagten, die Entbehrungen und Nöte kannten, die aber auch große Träume hegten – davon, dass einmal bessere Zeiten kommen würden.

Oslo, 12. Oktober 2014

Edvard Hoem

Die Hebamme

336 Seiten, gebunden mit Schutzumschlag

Marta Kristine Andersdatter Nesje – die Ururgroßmutter des Autors – ging 1821 zu Fuß von der Westküste Norwegens 600 km nach Christiania, um Hebamme zu werden. Sie übte ihren Beruf danach fünfzig Jahre lang am Romsdalsfjord aus und verfolgte beharrlich ihr Ziel, Frauen zu helfen, selbst wenn sie gegen Misstrauen und Armut ankämpfen musste.

Edvard Hoem lässt Marta Kristine mit großer dichterischer Kraft hervortreten und erzählt feinfühlig von ihrer tiefen Liebe zu Hans, ihrem Lebensalltag mit elf Kindern und den unzähligen Hebammenfahrten über den Fjord.

Das Bild einer ganzen Epoche, einer Landschaft – und des Hebammenberufs vor 200 Jahren – tritt atmosphärisch und detailgetreu hervor. Das Einfache dieses Lebens und die Zuversicht der Charaktere vermögen uns gerade heute besonders zu berühren.

»Edvard Hoem schmiedet aus seiner Familiengeschichte feinstes literarisches Gold.«

Verdens Gang

URACHHAUS

Edvard Hoem

Der Geigenbauer

336 Seiten, gebunden mit Schutzumschlag

In Norwegen, um das Jahr 1800, träumt der junge Lars Olsen Hoem davon, Skipper auf seinem eigenen Schiff zu werden. Doch Krieg und gesellschaftliche Lage vereiteln es. Er muss als Matrose in die Seeschlacht um Kopenhagen und gerät später für Jahre in Kriegsgefangenschaft. Dort trifft er auf einen Geigenbauer, der sein Wissen an ihn weitergibt. Dieses und die Musik, die in seinem Innern klingt, helfen ihm, zu überleben. Nach seiner Rückkehr wird er Geigenbauer in Kristiansund und führt mit seiner Frau Gunhild und sieben Töchtern 25 Jahre lang ein glückliches Leben.

Mit dieser berührenden Geschichte eines seiner Vorfahren erzählt Edvard Hoem eine Biografie, in der Musik der Lebensanker ist, und eine zarte Liebesgeschichte, die dieses Leben zum Leuchten bringt.

URACHHAUS